Für immer
und alle Zeit

Jude Deveraux

Für immer und alle Zeit

Deutsch von Angela Schumitz
und Heinz Tophinke

Weltbild

Originaltitel: *Forever*
Originalverlag: Pocket Books

Besuchen Sie uns im Internet:
www.weltbild.de

Das Werk einschließlich aller seiner Teile ist urheberrechtlich geschützt.
Jede Verwendung außerhalb des Urhebergesetzes ist ohne Zustimmung
des Verlages unzulässig und strafbar. Dies gilt insbesondere für
Vervielfältigungen, Übersetzungen, Mikroverfilmungen und die
Einspeicherung und Verarbeitung in elektronischen Systemen.

Deutsche Erstausgabe 2006
Copyright © 2002 by Deveraux, Inc.
Copyright © der deutschsprachigen Ausgabe 2006
Verlagsgruppe Weltbild GmbH
Steinerne Furt 67, 86167 Augsburg

Projektleitung: Julia Kotzschmar
Redaktion: Claus Keller
Übersetzung: Angela Schumitz, Heinz Tophinke
Umschlaggestaltung: Hauptmann und Kompanie Werbeagentur GmbH, Zürich
Satz: AVAK Publikationsdesign, München
Umschlagabbildung: CORBIS/Aaron Horowitz
Druck und Bindung: Oldenbourg Taschenbuch GmbH,
Hürderstr. 4, 85551 Kirchheim

Gedruckt auf chlorfrei gebleichtem Papier

ISBN 3-89897-288-7

Prolog

Die Frau beugte sich über das Mädchen und begann, sie auszufragen: Was sie heute gemacht habe. Ob sie auch nicht gelogen habe. Wen sie getroffen habe. Was sie gelernt habe.

Alles in allem eine Szene, wie sie sich in Millionen von Familien abspielte. Aber etwas war anders.

Der Raum war einfach und karg möbliert – keine Kuscheltiere, keine Puppen, keine Spiele; die Fenster vergittert, der Schreibtisch tadellos aufgeräumt, die Bücher, Hefte und Stifte darauf wohl geordnet. An einer Wand ein kleines Regal mit Büchern, allerdings keine Kinderbücher, sondern solche, die von Runen und anderen magischen Symbolen, von Druiden und Schamanen handelten. Und von Frauen, die Länder erobert und Völker beherrscht hatten.

An drei Wänden des Zimmers hingen Waffen: alte und neue, Messer, Schwerter, Vorderladerpistolen. Sie waren in perfekten symmetrischen Mustern angeordnet, in Kreisen, Rauten, Rechtecken und Quadraten.

Über dem schmalen Bett des Kindes hing ein großes Bild, das eine Tarotkarte darstellte: den Turm, die Karte der Zerstörung.

Nach einigen Fragen setzte sich die Frau auf einen großen Stuhl neben dem Bett und erzählte dem Kind wie jeden Abend eine Gutenachtgeschichte. Es war stets dieselbe Geschichte, Zeile für Zeile. Die Frau wollte, dass sich das Kind genau diese Geschichte einpräge und daraus eine wichtige Lehre zog.

»Es waren einmal«, begann sie, »zwei Schwestern. Die eine hieß Heather, die andere Beatrice. Eigentlich waren es keine richtigen Schwestern. Heathers Vater war gestorben, als sie zwölf Jahre alt war, und Beatrice hatte ihre Mutter im zarten Alter von zwei Jahren verloren. Als die beiden Mädchen dreizehn waren, heirateten ihre Eltern, und Beatrice und ihr Vater – die ja lange Zeit nur zu zweit gelebt hatten –

zogen in das Haus, das Heathers reicher Vater seiner Frau und ihrem einzigen Kind hinterlassen hatte.

Obwohl die Mädchen nur knapp drei Monate auseinander waren, hatten sie kaum etwas gemeinsam. Einige unfreundliche Seelen – und in diesem kleinen Ort gab es eine Menge davon – behaupteten, das Schicksal habe es mit Heather ganz besonders gut und mit Beatrice ganz besonders schlecht gemeint. Und so schien es tatsächlich zu sein. Heather war schön, klug und begabt, und von ihrer Ururgroßmutter hatte sie sogar eine gewisse seherische Gabe geerbt. Diese Gabe war zwar nicht so stark ausgeprägt, dass andere sie schief angeschaut hätten, aber stark genug, um sie auf Partys zu einem gern gesehenen Gast zu machen. Heather nahm die Hand eines Menschen, schloss die Augen und sagte ihm seine Zukunft voraus – und sie war immer gut. Wenn Heather jemals etwas Schlimmes sah, dann behielt sie es für sich.

Beatrice hingegen war ziemlich unscheinbar und nicht besonders klug. Sie hatte keine besonderen Talente und erst recht keine übersinnlichen Gaben.

In der Schule wurde Heather von allen geliebt, während Beatrice links liegen gelassen wurde. Im letzten Schuljahr verbrachte Heather ein paar Wochen als Austauschschülerin in Frankreich. Als sie zurückkam, war sie ein anderer Mensch. War sie zuvor ein freundliches, geselliges junges Mädchen mit vielen Verehrern gewesen, so sperrte sie sich nun stundenlang in ihr Zimmer ein und schlug alle Einladungen aus. Sie gab die Hauptrolle im Schultheater auf, ging nicht mehr zum Gesangsunterricht und hielt sich strikt von jungen Männern fern, als seien diese plötzlich zu Feinden geworden.

Manche Leute fanden es sehr lobenswert, dass Heather sich anscheinend so eifrig mit ihren Studien befasste, aber Beatrice kam es höchst seltsam vor. Warum gab ihre Schwester, die doch alles zu haben schien, von dem Beatrice nur träumen konnte, dies alles auf? Beatrice fragte sie, was geschehen sei. ›Man kann sich nicht darauf verlassen, dass sich Jungen benehmen.‹ Mehr erklärte ihr Heather nicht, bevor sie wieder in ihrem Zimmer verschwand und die Tür verschloss. Beatrice konnte sich darauf keinen Reim machen, denn wenn es nach ihr gegangen wäre, hätten sich Jungen überhaupt nicht benehmen müssen. Ihr Problem war ja, dass sich ohnehin nie jemand mit ihr verabredete. Die Jungen konnten mit Beatrice nichts anfangen.

Eines Tages beschloss sie, der Sache auf den Grund zu gehen. Als sie wusste, dass Heather allein daheim war, rannte sie ins Haus und schrie, ihre liebe Mutter sei von einem Lastwagen überfahren worden und verblute in eben diesem Moment in der Notaufnahme des Krankenhauses. Heather verhielt sich genau so, wie Beatrice es vermutet hatte. Sie packte hastig den Autoschlüssel ihres Stiefvaters, der mit dem Zug zur Arbeit zu fahren pflegte, stürmte aus dem Haus und raste völlig aufgelöst davon. Natürlich hatte sie sich nicht die Zeit genommen, ihr Zimmer abzusperren. Beatrice wusste also, dass sie dort in aller Ruhe herumschnüffeln konnte.

Sie suchte eine gute Stunde, ohne etwas besonders Interessantes oder auch nur Neues zu entdecken. Das war sehr seltsam, denn Beatrice kannte alles in Heathers Zimmer, sogar das lose Dielenbrett, unter dem sie ihr Tagebuch zu verstecken pflegte.

Das einzig Neue in Heathers Zimmer war ein alter Spiegel, den sie wohl in einem Antiquitätengeschäft erstanden hatte. Typisch Heather, dachte Beatrice; in Antiquitätenläden herumstöbern, wo es in Frankreich doch so viele wunderschöne Kleider und gut aussehende Männer gab.

Doch wie sehr sie sich auch bemühte, sie fand an diesem Spiegel nichts Besonderes. Erzürnt, dass sie Heather nicht auf die Schliche gekommen war, seufzte sie und fragte sich laut: ›Wann sie wohl heimkommt?‹ Und sogleich tauchte im Spiegel das Bild einer ziemlich wütenden Heather auf, die im Auto saß und offenbar auf dem Nachhauseweg war. Beatrice fürchtete sich nicht vor Heathers Zorn, denn sie wusste längst, wie sie mit Heather umzugehen hatte. Heather war nämlich dumm genug, andere Menschen zu lieben; und Beatrice wusste, dass man Menschen, die liebten, hervorragend manipulieren konnte. Man musste ihnen nur das wegnehmen, was sie liebten, oder zumindest damit drohen, und schon hatte man einen solchen Menschen in der Hand.

Beatrice hatte also endlich herausgefunden, warum Heather in letzter Zeit ständig allein in ihrem Zimmer hockte. Was sie in diesem Spiegel wohl alles gesehen hatte? ›Zeig mir meinen Vater‹, sagte Beatrice, und sofort tauchte ein Bild ihres Vaters auf, und zwar im Bett mit seiner hübschen Sekretärin. Beatrice musste lachen, aber eigentlich hatte sie schon längst gewusst, dass ihr Vater Heathers dumme Mutter nur wegen ihres Geldes geheiratet hatte.

Leider hatte Beatrice nicht die Chance, weitere Fragen zu stellen, denn in diesem Moment kam Heathers Mutter zur Haustür herein. Beatrice wusste, dass sie nun nach unten gehen musste und so tun, als freue sie sich, sie zu sehen. Und nicht nur das, sie musste so tun, als habe sie wirklich geglaubt, sie sei von einem Lastwagen überfahren worden. Beatrice bemühte sich nämlich sehr, ihre Stiefmutter glauben zu machen, dass sie sie liebte.

Zwei Nächte, nachdem Beatrice den Spiegel entdeckt hatte, baumelte Heather an einem Balken im Keller. Offenbar war sie auf einen umgedrehten Eimer gestiegen, hatte sich die Schlinge um den Hals gelegt und den Eimer weggetreten.

Der ganze Ort trauerte um Heather, die ja bei allen sehr beliebt gewesen war, und Beatrice bekam für kurze Zeit all die Aufmerksamkeit, nach der sie sich so sehnte. Aber dann fiel ihr auf, dass manche Leute sie prüfend musterten und hinter ihrem Rücken zu tuscheln begannen. Sie befragte den Spiegel nach ihrer Zukunft. Der Bestatter hatte offenbar Schürfspuren an Heathers Handgelenken entdeckt und Argwohn geschöpft. Er hegte den Verdacht, dass diese Verletzungen von einem Seil herrührten. Es sah fast so aus, als seien Heathers Hände am Rücken zusammengebunden gewesen, als sie auf den Eimer gestiegen war.

Und Beatrice sah im Spiegel ein Bild von sich, das zeigte, wie sie in Handschellen in ein Polizeiauto gesteckt wurde.

Am nächsten Tag verschwand Beatrice. Sie wurde von keinem Menschen, der sie gekannt hatte, je wieder gesehen. Mit siebzehn Jahren begann sie ein neues Leben, das sich getarnt und im Verborgenen abspielte.

In ihrem kurzen Leben hatte Beatrice die Macht des Geldes klar erkannt. Sie und ihr Vater waren ziemlich arm gewesen, aber ihr Vater hatte die Leute belogen und betrogen. Er hatte sich Geld geliehen oder gestohlen, um an teure Kleider und ein gutes Auto zu kommen und sich damit reichen Witwen als begehrenswerter Verehrer präsentieren zu können. Beatrice kannte also den Unterschied zwischen sich, die in Armut, und Heather, die im Reichtum aufgewachsen war, mehr als genau.

In den nächsten Jahren nutzte Beatrice den Spiegel hauptsächlich, um an Geld zu kommen. Bald stellte sie fest, dass der Spiegel ihr alles zeigte, was sie wissen wollte – sowohl aus der Vergangenheit als auch der Zukunft. Aber was scherte sie die Vergangenheit? War es wichtig zu sehen, wie ihr Vater ihre Mutter aus dem Fenster gestoßen hatte? Sie wollte wissen, welche Aktien und Firmen gut liefen. Schließlich erstand sie ein stattliches Grundstück in Camwell in Connecticut und zog in das kleine Haus ein, das sich darauf befand.

Doch an diesem Punkt nahm die Geschichte eine Wendung. Weißt du, der Spiegel hat nämlich seine Tücken. Wenn er dir die Zukunft zeigt, dann zeigt er dir, was geschehen kann und geschehen wird. Aber er sagt dir nicht, ob etwas gut oder schlecht ist. Um das zu erkennen, muss man sehr weit in die Zukunft blicken. Doch das wusste Beatrice nicht, denn bislang hatte sie den Spiegel ja nur benutzt, um an Geld zu kommen.

Inzwischen war sie sechsundzwanzig und sehr, sehr reich. Aber sie war noch immer Jungfrau. Doch weil sie nie sehr weit in die Zukunft geblickt hatte, wusste sie nicht, dass ihre Jungfräulichkeit eine Voraussetzung war, um aus dem Spiegel lesen zu können.

Ihre Schwester Heather hatte das gewusst. Ich habe dir ja erzählt, dass Heather die schlauere der beiden war, nicht wahr?

Eines Tages verfolgte Beatrice wieder einmal die Börse im Spiegel, doch dann schweifte ihr Blick aus dem Fenster und sie sah, dass der Frühling in höchster Blüte stand. ›Ob es wohl je einen Mann in meinem Leben geben wird?‹, flüsterte sie traurig. Sofort verschwand die Börse, und stattdessen sah sie sich selbst unter einem blühenden Birnbaum im Liebesspiel mit einem gut aussehenden jungen Mann. Zu dieser Zeit hatte Beatrice ihre Geldgier schon weitgehend befriedigt, weshalb sie den jungen Mann recht verlockend fand. Sie machte sich noch am selben Tag auf die Suche nach dem wunderbaren Birnbaum, den sie im Spiegel gesehen hatte. Als sie ihn gefunden hatte, setzte sie sich darunter und wartete dort tagelang von früh bis spät.

In jenen Tagen sah sie nicht in den Spiegel. Das war ein großer Fehler, denn hätte sie es getan, dann hätte sie gesehen, was ihr ersehntes Stelldichein noch alles mit sich bringen würde.

Am Morgen des vierten Tages tauchte der gut aussehende junge Mann endlich auf. Er reiste per Anhalter quer durch Amerika, wie es junge Männer manchmal tun. Doch an diesem Morgen hatte er nicht viel Glück gehabt, niemand hatte ihn mitnehmen wollen. Hungrig, durstig und schlecht gelaunt bog er um eine Ecke. Da fiel sein Blick auf eine unscheinbare junge Frau, die mit einem vollen Picknickkorb unter einem blühenden Birnbaum saß. Prima, dachte er, setzte sich zu ihr und aß erst einmal nach Herzenslust, bevor er sie liebte.

Doch mit Beatrice geschah etwas sehr Seltsames. Während sich der junge Mann mit ihr beschäftigte – was sie sich schon so lange gewünscht hatte –, konnte sie es kaum erwarten, zu ihrem Spiegel zurückzukehren und Geld zu verdienen. Außerdem ging ihr durch den Kopf, dass dieses ganze Getue um die körperliche Liebe doch recht übertrieben sei, und sie schwor sich, es ein für alle Mal bleiben zu lassen. Sobald der junge Mann von ihr abließ, sprang sie auf und rannte zu ihrem geliebten Spiegel.

Aber da sie keine Jungfrau mehr war, konnte sie nichts mehr darin sehen.

Arme Beatrice! Endlich hatte sie etwas, den Spiegel nämlich, lieben gelernt, und nun ließ er sie im Stich! Sie tobte so heftig, dass der Spiegel beinahe vom Tisch gefallen wäre.

Beatrice wurde krank und lag wochenlang danieder. Was sollte sie bloß tun? Natürlich hatte sie mehr Geld, als sie je würde ausgeben können, aber sie merkte, dass es ihr eigentlich um Macht ging und nicht so sehr um Geld. Immer wieder dachte sie darüber nach, wie sie die Macht, die sie besessen hatte, zurückerlangen könnte. Schließlich fiel ihr ein, dass sie ja noch immer den Spiegel hatte. Ich kann zwar nicht mehr daraus lesen, dachte sie, aber vielleicht kann es ja eine andere.

Nun fand Beatrice heraus, dass man mit Geld alles kaufen kann. Es bereitete ihr nicht die geringste Mühe, Leute zu finden, die junge, unberührte Mädchen für sie entführten. Beatrice setzte eine nach der anderen vor den Spiegel, und wenn das Mädchen nichts sah, schaffte sie es sich vom Hals. Nach all dem, was die Mädchen gesehen hatten, konnte sie sie schließlich nicht mehr zu ihren Eltern zurückschicken.

Nach über einem Jahr fand Beatrice endlich ein kleines Mädchen, das Bilder im Spiegel sah. Beatrice behielt dieses Mädchen ziemlich lange. Aber die Bilder waren sehr unscharf, das Kind konnte nicht halb so viel sehen wie sie selbst hatte sehen können. ›Wer kann besser sehen als du?‹, fragte sie das verschreckte kleine Ding. Das Mädchen aber dachte, wenn sie sich nur richtig anstrengte – sie bekam immer schreckliche Kopfschmerzen, wenn sie in den Spiegel schaute – und eine andere fand, die für die Hexe, wie sie Beatrice insgeheim nannte, in den Spiegel schauen konnte, dann würde diese sie sicher nach Hause gehen lassen. Und das versprach Beatrice dem vertrauensseligen, aber nicht sehr klugen Mädchen jeden Tag.

So befragte das Kind den Spiegel und schaute und fragte und schaute und fragte, bis sich eines Tages tatsächlich ein klares Bild einstellte. Beatrice schrieb jedes Wort mit, das die Kleine sagte.

Das Kind erklärte, dass Beatrice das Mädchen, das klare Bilder in dem Spiegel sehen konnte, entführen würde. Sie sah, dass Beatrice ein Kind aus einem Laden stehlen würde, und erklärte ihr ganz genau, wie dieses Kind aussah, wo sich der Laden befand, was das Kind tun würde und wie Beatrice die Mutter überlisten könne. Sie sagte ihr alles, was sie sah. Auch, dass Beatrice dem Kind ein Brandzeichen auf die Brust drücken würde. ›Ein Brandzeichen?‹, fragte Beatrice zunächst erstaunt, doch dann meinte sie schulterzuckend: ›Warum nicht?‹

Danach ließ Beatrice das Kind verschwinden, weil es viel zu viel gesehen hatte, und tat alles, was der Spiegel prophezeit hatte.

Allerdings erklärte ihr einer ihrer Anhänger, nachdem er das brüllende Balg gebrandmarkt hatte, dass es sich um einen Jungen handelte.

Wieder einmal bekam Beatrice einen schrecklichen Tobsuchtsanfall. Sie konnte das elende Mädchen, das diese Bilder im Spiegel gesehen hatte, nicht mehr dazu bringen, sich näher zu erklären, denn es war ›weg‹. Diesmal war sie vorsichtiger, und für den Fall, dass sie den nutzlosen Bengel doch noch würde gebrauchen können, verfrachtete sie ihn in eine Kiste. Dann überlegte sie, was als Nächstes zu tun sei. Sie dachte einen ganzen Tag lang nach, bis ihr einfiel, dass der Junge, den sie entführt hatte, ja vielleicht eine Schwester hatte. Schließlich hatte der Spiegel doch gezeigt, dass sie durch die Entführung an das Mädchen kommen würde, das aus dem Spiegel lesen konnte. Aber wie sollte sie vorgehen? Schon auf ihrer ersten Fahrt nach New York stellte sie fest, dass die Eltern des Jungen inzwischen von Polizisten bewacht wurden.

Doch da Beatrice so unscheinbar war, fiel sie nicht weiter auf. Sie war mittlerweile siebenundzwanzig, ging aber bereits gebeugt, weil sie all die Jahre über dem Spiegel gekauert hatte. Mühelos gelang es ihr, sich zusammen mit ein paar Angestellten durch den Dienstboteneingang in das Haus mit den teuren Wohnungen zu schleichen, und sie fand rasch heraus, welches Dienstmädchen für die Eltern des gesuchten Kindes arbeitete.

Ebenso mühelos entledigte sie sich dieses Dienstmädchens, zog deren Kleider an und machte sich auf den Weg zu der fraglichen Wohnung. Doch im Aufzug fand sie heraus, dass der Junge, den sie entführt hatte, ein Einzelkind war. Einen Moment lang glaubte Beatrice, der Spiegel habe gelogen, und geriet in Panik. Doch dann fiel ihr ein, dass die Mutter ja schwanger sein könnte, und zwar mit einer Tochter – ihrer Tochter, dem Kind, das Beatrice gehörte und aus dem Spiegel lesen konnte.

Sie ging zu der Wohnung und erzählte, ihre Cousine, die sonst dort arbeitete, sei heute zu aufgelöst, um ihrer Arbeit nachzugehen, weil sie den kleinen Jungen so sehr liebte. Der Vater des Jungen musterte Beatrice eingehend, zu eingehend, wie Beatrice fand, doch dann nickte er und ließ sie herein. Er schien zu wissen, dass Beatrice ihm etwas zu sagen hatte, und er wollte hören, was.

Danach war alles ganz leicht. Als Beatrice die Wohnung

geputzt hatte – sehr genau hatte sie es damit nicht genommen –, bot sich die Gelegenheit, dem Vater einen Zettel zuzustecken. Darauf stand, wohin er und seine Frau am nächsten Tag kommen sollten. Sie verließ die Wohnung so unbemerkt, als hätte sie sie nie betreten.

Am nächsten Tag landete ein Flugzeug mit den Eltern des kleinen Jungen wie befohlen auf Beatrices privater Landebahn. Der Mann wurde sofort beseitigt, denn für ihn hatte Beatrice keinerlei Verwendung. Das Flugzeug wurde zerlegt und Stück für Stück vergraben oder verbrannt. Die Frau, die tatsächlich schwanger war, blieb bis zur Geburt ihres Kindes am Leben. Danach ging sie den Weg, den ihr Mann gegangen war.

Und so kam Beatrice zu einem hübschen kleinen Mädchen, das in Luxus und mit allen erdenklichen Annehmlichkeiten heranwuchs. Und wie es vorhergesagt worden war, konnte das Kind die Bilder im Spiegel so klar erkennen wie im Fernsehen.

Beatrice wusste nun, dass sie es fast ebenso gut getroffen hatte, als könnte sie selbst aus dem Spiegel lesen. Nur eines war schief gegangen: Der miese kleine Bengel hatte es geschafft, sich aus der Kiste zu befreien, in die sie ihn gesteckt hatte, und war geflohen. Wer hätte gedacht, dass ein so kleines Kind schlau genug sein würde, das komplizierte, starke Schloss der Kiste aufzubekommen?

Noch viele Monate nach dieser Flucht verfolgte Beatrice die Nachrichten über das Kind, das in den Wäldern von Connecticut aufgegriffen worden war. Der kleine Junge war von Zecken übersät gewesen und hatte ziemlich hohes Fieber gehabt, sodass er einige Zeit im Krankenhaus verbringen musste. Aber offenbar konnte er sich an nichts erinnern. So wurde Beatrice schließlich wieder etwas ruhiger und widmete sich ganz dem kleinen Mädchen, das nun ihr gehörte.

Bald stellte sie fest, dass die Kleine sehr klug war. Sie nannte sie Boadicea nach einer kämpferischen Keltenkönigin, über die Heather einmal einen Aufsatz geschrieben hatte, den Beatrice als ihren eigenen ausgab. Boadicea fragte den Spiegel nach Dingen, an die Beatrice nie gedacht hatte. Mit der Zeit begann Beatrice, den Spiegel mit Boadiceas Hilfe als Mittel zu nutzen, um an Macht und nicht nur an Geld zu kommen. Nach und nach kontrollierte Beatrice immer mehr Menschen und sogar ganze Unternehmen.

Vor allem nutzte sie den Spiegel, um nach anderen magischen Gegenständen zu suchen. Sie trachtete nämlich nach Unsterblichkeit. Wenn es so etwas wie Unsterblichkeit gab, dann würde Beatrice sie erlangen.

Diese Geschichte erzählte sie dem Kind jeden Tag, und viele Jahre lang war alles gut gegangen. Beatrice hatte eine beträchtliche Zahl von Anhängern, die ihr Leben in ihren Dienst gestellt hatten. Sie gebot über eine ganze Reihe sehr wichtiger Leute, und sie hatte eine Formel für die Unsterblichkeit entdeckt. Sechs der neun Dinge, die dazu nötig waren, befanden sich bereits in ihrem Besitz, als der Spiegel plötzlich ein Wesen zeigte, das sie zu Fall bringen würde: ein dürres kleines Ding mit blonden Haaren, blauen Augen und neun Muttermalen an der linken Hand.

Von da an hatte Beatrice nur noch ein Ziel: dieses dürre kleine Ding zu beseitigen.

1

Darci überflog noch einmal die Bewerbungsunterlagen und überprüfte, ob sie die Fragen auch wahrheitsgemäß und ohne etwas dazuzufantasieren beantwortet hatte. Ihre Mutter sagte immer, Darcis Fantasie sei ein wahrer Fluch. »Das hast du garantiert von deinem Vater«, pflegte Jerlene Monroe zu sagen, wenn ihre Tochter wieder einmal etwas getan hatte, was sie nicht verstand. »Wer immer er auch ist«, fügte Onkel Vern dann stets halblaut hinzu – darauf konnte man sich verlassen –, und dann kam es zu einem Streit. An dem Punkt, an dem Onkel Vern schrie, seine Nichte sei keineswegs fantasievoll, sondern einfach nur eine ganz gewöhnliche kleine Lügnerin, schlich sich Darci immer aus dem Zimmer und steckte die Nase in ein Buch.

Aber jetzt war sie in New York, in dieser wunderbaren Stadt. Sie hatte das College hinter sich und bewarb sich um eine Stelle, die allem Anschein nach die attraktivste war, die sich Darci vorstellen konnte. Und ich werde sie bekommen! sagte sie sich, schloss die Augen und drückte die gefaltete Zeitung an die Brust. Ich werde meine Innere Überzeugung zu Hilfe nehmen, dann werde ich die Stelle ganz sicher bekommen.

»Geht es Ihnen gut?«, fragte die junge Frau vor ihr mit einem deutlichen Yankeeakzent.

»Ganz ausgezeichnet«, erwiderte Darci lächelnd. »Und Ihnen?«

»Na ja, eigentlich komme ich mir ziemlich dämlich vor«, entgegnete die junge Frau. »Ich meine, es ist doch wirklich kaum zu fassen!« Sie hob die gleiche Zeitung hoch, die Darci so fest an sich gedrückt hatte. Die junge Frau war viel größer als Darci und verglichen mit ihr ziemlich dick. Allerdings meinten die meisten Leute, Darci sei ausgesprochen dürr. »Sie ist schlank, wie es heute modern ist«, sagte ihre Mutter immer. »Jerlene«, pflegte ihre Schwester Thelma streng zu erwidern, »du gibst dem Mädchen einfach nichts Anständiges zu essen! Wahrscheinlich hungert sie sich noch zu Tode!« Über diese Feststellung ärgerte sich Darcis Mutter immer schwarz, und es folgte unweigerlich ein Schwall von Erklärungen, wie schwer es doch sei, eine Tochter allein aufzuziehen. An dieser Stelle sagte Onkel Vern dann immer: »Du hast sie ja gar nicht aufgezogen, das waren die Nachbarn!« Und dann ging der Streit in die nächste Runde.

Jetzt lächelte Darci die Frau vor ihr nur freundlich an. »Ich glaube noch an Wunder«, sagte sie. So zart und zierlich Darci auch war, so war sie mit ihren weit auseinander stehenden blauen Augen, einer winzigen Nase und einem kleinen, knospenförmigen Mund doch hübsch. Sie war nur einen Meter fünfundfünfzig groß und wog so wenig, dass ihre Kleider immer etwas zu groß wirkten. Der kurze schwarze Rock, den sie heute trug, war mit einer großen Sicherheitsnadel an der Taille gerafft.

»Glauben Sie etwa, dass Sie diesen Job bekommen werden?«, fragte die Frau vor ihr.

»Aber ja doch!«, erwiderte Darci und atmete tief durch. »Ich denke positiv. Wenn man sich etwas ganz fest vornimmt, dann schafft man es auch. Davon bin ich überzeugt.«

Die Frau setzte zu einer Erwiderung an, doch dann grinste sie verschlagen. »Und was, glauben Sie, muss man bei dieser Arbeit machen? Um Sex geht es wahrscheinlich nicht, denn dafür wird zu viel Geld geboten. Ich kann mir auch nicht vorstellen, dass es um Drogen oder um einen Mordauftrag geht, denn solche Jobs werden nicht auf dem öffentlichen Stellenmarkt gehandelt. Also, was glauben Sie? Was wollen die dort drinnen eigentlich?«

Darci blinzelte die Frau verständnislos an. Tante Thelma hatte Darcis einziges Kostüm mit billigem Waschpulver gewaschen und die Maschine abgestellt, bevor die Wäsche gespült worden war. »Damit kann man 'ne Menge Geld sparen«, hatte sie erklärt. Möglicherweise hatte sie Recht, aber

Darcis nackte Arme juckten schrecklich in der ungefütterten Jacke, und schuld war sicher das getrocknete Waschpulver im Stoff ihres Kostüms, unter dem sie eine ärmellose rosafarbene Rüschenbluse trug. »Ich glaube, jemand sucht eine persönliche Assistentin«, meinte sie schließlich.

Die Frau lachte nur hämisch. »Sie glauben doch nicht allen Ernstes, jemand blättert hunderttausend im Jahr für eine PA hin und Sie bekommen diesen Job, weil Sie – was? Weil Sie glauben, dass Sie ihn bekommen?«

Bevor Darci etwas sagen konnte, meinte die Frau hinter ihr: »Lass sie doch einfach in Ruhe! Und verdammt noch mal, warum stehst du eigentlich hier rum, wenn du nicht glaubst, dass du den Job kriegst?«

Darci mochte es nicht, wenn jemand fluchte, und wollte schon etwas sagen, als sich die Frau zu Wort meldete, die als Dritte vor Darci in der Schlange stand. »Hat eigentlich irgendjemand eine Ahnung, worum es bei diesem Job geht? Ich stehe jetzt seit vier Stunden hier rum und habe es nicht geschafft, das herauszufinden.«

»Vier?«, sagte eine Frau, die ein ganzes Stück vor ihnen stand, laut. »Ich bin schon seit sechs Stunden da!«

»Und ich hab gestern hier auf dem Bürgersteig übernachtet!«, rief eine Frau etwa einen halben Block vor ihnen.

Nun mischten sich noch viele andere ein, alle redeten durcheinander, und da sich die Schlange fast über vier Blocks erstreckte, wurde es ziemlich laut.

Aber Darci beteiligte sich nicht an diesen Mutmaßungen, denn tief in ihrem Herzen war sie überzeugt, dass der Job ihr gehörte. Er war die Antwort auf all ihre Gebete. In den letzten vier Jahren, also ihre gesamte Collegezeit über, hatte sie jeden Abend zu Gott gebetet, dass er ihr bei ihrem Problem mit Putnam helfen möge. Und als sie gestern Abend diese Anzeige gelesen hatte, war sie sich ganz sicher gewesen, dass Gott sie erhört hatte.

»Klingt, als wär das auf dich zugeschnitten«, hatte Onkel

Vern gesagt, als Darci ihm die Anzeige unter die Nase hielt. Auf seinem Gesicht lag das kleine Grinsen, das Darci inzwischen nur allzu gut kannte.

»Ich werde nie begreifen, warum deine Mutter es zugelassen hat, dass du dir so 'ne nutzlose, aber teure Schule ausgesucht hast«, meinte Tante Thelma zum zigtausendsten Mal. »Du hättest doch ebenso gut auf 'ne Sekretärinnenschule gehen und dir dann 'nen anständigen Job suchen können – auch wenn du nach deiner Heirat sowieso keinen mehr brauchen wirst.«

»Ich ...«, setzte Darci an, doch sie führte den Satz nicht weiter. Schon vor langer Zeit hatte sie gelernt, dass es keinen Zweck hatte, wenn sie etwas zu erklären versuchte. Stattdessen ließ sie Onkel Vern und Tante Thelma einfach weiterquasseln, ging in den begehbaren Kleiderschrank, der zu ihrem Schlafzimmer umgebaut worden war, und las. Sie las gern Sachbücher, weil sie stets begierig darauf war, etwas Neues zu lernen.

Aber Onkel Vern hatte Recht: Diese Anzeige klang wirklich wie auf Darci zugeschnitten:

Persönliche/r Assistent/in
Computerkenntnisse nicht erforderlich. Voraussetzung: familiäre Ungebundenheit und Reisefreudigkeit. Der/ die ideale Bewerber/in sollte jung, gesund und vielseitig interessiert sein. Anfangsgehalt 100 000 Dollar pro Jahr zuzüglich Krankenversicherung. Bitte finden Sie sich um 8 Uhr in der 211 West 17 Street, Suite 1A zu einem Vorstellungsgespräch ein.

»Was meinst du damit, dass dieser Job auf sie zugeschnitten ist?«, hatte Tante Thelma gestern Abend noch wissen wollen. »Es heißt doch in der Anzeige ›familiäre Ungebundenheit‹, aber wenn Darci was hat, dann Familie.«

»Aber nur mütterlicherseits«, hatte Onkel Vern daraufhin

grinsend erklärt. Tante Thelma war keine Kämpferin wie ihre Schwester, Darcis Mutter. Deshalb ließ sie die Sache auf sich beruhen, griff zur Fernbedienung und schaltete von der Wissenssendung, die sich Darci angesehen hatte, zu einem Teleshoppingkanal. Tante Thelma kannte die Lebensgeschichte sämtlicher Verkäufer aller Teleshoppingsendungen. Sie behauptete, dank dieser Sendungen fühle sie sich selbst in einer so großen und geschäftigen Stadt wie New York wie zu Hause. Unter vier Augen gestand sie Darci sehr oft, wie sehr sie es bereute, Putnam verlassen zu haben. Nie hätte sie einen ehrgeizigen Mann heiraten und vor zehn Jahren nach Indianapolis ziehen sollen, meinte sie. Und als Verns Boss ihn vor drei Jahren gebeten hatte, nach New York zu gehen, um dort eine Gruppe fauler Schweißer zu beaufsichtigen, hätte sie sich weigern sollen mitzukommen. Aber sie hatte ihn begleitet, und seitdem lebte sie hier und hasste jede Minute in dieser Stadt, die sie verabscheute.

Und nun stand Darci also in der Schlange und versuchte, die zornigen Bemerkungen, die um sie herumschwirrten, zu überhören. Sie schloss die Augen und konzentrierte sich auf ein Bild, das sie in dem Moment zeigte, in dem sie erfahren würde, dass dieser perfekte Job ihr gehörte.

Im Lauf des Tages tröpfelten noch ein paar Informationen bis zu Darci durch. Wenn man es zum Eingang des Gebäudes geschafft hatte, durfte man in einen Warteraum. Schließlich wurde eine nach der anderen in den Vorstellungsraum gebeten, der sich hinter einer schweren Holztür verbarg, die bald nur noch »die Tür« hieß. Was sich dahinter abspielte, erfuhren die davor Stehenden nicht, denn keine der Frauen wollte die Chance auf einen derart tollen Job verspielen, indem sie den anderen zu viel mitteilte.

Gegen vier Uhr nachmittags kam Darci endlich in das Gebäude. Vor dem Eingang zum Warteraum stand eine Frau, die nur so viele einließ, wie es Stühle gab. Schon vor etlichen Stunden war klar geworden, dass Männer eigentlich keine

Chance hatten. Die Männer, die die Treppen hochgingen, kamen innerhalb kürzester Zeit zurück.

»Hab ich es nicht gleich gesagt?«, meinte eine Frau in Darcis Nähe. »Sex! Hier geht's um Sex.«

»Und was hast du, das hundert Riesen im Jahr wert ist?«, fragte eine zweite, die ihre Schuhe in der einen Hand hielt, während sie sich mit der anderen die Füße rieb.

»Na ja, es geht wohl nicht so sehr um das, was man hat, sondern vor allem darum, was man damit anstellen kann!«

»Wohl eher: angestellt hat«, sagte eine dritte ziemlich laut. Kurz dachte Darci, gleich würden die Frauen mit den Fäusten aufeinander losgehen, und dazu wäre es auch mit Sicherheit gekommen, wenn diese Worte in Putnam, ihrem Heimatort in Kentucky, gefallen wären. Aber Darci hatte inzwischen gelernt, dass die Frauen im Norden eher mit Worten als mit den Fäusten kämpften. »Wäre wesentlich netter, wenn sie sich ein paar auf die Nase geben würden«, hatte ihre Mutter einmal gesagt, als sie einige Yankeemädchen hatte streiten hören.

»Die Nächste bitte«, sagte die Frau laut, als die hölzerne Tür aufging und die junge Frau, die als Erste in der Schlange mit Darci gesprochen hatte, herauskam. Darci blickte sie fragend an, doch die Frau zuckte nur mit den Schultern, als wollte sie sagen, sie wisse nicht recht, wie dieses Gespräch verlaufen sei.

Als Darci aufstand, befiel sie ein leichter Schwindel. Sie hatte nichts gegessen, seit sie Onkel Verns Wohnung heute früh verlassen hatte. »Du solltest ein kräftiges Frühstück zu dir nehmen!«, hatte Tante Thelma gesagt und Darci einen kleinen Obstkuchen und einen Plastikbecher mit warmem Pepsi gereicht. »Obst ist viel besser als diese Cornflakes, die du immer bei deiner Mutter bekommst. Und wenn man sich auf Jobsuche begibt, braucht man Koffein und Zucker und ein bisschen was Warmes im Bauch«, hatte sie freundlich hinzugefügt.

Doch dieses Frühstück schien ewig lange zurückzuliegen. Darci holte ein paar Mal tief Luft, richtete sich kerzengerade auf und widerstand dem Drang, in den Ärmel ihrer Jacke zu greifen und ihre juckende Schulter zu kratzen. Dann schritt sie durch die offene Tür.

Eine Seite des Raums bestand fast nur aus Fenstern, die aber so schmutzig waren, dass man das Gebäude auf der gegenüberliegenden Straßenseite kaum sehen konnte. Auf dem Boden unter den Fenstern lagen metallene Klappstühle auf einem Haufen, die meisten offenbar kaputt.

In der Mitte des Raums stand ein großer Schreibtisch aus Eichenholz, einer von der Sorte, die alle Gebrauchtmöbelläden unbegrenzt auf Lager zu haben schienen. Dahinter saß ein Mann auf einem der Metallstühle, links von ihm, ein wenig abseits, eine Frau Mitte fünfzig. Sie trug ein hübsches Twinset und einen langen Baumwollrock. An ihrem Hals und an den Händen funkelten Gold und Diamanten, und sie hatte ein völlig durchschnittliches Gesicht, eines, das in einer Menschenmenge nie aufgefallen wäre – bis auf die Augen. Darci hatte noch nie so durchdringende Augen gesehen. Und mit diesen großen braunen Augen musterte die Frau nun Darci, ohne auch nur einmal zu blinzeln.

Nach einem kurzen Blick auf die Frau wandte sich Darci dem Mann hinter dem Schreibtisch zu, denn dieser Mann war der großartigste Mann, den sie je gesehen hatte. Nun ja, vielleicht sah er nicht so blendend aus wie ein Filmstar, aber er war genau der Typ, der Darci schon immer gefallen hatte. Zum einen war er älter, mindestens Mitte dreißig. »Du kannst dir keinen Vater besorgen, indem du einen heiratest«, hatte ihre Mutter ihr schon oft erklärt, aber das hielt Darci nicht davon ab, sich zu Männern über dreißig hingezogen zu fühlen. »Wenn sie erst mal über dreißig sind, können sie genauso gut über siebzig sein«, lautete die Devise ihrer Mutter. Jerlenes Freunde schienen jedes Jahr ein bisschen jünger zu werden.

»Nehmen Sie bitte Platz!«, sagte der Mann mit einer tiefen, wohlklingenden Stimme, die Darci ausnehmend gut gefiel.

Er war ziemlich groß – zumindest nahm Darci das an – und hatte wunderschönes, dichtes schwarzes Haar. Über den Ohren, wo es besonders dicht wuchs, waren ein paar graue Strähnen zu sehen. Wie eine Löwenmähne, schoss es Darci durch den Kopf. Sie starrte den Mann mit derart weit aufgerissenen Augen an, dass ihr fast die Tränen kamen. Aber sie wollte nicht blinzeln, nur für den Fall, dass dieser Mann bloß ein Produkt ihrer Fantasie war und dann verschwand.

Abgesehen von seinem wunderschönen Haar hatte er eine sehr markante Kinnpartie mit einem kleinen Grübchen – genau wie Cary Grant, fand Darci –, kleine flache Ohren – sie sah bei Männern immer auf die Ohren – und tief liegende blaue Augen. Leider wirkten seine Augen, als trage er die Last der ganzen Welt auf seinen Schultern. Aber vielleicht war er ja auch nur müde, weil er schon so vielen Frauen so viele Fragen gestellt hatte.

»Dürfte ich Ihre Bewerbung sehen?«, fragte er und streckte seine Hand aus.

Dürfte ich?, dachte Darci. Kein »Kann ich«, sondern ein sehr wohlerzogenes »Dürfte ich«, als wollte er sie um Erlaubnis bitten. Lächelnd überreichte sie ihm das Blatt, und er überflog es. Sie setzte sich, steckte die Hände unter die Knie und begann, mit den Beinen zu baumeln und sich ein wenig umzusehen. Als ihr Blick auf die Frau links neben dem Mann fiel, stellte sie das Baumeln ein und saß ganz still. Die Augen dieser Frau hatten etwas leicht Beunruhigendes. »Schöner Tag heute«, bemerkte Darci, doch die Miene der Frau blieb völlig reglos, als habe sie Darcis Bemerkung gar nicht gehört, obwohl sie sie weiterhin eindringlich musterte.

»Sie sind dreiundzwanzig?«, fragte der Mann. Darci wandte sich wieder ihm zu.

»Ja«, antwortete sie.

»Und Sie haben einen Collegeabschluss?« Bei dieser Frage

musterte er sie von oben bis unten. An seinem Blick erkannte Darci, dass er ihr nicht glaubte, doch sie war an so etwas gewöhnt, auch wenn sie es nicht recht verstand. Es passierte ihr nämlich recht oft, dass die Leute, wenn sie ihr in der Maschine gewaschenes Kostüm und ihre feinen, dünnen Haare musterten, zu dem Schluss kamen, dass sie nicht wie ein Mädchen wirkte, das aufs College gegangen war.

»Mann's College für junge Damen«, sagte Darci. »Ein sehr altes Institut.«

»Ich glaube nicht, dass ich jemals von diesem College gehört habe. Wo liegt es denn?«

»Eigentlich überall«, erklärte sie. »Der Unterricht findet im Fernstudium statt.«

»Aha«, meinte der Mann und legte ihre Bewerbung auf den Tisch. »Erzählen Sie mir ein bisschen von sich, Darci!«

»Ich stamme aus Putnam, Kentucky, wo ich mein ganzes bisheriges Leben verbracht habe. Bis vor zwei Wochen, als ich nach New York kam, bin ich nie weiter als fünfzig Meilen aus Putnam herausgekommen. Hier in New York lebe ich bei meiner Tante, einer Schwester meiner Mutter, und deren Mann, bis ich eine Arbeit gefunden habe.«

»Und was wollen Sie werden, wenn ...« Er unterbrach sich, aber sie wusste, was er eigentlich hatte sagen wollen: *Wenn Sie groß sind?* Weil sie so klein war, hielten sie die Leute oft noch für ein Kind. »Und zu welchem Beruf sollten Ihre Studien Sie führen?«, fragte er.

»Zu keinem«, erwiderte Darci unbekümmert. »Ich habe von allem ein bisschen was studiert. Ich habe sehr viele Interessen.« Als weder der Mann noch die Frau etwas darauf erwiderten, fügte Darci etwas kleinlaut hinzu: »Über Computer weiß ich allerdings nichts.«

»Das spielt keine Rolle«, sagte der Mann. »Sagen Sie mir, Darci, haben Sie einen festen Freund?«

In Darcis Kopf begannen die Alarmglocken zu schrillen. Hatte sie sich verraten? Hatte dieser wundervolle Mann erkannt, dass Darci sich zu ihm hingezogen fühlte? Glaubte er etwa, dass er mit Darci niemanden bekommen würde, der für ihn arbeitete, sondern ein bis über beide Ohren verliebtes junges Mädchen, das ihm den lieben langen Tag nicht von den Fersen weichen würde?

»Natürlich!«, erklärte sie munter. »Ich bin verlobt. Mit Putnam. Er ...«

»Ihr Verlobter heißt genauso wie der Ort, aus dem Sie stammen?«

»Richtig. Der Ort gehört Putnam.« Sie versuchte, ihr Lachen wie das einer weltläufigen Großstädterin klingen zu lassen. »Auch wenn einem in Putnam nicht sehr viel gehören kann. Aber das, was es dort gibt, gehört Putnam, oder zumindest seiner Familie. Ihnen gehört alles, das heißt, alles in diesem Ort. Und natürlich die Fabriken.«

»Fabriken? Wie viele Fabriken denn?«

»Elf oder zwölf«, erwiderte sie, dachte aber noch einmal darüber nach und meinte dann: »Na ja, ich glaube, inzwischen sind es fünfzehn. Putnams Vater baut eine Fabrik nach der anderen, und zwar mit extraordinärer Geschwindigkeit.«

»Extraordinär«, wiederholte der Mann und senkte den Kopf. Darci war sich nicht ganz sicher, aber sie glaubte, dass er schmunzelte. Doch als er sie wieder ansah, war sein Gesicht so unbewegt wie zuvor. »Wenn Sie einen reichen Mann heiraten werden, brauchen Sie doch eigentlich gar nicht zu arbeiten, oder?«

»Nein, das stimmt nicht!«, entgegnete Darci mit Nachdruck. »Sehen Sie ...«, fing sie an, hörte aber gleich wieder auf und biss sich auf die Unterlippe. Ihre Mutter warnte sie ständig, nicht immer gleich allen Leuten alles über sich zu erzählen. »Behalte ein paar Geheimnisse für dich«, hatte sie ihr oft geraten. Wenn es jemals einen Zeitpunkt gegeben hatte, diesen Rat zu beherzigen, dann jetzt. Und es konnte auch nicht schaden, das Ganze noch mit ein wenig »Fantasie« aus-

25

zuschmücken.«»Bis Putnam sein Erbe antritt, können noch Jahre vergehen. Wir werden es also erst einmal alleine schaffen müssen. Ich bin nach New York gekommen, um so viel wie möglich zu verdienen, bevor ich an den Ort zurückkehre, den ich liebe, und den Mann heiraten kann, den ich liebe.« All dies stieß sie in einem einzigen Atemzug hervor und kreuzte dabei die Finger ihrer rechten Hand hinter dem Rücken.

Ein Weilchen musterte sie der Mann sehr eindringlich, doch sie hielt seinem Blick ungerührt stand. Die Frau hatte bislang weder einen Ton von sich gegeben noch geblinzelt, soweit es Darci mitbekommen hatte.

»Wenn Sie jemanden lieben, dann können Sie nicht reisen. Und wenn Sie in New York Verwandte haben, würden Sie sie sicher vermissen, wenn Sie wochenlang unterwegs wären.«

»Nein, ganz bestimmt nicht!«, protestierte Darci etwas zu schnell. Andererseits wollte sie nicht den Eindruck erwecken, sie sei ein undankbares Geschöpf, ganz sicher nicht nach all dem, was ihre Tante und ihr Onkel für sie getan hatten. »Sie ... äh ...«, fing sie an. »Sie führen ein eigenes Leben. Und so sehr ich sie liebe, glaube ich, dass es ihnen auch ohne mich ganz gut geht. Und meine Mutter hat ...« Was sollte sie sagen? Dass ihre Mutter momentan einen Freund hatte, der zwölf Jahre jünger war als sie, und dass sie es höchstwahrscheinlich gar nicht merken würde, wenn Darci vom Erdboden verschwände? »Auch meine Mutter führt ein eigenes Leben. Sie verkehrt in vielen Clubs, sie engagiert sich ehrenamtlich und so weiter.« Ob die Spelunken und Kneipen in Putnam wohl als »Clubs« durchgehen würden?

»Und Ihr Verlobter?«

Sie musste erst nachdenken, bis ihr einfiel, wen er meinte. »Ach, Putnam. Na ja, er hat sehr viele Interessen, und er ... äh ... er möchte gern, dass ich ein Jahr ...« Fast hätte sie »Freiheit« gesagt, was der Wahrheit ziemlich nahe gekommen wäre. »Er möchte, dass ich ein Jahr für mich selbst habe, bevor wir uns auf unsere lebenslange Reise der Liebe begeben.«

Darci fand ihre letzte Formulierung eigentlich recht gelungen, aber sie merkte, dass sich die Oberlippe des Mannes ein wenig kräuselte, was ihn aussehen ließ, als würde ihm gleich schlecht werden. Sie war sich nicht sicher, was sie falsch gemacht hatte, aber sie wusste, dass sie dieses Einstellungsgespräch verpatzen würde, wenn sie so weitermachte. Nachdem sie tief Luft geholt hatte, meinte sie leise: »Ich brauche diese Arbeit sehr dringend! Und ich werde mich wirklich ins Zeug legen!« Sie wusste, dass sie bittend, fast flehentlich klang, aber sie konnte nicht anders.

Der Mann drehte sich zu der Frau um, die schräg hinter ihm saß. »Haben Sie alles, was Sie brauchen?«, fragte er. Sie nickte. Nun wandte sich der Mann wieder an Darci. Er legte ihre Bewerbung auf den Stapel der übrigen Bewerbungen. »Nun gut, Miss …«

»Monroe«, sagte Darci rasch. »Aber weder verwandt noch verschwägert.« Als der Mann sie verständnislos anblickte, erklärte sie: »Mit der anderen Monroe.«

»Ach so«, sagte er. »Die Schauspielerin.« Er tat nicht einmal so, als hielte er diesen Witz für komisch. Mit unverändert ernster Miene meinte er: »Wie Sie gesehen haben, gibt es sehr viele Bewerberinnen. Wenn wir noch einmal ein Gespräch mit Ihnen führen wollen, rufen wir Sie an. Sie haben doch Ihre Telefonnummer angegeben, oder?«

»Selbstverständlich. Aber rufen Sie bitte nicht zwischen acht und zehn an, da sieht mein Onkel Vern immer fern, und er …« Sie verstummte. Langsam stand sie auf, dann hielt sie inne und betrachtete den Mann noch einmal sehr eindringlich. »Ich brauche diesen Job wirklich sehr dringend!«, wiederholte sie.

»Genau wie alle anderen, Miss Monroe«, erwiderte der Mann. Dann blickte er wieder auf die Frau, und Darci wusste, dass sie entlassen war.

Es kostete sie sehr viel Mühe, die Schultern nicht sinken zu lassen, als sie den Raum verließ und in die hoffnungsvollen Augen der Frauen im Wartezimmer blickte. Sie tat es den anderen vor ihr gleich und zuckte als Antwort auf all die fragenden Blicke nur mit den Achseln. Sie hatte wirklich keine Ahnung, wie sie dieses Bewerbungsgespräch einschätzen sollte. Sobald sie vor dem Gebäude stand, kramte sie in ihrer Handtasche nach ihrer Geldbörse. Was konnte man sich mit fünfundsiebzig Cent zu essen kaufen? Manchmal bekam man für ein bisschen Geld eine Menge bräunlich verfärbter Bananen, die die Obstverkäufer nicht mehr zu einem anständigen Preis loswerden konnten.

Darci richtete sich sehr gerade auf und begann, sich in Bewegung zu setzen. Vielleicht würde sie den Job ja doch bekommen. Warum auch nicht? Er war doch wirklich auf sie zugeschnitten! Sie wollten jemanden, der nicht sehr viele Fertigkeiten besaß, und das traf ganz genau auf sie zu. Allmählich wurden ihre Schritte wieder leichter. Lächelnd begann sie schneller zu gehen und sich zu überlegen, was sie dem Mann sagen würde, wenn er anrief, um ihr mitzuteilen, dass sie den Job habe. »Freundlich – so werde ich mich verhalten«, sagte sie laut. »Freundlich und überrascht.« Ihr Lächeln wurde immer breiter, ihre Schritte immer schneller. Sie wollte möglichst rasch nach Hause, um ihre Innere Überzeugung auf dieses Problem zu lenken.

Adam bedeutete der Frau an der Tür, erst einmal keine neue Bewerberin einzulassen. Er hatte das dringende Bedürfnis, sich ein wenig zu strecken und ein paar Schritte zu gehen. Am Fenster verschränkte er die Arme hinter dem Rücken. »Es klappt nicht«, sagte er zu der Frau. »Wir haben bislang keine Einzige gefunden, die auch nur annähernd die Richtige ist. Was soll ich denn noch tun? Die Grundschulen abklappern?«

»Die Letzte hat gelogen«, sagte die Frau hinter ihm leise.

Adam drehte sich um und sah sie an. »Die? Das kleine

Landei aus Kentucky? Armes Ding! Ihr Kostüm sah aus, als hätte sie es in einem schmuddeligen Bach gewaschen. Und außerdem hat sie einen Freund, einen reichen Freund. War das eine Lüge? Was die vielen Fabriken angeht, die seine Familie angeblich besitzt? Wahrscheinlich hat er nur einen zwanzig Jahre alten Kleinlaster mit einem Gewehrständer auf der Ladefläche.«

»Sie hat in allem gelogen«, sagte die Frau ungerührt.

Er wollte etwas entgegnen, aber er wusste längst, dass Helen sich lieber auf ihre Intuition verließ und die normalen menschlichen Kommunikationswege verabscheute. Das bedeutete im Klartext, dass sie es hasste, zu reden. Schon oft hatte sie ihm erklärt: »Das habe ich dir doch schon gesagt!« Nach so einer Bemerkung zerbrach er sich dann den Kopf, bis ihm schließlich ein winzigkleiner Satz einfiel, mit dem sie ihm tatsächlich alles Wichtige mitgeteilt hatte.

Und nun hatte Helen etwas sogar zweimal gesagt, also musste es sehr wichtig sein. Obwohl er hundemüde war, eilte er quer durch den Raum zu dem Stapel Bewerbungen auf seinem Schreibtisch, nahm die oberste und überreichte sie Helen. Diese strich mit den Händen über das Blatt Papier, ohne es zu lesen. Sie berührte es nur und starrte dabei ins Leere. Dann begann sie zu lächeln, und ihr Lächeln wurde immer breiter.

Sie blickte wieder auf Adam. »Sie hat gelogen, wo sie nur konnte«, sagte sie freudestrahlend.

»Sie hat keinen Freund, keine Tante und keinen Onkel? Und sie braucht keinen Job? Wo genau hat sie gelogen?«

Helen fuchtelte abwehrend mit der Hand, als wären all diese Fragen völlig belanglos. »Sie ist nicht der Mensch, der sie zu sein scheint. Sie ist auch nicht der Mensch, für den sie selbst sich hält. Und ebenso wenig ist sie der, für den du sie hältst.«

Adam musste sich anstrengen, den Mund zu halten. Er hasste diese verschlüsselten, kryptischen Auskünfte von

Hellsehern. Warum konnte sich die Frau nicht allgemein verständlich ausdrücken?

Helen las wie immer Adams Gedanken, und wie immer amüsierte es sie. Es gefiel ihr, dass Adam ihre Fähigkeiten nicht ehrfürchtig bestaunte. Die meisten Menschen hatten panische Angst davor, dass Hellseher ihre Geheimnisse lüften könnten, aber Adam war auf der Suche nach eigenen Geheimnissen sowie denen von anderen, und deshalb hatte er von ihr nichts zu befürchten.

»Würdest du mir bitte verraten, was du eigentlich sagen willst?«, fragte er leicht missmutig.

»Sie ist die Richtige.«

»Diese unterernährte Göre? Diese Mansfield?«

Verwirrt blickte Helen auf die Bewerbung. »Hier steht Darci T. Monroe, nicht Mansfield.«

»Das war ein Witz«, sagte Adam, auch wenn er wusste, dass er ihn leider nicht würde erklären können. Helen konnte einem zwar sagen, was der eigene, verstorbene Großvater gerade trieb, aber Adam bezweifelte, dass sie sich jemals eine gute Fernsehsendung oder etwa einen schönen Kinofilm angesehen hatte.

Er nahm ihr die Bewerbung aus der Hand, betrachtete sie noch einmal eingehend und versuchte, sich an alles zu erinnern, was ihm zu dem schmächtigen Mädchen einfiel, das noch vor wenigen Minuten vor ihm gesessen hatte. Doch in seinem Kopf vermischten sich die Bilder von all den Frauen, die er heute gesehen hatte.

Schließlich erinnerte er sich aber doch wieder an sie: klein, zart, ziemlich ärmlich wirkend. Aber dennoch ein hübsches kleines Ding, wie ein Vögelchen. Ein Goldfink, dachte er, als ihm ihr blondes Haar einfiel, das die schmächtigen Schultern in dem billigen Kostüm umspielt hatte. Ihre nackten Füße hatten in Sandalen gesteckt, und ihm fiel auch wieder ein, dass er gedacht hatte, diese Füße seien so zierlich wie die eines Kindes.

»Ich weiß nicht ...«, sagte er und blickte auf Helen. Aber auf ihrem Gesicht lag wieder einmal dieser ganz besondere Ausdruck, den sie immer bekam, wenn sie sich in einer Art Trance sehr eingehend mit einer Sache beschäftigte. »Also gut«, meinte er seufzend. »Nun sag schon: Was siehst du?«

»Sie wird dir helfen.«

Adam wartete, dass Helen sich näher erklärte, aber er entdeckte nur ein kleines Lächeln auf ihren Lippen. Du lieber Gott – wieder einmal so ein typischer Hellseherhumor. Offenbar hatte sie etwas furchtbar Amüsantes gesehen. Seiner Erfahrung nach konnte es etwas Gutes wie den Haupttreffer in einer Lotterie bedeuten oder etwas Schlechtes wie drei Tage in einem eisigen Schneesturm festzustecken; solange es keine Toten gab, fand Helen auch solch schreckliche Erfahrungen amüsant. In der Tat erheiterten sie alle Abenteuer, die man überlebte. Ein Mensch, dem ständig solche Sachen durch den Kopf gingen, brauchte wohl tatsächlich keine Filme oder das Fernsehen.

»Und mehr willst du mir nicht sagen?«, fragte Adam verkniffen.

»Genau«, erwiderte Helen. Doch dann schenkte sie ihm noch eines ihrer sehr seltenen aufrichtigen Lächeln. »Sie ist hungrig. Gib ihr zu essen, dann wird sie dir schon helfen.«

»Soll ich sie Fiffi nennen?«, fragte Adam in einem Versuch, gemein zu sein, doch sein Ton brachte Helen nur dazu, noch etwas breiter zu lächeln.

»Es wird Zeit, dass ich mich an meine Arbeit mache«, sagte sie und stand auf. Die dunkelsten Stunden der Nacht verbrachte sie nämlich damit, in Trance das Leben und die Zukunft ihrer Klienten zu erforschen.

Adam ärgerte sich ein wenig über sie, aber gleichzeitig hatte er Angst vor dem Alleinsein. »Bist du dir sicher, was das Mädchen angeht? Kann sie es tun? Wird sie es tun?«

Helen blieb an der Türschwelle stehen und schaute ihn

plötzlich sehr ernst an. »Die Zukunft muss gestaltet werden. So, wie die Dinge momentan stehen, kannst du es schaffen, aber genauso gut auch scheitern. Wie es ausgeht, kann ich erst sehen, wenn du mit diesem Mansfield-Mädchen dort bist und ...«

»Monroe«, verbesserte Adam sie bissig.

Helen lächelte schwach. »Und denk daran: Du darfst sie nicht berühren!«

»Wie bitte?«, fragte Adam verblüfft. »Sie berühren? Komme ich dir so verzweifelt vor? Dieses arme kleine Ding? Sie ist wahrscheinlich in einer kargen Landarbeiterhütte aufgewachsen. Wie hieß die Schule, die sie besucht hat? Mann's irgendwas. Sie berühren! Also bitte! Lieber würde ich ...«

Er beendete den Satz nicht, denn Helen war schon draußen und zog die Tür zu. Aber ihr Lachen drang noch an sein Ohr. Er hatte sie noch nie lachen hören.

»Ich hasse Hellseher!«, sagte Adam laut, als er alleine war. Dann betrachtete er erneut die Bewerbung. Darci T. Monroe. Wofür das T wohl steht?, fragte er sich und schüttelte missbilligend den Kopf. Jedes Mal, wenn an diesem Tag eine langbeinige Schönheit aus Süddakota oder sonst woher hereinspaziert war, hatte Adams Herz einen kleinen Hüpfer gemacht. Wenn sie die Richtige wäre, würde er Tag und Nacht mit ihr verbringen, die Mahlzeiten mit ihr einnehmen, mit ihr zusammen etwas erleben, was vielleicht ein großes Abenteuer werden würde, gemeinsam ...

Aber jedes Mal, wenn die Schöne den Raum verlassen hatte und er auf Helen blickte, schüttelte diese mit einem leicht spöttischen Gesichtsausdruck den Kopf, denn sie konnte ja seine ganzen wollüstigen Fantasien lesen. Nein, die Schöne war nicht die Richtige.

Und jetzt ausgerechnet die! Darci T. Monroe – nicht verwandt oder verschwägert mit der anderen – wirkte wahrhaftig nicht stark genug, um ihm bei irgendetwas zu helfen. Vielleicht war sie ja – na ja, körperlich qualifiziert, das wollte er ja gerne glauben, aber wie konnte sie ...?

»Ach, was soll's!«, sagte er laut, dann griff er zum Telefon und wählte die in ihrer Bewerbung angegebene Nummer. Ich habe noch zwei Wochen, vielleicht taucht ja in dieser Zeit noch eine auf, die über die richtigen Qualifikationen verfügt, dachte er, während das Telefon klingelte. Doch da antwortete schon eine Frauenstimme am anderen Ende der Leitung.

2

Das Grove in Camwell, Connecticut, war die herrlichste Hotelanlage, die Darci je gesehen hatte. Früher hatte das Anwesen einem reichen Farmer gehört. Wie George Washingtons Landsitz, Mount Vernon, hatte sie gedacht, als sie es zum ersten Mal gesehen hatte. Das Haupthaus mit seiner ausladenden Veranda und den vielen Fenstern war 1727 erbaut worden. Die Fußböden bestanden aus breiten Eichendielen, und auf der linken Seite des Eingangsbereichs, in dem ein hübscher kleiner Schreibtisch stand, befand sich ein großer Raum mit hoch aufgepolsterten Stühlen und zwei Sofas vor einem riesigen steinernen Kamin.

»Herrlich hier!«, sagte sie zu dem jungen Mann, der ihren winzigen Koffer für sie trug.

»Sie sind im Haus Kardinal untergebracht, zusammen mit Mr Montgomery«, erklärte er und beäugte sie kritisch.

»Ach ja?«, fragte sie. »Kommt Mr Montgomery denn oft hierher?«

»So viel ich weiß, ist er zum ersten Mal hier«, erwiderte der junge Mann. Er führte sie durch das Haupthaus zu einem Hinterausgang.

Darci blickte auf den Park und die mit Blumenrabatten gesäumten Pfade, die zu mehreren kleinen, unter hohen Bäumen versteckten Häusern führten. »Dependancen«, bemerkte sie lächelnd.

»Richtig«, erwiderte der Mann und musste ebenfalls ein wenig lächeln. »Dieses Wort kennen nur wenige. Interessieren Sie sich für Geschichte?«

»Ich interessiere mich für eine Menge Dinge«, antwortete Darci. »Ist Mr Montgomery denn schon da?«

»Er ist bereits vor einigen Stunden angekommen«, sagte er und bog nach links ab. »Alle unsere Bungalows sind nach Vögeln benannt. Ganz im Vertrauen: Dort, wo Sie übernachten werden, wurde früher Eis gelagert. Eigentlich sollte ich

Ihnen das gar nicht erzählen, aber ...« Mit gesenkter Stimme fuhr er fort: »Unter dem Bett befindet sich eine Falltür, die zu einem Keller führt, und dort wurde früher das Eis aufbewahrt.«

»Gibt es da auch einen kleinen Bach oder sonst etwas, womit das Eis kühl gehalten wurde?«

»Früher gab es wohl mal einen, aber ich glaube nicht, dass er noch da ist«, meinte er. »Hier wären wir!« Er machte die Tür auf und ging in den Bungalow.

Es sah aus wie eine kleinere Ausgabe des großen Hauses. Darci entdeckte zwei Schlafzimmer, zwei Bäder, eine kleine, aber voll ausgestattete Küche und ein hübsches Wohnzimmer. Die Möbel, eine Mischung aus alt und neu, waren sehr gepflegt, die Räume höchst geschmackvoll dekoriert. »Wunderschön!«, rief Darci beeindruckt. »Sie arbeiten sicher sehr gern hier!«

»Na ja, man kann davon leben«, sagte er. »Welches Schlafzimmer möchten Sie?«

»Tja, hm – ich weiß nicht recht. Am besten das Schlafzimmer, das noch frei ist«, erwiderte sie. Sie sah, dass der junge Mann fein lächelte, bevor er in das rechte Schlafzimmer ging. Darci seufzte. Sie wusste nur zu gut, wie es in kleinen Ortschaften zuging. Sicher würde bald jeder in Camwell wissen, dass sie keine amouröse Beziehung zu ihrem neuen Chef unterhielt. Schade, dachte sie. Sie hätte sich zu gern mit einem Hauch von Verruchtheit umgeben.

Der junge Mann legte ihren Koffer auf einen Stuhl am Fußende des Bettes, dann drehte er sich erwartungsvoll zu ihr um. Darci brauchte ein Weilchen, bis ihr klar wurde, dass er auf sein Trinkgeld wartete. Zögernd öffnete sie ihre Handtasche, kramte fünfzig Cent heraus und überreichte sie ihm.

Einen Moment lang starrte der junge Mann verdutzt auf die Münzen in seiner Hand, dann schaute er wieder auf Darci und lächelte.

»Vielen Dank!«, meinte er offenbar sehr amüsiert.

Als er gegangen war, ließ sich Darci auf das Bett fallen. »Und jetzt?«, fragte sie laut. Die letzten zwei Wochen waren ausgesprochen seltsam gewesen. Was würde wohl als Nächstes passieren?

Es hatte damit angefangen, dass die Tante ihr sagte, sie habe den Job bekommen, denn sie hatte das Telefonat entgegengenommen.

»Was hat er denn gesagt?«, wollte Darci wissen. »Wann soll ich anfangen? Und wo?«

Tante Thelma hatte keine dieser Fragen beantworten können. Sie dachte nur daran, wie gut sie sich fühlen würde, wenn sie ihrem Mann unter die Nase reiben konnte: »Hab ich es dir nicht gleich gesagt?« Aber als Onkel Vern heimkam, dachte der nur daran, wie viel Geld er Darci wohl für Kost und Logis würde abknöpfen können, die sie ihr so großzügig gewährt hatten.

Darci bekam nichts von dem Streit mit, der sich daraus entspann. Sie spürte nur eine tiefe Befriedigung, dass sich ihr Glaube, alles werde sich von ganz allein lösen, wieder einmal bewahrheitet hatte.

Aber in den folgenden zwei Wochen hatte sie der Mann, den sie nur so flüchtig kennen gelernt hatte, nur ein einziges Mal kurz angerufen. Er wollte ihre Versicherungsnummer und andere notwendige Daten wissen, um ihr das erste Gehalt im Voraus zukommen zu lassen. Als vierzehn Tage verstrichen waren und sie nichts Weiteres von ihrem Arbeitgeber gehört hatte, konnte es sich Onkel Vern natürlich nicht verkneifen zu bemerken, dieser Job sei ja doch nur einer für ein Mädchen wie sie, das habe er die ganze Zeit gewusst.

»Und was soll das heißen?«, hatte Tante Thelma ihn angefaucht. Da die Tochter ihrer Schwester einen Job ergattert hatte, der ihr hunderttausend im Jahr einbringen würde, hatte sie das Gefühl, auf der Leiter des Erfolgs persönlich ein paar Stufen nach oben gefallen zu sein und jetzt um einiges über ihrem Mann zu stehen. »Was soll das heißen: ›Ein Mädchen wie sie›?«, hatte Thelma noch einmal schmallippig gefragt. »Wie die Mutter, so die Tochter«, hatte Onkel Vern nur erwidert. An dieser Stelle hatte Darci die beiden allein gelassen.

Nun musste Onkel Vern feststellen, dass tatsächlich etwas von Jerlene Monroe in Darci steckte, wenn auch nicht der Wesenszug, an den er gedacht hatte. Sobald Vernon den Scheck sah, schlug er vor, den ganzen Betrag doch auf sein Konto einzuzahlen. »Dann bekommst du höhere Zinsen«, hatte er mit vor scheinbarer Redlichkeit triefender Stimme erklärt.

»Ich sag dir was, Onkel Vern«, entgegnete Darci lächelnd. »Ich eröffne einfach ein eigenes Konto, und dann kannst du dein Geld auf mein Konto überweisen. Wie findest du das?«

Es gab ein großes Hin und Her, und Darci musste sich einige üble Beschimpfungen anhören, aber an so etwas war sie gewöhnt. Wenn sie das Geld nicht wirklich gebraucht hätte – dieses Bedürfnis nach Geld bestimmte letztlich den gesamten Verlauf ihres weiteren Lebens –, hätte sie ihr Glück von Herzen gern mit ihm geteilt. Aber sie konnte es sich nicht leisten, auch nur einen einzigen Cent abzugeben.

»Du weißt doch, dass Darci Schulden hat«, meinte Tante Thelma. Aber auch sie war sichtlich wenig erfreut, dass ihre einzige Nichte das ganze Geld für sich behalten wollte. Außerdem hielt keiner ihrer Verwandten Darcis »Schulden« für die unerträgliche Belastung, für die Darci sie hielt.

Schließlich erklärte Darci, sie werde über Onkel Verns Bitte nachdenken und ihnen am nächsten Tag Bescheid geben. Allerdings sagte sie ihren Verwandten nicht, dass mit dem Scheck auch ein Schreiben des Mannes gekommen war, den sie in ihrem Vorstellungsgespräch kennen gelernt hatte – ein gewisser Adam Montgomery, der ja nun wohl ihr Chef war. Er teilte ihr ein Datum und eine Uhrzeit mit, zu der ein Auto sie abholen und nach Camwell in Connecticut zum Landhotel »The Grove« bringen würde. In dem Schreiben war auch eine Telefonnummer angegeben, aber als Darci dort anrief, meldete sich nur der Anrufbeantworter. Sie hinterließ eine Nachricht, in der sie bat, der Wagen möge sie nicht an der Wohnung ihres Onkels, sondern sechzehn Blocks weiter in einem viel hübscheren Teil New Yorks abholen.

Am Morgen des Tages, an dem sie ihren neuen Job antreten sollte, verstaute Darci ihre Habseligkeiten in ihrem alten Koffer und schleppte ihn die sechzehn Blocks an den Ort, an dem der Wagen sie treffen sollte. Da er erst für vierzehn Uhr angekündigt war, stand sie dort eine ganze Weile herum. Aus Angst, das Auto zu verpassen, verließ sie die Ecke nur ein einziges Mal ganz kurz, um sich ein Thunfischsandwich zu besorgen. Danach sauste sie sofort wieder an den Treffpunkt zurück. Pünktlich um vierzehn Uhr kreuzte dann der schwarzen Lincoln mit den braunen Ledersitzen auf.

Auf der Fahrt nach Connecticut kauerte Darci die ganze Zeit am vorderen Rand der Rückbank und löcherte den Chauffeur mit Fragen. Als sie in Camwell, einer ziemlich entlegenen Ecke im Norden Connecticuts, ankamen, wusste sie mehr über diesen Mann als seine letzten beiden Ehefrauen.

Und jetzt war sie hier. Von Adam Montgomery war allerdings weit und breit nichts zu sehen. Darci war viel zu aufgeregt, um im Bungalow zu bleiben und ihren Koffer auszupacken. Außerdem würde das ohnehin nicht mehr als fünf Minuten dauern. Sie wollte viel lieber alles erkunden, und zwar als Erstes das andere Schlafzimmer.

In diesem Raum, der um etliches größer war als ihrer, standen zwei französische Betten. Sie fuhr mit der Hand über die Tagesdecken und überlegte, welches Bett er wohl benutzte. Dann begutachtete sie den Schrank, der mit Kleidern voll gestopft war. Es war Herbst in Neuengland, und die Kleidung in Mr Montgomerys Schrank wirkte, als sei sie genau richtig für diese Jahreszeit und für diesen Ort. Als Darci mit der Hand über ein Cordhemd fuhr, bemerkte sie, dass auf dem

Etikett im Kragen nichts anderes stand als seine Initialen. Seine Kleider waren also maßgeschneidert! Es gab Hemden aus Flanell und Cordsamt, Pullover aus flauschiger Wolle und daneben auch noch ein paar Baumwollhemden, die sich unglaublich weich anfühlten. Auf dem Boden des Schrankes standen sechs Paar Schuhe, alle ordentlich mit hölzernen Schuhspannern versehen.

»Donnerwetter!«, wunderte sich Darci. »Sechs Paar Schuhe!«

Nach einem kurzen Blick in die Schubladen des Zimmers ging sie ins Bad und sah sich auch dort gründlich um. Sie roch am Inhalt jeder einzelnen Flasche und berührte alles, was sie fand. Als sie diesen Raum anschließend verließ, wusste sie, dass sie ihren Chef nun, falls nötig, allein an seinem Geruch erkennen würde.

Doch wo steckte er? Inzwischen war es bereits sechs Uhr. Darci ging zurück zum Hauptgebäude und spazierte in jeden nicht abgeschlossenen Raum. Sie begrüßte die Küchenangestellten und fragte sie nach ihren Namen. Auch bei den anderen Mitarbeitern stellte sie sich vor und durfte dann auch den Keller des Hauses erforschen. Um acht Uhr ging sie zurück zu ihrer Unterkunft. Sie zog ihre Kostümjacke eng um sich, denn mittlerweile war es ziemlich kalt geworden. Wie sie feststellte, war Mr Montgomery noch immer nicht da. Also ging sie wieder nach draußen. Sie hätte sich gern die Hemdjacke aus dickem Flanellstoff angezogen, die in seinem Schrank hing, aber wahrscheinlich hätte sie damit ihre Grenzen überschritten. Es blieb ihr nichts anderes übrig, als ihre Kostümjacke zuzuknöpfen und schneller zu laufen.

Ein paar Mal blieb sie stehen, schloss die Augen und konzentrierte sich auf das Bild des Mannes, auf den sie wartete. Wo war er? Plötzlich hörte sie jemanden durch das trockene Laub laufen. Sie blieb wieder stehen und atmete tief ein. Sie hatte ihn gefunden. Ohne weiter zu überlegen, lief sie ihm nach.

Er benutzte nicht die Gehsteige, sondern ging über die Rasenflächen. Sie folgte ihm fast eine Stunde lang quer durch Camwell, ehe sie ihn fragte: »Wonach suchen Sie eigentlich?«

Adam zuckte erschrocken zusammen, als er die Stimme in seiner Nähe hörte, erholte sich jedoch rasch, sobald er merkte, wer es war. Sie stand unter einer Straßenlaterne in demselben dünnen, abgetragenen Kostüm, das sie auch bei ihrer ersten Begegnung getragen hatte, und wirkte so zerbrechlich, dass Adam befürchtete, sie würde rückwärts stolpern, wenn er nur einmal nieste. »Warum sind Sie nicht im Hotel?«

»Ich wollte Sie finden und fragen, was ich zu tun habe. Worin meine Arbeit eigentlich besteht, meine ich«, sagte sie und lächelte zu ihm empor. Sie fand ihn hinreißend in seiner modischen Lederjacke über einem handgestrickten irischen Pullover mit Zopfmuster und hervorragend sitzenden ausgebleichten Jeans.

»Ich wollte zu gegebener Zeit mit Ihnen über Ihre Arbeit sprechen«, entgegnete er leicht verstimmt.

»Was machen Sie denn hier draußen?«

Adam lag schon auf der Zunge, ihr zu sagen, das ginge sie nichts an, aber schließlich würde er die nächste Zeit mit ihr zusammen verbringen müssen und wollte sie nicht gleich verärgern. Wahrscheinlich war es das Beste, sich von Anfang an gut mit ihr zu stellen. »Das werde ich Ihnen alles zu gegebener Zeit erklären«, wiederholte er.

»Wenn Sie Sex suchen – ich stelle mich gern zur Verfügung«, meinte Darci und klimperte kokett mit ihren hellblonden Wimpern.

Einen Moment lang war sich Adam nicht ganz sicher, ob er richtig gehört hatte. Er sah sie verständnislos an.

Doch als er sie eingehend musterte und feststellte, dass sie die Arme fest um sich geschlungen hatte, um sich zu wärmen, kam ihm die Vorstellung, mit diesem zitternden Mädchen Sex zu haben, plötzlich sehr komisch vor. Er konnte sich nicht beherrschen und lachte laut los. Dabei verflog sein ganzer Ärger. Was ihr anderswo fehlt, macht sie mit ihrem Humor wett, dachte er.

»Kommen Sie«, meinte er gut gelaunt, »dort drüben gibt es ein kleines Café. Setzen wir uns kurz hinein, damit Sie sich ein wenig aufwärmen können.«

Bald hatten sie das hell erleuchtete Bistro erreicht, und er führte sie in eine Nische. Die Kellnerin, eine große, dünne Frau in einer blauen Uniform mit einer kleinen weißen Schürze, fragte sie nach ihren Wünschen. »Möchten Sie eine Tasse Kaffee?«, fragte Adam, und Darci nickte.

»Darf's auch was zu essen sein?«, fragte die Bedienung gelangweilt.

»Nein«, entgegnete Adam, doch dann blickte er auf Darci, die ihm gegenübersaß, und meinte: »Vielleicht bringen Sie uns doch zwei Stück Kuchen. Haben Sie Apfelkuchen?«

»Wir sind hier in Neuengland, im Oktober, und da fragen Sie mich, ob wir Apfelkuchen haben!«, meinte die Kellnerin kopfschüttelnd, dann ging sie kichernd davon.

Adam wandte sich wieder an Darci. »Danke! So herzhaft habe ich schon lange nicht mehr gelacht.«

Die Kellnerin stellte zwei grüne Steingutbecher auf den Tisch und schenkte Kaffee ein. Adam trank seinen schwarz, Darci kippte drei Teelöffel Zucker in ihren und dann noch vier Portionspackungen Kaffeesahne. Nun war der Kaffee offenbar nach ihrem Geschmack, und sie trank ihn in langen Zügen, die Hände fest um den Becher gelegt, um sich daran zu wärmen.

»Ich freue mich, wenn ich etwas für Sie tun kann!«, meinte sie und schaute ihn mit großen Augen an. »Und wonach haben Sie heute Abend gesucht?« Als die Kellnerin zwei große Stücke Apfelkuchen brachte, machte sich Darci sofort über ihres her, nicht ohne Adam weiterhin fragend zu mustern.

»Wie haben Sie mich gefunden?«, wollte er wissen, ohne ihre Frage zu beantworten.

»Ich habe meine Innere Überzeugung zur Hilfe genommen.«

»Aha!«, meinte er schmunzelnd. »Und was ist das?«

»Wenn man nur intensiv genug an etwas denkt, dann passiert es auch. Ich dachte intensiv daran, dass Sie sich mir nähern, und schon waren Sie da.«

»Aha«, meinte Adam noch einmal, und sein Lächeln wurde breiter.

»Also – wonach haben Sie gesucht?«

»Tja, das kann ich Ihnen noch nicht verraten«, sagte er und bedachte sie mit einem – wie er hoffte – väterlichen Lächeln. »Zumindest gibt es keinen Grund, Ihnen das jetzt schon zu sagen.«

»Essen Sie Ihren Kuchen?«, fragte sie.

Noch immer lächelnd schob er ihr seinen unberührten Teller zu.

»Sie wollen, dass ich für Sie arbeite, aber Sie wollen nicht, dass ich weiß, was Sie tun. Oder jedenfalls noch nicht. Was muss passieren, bevor Sie es mir sagen können? Ein Erdbeben? Ein Hurrikan? Microsoft kauft China?«

Er kicherte. »Sehr witzig. Nichts muss passieren. Ich muss nur zuerst etwas finden, und dann kann ich es Ihnen sagen.«

»Aha. Ich verstehe«.

»Was verstehen Sie?«, fragte er. Inzwischen ärgerte er sich wieder ein wenig über sie, auch wenn er es gar nicht wollte. Warum ließ diese halbe Portion nicht locker?

»Der Heldenmythos. Sie müssen erst den Schatz finden, dann steigen Sie auf die Kiste und trommeln sich triumphierend auf die Brust, während die Heldin sich Ihnen zu Füßen wirft.«

»Auf die Brust trommeln …« Adam starrte sie fassungslos an. Normalerweise sprachen Frauen nicht so mit ihm. Normalerweise … nun, normalerweise waren Frauen in seinem Leben niemals ein Problem gewesen. Er zwang sich dazu, ruhig zu bleiben. »Gut«, meinte er lächelnd, »wahrscheinlich werde ich es Ihnen früher oder später tatsächlich sagen müssen.« Er stand auf und blickte sich um, weil er sichergehen wollte, dass sie nicht belauscht wurden. Als er sich vergewissert hatte, dass niemand in der Nähe war, setzte er sich wieder, beugte sich zu ihr hinüber und sagte leise: »In diesem Ort gibt es einen Hexenzirkel. Ich versuche herauszufinden, wo der Treffpunkt ist.«

Darci nippte völlig gelassen weiter an ihrem Kaffee. Ihre Ruhe regte ihn ein wenig auf. In ihren Augen war nicht das geringste Interesse zu erkennen.

»Haben Sie denn die Leute hier schon gefragt?«

»Haben Sie nicht gehört, was ich sagte? Ein Hexenzirkel ist eine ziemlich üble Sache. Und der hier ist ganz besonders böse. So ein Zirkel trifft sich nicht unbedingt in aller Öffentlichkeit.«

»Aber dieser Ort ist nicht besonders groß«, meinte Darci nur. Sie hatte inzwischen auch das zweite Stück Kuchen vertilgt und kratzte die letzten Krümel zusammen.

»Was hat denn die Größe eines Ortes damit zu tun?«

»Meiner Erfahrung nach kann niemand in einem kleinen Ort ein Geheimnis bewahren. Wenn ich herausfinden wollte, was meine Mutter gerade treibt – nicht, dass ich das jemals möchte, glauben Sie mir! –, könnte ich in Putnam jeden Menschen anrufen, der älter ist als sieben, und der könnte es mir genau sagen.«

»Erinnern Sie mich daran, dass ich nie einen Fuß in Ihren Heimatort setze!«, meinte er. »Aber ich kann mir beim besten Willen nicht vorstellen, dass dort Dinge passieren, die auch nur annähernd an die Bösartigkeit dieses Zirkels herankommen.«

»Na ja, einmal, da ...«

Bevor Darci ihren Satz beenden konnte, legte die Kellnerin die Rechnung auf den Tisch. »Haben Sie noch einen Wunsch?«, fragte sie, als sie auf die beiden restlos leer gekratzten Teller vor Darci blickte. »Wir hätten noch ein Stück Kirschkuchen in der Vitrine.«

Darcis Augen begannen zu leuchten. »Oh, das wäre ...«

»Wir müssen leider weiter«, meinte Adam und reichte der Bedienung ein paar Scheine.

»Gibt es hier in der Gegend Hexenzirkel?«, fragte Darci und vermied es, in Adams schockiertes Gesicht zu blicken.

»Aber klar doch. Drüben beim Hotel, dem Grove, gibt es einen ziemlich großen.«

»Ach ja, bei dem Hotel, in dem wir wohnen?«

»Genau. Sie übernachten im Haus Kardinal, stimmt's? Sie müssen nur zur Hintertür raus, dann folgen Sie links dem Weg zu den alten Sklavenquartieren. Sie können es gar nicht verfehlen.«

»Ich kann mir kaum vorstellen ...«, fing Adam an.

»Ist es ein richtig böser Zirkel?«, unterbrach ihn Darci.

»Entschuldigen Sie bitte, sie hat ...«

Die Kellnerin ließ sich von Adam nicht beirren. »Ausgesprochen böse. In den letzten vier Jahren sind hier vier Menschen verschwunden, wenn auch keine Einheimischen. Wir glauben, dass sie irgendeinen Firlefanz in den unterirdischen Gängen treiben, irgendwas mit Blut und so weiter. Der Sheriff hat abgewiegelt, aber seiner grauenhaften Schwägerin gehört das Haus, in dem er wohnt, und alle wissen, dass sie ein Mitglied dieses Zirkels ist. Sie sollten gut auf sich aufpassen! Das Jahr geht seinem Ende zu, und vielleicht soll die Zahl der verschwundenen Fremden ja auf fünf erhöht werden. Also dann, ich wünsche Ihnen eine gute Nacht und hoffe, Sie bald wieder bei uns zu sehen. Ha, ha – nur ein kleiner Scherz meinerseits«, fügte sie hinzu, bevor sie das Geld nahm und verschwand.

Darci bemerkte, dass Adam sich auf seiner Bank zurückgelehnt hatte und sie mit großen Augen anstarrte. Aber er erholte sich ziemlich rasch.

»Gehen wir?«, fragte er, und Darci spürte, dass er wütend auf sie war.

Draußen machte er so große Schritte, dass Darci rennen

musste, um mit ihm mithalten zu können. »Werfen Sie mich jetzt raus?«, fragte sie atemlos.

»Das sollte ich wohl!«, grollte er. »Ich wollte den Grund unserer Anwesenheit geheim halten, aber Sie ... Sie ...« Er reckte hilflos die Arme empor, als fehlten ihm die Worte, um zu beschreiben, was sie gerade getan hatte.

»Aber das wissen doch ohnehin alle«, sagte Darci, die noch immer neben ihm herrannte. »Die Bedienung wusste, dass wir in Grove nächtigen, stimmt's? Sie wusste sogar, in welchem Bungalow.«

»Sie nehmen diese Sache offenbar nicht sehr ernst!«

»Sie wollten wissen, wo sich dieser Zirkel trifft, und ich habe es für Sie herausgefunden. Was sonst sollte eine persönliche Assistentin tun, wenn nicht helfen, wo ihre Hilfe gebraucht wird? Aber eigentlich weiß ich noch immer nicht, was von mir erwartet wird. Und wenn wir schon einmal dabei sind: Warum haben Sie mich überhaupt eingestellt? Abgesehen davon, dass Sie die Antwort auf all meine Gebete waren, und deshalb vielleicht – oh, vielen Dank!«, meinte sie, als er die Tür des Bungalows für sie aufhielt.

Drinnen sagte sie erst einmal nichts, sondern wartete ab.

»Ich habe keine Ahnung, welche Frage ich als erste beantworten soll«, meinte er mürrisch.

»Wollen Sie jetzt gleich nach dem Treffpunkt der Hexen suchen auf dem Weg, den uns die Bedienung beschrieben hat?«, fragte sie eifrig.

»Nein, das will ich nicht. Vielleicht will ich ja nicht einmal, dass Sie mich begleiten. Möglicherweise ...« Er wandte sich ab.

»Möglicherweise?«, fragte sie beharrlich nach.

»Nichts«, erwiderte er. Dann tat er so, als müsse er herzhaft gähnen. »Es ist schon spät, und ich bin sehr müde. Morgen muss ich ...« Wieder unterbrach er sich und blickte auf sie hinab.

Darci wartete ab. Wortlos, obwohl sie zu gern erfahren

hätte, was er eigentlich vor ihr verbarg. Denn dass er etwas verbarg, spürte sie überdeutlich.

Doch Adam wollte nicht mehr als unbedingt nötig verraten. »Nun denn«, sagte er gedehnt, dann fiel ihm wieder ein, wie sie ihn heute Abend so herzhaft zum Lachen gebracht hatte. »Gute Nacht, Miss Mansfield.« Als sie über seinen Witz keine Miene verzog, dachte er, sie habe ihn nicht verstanden. »Monroe – Mansfield?«, fragte er. »Haben Sie es kapiert? Marilyn – Jayne.«

»Das habe ich schon beim ersten Mal. Damals war ich vier«, sagte Darci ungerührt. »Aber was verbergen Sie vor mir?«

Adam seufzte, enttäuscht, dass sein Witz nicht angekommen war und dass sie einfach nicht locker lassen wollte. »Wir sprechen morgen darüber. Jetzt sollten wir wirklich schlafen. Gute Nacht, Miss Monroe.«

»Gute Nacht, Mr Montgomery«, sagte sie laut, als er ihr den Rücken zukehrte.

Er drehte sich sofort wieder um, und kurz sah es so aus, als wollte er noch etwas sagen. Aber dann wandte er sich wieder ab, als ob es ihm entfallen wäre. Er ging in sein Schlafzimmer und schloss die Tür zu.

Darci ging sofort zu Bett, und schon nach zehn Minuten schlief sie tief und fest. Das Geräusch einer aufgehenden und wieder zufallenden Tür weckte sie auf. Sie sah auf den Wecker neben ihrem Bett: drei Uhr früh. War Mr Montgomery etwa die ganze Zeit wach gewesen?

Darci legte sich auf den Rücken, schloss die Augen und begann, ihn mithilfe ihrer Inneren Überzeugung dazu zu bringen, sich müde zu fühlen. Es dauerte nicht lange, und das Licht, das durch den Türschlitz in ihr Zimmer fiel, ging aus. Darci spürte, wie sich Frieden über das kleine Haus senkte. Lächelnd schlief sie wieder ein.

3

»Und was machen wir heute?«, fragte Darci am nächsten Morgen munter.

Adam runzelte die Stirn, denn Darci trug dieselbe Kleidung wie gestern und am Tag ihres Vorstellungsgesprächs. »Haben Sie überhaupt geschlafen? Sagen Sie bloß nicht, dass Sie ebenfalls unter Schlaflosigkeit leiden!«

»Ich könnte auf einem Nagelbrett schlafen«, entgegnete sie lächelnd. »Ist es nicht wunderschön hier?« Sie deutete nach draußen, wo die Laubbäume Neuenglands in ihrer herbstlichen Pracht, einem wahren Rausch aus Rot- und Orangetönen, leuchteten.

Aber Adam hatte jetzt keinen Sinn für landschaftliche Reize. »Warum haben Sie dieses dünne Kostüm angezogen?«, fragte er. »Sie brauchen eine Jacke oder zumindest einen warmen Pullover!«

»Hab ich nicht«, erwiderte Darci unbekümmert. »Machen Sie sich um mich keine Sorgen! Kälte macht mir nichts aus. Meine Mutter sagt, ich bewege mich viel zu viel, um die Kälte zu spüren.«

Adam wollte etwas entgegnen, unterließ es aber. Er trug heute eine Cordhose, ein Hemd aus Baumwollflanell und darüber einen dicken Pullover. »Na ja«, meinte er nur und verkniff sich einen Kommentar über Darcis Mutter. »Haben Sie Hunger? Wir sollten erst einmal gut frühstücken, bevor wir uns an die Arbeit machen.«

»Immer«, sagte sie, als sie durch die Tür ging, die er ihr aufhielt. »Ich habe so gut wie immer Hunger. Und was machen wir heute?«

Adam antwortete nicht, denn er hatte sich noch nicht überlegt, womit er sie beschäftigen könnte, damit er in Ruhe das tun konnte, was er tun musste. Aber zuerst braucht sie wohl etwas Warmes zum Anziehen, dachte er, als er sah, wie der Herbstwind durch ihr dünnes Kostüm fuhr.

Das Frühstück nahmen sie in dem sonnigen, gemütlichen Speisesaal ihres Hotels ein. Darci aß etwa doppelt so viel wie Adam. Aber am meisten wunderte ihn, dass sie offenbar bereits mit allen Anwesenden, Gästen wie Angestellten, Bekanntschaft geschlossen hatte. »Vielen Dank, Allison«, meinte sie zu dem jungen Mädchen, das ihnen Kaffee einschenkte. »Danke, Ray«, sagte sie zu dem jungen Mann, der den Tisch für sie deckte. »Und wie geht es Ihrem Rücken heute Morgen, Mr Dobbs?«, fragte sie den Gast am Nebentisch.

»Haben Sie etwa all diesen Leuten erzählt, weshalb wir hier sind?«, fragte er halblaut, als er in den Korb in der Mitte des Tisches langte, um sich eine Scheibe Brot zu nehmen. Aber Darci hatte bereits das ganze Brot verzehrt, zusammen mit einem aus vier Eiern bestehenden Omelett und drei Würstchen.

»Ich hatte noch nicht die Zeit dazu«, meinte sie nur. »Ich habe es ja erst gestern Abend erfahren.«

Sie lächelte, aber Adam war sich nicht sicher, ob sie scherzte, und das beunruhigte ihn einigermaßen. Wie konnte er ihr nur klar machen, wie ernst ihr Vorhaben war? »Sind Sie fertig?«, fragte er, dann führte er sie hinaus. Aber am Eingang musste er auf sie warten, denn Darci war stehen geblieben und unterhielt sich noch mit dem Mann an der Rezeption. Er war sehr alt und seine Haut so braun und dünn wie die einer Zwiebel. Aber Darci strahlte ihn an, als sei er der Mann ihrer Träume.

»Nun sagen Sie mir mal, Darci T. Monroe, wofür steht eigentlich das T?«, fragte er sie.

»Es ist ein sehr altmodischer Name«, entgegnete sie. »Ich wurde nach einem Stummfilmstar benannt, aber ich glaube nicht, dass Sie je von ihr gehört haben – Theda Bara.«

Der Alte lachte nur trocken. »Sie hatte mehr Sexappeal als alles, was es heute im Kino gibt.«

Darci beugte sich über die Theke. »Sie sind mir ja ein ganz

Schlimmer!«, sagte sie mit einer Stimme, die dem Schnurren einer Katze glich. »Aber damals gab es ja auch noch keine Zensur.«

Der Alte lachte so laut, dass Adam schon befürchtete, er würde vor ihren Augen sein Leben aushauchen.

Darci wandte sich lächelnd ab und folgte Adam.

»Machen Sie das immer so?«, fragte er sie draußen etwas verwirrt grinsend.

»Was denn?«

»Flirten und necken«, entgegnete er, wobei er sogar selbst fand, dass er ziemlich prüde klang.

Als sie zu ihm hochblickte, verzog er das Gesicht. »Aber das tue ich doch gar nicht!«, erklärte sie einigermaßen empört. »Ich finde es nur schön, wenn ...« Sie hielt inne und dachte kurz nach. »Ich finde es nur schön, wenn ich es schaffe, dass es den Menschen um mich herum gut geht. Ich denke, das funktioniert so ähnlich wie ein Spiegel. Wenn es den anderen gut geht, dann wirkt das auf mich zurück. Geht es Ihnen nicht auch so?«

»Nein«, erwiderte Adam schroff. Er blieb stehen, zog seine Brieftasche heraus und überreichte ihr drei Hundertdollarscheine. »Gehen Sie in den Laden dort drüben und kaufen sich eine Jacke!«, sagte er. Dann fiel ihm ein, dass die modernen Frauen stolz darauf waren, sich nicht aushalten zu lassen. »Ich kann das Geld ja von Ihrem Gehalt abziehen«, fügte er deshalb hinzu.

Darci gab ihm die Scheine zurück. »Nein danke! Und was machen wir heute?«

»Ist es wegen des Geldes, oder haben Sie einen anderen Grund, warum Sie sich keine Jacke kaufen wollen?«

»Ich will kein Geld ausgeben«, sagte sie und lächelte zu ihm hoch. Doch dann zitterte sie plötzlich, als eine kalte Brise durch ihr Kostüm fuhr.

Er hielt den Kopf schräg und blickte auf sie hinab. »Ich kenne keine einzige Frau, die sich nicht gerne Kleider kauft.

Warum sind Sie eigentlich nicht mit Ihrem ersten Scheck losgezogen und haben sich eine neue Garderobe zugelegt?«

»Ich spare auf etwas Bestimmtes«, erwiderte sie, drehte sich um und lief langsam weiter. »Schauen wir mal, ob es hier eine Bücherei gibt. Vielleicht finden wir etwas über die Geschichte dieses Ortes heraus. Und vielleicht sollten wir auch in den Zeitungen nachlesen, ob wir etwas über die vier verschwundenen Menschen erfahren können. Ich würde gerne wissen, ob es Frauen oder Männer waren.«

»Frauen«, sagte er, bewegte sich jedoch nicht von der Stelle. »Worauf sparen Sie?«

»Freiheit.« Sie drehte sich zu ihm um und lief rückwärts weiter.

Adam seufzte. Vielleicht war er ja ein Snob, aber er konnte es einfach nicht ertragen, zusammen mit jemand gesehen zu werden, der so ärmlich und unpassend gekleidet war wie sie.

»Also gut«, rief er laut und hielt das Geld hoch. »Es gehört Ihnen! Und ich werde es nicht von Ihrem Gehalt abziehen.«

Als sie das hörte, lächelte Darci erfreut, kehrte überraschend schnell zu ihm zurück und riss ihm das Geld aus der Hand. Dann rannte sie über die Straße, wobei sie zweimal nur knapp einem Zusammenstoß mit vorbeifahrenden Autos entging, und stürmte in die kleine Boutique, auf die er gedeutet hatte. Adam blieb stehen. Seine Mundwinkel kräuselten sich. »Es hat wahrhaftig nicht sehr lange gedauert, sie umzustimmen«, murmelte er und setzte sich auf eine Parkbank. Er hoffte, dass sie nicht allzu lange brauchen würde.

Aber er hatte sich kaum hingesetzt, als Darci schon wieder zurückkam. Dabei wich sie den nicht sehr zahlreichen Autos so knapp aus, dass er jedes Mal die Luft anhielt.

Sie trug etwas, was er nur als den hässlichsten Pullover bezeichnen konnte, den er je gesehen hatte. Er war dick und wahrscheinlich auch warm, aber er sah aus, als hätte ein Kind ein Dutzend verschiedener Acrylfarben darübergekippt. Und er war so groß, dass von ihren Händen nichts mehr zu sehen war.

»Was ist denn das?«, fragte er angewidert.

»Ein Pullover«, antwortete sie ungerührt, krempelte die Ärmel hoch und fuhr sich mit den Händen über die Arme. »Er ist warm.«

»Sagen Sie mir bitte nicht, dass Sie für dieses schreckliche Ding dreihundert Dollar ausgegeben haben!«

»Aber nicht doch«, entgegnete Darci munter. »Dreimal heruntergesetzt und nun für einunddreißig neunundsiebzig. Das heißt, dass ich zweihundertachtundsechzig Dollar und einundzwanzig Cent übrig habe, die ich auf mein Sparkonto überweisen kann.«

Adam wollte nicht mit ihr streiten, aber er konnte es einfach nicht ertragen, dass eine Person, die für ihn arbeitete, so schlecht gekleidet war – ganz abgesehen davon, dass er das hässliche Ding ständig vor Augen haben würde. »Kommen Sie mit!«, befahl er streng und führte sie zur nächsten Kreuzung, an der die einzige Ampel des Orts stand. Als die Autos anhielten, überquerte er mit langen Schritten die Straße. Darci musste wieder rennen, um an seiner Seite zu bleiben.

Adam stieß die Ladentür auf. Das Schaufenster war mit wunderschönen, exquisiten Kleidern, Schuhen und Stiefeln dekoriert. Die Verkäuferin blickte auf und lächelte freundlich, als sie Adam in seinen teuren Kleidern sah. Doch als Darci hinter ihm hereinkam, trat ein deutlich erkennbarer Ausdruck des Missfallens auf ihr Gesicht. Eigentlich reichte es schon, wie Darci gekleidet war, doch dazu kam die Tatsache, dass sie vor wenigen Minuten einen sehr billigen Artikel erstanden hatte – über so eine Kundin konnte die Frau nur die Nase rümpfen.

In seinem ganzen Leben hatte noch niemand Adam so angesehen, wie diese Frau nun Darci ansah. Allerdings schien diese den verächtlichen Blick der Verkäuferin überhaupt nicht zu bemerken.

Adam hielt seine Platinkreditkarte hoch und sagte unüberhörbar verärgert: »Ziehen Sie diese Karte durch Ihr Lesegerät!«

»Wie bitte?«, fragte die Verkäuferin und starrte noch immer auf Darci, die soeben ein paar Blusen betrachtete. Die Frau machte den Eindruck, als hielte sie Darci für eine potenzielle Ladendiebin.

»Ziehen Sie diese Karte durch Ihr Lesegerät, und zwar zusammen mit einer Quittung!«, fauchte Adam und deutete auf einen Stapel altmodischer Quittungen hinter der Ladentheke.

Dieser Ton brachte die Frau endlich dazu, sich auf Adam zu konzentrieren. Sie sprang auf und befolgte seine Anweisung. Einigermaßen verwirrt reichte sie ihm die bedruckte Quittung. Adam setzte seine Unterschrift darauf, ohne eine Summe einzutragen.

»Und jetzt ziehen Sie die junge Frau an, und zwar von Kopf bis Fuß«, sagte er so leise, dass nur sie es hören konnte. »Und den grauenhaften Pullover nehmen Sie wieder zurück! Wenn Sie ihr auch nur noch ein einziges derartiges Stück aufschwatzen, werde ich diesen verdammten Laden kaufen und niederbrennen. Dann hoffe ich nur noch, dass Sie nicht drinsitzen, wenn er in Flammen aufgeht. Habe ich mich klar genug ausgedrückt?«

»Jawohl, Sir«, antwortete sie kleinlaut.

4

In seinem ganzen Leben hatte Adam noch nie jemanden gesehen, der sich über etwas so freute wie Darci über ihre neuen Kleider. Als sie mit drei Einkaufstüten in jeder Hand aus dem Laden trat, hätte er beinahe eine sarkastische Bemerkung über ihre großartige Gabe, anderer Leute Geld auszugeben, fallen lassen. Aber als er ihr ins Gesicht blickte, verkniff er sich diesen Kommentar. Ihre Augen waren riesengroß und leuchteten, wie er es bislang nur bei kleinen Kindern vor dem Weihnachtsbaum gesehen hatte. Adam war viel in der Welt herumgekommen und hatte viel gesehen. »Abgestumpft«, nannte ihn seine Cousine Elizabeth. »Alles gesehen, alles getan, von allem gelangweilt«, meinten seine Verwandten, wenn sie über ihren Cousin, das schwarze Schaf in der Familie, sprachen.

Aber so ein Gesicht wie Darcis hatte Adam noch nie gesehen. Sie blickte starr geradeaus, doch ihre Augen schienen auf eine innere Vision gerichtet zu sein, die sie in einen unglaublichen Glückszustand versetzte.

»Soll ich die Taschen für Sie tragen?«, fragte er, wobei es ihm nicht recht gelingen wollte, seine Erheiterung zu verbergen.

Als Darci nicht reagierte, griff er nach einer der Taschen, aber sie umklammerte sie so fest, dass er ihr die Finger hätte brechen müssen, um sie zum Loslassen zu bewegen. »Vielleicht sollte ich stattdessen einfach Sie tragen«, sagte er, aber auch dieser Spott entlockte ihr keine Reaktion. Sie starrte noch immer völlig entzückt und entrückt ins Leere.

»Nun kommen Sie«, meinte er nachsichtig, »gehen wir ins Hotel zurück. Es ist Zeit zum Mittagessen. Haben Sie Hunger?«

Als auch die Erwähnung einer Mahlzeit keine Reaktion zeitigte, fuhr er mit der Hand vor ihren Augen auf und ab. Darci blinzelte nicht einmal.

Kurz dachte er daran, sie tatsächlich wie einen Sack zu schultern. Die Tüten hätten dabei wahrscheinlich mehr gewogen als Darci selbst. Aber er wollte nicht noch mehr Gerede verursachen, als sie es ohnehin schon getan hatten. Deshalb legte er lediglich die Hände auf die Schultern, drehte sie Richtung Hotel und gab ihr einen sanften Schubs, damit sie sich in Bewegung setzte.

Als die Ampel an der Kreuzung auf Grün schaltete, musste er Darci einen etwas stärkeren Schubs geben, um sie wieder in Bewegung zu setzen. Wenn er sie nicht gehalten hätte, wäre sie wahrscheinlich über den Bordstein gestolpert. Vor der Ampel stand nur ein einziges Auto, dessen Fahrerin das Fenster herunterkurbelte und den Kopf hinausstreckte. »Alles in Ordnung?«, rief sie.

»Ja, ja«, erwiderte Adam. »Neue Klamotten!«

Er deutete mit einem Nicken auf die sechs Einkaufstüten, die Darci noch immer umklammerte, als hinge ihr Leben davon ab.

»Das kann ich verstehen«, meinte die Frau und zog den Kopf wieder zurück. Adam hörte noch, wie sie zu ihrem Beifahrer sagte: »Warum kaufst du mir eigentlich nie was Neues?«

Auf der anderen Straßenseite schaffte es Adam nicht, Darci dazu zu bringen, den Schritt auf den Bürgersteig zu machen. Er musste sie um die Taille fassen und hochheben. Da er an schwerere Frauen gewöhnt war, hob er sie versehentlich so hoch, dass sie ihm mit dem Kopf fast einen Nasenstüber versetzt hätte. Doch sobald sie wieder sicher auf dem Gehsteig stand, gelang es ihm, sie ohne weitere Zwischenfälle zurück zum Hotel und um das Hauptgebäude herum zu ihrem Bungalow zu dirigieren.

Im Haus blieb Darci einfach stehen.

Und nun?, dachte Adam. Trotz all seiner Reisen, trotz allem, was er in seinem Leben gesehen und getan hatte, kannte er sich mit so einer Situation überhaupt nicht aus. Was sollte er denn jetzt tun? Was würde ein Ehemann tun? Führten sich eigentlich alle Frauen nach dem Einkaufen so auf wie Darci?

Fragen über Fragen, und das Einzige, was ihm einfiel, waren Kleiderbügel. Vielleicht gelang es ihm ja, sie dazu zu bewegen, ihre neuen Kleider aufzuhängen. Vielleicht würde diese Aufgabe sie aus ihrer Trance holen. Adam ging in ihr Schlafzimmer und öffnete den Kleiderschrank. Kleiderbügel gab es darin genug, aber keine Kleider. Absolut keine. Was hatte sie mit ihren Kleidern angestellt?

Neugierig ging Adam zu der Kommode auf der gegenüberliegenden Zimmerseite und machte eine Schublade auf. Darin befanden sich zwei ziemlich ausgewaschene weiße Baumwollhöschen, ein Paar Socken, die an der Ferse schon recht dünn waren, eine ordentlich zusammengelegte Jeans und ein langärmeliges, großes T-Shirt, das sie wohl als Nachthemd trug. Stirnrunzelnd ging Adam ins Bad. Auf der Ablage sah er eine Zahnbürste, die sicher schon fünf Jahre auf dem Buckel hatte – die Borsten waren vor Abnutzung kaum mehr zu sehen –, und eine Tüte Backpulver, das sie wohl anstelle von Zahnpasta benutzte. In einem Plastikbehälter steckte ein Deodorant, das aussah wie eine Gratisprobe von einem Hotel.

Leise fluchend ging Adam ins Wohnzimmer zurück. Er hatte ihr doch Geld geschickt! Warum hatte sie sich nicht ein paar anständige Kleider gekauft? Warum hatte sie nicht ...

Sie stand noch immer an derselben Stelle, an der er sie stehen gelassen hatte. Adam schüttelte ungläubig den Kopf. Er nahm sie an den Schultern und steuerte sie Richtung Schlafzimmer. Als sie am Fußende des Bettes stand, begann er, Sachen aus den Einkaufstüten zu holen. Ihren Griff um die Tüten zu lockern schien ihm noch immer unmöglich.

Während er die Tüten leerte, dachte er daran, dass er sein Leben lang immer über mehr als genug Geld verfügt hatte, anständige Kleidung war also nichts Ungewöhnliches für ihn. Er hatte nie sehr viele Gedanken an neue Hemden und

Hosen verschwendet. Aber was bedeuteten solche Dinge für jemand, der so wenig hatte?

Beim Auspacken war er froh, dass die Kleider immerhin von sehr guter Qualität waren. Wenn sich in einem so kleinen Ort wie Camwell eine Boutique wie diese halten konnte, waren die Einwohner wohl nicht arm. Cashmere schien das bevorzugte Material zu sein. Er fand weiche Pullover, gefütterte Tweedröcke mit Taschen – eine seiner Cousinen behauptete, ein Rock ohne Futter und Taschen sei rein gar nichts wert – und Hosen, die Adam vorkamen, als seien es Kindergrößen; ferner einen marineblauen Blazer mit silbernen Knöpfen, zwei dicke Wollpullover, auf deren Etikett stand, dass es Handarbeit aus Maine war, und eine Strickjacke, die so dick und mollig warm war, dass sie auch eine Orchidee in einem Schneesturm gewärmt hätte. In einer kleineren Tasche stieß Adam auf Schmuck; natürlich nur Modeschmuck, aber man sah, dass er auf die Kleider abgestimmt war. In dieser Tasche befanden sich auch noch etliche Dessous, die Adam jedoch ließ, wo sie waren.

Als er alle Kleider auf dem Bett ausgebreitet hatte, wandte er sich wieder Darci zu. Sie umklammerte noch immer die Griffe der Tüten mit ihren inzwischen weiß verfärbten Händen und starrte weiterhin stur geradeaus ins Leere. Was sollte er bloß tun?

Ohne weiter darüber nachzudenken, packte er sie und warf sie aufs Bett, auf die ganzen Kleider.

Und tatsächlich, endlich wachte sie auf. In Sekundenschnelle krabbelte sie vom Bett. »Sie tun ihnen weh! Sie zerknittern sie. Sie ...« Ihre Stimme erstarb, als sie sich bückte und zärtlich einen der Cashmerepullover streichelte. Er hatte ein dunkles Lila, das auch im Muster eines karierten Rocks enthalten war.

Als Adam sah, wie andächtig sie die Kleider berührte – so etwas hatte er bislang nur bei Menschen im Umgang mit Kultgegenständen beobachtet –, stellte er fest, dass er sich ein wenig ärgerte. Na ja, vielleicht war es ja auch gar kein Ärger, sondern eher eine Spur von Eifersucht. Schließlich war er es ja gewesen, der ihr diese ganzen Kleider gekauft hatte; eigentlich sollte sie doch ...

»Sind Sie jetzt so weit, dass wir zum Mittagessen gehen können?«, fragte er, ärgerte sich aber weiterhin über sich selbst, denn seine Stimme klang barsch, fast zornig.

»Aber ja doch«, erwiderte Darci atemlos. »Ja, ja, ja! Ich bin in einer Minute fertig.«

»Na klar«, meinte er und ging ins Wohnzimmer, um dort auf sie zu warten. Zehn Minuten später tauchte sie wieder auf und umklammerte wieder ihre sechs Einkaufstüten. Offenbar hatte sie ihre neuen Kleider in die Tüten zurückgesteckt. »Wollen Sie sie etwa zurückgeben?«, fragte Adam entgeistert.

»Natürlich nicht«, entgegnete sie lächelnd. »Ich möchte sie nur den Leuten im Hotel zeigen.«

»Sie wollen sie den Leuten ...?«, fing er an, dann schüttelte er den Kopf, um klarer denken zu können. »Sie kennen diese Leute doch überhaupt nicht! Denen ist es doch völlig egal, dass Sie – eine vollkommene Fremde – neue Kleider bekommen haben!«

Einen Moment lang musterte Darci ihn ungläubig. »Was sind Sie doch für ein seltsamer Mensch!«, meinte sie, dann schlüpfte sie an ihm vorbei zur Tür hinaus. Den Türknauf drehte sie mit den Fingerspitzen, ohne auch nur eine ihrer sechs Tüten aus der Hand zu geben.

Ein paar Minuten stand Adam reglos und wie betäubt da und kämpfte mit sich, ob er ihr nun folgen sollte oder nicht. Sie benimmt sich wie ein kleines Kind, dachte er stirnrunzelnd. Man könnte jede Menge dicker Bücher über all die vielen Dinge schreiben, die diese junge Frau über andere Menschen nicht wusste.

Doch schließlich folgte er ihr. An der Tür zum Speisesaal blieb er stehen und lauschte.

»Und dieser Pullover passt auch noch hervorragend zu dem Rock da!«, hörte er eine Frau sagen.

»Das ist mir noch gar nicht aufgefallen«, meinte Darci. »Sie haben ja wirklich ein ausgezeichnetes Auge für so etwas!«

»Ich persönlich finde diese Kette ganz besonders hübsch zu dieser Bluse«, sagte eine andere Frau.

»Und der Rock da, der hat meine Lieblingsfarbe«, sagte die erste Frau.

»Das kommt sicher daher, dass deine Augen genau denselben Blauton haben«, erklang die Stimme eines Mannes.

»Ach geh, Harry«, sagte die Frau geschmeichelt.

Darci schafft es tatsächlich, dass sich die Menschen um sie herum gut fühlen, dachte Adam, als er über die Schwelle trat.

»Und hier kommt der Mann, dem das alles zu verdanken ist!«, sagte eine große, dunkelhaarige Frau, als sie ihn erblickte. »Sie sind wirklich ein toller Chef! Ach, seht doch nur, jetzt wird er rot!«

Adam wollte den Versammelten – es sah aus, als hätte sich das ganze Hotel eingefunden, Gäste wie Angestellte – barsch kundtun, dass er noch nie in seinem Leben rot geworden war. Er wollte ihnen klar machen, dass er ein Mann mit einem Auftrag war, einem höchst geheimen Auftrag, und nicht einer, der wegen eines Haufens neuer Kleider rot wurde.

Aber er sagte nichts dergleichen. Stattdessen nahm er Darci am Ellbogen und zog sie zur Tür hinaus. »Wir speisen auswärts!«, murmelte er.

Doch Darci sträubte sich so heftig, dass Adam sie hätte von hier wegzerren oder vielleicht tragen müssen. Zuerst dachte er, sie wolle die anderen Gäste nicht verlassen, aber dann wurde ihm klar, dass sie wegen ihrer neuen Kleider bleiben wollte.

Lachend tätschelte eine der Frauen Darcis Schulter. »Gehen Sie ruhig, meine Liebe, ich kümmere mich schon darum, dass Ihre Kleider auf Ihr Zimmer geschafft werden.« Erst als

Darci das gehört hatte, setzte sie sich in Bewegung und folgte Adam zur Rezeption.

Am Eingang kamen ihnen zwei Frauen entgegen, die vor Darci stehen blieben. Beide waren wie Männer gekleidet – schwere Arbeitsstiefel, Jeans und Wachsjacken. »Haben wir die Modenschau verpasst?«, wollte eine der beiden wissen. Adam fragte sich, wie sie davon erfahren hatten, denn offensichtlich hatten sie ja irgendwo im Freien gearbeitet.

»Hallo, Lucy, hallo, Annette«, sagte Darci, als begrüße sie alte Freundinnen. »Nein, meine neuen Kleider sind noch hier.« In ihrer Stimme hätte nicht mehr Sehnsucht liegen können, wenn sie eine stillende Mutter gewesen wäre, die ihr Neugeborenes allein lassen musste.

»Oh, gut!«, sagte die Kleinere der beiden. »Wir haben uns wahnsinnig beeilt, weil wir sie sehen wollten. Ach, übrigens – das wollte ich dich schon lange fragen: Wofür steht eigentlich das T in deinem zweiten Vornamen?«

»Tennessee«, sagte Darci wie aus der Pistole geschossen. »Nach Tennessee Claflin, der Frauenrechtlerin.«

»Die für die freie Liebe gekämpft hat«, sagte die Größere. »Ein schöner Name!«

Lachend gingen die zwei Frauen ins Hotel und Darci lief weiter. »Wohin wollten Sie zum Essen gehen?«, fragte sie, doch dann hielt sie wieder an, denn sie merkte, dass Adam gar nicht neben ihr war. Er stand noch immer an der Tür.

»Wofür steht das T denn nun wirklich? Für Theda oder für Tennessee?« Seine Augen hatten sich verengt, aber als Darci den Mund öffnete, um ihm eine Antwort zu geben, hielt er abwehrend eine Hand hoch. »Nein, ich will es gar nicht wissen. Wahrscheinlich würde ich eine dritte Version zu hören bekommen.«

Darci wandte sich lächelnd ab. »Sollen wir in das kleine Bistro von gestern gehen?«, fragte sie.

»Warum nicht? Viel Auswahl haben wir ja hier nicht.«

»Wir hätten auch im Hotel bleiben können.«

»Und uns von allen begaffen lassen? Nein, danke!«, meinte er.

Als er die Glastür zum Bistro für sie aufhielt, kam die Kellnerin gleich auf sie zu. »Schon wieder da?«

»Wir mussten einfach noch einmal herkommen, Sally«, meinte Darci und ging zur selben Nische, in der sie am vorigen Abend gesessen hatten.

»Und woher wissen Sie, wie diese Bedienung heißt?«, knurrte Adam, als er sich ihr gegenüber am Tisch niederließ und die Speisekarte zur Hand nahm.

»Ihr Name steht doch auf dem Schild an ihrer Bluse«, sagte Darci. »Ich habe ihn einfach abgelesen.«

Adam musste lachen. »Gut, der Punkt geht an Sie.« Er reichte ihr die Karte, denn offenbar gab es nur die eine. »Finden Sie etwas für sich?«

»Alles«, erwiderte Darci offenherzig. »Aber ich glaube, ich nehme einfach das Tagesgericht.«

»Und, was darf es heute sein?«, fragte die Bedienung. Sie stellte zwei Gläser Wasser auf den Tisch und zog dann Block und Bleistift aus ihrer Schürzentasche.

Adam wusste, dass das Tagesgericht das Billigste auf der Karte war. Oft genug wollte der Koch damit ja nur irgendwelche Reste los werden. »Gibt es bei Ihnen auch Steaks? Vielleicht ein Filet Mignon?«

Sally hatte einen Kaugummi im Mund. Ihr schwarzes Haar wirkte, als sollte es mal wieder gewaschen werden. Außerdem ließ die Haarfarbe ihre blasse Haut noch blasser wirken. Sie sah nicht aus, als ob sie viel Sport im Freien triebe. »Nein, wir haben keine Steaks auf unserer Karte. Aber gleich nebenan gibt es einen Lebensmittelladen. Soll ich jemand rüberschicken?«

Adam blickte auf Darci. »Aber vielleicht ist Steak zum Mittagessen ja auch zu viel für Sie?«

Darci schüttelte nur stumm den Kopf.

»Dann besorgen Sie uns bitte zwei Steaks, und zwar die

beste Qualität«, meinte Adam. »Und dazu alles, was zu einem guten Steak gehört. Können Sie in der Mikrowelle ein paar Kartoffeln garen?«

»In der Mikrowelle?« Gelangweilt schob Sally den Kaugummi in die andere Backe. »Nee, hier in Camwell kochen wir nicht mit Mikrowelle. Der Koch ist ein Zauberer, und er benutzt seinen Zauberstab, um …« Adams Blick brachte sie zum Schweigen, aber sie ging lachend in die Küche.

»Und heute Nachmittag machen wir uns an die Arbeit, oder?«, fragte Darci, sobald sie alleine waren.

»Na ja«, meinte Adam und vertiefte sich noch einmal in die Speisekarte. »Ich muss heute Nachmittag noch etwas Persönliches erledigen. Sie können Ihren Job morgen antreten.«

Als Darci nichts erwiderte, legte er die Speisekarte weg und sah sie prüfend an. »Etwas Persönliches?«, fragte sie ihn mit einem durchbohrenden Blick. »Das soll doch wohl heißen, dass Sie wieder herumschnüffeln wollen und ich in unserem Hotel herumsitzen und auf Sie warten soll, oder?«

»Nein«, entgegnete Adam gedehnt. »Das soll heißen, dass ich etwas Persönliches zu erledigen habe und Sie den Nachmittag frei haben. Sie können ihn mit all den Freunden verbringen, die Sie hier schon gewonnen haben. Ach, und jetzt fällt mir noch etwas ein: Sie könnten in die Bücherei gehen und Nachforschungen über die verschwundenen Frauen anstellen. Oder vielleicht überlegen Sie sich noch zweihundertzwölf Wörter, die mit einem T anfangen und die Sie den Leuten dann als Ihren zweiten Vornamen andrehen können?«

Darci hatte ihr Leben lang Menschen um sich gehabt, die liebend gerne miteinander stritten, und deshalb hatte sie jetzt überhaupt keine Lust, seinen Köder zu schlucken und sich zu verteidigen oder auch nur zu erklären. »Warum haben Sie mich überhaupt eingestellt, wenn Sie nur wollen, dass ich in einem Hotelzimmer rumsitze und warte?«

Adam nahm einen großen Schluck Wasser.

Darci kniff die Augen zusammen und musterte ihn abschätzend. »Sind Sie etwa nur deshalb so nett zu mir, weil Sie vorhaben, mich diesen Hexen als Opfer vorzuwerfen?«

Adam verschluckte sich und prustete Wasser auf Darci. Sie rührte sich nicht, doch er nahm eine ganze Hand voll Servietten aus dem Ständer und wollte damit schon ihre Brust trockentupfen, bis ihm einfiel, dass das vielleicht keine so gute Idee wäre. Stattdessen drückte er ihr die Servietten in die Hand. Sie wischte sich das Kinn ab, dann warf sie die Servietten auf den Tisch.

»Bin ich etwa auf der richtigen Fährte?«, fragte sie mit sehr leiser Stimme, ohne ihn aus den Augen zu lassen. »Sie werden heute Nachmittag irgendetwas anstellen, was mit Hexerei zu tun hat, stimmt's?«

»Was ich mit meiner Zeit anstelle, geht Sie gar nichts an«, sagte er schroff und beugte sich so weit zu ihr hinüber, dass sich ihre Köpfe fast berührten.

»Sie haben mich als persönliche Assistentin eingestellt. Wenn Sie etwas Persönliches zu erledigen haben, dann werde ich Ihnen assistieren.«

»Das mit dem ›Einstellen‹ haben Sie ganz richtig verstanden«, sagte er und funkelte sie wütend an. »Ich habe Sie eingestellt. Das bedeutet, dass Sie dorthin gehen, wohin ich Sie schicke und wann ich es will, und ...«

»Könnten Sie mir etwas Platz machen?«, fragte Sally, die mit zwei großen Tellern, einem Korb Brot und anderem am Ende des Tisches stand.

»Das ging aber schnell!«, meinte Adam und lehnte sich zurück.

»In unserer Küche gibt's ein paar Feuer speiende Drachen, mit denen geht alles ein wenig schneller.«

Als sie die Teller absetzte, wollte Adam Darci mit einem wütenden Blick zu verstehen geben, dass es ihr großes Mundwerk war, dem dieser ganze Spott zu verdanken sei. Aber Darci war bereits aufs Essen fixiert.

»Ich habe die Portionen verdoppelt«, erklärte Sally an

Adam gewandt. »Dem Appetit Ihrer Begleiterin nach zu urteilen, können Sie die Extraportionen sicher gut gebrauchen. Und Sie können es sich bestimmt auch leisten, nach dem, was Sie heute in der Boutique ausgegeben haben.« Damit verschwand sie wieder.

»Jeder hier weiß alles über uns«, knurrte Adam und griff nach seinem Besteck. Als er sich den ersten Bissen Fleisch in den Mund steckte, hatte Darci bereits ihr halbes Steak verschlungen und auch die Kartoffeln, grünen Bohnen und den Krautsalat beträchtlich dezimiert. Außerdem gab es noch einen Korb mit Kürbisbrot und zwei Portionen Butter sowie einen Teller mit Preiselbeertörtchen und gebackenen Kürbisscheiben, dick mit braunem Zucker bestreut und mit Butter beträufelt.

»Es war wegen meines Nebenfachs, nicht wahr?«, fragte Darci mit vollem Mund.

»Wegen was?«

»Mein Nebenfach auf dem College. Deswegen haben Sie mich eingestellt, nicht wahr?«

Adam blinzelte sie erst einmal verwirrt an, dann aß er weiter.

»Na klar, Sie haben Recht, genau deshalb habe ich Sie eingestellt. Das war doch ein wahnsinnig interessantes Fach. Was war es noch gleich?« Er stopfte sich ein großes Stück Steak in den Mund, dann gab er ihr mit einer Geste zu verstehen, dass sie ruhig reden könne, während er kaute.

»Hexerei.«

»Wie bitte?« Adam zwang sich dazu, ruhig weiterzukauen, aber er nahm sich vor, Helen, dieser Elendshellseherin, den Hals umzudrehen. Hatte sie das gemeint, als sie erklärt hatte, Darci sei anders, als man auf den ersten Blick annahm? »Sie haben auf dem College Hexerei studiert?« Er konnte sich nicht vorstellen, dass man so etwas überhaupt studieren konnte.

Darci musterte ihn fragend. »Sie erinnern sich also nicht

an meine Bewerbungsunterlagen? Aber wenn Sie mich nicht deshalb eingestellt haben, weshalb dann?«

»Bestimmt wegen Ihrer ›Inneren Überzeugung‹«, sagte er mit einem süffisanten Lächeln. Er hob die Hand, spreizte die Finger und fuchtelte damit herum, als wolle er sein Gegenüber mit einem Zauber belegen. »Sie haben mich überzeugt, Sie einzustellen.«

Darci lächelte nicht. »Sie haben mich angerufen, bevor ich Zeit hatte, meine Innere Überzeugung wirken zu lassen, um diesen Job zu bekommen. Als Sie bei meiner Tante anriefen, saß ich gerade auf einer Parkbank und aß Bananen. Wollen Sie mir nun die Wahrheit sagen, oder nicht?«

»Was wissen Sie denn schon über die Wahrheit?«

»Ich weiß, dass Sie meine Bewerbung nicht gelesen haben. Also hatten Sie einen anderen Grund, mich einzustellen.«

»Natürlich habe ich Ihre Bewerbung gelesen. Ich hatte nur die Details vergessen, mehr nicht. Aber dieser Krautsalat hier schmeckt wirklich vorzüglich. Wie finden Sie ihn? Oder besser: Wie fanden Sie ihn?«, fügte er hinzu, als er auf ihren leeren Teller blickte.

»Sie sind hier, um einen Hexenzirkel zu finden. Sie haben eine Assistentin eingestellt, die im Nebenfach Hexerei studiert hat. Aber Sie vergaßen, was sie studiert hat. Sie vergaßen es! Dass ich nicht lache!«

»Und was genau haben Sie in Ihrem Nebenfach studiert?«, fragte er lächelnd. »Im Fernstudium, wohlgemerkt? Und wo kann man sich in Putnam Krötenaugen besorgen?«

»Natürlich im Drogeriemarkt von Putnam, wo sonst?«, erwiderte sie prompt. »Und wann fangen wir nun mit unserer Hexensuche an?«

»Sie kommen nicht mit!«, meinte Adam streng. »Ich arbeite allein.«

»Aha. Und was tun Sie, wenn eine Hexe Sie mit einem Zauber belegt?«

»Was für einen Zauber denn?«, fragte Adam und holte sich

ein Stück Kürbisbrot. Darci tat es ihm gleich, strich aber noch eine dicke Schicht Butter darauf.

»Na, zum Beispiel einen Erstarrungsbann«, meinte sie. »Dann können Sie sich nicht mehr rühren.«

»Unsinn. Niemand kann so etwas.«

»Das glauben auch nur Sie. Warum hat sich die Hexerei dann wohl über all die Jahrhunderte gehalten?«

Adam schob ein Preiselbeertörtchen auf seinem Teller hin und her. Vielleicht hatte Helen ihm ja doch aus genau diesem Grund gesagt, dass er Darci einstellen sollte? Vielleicht wusste sie ja doch mehr, als er glaubte?

Er blickte sie forschend an. »Sie haben nicht die passende Kleidung für den Ort, den ich heute aufsuchen will.«

»Unter den Dessous, die Sie nicht anrühren wollten, befindet sich ein schwarzer, eng anliegender Gymnastikeinteiler.« Darci verspeiste das letzte Stück Kürbisbrot in zwei großen Bissen. »Glauben Sie, dass es noch ein Dessert gibt?«

5

»Und wie sehe ich aus?«, fragte Darci, als sie in ihrem figurbetonten schwarzen Gymnastikeinteiler aus dem Schlafzimmer kam.

Adam ärgerte sich. Er fühlte sich von zwei Frauen an der Nase herumgeführt – erst von der Hellseherin und jetzt von dieser halben Portion. Er hatte sogar schon daran gedacht, sich heimlich aus dem Staub zu machen. Aber dann würde Darci sicher etwas Idiotisches tun, etwa die Polizei bitten, ihn zu suchen, und das käme ihm höchst ungelegen, auch wenn die hiesige Polizei den geheimnisvollen Vorgängen in Camwell offenbar nicht sehr viel Aufmerksamkeit schenkte. Morgen schicke ich sie nach Hause, dachte er, anders geht es nicht. Falls er sie später brauchte, konnte er sie ja wieder zurückholen.

Zuerst schaute er sie grimmig an, doch dann blieb ihm vor Staunen der Mund offen stehen.

Die Kleider, in denen er sie bisher gesehen hatte, waren zu groß gewesen und so abgetragen, dass er kaum etwas von ihrer Figur bemerkt hatte. Aber der Einteiler, den sie jetzt trug, war hauteng und zeigte, dass sie tatsächlich Kurven hatte, ausgesprochen attraktive sogar – runde Hüften, einen niedlichen kleinen Po, eine schlanke Taille und kleine runde Brüste.

»Sie sehen wie meine zehnjährige Cousine aus«, sagte er und wandte sich ab.

An der Innenseite des Garderobenschranks im Wohnzimmer befand sich ein großer Spiegel, vor dem sich Darci nun hin und her drehte und von oben bis unten musterte. Ist doch gar nicht so schlecht, dachte sie. Oben herum hatte sie zwar nicht sehr viel zu bieten, aber mit dem Rest war sie ganz zufrieden.

»Wissen Sie, der Junge der Andersons ist ungefähr zwölf. Glauben Sie, dass ich ihm gefallen würde?«

Adam lachte. »Gehen wir! Natürlich nur, wenn Sie aufhören können, sich zu bewundern.«

»Ich kann es schon, wenn Sie es können«, erwiderte Darci bestens gelaunt. Adam schnaubte nur und reichte ihr eine seiner Jacken.

»Ziehen Sie sich die über!«, meinte er. »Wenn uns jemand sieht, tun Sie, als gingen wir spazieren. Und bitte binden Sie nicht allen auf die Nase, wohin wir gehen!«

»Da ich nicht die geringste Ahnung habe, kann ich das ja schlecht tun«, entgegnete sie und ging vor ihm zur Tür hinaus. Draußen lief sie ein paar Schritte hinter ihm her. »Links«, sagte sie kurz darauf. »Sally meinte, wir sollten aus der Hintertür raus und dann nach links.«

»Stimmt«, sagte Adam und bog ab. »Wirklich zu schade, dass Sie nicht wissen, wohin wir gehen!«

Sie folgte ihm lächelnd, vergrub das Gesicht in seiner Jacke und rieb ihre Wange an dem weichen Wollstoff. Die Jacke roch nach ihm. Er ist wirklich der großzügigste Mann, den ich je getroffen hatte, sagte sie sich und dachte dankbar an all die wunderschönen Kleider, die er ihr gekauft hatte.

Der Pfad war unter einer dicken Schicht Herbstlaub fast nicht zu erkennen, doch nach einigen Minuten hielt Adam vor einer Reihe kleinerer Gebäude, die offenbar kürzlich renoviert worden waren.

»Sklavenunterkünfte«, flüsterte Darci, doch ein Blick von Adam ließ sie verstummen. Er bedeutete ihr, stehen zu bleiben und auf ihn zu warten, während er in eine der Hütten ging. Doch nach ein paar Minuten ging sie ihm einfach nach – gerade noch rechtzeitig, um zu sehen, wie sein Fuß hinter einer versteckten Tür verschwand. Wenn sie ihm gehorcht hätte, wäre er ohne sie losgezogen! Doch nun erwischte sie die Tür noch, bevor sie zufiel, und folgte ihm.

Er hatte eine Taschenlampe dabei, die ein schwaches Licht auf die ins Dunkel hinabführenden Stufen warf. Am Fuß der Treppe schwenkte er die Lampe hin und her. Vor ihnen gähnte ein Tunnel, der in die schwarze, steinige Erde von Connecticut gegraben worden war. Ein paar Felsen ragten aus den Wänden, und in gewissen Abständen wurde der Tunnel von dicken Balken gestützt. Etwa einen Meter vor ihnen nahm er eine Biegung nach rechts, sodass sie nicht sehr weit sehen konnten. »Lassen Sie die Jacke hier!«, flüsterte er. »Sie würde Sie nur behindern, wenn Sie rennen müssen.«

Sie zog die warme Jacke aus und gab sie ihm. Er versteckte sie zusammen mit seinem Mantel unter der Holztreppe. Dann machte er sich auf den Weg. Darci folgte ihm dicht auf den Fersen.

Sie wollte sich nicht eingestehen, dass sie nervös war. Am liebsten hätte sie laut gesungen und getanzt, um die unheilschwangere Stille zu durchbrechen. Zur Ablenkung dachte sie an die Männer und Frauen – wahrscheinlich Sklaven –, die diesen Tunnel aus dem steinigen Boden gehauen hatten. »Sie haben sich einen Weg in die Freiheit gegraben«, flüsterte sie Adam zu. »Was sie wohl als Werkzeug benutzten? Muschelschalen? Oder ihre bloßen Hände?«

»Ruhe!«, befahl er ihr über die Schulter.

Darci starrte auf die düsteren Wände. Hier gab es sicher Mäuse. Vielleicht sogar Ratten? Edgar Allan Poes Gruselgeschichten fielen ihr ein. Sie lief so dicht hinter Adam, dass sie mit der Nase immer wieder an seinen Rücken stupste. »Nein«, flüsterte sie in einem weiteren Versuch, sich abzulenken, »bestimmt haben sie den Pfad in die Freiheit für ihre Seelen mit ihren eigenen Ketten gegraben.«

Adam blieb stehen und wandte sich um. Im Licht der Taschenlampe sah sie, dass er ihr mit einem wütenden Blick zu verstehen gab, endlich den Mund zu halten.

Sie klammerte sich an seinen Gürtel und schaffte es etwa zwei Minuten, stumm zu bleiben. Als der Tunnel etwas breiter wurde, begann sie, über seine momentane Verwendung nachzudenken. »Aber vielleicht haben ihn ja die Hexen gegraben? Bestimmt haben sie mitten in der Nacht daran gearbeitet, wahrscheinlich so heimlich, dass sie sogar auf Laternen verzichteten. Sie haben diesen Tunnel mit Äxten und Hacken aus der Erde gehauen.«

Plötzlich blieb Adam so abrupt stehen, dass sie gegen seinen Rücken prallte. »Autsch!«, sagte sie und rieb sich die Nase. Inzwischen war es etwas heller geworden, zwar nicht so hell, dass man hätte lesen können, aber hell genug, um Adams Gesicht deutlich zu erkennen.

»Sie bleiben hier!«, befahl er streng. »Und ich will kein Wort mehr hören!«

Darci nickte, begann ihm aber nachzulaufen.

Er blieb erneut stehen. »Soll ich ein paar Sklavenketten und einen Eisenring suchen, um Sie daran zu ketten?«, flüsterte er drohend.

Sie traute ihm zwar keine solche Gemeinheit zu, aber dann musste sie an ihren Cousin Virgil denken, der eines Tages ... Also beschloss sie, lieber zu bleiben, wo sie war. Sie sah ihn hinter einer Biegung verschwinden.

Er war nur ein paar Sekunden weg, aber Darci kam es wie eine Ewigkeit vor. Als er endlich wieder um die Ecke bog, bemerkte sie ein seltsames Lächeln auf seinem Gesicht. »Was haben Sie gesehen?«, fragte sie aufgeregt.

Adam lächelte noch immer. Er trat einen Schritt zurück und ließ sie an ihm vorbei in den Tunnel gehen. Seine Taschenlampe hatte er ausgeknipst, aber es war auch so hell genug, um den Weg zu sehen. Nach etwa zehn Metern mündete der Tunnel in einen großen Raum, der von Glühlampen erleuchtet war. An einer Seite stand ein kleiner Bagger, einer, wie ihn Darcis männliche und auch etliche ihrer weiblichen Verwandten nur allzu gerne gehabt hätten – ein Bobcat. Dieser Tunnel war mit einem modernen kleinen Bagger gegraben worden und nicht mit irgendwelchen Muscheln oder Ketten!

Darci sah sich in dem großen, leeren Raum um. Es gab hier keine Stühle oder sonstige Möbel, nur den Bobcat und seltsamerweise ein paar Automaten mit Süßigkeiten. In der gegenüberliegenden Wand entdeckte sie drei große schwarze Löcher, offenbar Zugänge zu weiteren unterirdischen Gängen.

Jetzt verstand Darci auch das seltsame Grinsen auf Adams Gesicht. Er machte sich lustig über ihre albernen weiblichen Fantasien! Nun denn, sollte er ruhig. Darci beschloss, diesen Blick zu ignorieren.

Aber sie merkte auch, dass er über die offenkundige Größe dieses Hexenzirkels ebenso überrascht war wie sie; denn es waren sicher sehr viele Menschen am Werk gewesen, um einen Raum wie diesen auszugraben und die Erde wegzuschaffen.

Wieder hätte Darci am liebsten auf der Stelle kehrtgemacht. Aber sie zwang sich dazu, Tapferkeit zu zeigen und auf gar keinen Fall etwas zu tun oder zu sagen, was Adam veranlassen könnte, sie heimzuschicken.

Sie bemühte sich also um ein Lächeln und trat so gelassen wie möglich an einen der Automaten. »Haben Sie ein bisschen Kleingeld für mich?«

»Nein, ich habe kein ...«, sagte er, verstummte dann aber, denn er hatte etwas gehört. Darci, die vor dem Automaten stand, wusste gar nicht, wie ihr geschah: Plötzlich wurde sie hochgerissen und fand sich hinter dem Bobcat kauernd wieder. Adam hatte sich schützend über sie geworfen, seine Brust drückte an ihren Rücken und Darci spürte sein Herz pochen. Sie schloss kurz die Augen und dachte, wenn sie jetzt sterben müsste, dann würde sie glücklich sterben.

Aber leider war dieses Glück nur von kurzer Dauer. Eine schwarze Katze kam in den Raum geschlichen, sah sich um und spazierte auf demselben Weg, auf dem sie hereingekommen war, wieder hinaus.

Darci spürte, wie sich Adam entspannte. Sie wusste, dass der enge Körperkontakt zu ihm gleich vorbei sein würde. Bevor sich Adam ganz von ihr gelöst hatte, stand sie auf. »Noch nie habe ich so eine Heidenangst gehabt wie jetzt eben!«, erklärte sie und schwankte ein wenig. Sie legte die Hand an die Stirn. »Mir ist soooo ... Oh, mein Gott!«, murmelte sie, dann ging sie in die Knie.

Doch Adam trat rasch einen Schritt zur Seite, was dazu führte, dass sie ziemlich unsanft auf ihrem Hinterteil landete.

»Menschen, die in Ohnmacht fallen, werden meist erst einmal ganz blass«, sagte er und blickte auf sie hinab. »Jedenfalls werden sie niemals rot vor Aufregung.«

»Ich werde versuchen, mich in Zukunft daran zu erinnern«, sagte sie und rieb ihr schmerzendes Hinterteil, ohne Adam eines Blickes zu würdigen. Sie wollte nicht noch einmal sehen, wie er grinste.

Als sie sich aufrappelte, sah sie, dass Adam die anderen drei Tunneleingänge inspizierte. Er kniete da wie ein Fährtenleser und suchte den Boden nach Spuren ab, um herauszufinden, wohin er sich wenden sollte. Oder um sonst etwas zu finden – wonach er eigentlich suchte, hatte er Darci ja noch immer nicht verraten. Bislang noch nicht – aber was nicht ist, kann noch werden, dachte sie.

Sie ging wieder zu den Automaten. Ihre Angst, die viele Bewegung, die Nähe zu Adam – all dies hatte sie sehr, sehr hungrig gemacht. Sie hatte das Gefühl, in wenigen Augenblicken vor Hunger zu sterben, wenn sie nicht auf der Stelle wenigstens ein Stückchen Schokolade zu essen bekäme.

»Sind Sie denn absolut sicher, dass Sie kein Kleingeld dabeihaben?«

»Können Sie es vielleicht mal zehn Minuten ohne Essen aushalten?«, fragte Adam zurück, ohne den Blick vom Boden zu wenden. Er untersuchte gerade den zweiten Eingang.

Darci sah von ihm auf den Automaten und dann wieder zu ihm. Sie wusste, dass draußen heller Tag war. Welche Hexe, die etwas auf sich hielt, ging ihrem finsteren Handwerk schon am helllichten Tag nach? Das wusste Adam natürlich genauso gut wie sie, denn sonst hätte er jetzt nicht hier herumgeschnüffelt. Es war sehr unwahrscheinlich, dass sie um diese Tageszeit hier unten jemand begegnen würden.

Nachdem ihr dieser Gedanke durch den Kopf gegangen war, ging sie um den Automaten herum und versetzte ihm drei kräftige Tritte an genau der Stelle, die Cousin Virgil ihr einmal gezeigt hatte. Leider verursachten die Tritte und das Herunterfallen der Schokoriegel in dem unterirdischen Raum einen ziemlichen Lärm.

»Was zum Teufel treiben Sie denn da?«, fragte Adam entnervt und sprang gerade noch rechtzeitig auf, um mindestens ein halbes Dutzend Schokoriegel durch den Ausgabeschacht rasseln zu sehen.

»Ich wusste doch, ich hätte Sie nicht mitkommen lassen sollen«, meinte er. Er packte Darci am Arm und wollte sie wegzerren.

Doch mit der anderen Hand hielt sie im Schacht drei Schokoriegel umklammert, die stecken geblieben waren. Sie stieß einen Schmerzensschrei aus.

Sofort ließ Adam ihren Arm los. »Gehen Sie dort rüber!«, befahl er ihr mit zusammengebissenen Zähnen und deutete auf die dritte Tunnelöffnung.

Darci drückte ihre Beute fest an sich und eilte zu der Öffnung. Die Tatsache, dass niemand aufgetaucht war, um nachzusehen, wer oder was hier unten Lärm verursacht hatte, ließ sie etwas ruhiger werden. Sie war sicher, dass außer ihnen niemand hier war. Aber vielleicht hatte Adam ja etwas gehört, was ihr entgangen war.

Jedenfalls kam sie seinem Befehl nach und hastete durch den Gang, auf den er gedeutet hatte. Er folgte ihr auf dem Fuß. Als ein Schokoriegel hinunterfiel, blieb sie stehen und bückte sich, um ihn aufzuheben. Beim Hochkommen bemerkte sie, wie Adam sie finster anfunkelte. Sie wusste nur allzu gut, was das zu bedeuten hatte: Dieser Mann war sehr, sehr wütend.

Ihr zaghaftes Lächeln beeindruckte ihn nicht. Stumm deutete er mit seiner Taschenlampe in die Dunkelheit vor ihnen, und Darci setzte sich wieder in Bewegung.

Aber es war gar nicht so einfach, mit neun Schokoriegeln in der Hand auf dem unebenen Boden zu laufen. Noch dazu waren die Tennisschuhe, die sie an diesem Morgen gekauft hatte, ein klein wenig zu groß, an den Fersen saßen sie etwas zu locker. Abwechselnd an die Schuhe und die Schokolade denkend, fiel sie zurück, beeilte sich dann jedoch und schloss so leise sie konnte wieder auf.

»Könnte ich ein paar Riegel in Ihre Taschen stecken?«, flüsterte sie.

»Nein!«, erwiderte Adam schroff.

»Aber Gymnastikeinteiler haben keine Taschen!«, jammerte sie.

»Und zwar deshalb, weil Frauen, die die Figur für solche Kleidungsstücke haben, keine Schokoriegel essen!«, entgegnete er mit schiefem Mund.

Als Darci beinahe noch einen Riegel verloren hätte – ein Snickers, einer ihrer Favoriten –, zog sie den Reißverschluss ihres Anzugs, der bis zur Taille reichte, ein Stück weit auf und stopfte die Riegel in den Ausschnitt.

Adam, der das Geräusch gehört hatte, drehte sich erbost um, bereit, sie zu erwürgen, wenn sie nicht endlich leise wäre. Aber als er sah, wie sie mit einer Hand in den Ausschnitt des ausgebeulten Anzugs griff, offenbar, um nach einem bestimmten Riegel zu angeln, verflog seine Wut. Er schüttelte nur ungläubig den Kopf und meinte: »Sind die Leute in Kentucky alle so wie Sie?«

»Nein«, entgegnete Darci, die in ihrem engen Anzug noch immer nach dem Snickers suchte. »Selbst in Putnam bin ich ziemlich einzigartig.« Sie blickte ernst auf seinen Rücken. »Deshalb ist Putnam ja so verrückt nach mir.«

»Und liebt Sie verrückt und leidenschaftlich, nicht wahr?«

Sein Ton gefiel ihr nicht. Adam hörte sich an, als könnte er sich einfach nicht vorstellen, dass jemand sie verrückt und leidenschaftlich liebte.»Wahnsinnig leidenschaftlich, wahnsinnig wild. Tag und Nacht. Er ist noch ziemlich jung, müssen Sie wissen.« Ihre letzte Bemerkung ließ Adam zusammenzucken, als hätte ihn ein Pfeil zwischen die Schulterblätter getroffen.

»Oho!«, meinte er. »Hat dieses Kind denn auch einen Vornamen?«

Als Darci nichts darauf erwiderte, blieb Adam stehen und wandte sich zu ihr um.

Ihre Hand steckte noch immer in ihrem Ausschnitt. Wären sie an einem anderen Ort gewesen, hätte er diese Pose interessant gefunden. Aber am meisten faszinierte ihn der sehr nachdenkliche Ausdruck ihres Gesichtes.

»Wissen Sie«, meinte sie, »ich glaube, ich habe ihn nie danach gefragt. Wenn er einen Vornamen hat, habe ich ihn wahrscheinlich noch nie gehört. Es ist so schön einfach, wenn man mit diesem einen Wort Putnam alles benennen kann.«

»Ach ja, jetzt fällt es mir wieder ein – Sie haben doch diesen Freund, dem fünfzehn Fabriken gehören, stimmt's?«

»Achtzehn«, verbesserte sie ihn und zog die Hand aus ihrem Ausschnitt. Zufrieden lächelnd stellte sie fest, dass sie das Snickers herausgefischt hatte, und begann, es auszuwickeln. »Neulich hat er mir geschrieben, dass sein Vater noch ein paar gebaut hat«, meinte sie und nahm einen herzhaften Biss. »Möchten Sie auch etwas?«

»Von Putnam oder von dem Schokoriegel?«, fragte Adam.

»Sie könnten von beidem etwas haben«, antwortete Darci trocken. »Es gibt von beidem genug. Putnam spielte im All-Star-Footballteam. Er ist einsneunzig groß und wiegt an die hundert Kilo.«

»Aber Sie ...« Adam führte seinen Satz nicht zu Ende, sondern blickte nur viel sagend auf Darci. Er bezweifelte, ob sie überhaupt fünfzig Kilo auf die Waage brachte, selbst mit all den Schokoriegeln.

»Oh, keine Sorge«, meinte sie fröhlich. »Wir schaffen das ganz gut!« Sie hoffte, dass sie wie eine weltgewandte, erfahrene Frau klang.

»Sie haben Schokolade an Ihrem Zahn, dort«, sagte Adam und deutete auf seinen eigenen Eckzahn. Dann wandte er sich schmunzelnd ab.

Am liebsten hätte sich Darci in Supergirl verwandelt und Steine aus den Wänden gerissen, um sie ihm an den Kopf zu schleudern. Aber als er sich nach ihr umdrehte, setzte sie ein unschuldiges Lächeln auf und verputzte ihren dritten Schokoriegel.

Ein paar Schritte weiter blieb Adam abrupt stehen. Er streckte die Arme hinter sich aus, um Darci davon abzuhalten, gegen ihn zu prallen. Dann drehte er sich um, und als sie etwas sagen wollte, legte er seine warme Hand auf ihren Mund. Darüber freute sie sich so, dass sie tatsächlich stumm blieb.

Er beugte sich nach unten, sodass sich ihre Blicke auf gleicher Höhe begegneten, und legte einen Finger auf seine Lippen. Dann hob er fragend eine Braue. Hatte sie ihn verstanden?

Darci nickte. Adam verzog das Gesicht, nahm ihr den Schokoriegel aus der Hand und steckte ihn schweigend zurück in ihren Ausschnitt. Dann schloss er den Reißverschluss und bedeutete Darci, an der gegenüberliegenden Wand stehen zu bleiben.

Sein Auftreten jagte ihr Angst ein, auch wenn sie das nicht zugeben wollte. Das Herz schlug ihr bis zum Hals, als Adam um eine Ecke im Tunnel verschwand. Erst einmal tat sie tatsächlich das, was er ihr aufgetragen hatte – sie rührte sich nicht vom Fleck und wartete. Und wartete. Und wartete noch ein Weilchen. Nichts. Nicht das allerkleinste Geräusch war zu hören. Vielleicht weicht die Angst, wenn ich ein Gedicht aufsage, dachte sie.

»Eines Nachts aus gelben Blättern ...« Weiter kam sie

nicht, denn ihr fiel ein, dass er ja vielleicht in Schwierigkeiten sein könnte. Vielleicht war er von bösen Wesen gefangen genommen worden. Vielleicht ...

Nein, an so etwas wollte sie hier drunten in diesem dunklen Tunnel lieber nicht denken. Aus der Richtung, in die Adam gegangen war, drang ein wenig Licht, aber es sah nicht aus wie seine Taschenlampe. Hatte er sich etwa aus dem Staub gemacht? Hatte er ...

Sie tastete sich an der Wand entlang in die Richtung, in die er verschwunden war. Der erdige Boden verschluckte das Geräusch ihrer Schritte. Langsam ging sie weiter. Mit jedem Schritt wuchs ihre Angst vor dem, was sie möglicherweise am Ende dieses Tunnels erblicken würde.

Aber als sie endlich nahe genug an die Lichtquelle gekommen war, um etwas klarer zu sehen, hätte sie Adam Montgomery am liebsten angeschrien, dass er kein Recht habe, ihr eine solche Angst einzujagen.

In den Tunnel war eine Nische eingelassen, die mit einem Eisengitter versehen war. In der Nische standen Regale, in denen Kartons mit der Aufschrift »Becher« und »Teller« lagen; ganz gewöhnliche Regale, abgesehen davon, dass sie sich unter der Erde befanden und durch ein starkes Gitter geschützt waren. Hinter der Nische standen ein Tisch und noch ein paar Regale mit Kartons. Aber nichts davon war außergewöhnlich oder auch nur ansatzweise interessant.

Und was machte ihr geschätzter Chef nun hier? Er hatte sich seltsam verrenkt und griff mit der Linken nach etwas hinter dem Gitter. Darci konnte nicht recht erkennen, was er in der Hand hielt, aber es sah aus wie ein Besenstiel. Nichts Ungewöhnliches angesichts des Ortes, an dem sie sich befanden, dachte Darci. Aber was genau versuchte er zu erreichen?

Leise trat sie neben ihn. »Was ...«, begann sie, hatte aber nicht die Gelegenheit, auch nur ein weiteres Wort zu sagen, denn plötzlich war die Luft vom schrillen Lärm einer Sirene erfüllt. Darci hielt sich die Ohren zu und blickte auf Adam.

Sie sah, dass er etwas schrie, verstand ihn aber nicht. Doch sie schaffte es, seine Lippen zu lesen. »Sie haben den Alarm ausgelöst!«, schrie er wohl. Und noch so einiges, was Darci aber lieber nicht so genau wissen wollte.

Sie hätte sich gern entschuldigt, doch plötzlich bemerkte sie ein kleines rundes Licht, das sich eilig auf sie zu bewegte – eine Taschenlampe. Sie deutete darauf, und als Adam ihrer Handbewegung folgte, entdeckte auch er das Licht. Im nächsten Moment packte er Darci an der Hand und wollte sie in den Tunnel zurückziehen, aus dem sie gerade gekommen waren.

Doch Darci bewegte sich nicht, das heißt, ihre Füße bewegten sich, ihr Kopf jedoch nicht. Sie stieß einen Schmerzensschrei aus, den sie aber nicht einmal selbst hören konnte, so laut schrillten die Sirenen.

Adam sah sofort, was los war: Darcis Haar hatte sich im Schloss der Gittertür verfangen.

Instinktiv zwängte er den Arm durch das Eisengitter und packte den Dolch, auf den er es abgesehen hatte – allerdings hatte er den Dolch natürlich erbeuten wollen, ohne die Alarmanlage auszulösen. Mit einer raschen Handbewegung schnitt er Darcis Haar ab; eine dicke Strähne blieb im Schloss hängen. Im nächsten Moment hob er Darci hoch und setzte sie ziemlich unsanft auf das oberste Brett eines Regals gleich nach dem Gitter. Sie landete zwischen einigen großen Kartons und machte sich dort so klein wie möglich, indem sie sich wie ein Ball zusammenrollte. Leider konnte sie in dieser Lage nichts sehen, weder was Adam machte noch wo er überhaupt steckte. Er wird doch nicht irgendetwas Heldenhaftes tun?, fragte sie sich beunruhigt.

Als die Sirene verstummte, musste sich Darci zwingen, in ihrer Lage auszuharren und sich nicht zu rühren. Sie verspürte das dringende Bedürfnis, die Ohren zu reiben und die Beine auszustrecken. Aber ihr stärkstes Bedürfnis bestand momentan darin, zu erfahren, wo Adam steckte.

»Ich hasse dieses Ding!«, hörte sie einen Mann sagen. »Warum lassen sie es nicht endlich reparieren? Jede Nacht geht diese elende Anlage mindestens zwei Mal los!«

»Sie ist repariert worden«, erklang die Stimme eines zweiten Mannes. »Sie wollte sie so haben – so empfindlich wie möglich.«

»Zum Teufel damit«, sagte der erste. »Man braucht ja bloß zu niesen, um den Alarm auszulösen. Und ich schwöre dir, diese Katzen machen es absichtlich.«

»Sieh dir das an!«, sagte der zweite.

»Was denn? Ich sehe nichts.«

»Besorg dir mal eine bessere Brille! Haare! Sie haben im Schloss gesteckt.«

»Offenbar wieder einer dieser faulen Zauber.«

Eine Weile war es still. Darci hätte zu gern gewusst, was die beiden Männer nun taten, aber sie wagte es nicht, sich zu bewegen, um sie nicht auf sich aufmerksam zu machen. Solange sie und Adam nicht entdeckt wurden, war alles in Ordnung. Doch warum hatten sie nur ein paar Haare gefunden? Als Adam sie befreit hatte, hatte sie das Gefühl gehabt, er habe eine dicke Strähne abgesäbelt.

»Weißt du was?«, sagte der zweite Mann leise. »Ich wette, diese Haare hier stammen von einer echten Blondine! Ich sehe überhaupt keine dunklen Wurzeln.«

»Sehr komisch! Eine echte Blondine ... Du hast wohl zu viel von dem Zeug getrunken, das sie drüben im Osttunnel brauen.«

»Möglicherweise«, meinte der zweite Mann nachdenklich. »Aber wie dem auch sei – ich finde, wir sollten dem Boss diese Haare zeigen.«

»Meinetwegen. Vielleicht bekommen wir ja eine Gehaltserhöhung.«

»Na ja, damit würde ich nicht rechnen. Zu ihrem Vermögen ist sie nicht durch Großzügigkeit gekommen. Bist du endlich fertig?«

»Ja, klar. Hier drunten ist es wirklich ziemlich gruselig.«
»Das findest du nur, weil du zu viel weißt«, sagte der zweite Mann, dann kicherte er albern über seinen Witz.

Darci hörte, wie die beiden gingen, aber sie verharrte weiterhin in ihrer unbequemen Lage. Sie hob nicht einmal den Kopf und streckte auch die Beine nicht aus, die inzwischen beide eingeschlafen waren.

Sie blieb reglos liegen, bis Adam sie wieder herunterholte und auf dem Boden absetzte. Ihre tauben Beine wollten ihr nicht recht gehorchen, doch diesmal fing Adam sie auf, als sie zu wanken begann. Mit einem matten Lächeln deutete Darci auf ihre Beine, um ihm klar zu machen, dass sie nicht durchblutet waren. Er musterte sie eingehend, um herauszufinden, ob sie ihm nur etwas vorspielte, doch dann hob er sie hoch, schulterte sie wie einen Sack Kartoffeln und eilte den Tunnel zurück, durch den sie gekommen waren.

Als sie den großen Raum mit den Automaten erreichten, hätte Darci ihm auch sagen können, dass ihre Beine wieder in Ordnung waren und sie laufen konnte. Aber sie hielt den Mund und protestierte nicht gegen diese Art des Transports. Stattdessen legte sie die Arme um Adams Taille und ließ den Kopf baumeln. Lieber hätte sie ihn auf seine Schultern gelegt, aber in ihrer momentanen Lage ging das nun mal nicht.

Bei der Treppe setzte er sie ab. Rasch legte er den Zeigefinger an die Lippen, um ihr zu bedeuten, ja den Mund zu halten. Dann half er ihr ziemlich unsanft in die viel zu große Jacke. Sie merkte, dass er wütend war, wahrscheinlich sogar sehr wütend.

Nachdem er in seinen Mantel geschlüpft war, schubste er sie vor sich her die Treppe hinauf. Als sie endlich wieder oben in der Sklavenhütte waren, atmete sie tief durch und beeilte sich, an die frische, saubere Luft zu kommen.

6

»Von allen idiotischen Dingen, die ich in meinem Leben mitgekriegt habe«, fauchte Adam Montgomery, als sie die Sklavenhütten hinter sich gelassen hatten, »war das das blödeste! Diese Leute sind gefährlich, aber Sie führen sich auf, als sei das alles nur ein Spiel. Süßigkeitenautomaten! Schokoriegel! Und obendrein noch dieses unaufhörliche Gequassel! Ich habe Ihnen doch gesagt, dass Sie auf mich warten sollten, aber was tun Sie? Sie stecken den Kopf in den Laserstrahl und lösen die Alarmanlage aus! Haben Sie sich denn überhaupt keine Gedanken darüber gemacht, was Ihnen passieren könnte, wenn die Kerle Sie erwischt hätten?«

Darci überkam der überwältigende Drang zu gähnen. Vielleicht sollte sie heute früher zu Bett gehen.

Als sie nichts mehr von Adam hörte, blickte sie zu ihm hoch. Er funkelte sie noch immer wütend an.

»Ich sehe, dass meine Worte keinerlei Wirkung haben«, meinte er eisig.

»Aber klar haben sie das. Ich habe eine Heidenangst.« Wieder musste sie ein Gähnen unterdrücken.

Mehrere Minuten liefen sie schweigend nebeneinander her.

Auf einmal wollte Adam nicht mehr böse sein. Er wollte Darci keinen Vortrag halten, wie brenzlig die Situation gewesen war und was alles hätte passieren können. Plötzlich kam es ihm vor, als sei er seit seinem dritten Lebensjahr mehr oder weniger ständig wütend gewesen.

Aber Darci hatte etwas an sich, was ihn dazu brachte, nur die Gegenwart zu sehen. Wenn er in ihrer Nähe war, schien sie die Vergangenheit und die Zukunft zu vertreiben.

Ja, die unterirdischen Tunnels dieser Hexen waren schrecklich gewesen. Adam wollte sich nicht weiter ausmalen, wie viele dieser bösen Menschen an den Gängen gearbeitet hatten und was an solchen Orten passierte. Aber jetzt war die Luft klar und rein, das Laub wunderschön und die kleine Hinterwäldlerin neben ihm schon wieder bereit, sich über alles zu freuen. Inzwischen wusste er ja, dass es für sie eigentlich in jeder Situation etwas gab, worüber sie lachen konnte.

»Wofür hätten diese Kerle Sie wohl gehalten, wenn sie auf das Regalbrett geschaut hätten?«, fragte Adam in einem versöhnlicheren Ton. »Eine ihrer Katzen vielleicht?«

Sie blickte ihn mit hochgezogenen Brauen an. »Wo waren Sie eigentlich?«

»Ich habe mich unter dem Tisch hinter einer Schachtel verkrochen. Besonders toll war dieses Versteck nicht. Meine Füße ragten an der einen Seite hervor, meine Hände an der anderen, und meinen Kopf musste ich völlig verrenken.« Er verdrehte den Kopf so, dass man sich gut vorstellen konnte, wie er unter dem Tisch eingekeilt gewesen war.

Darci lachte. »Zumindest konnten Sie Ihre Beine ausstrecken. Meine sind sofort eingeschlafen. Ich konnte ja nicht mal mehr stehen.«

Adam legte die Hand auf sein Kreuz und schnitt eine Grimasse. »Wem sagen Sie das!«, meinte er.

»Wollen Sie mir etwa sagen, dass ich zu schwer für Sie bin?«, fragte Darci in gespielter Entrüstung.

»Wahrscheinlich waren es die Schokoriegel.« Er bedachte sie mit einem leichten Grinsen. »Ganz sicher bin ich mir zwar nicht, aber ich würde darauf wetten, dass die Innenseite des schwarzen Teils, das Sie da tragen, voller Schokolade ist.«

Darci musste nicht nachschauen, sie spürte es. Die Schokoriegel waren zerquetscht worden, als Adam sie getragen hatte. Sie klimperte mit den Wimpern. »Mögen Sie mal beißen?«

»Denken Sie denn immer nur an das eine?«, fragte er.

Sie grinste schelmisch. »Wenn Sie kein Interesse haben, dann vielleicht der nette junge Mann im Bungalow 4B«, sagte sie und machte ein paar lange Schritte von ihm weg.

Er bekam sie am Arm zu fassen und zog sie zu sich zurück.

»Sie denken doch wohl nicht allen Ernstes daran ...«, wollte er sie tadeln, doch ihr Blick ließ ihn erkennen, dass er es bereuen würde, wenn er weiter in diese Kerbe schlug.

»Wissen Sie was? Ich hätte jetzt nichts gegen einen kleinen Imbiss«, meinte er. »Wie wär's, wenn wir zum Lebensmittelgeschäft gehen und sehen, was wir dort finden? Und dann feiern wir ein kleines Gelage in unserem Bungalow.«

Darci blinzelte ihn verständnislos an. »Meinen Sie etwa, alles kaufen, was wir wollen?«

»Alles!«, bestätigte er lächelnd. »Aus der Bäckerei, der Feinkostabteilung, was auch immer. In unserem Bungalow gibt es auch einen Kühlschrank, in dem können wir dann die Reste aufheben.«

»Reste?«, fragte sie. »Was bedeutet dieses Wort?«

»Na ja«, meinte Adam, doch dann merkte er, dass sie ihn nur aufzog. »Wir könnten ja auch noch ein paar Tüten Süßigkeiten für Halloween kaufen.«

»Wer als Erster dort ist!«, rief Darci und fing schon an zu rennen.

Adam folgte ihr belustigt. Sie rannte den Pfad am Hauptgebäude des Hotels vorbei auf die Straße, die sie wieder überquerte, ohne nach rechts oder nach links zu schauen, und eilte dann in das Lebensmittelgeschäft.

Adam wartete bei der Ampel an der Straßenecke auf Grün. Durch das große Schaufenster des Geschäfts sah er, dass Darci einen Einkaufswagen vor sich herschob und die Waren in den Regalen neugierig musterte. In ihrer Anwesenheit kam in Adam manchmal ein Gefühl auf von – ja, von Dankbarkeit, dachte er. Sie freute sich über so einfache Dinge wie Essen und Kleider, und dabei merkte er, dass er in seinem bisherigen Leben viel zu viel für völlig selbstverständlich gehalten hatte.

Während er beglückt lächelte, drehte sich Darci um, und nun sah er die ziemlich große kahle Stelle auf ihrem Hinterkopf. Nach dem, was er bislang von Camwell mitbekommen hatte, würde es, wenn auch nur ein einziger Darcis Frisur zu sehen bekam, wahrscheinlich keine fünf Minuten dauern, bis alle im Ort wussten, wer heute in den Tunnels herumgeschnüffelt hatte.

Als die Ampel endlich grün wurde, hatte Adam die Straße schon halb überquert, und mit vier großen Schritten stand er im Geschäft neben Darci. Gerade bog eine Frau in den Gang ein. Adam kannte Darcis Neigung, mit den Leuten zu reden, wo sie ging und stand. Zweifellos würde sie gleich mit der fremden Frau ein Gespräch anfangen.

Weil er nichts hatte, um Darcis kahlen Hinterkopf zu bedecken, legte er ihr recht unsanft eine Hand auf diese Stelle. »Ach, da bist du ja!«, sagte er laut. »Ich habe dich schon überall gesucht!«

Das eine musste man Darci lassen: Sie merkte immer sehr rasch, was er meinte. Jede andere hätte jetzt sicher wissen wollen, was er sich eigentlich dabei dachte, ihren Kopf in diesem sicher recht unangenehmen Griff zu halten, Darci hingegen sagte nur munter: »Ich bin wirklich froh, dass du mich gefunden hast!«

Dann lächelte sie die Frau an, die inzwischen schon fast vor ihnen stand, griff nach oben und legte ihre Hände auf die von Adam. »Er kann es nicht ertragen, auch nur eine Minute von mir getrennt zu sein«, erklärte sie der Frau. »Es ist schon fast ein bisschen lästig. Ständig heißt es: ›Wo ist Darci? Hat jemand Darci gesehen? Ich brauche meine Darci!‹ Keine Minute hat man Frieden vor diesem Mann!«

Die Frau lächelte Darci zaghaft an, lenkte ihren Einkaufswagen an ihnen vorbei und rannte dann fast bis ans Ende des Ganges, wo sie zur Kasse einbog.

»Könnten Sie wohl damit aufhören?«, zischte Adam, als er gewaltsam seine Hand unter ihren wegzog. »Warum müssen Sie ständig allen von uns erzählen?«

»Dann stimmt es also? Sie ertragen es wirklich nicht, ohne mich zu sein?«

Er rieb seine Hand, denn Darci hatte ihre Hände so fest darauf gepresst, dass sie nun fast blutleer war. Dann schüttelte er frustriert den Kopf. »Nein, es stimmt nicht! Ich habe nur Ihre Frisur verstecken wollen. Ihnen fehlen ziemlich viele Haare, und ich will nicht, dass die Leute das sehen.«

Darci betastete ihren Hinterkopf. »Stimmt – die blonden Strähnen, die der eine dieser Kerle irgendeiner Hexe geben wollte. Hat er wirklich nur ein paar Haare gefunden? Mir kommt es vor, als fehlte da ziemlich viel.« Darci bemerkte, dass Adam den Mund fest zusammengekniffen hatte, er würde ihr also diese Frage nicht beantworten. Das werde ich schon noch herausfinden, nahm sie sich vor. Sie senkte ihre Stimme und blinzelte ihn verführerisch an. »Ich bin wirklich eine echte Blondine!«

»Und deshalb sehr leicht zu erkennen!«, entgegnete Adam. »Kommen Sie, gehen wir! Morgen lassen wir uns etwas einfallen, was wir mit Ihrer Frisur anstellen können. Was ist denn das ganze Zeug da?«. Argwöhnisch musterte er den Einkaufswagen.

»Essen«, erwiderte sie verblüfft.

»Aber was für eines?« Er hielt eine Packung einzeln eingewickelter Käsescheiben hoch und eine andere, auf der Pizzasnacks stand.

»Das ist …«, begann sie zu erklären.

»Ich weiß, was das ist«, fiel er ihr ungeduldig ins Wort. »Ich kann ja schließlich lesen. Aber …« Er sagte nichts weiter, sondern nahm die Sachen und legte sie auf den nächstbesten freien Platz in ein Regal vor ein paar Dosen Erbsen.

»Das ist nicht gut«, meinte Darci stirnrunzelnd. »Ich bringe die Sachen an ihren Platz zurück.«

»Damit alle in diesem Kaff Ihren Hinterkopf sehen? Am liebsten würde ich Ihnen befehlen, jetzt sofort in unseren Bungalow zurückzugehen und dort auf mich zu warten, aber wahrscheinlich würden Sie mir nicht gehorchen. Ziehen Sie los und suchen sich ein paar Haargummis, damit Sie sich die

Haare so zusammenbinden können, dass man die kahle Stelle nicht mehr sieht. Ich werde inzwischen unseren Einkauf erledigen.«

»Sie wollen ...?« Darci starrte ihn so ungläubig an, als hätte sie noch nie so etwas Seltsames gehört.

»Nun lassen Sie mich mal raten«, meinte Adam halblaut. »Über unterirdische Gänge wundern Sie sich nicht, wohl aber darüber, dass ein Mann Lebensmittel einkauft, stimmt's?«

Darci brachte nur ein stummes Nicken zustande.

»Ziehen Sie los!«, wiederholte er. »Und lassen Sie niemand Ihren Hinterkopf sehen. Wir treffen uns dann vor dem Geschäft. Stellen Sie sich irgendwohin, wo die Leute Sie nicht sehen können. Und reden Sie mit keinem! Haben Sie mich verstanden?«

Darci rührte sich nicht vom Fleck. »Die Haargummis kosten Geld.«

Adam wollte schon eine sarkastische Bemerkung loslassen, wie billig solche Dinger waren, doch dann reichte er ihr seufzend einen Zehndollarschein.

Darci blickte auf den Schein, dann auf ihn, rührte sich jedoch noch immer nicht vom Fleck. »Und wann soll ich Ihnen das Wechselgeld zurückgeben?«

»Ich vertraue Ihnen. Sie können es behalten, bis wir wieder in unserem Bungalow sind.«

Darci stand noch immer da wie angewurzelt.

»Behalten Sie das elende Wechselgeld!«, platzte er sehr viel lauter heraus, als er beabsichtigt hatte. Nun raste Darci los, und zwar so schnell wie Speedy Gonzales, die schnellste Maus von ganz Mexiko.

»Ich kenne niemand, der so hinter dem Geld her ist wie diese Frau«, murmelte Adam, als er den Einkaufswagen zur Feinkostabteilung schob. Dort begann er, ihn zu füllen, angefangen bei Briekäse und einem Döschen Hummer. »Wofür braucht sie bloß das ganze Geld?«, knurrte er. »Etwa für ein

Hochzeitsgeschenk für ihren großen, starken, jungen Putnam?«

»Tut mir Leid, aber ich habe Sie nicht recht verstanden«, sagte der Mann hinter der Theke. Verlegen, weil er bei einem Selbstgespräch ertappt worden war, bat Adam um drei frische Salate und jeweils hundert Gramm von verschiedenen Wurstsorten. »Na ja, wenn ich es mir recht überlege, machen Sie je zweihundert Gramm«, verbesserte er sich.

Am Ende hatte er doppelt so viel in seinem Wagen wie ursprünglich beabsichtigt. Aber immer wieder kam er an Dingen vorbei, bei denen er sich dachte: Ob Darci das wohl jemals gekostet hat?, und schon landete wieder etwas in seinem Wagen. Sein nächster Gedanke war: Ich muss sie heimschicken, sie begreift nicht, wie gefährlich die Sache noch werden kann. Doch dann fiel sein Blick auf die nächste Köstlichkeit – ob Darci wohl geräucherte Austern mag? Aber sie nimmt die Sache wirklich nicht ernst genug, ging es ihm dann wieder durch den Kopf; ich muss sie wegschicken, bis ich sie wirklich brauchen kann. Doch morgen fahren wir erst mal nach Hartford und suchen dort einen guten Friseur. Bei einem Blick auf das Regal mit den Süßigkeiten dachte er: Vielleicht gibt sie die elenden Schokoriegel auf, wenn sie mal richtig gute Schokolade gegessen hat, und legte eine sündteure Schachtel feinster Pralinen in seinen Wagen. An einem kleinen Blumenstand holte er noch einen hübschen Herbststrauß, dann schob er seine gesammelten Einkäufe zur Kasse. Vielleicht hätten sie in Hartford ja noch genug Zeit, um das Wohnhaus von Mark Twain zu besuchen. Das würde Darci sicher gefallen.

»Karte oder bar?«, fragte die Kassiererin und holte Adam wieder in die Gegenwart zurück.

»Gibt es hier in der Nähe einen Spirituosengeschäft«, fragte er. »Wo ich eine Flasche Wein bekommen kann?« Zu seiner Freude lag dieser Laden nur zwei Häuser weiter.

Als sie zum Bungalow zurückkamen, verschwand Darci

kurz, um die aufgelösten Schokoriegel aus ihrem Ausschnitt zu entfernen. Adam hoffte, dass sie etwas weniger Aufreizendes anziehen würde, doch sie kehrte in ihrem Gymnastikeinteiler zurück. Anstandshalber hatte sie sich zwar ein Sweatshirt aus seinem Schrank geholt und übergezogen, aber ihre Beine wirkten nach wie vor sehr verführerisch.

»Hätten Sie nicht etwas von Ihren eigenen Sachen anziehen können?«, fragte er etwas schnippischer als beabsichtigt.

»Ich wollte nichts verknittern«, erwiderte sie und trug die Einkaufstüten in die kleine Küche.

Adam hatte eigentlich an ein paar einfache Sandwichs gedacht, aber Darci scheuchte ihn aus der Küche und übernahm das Kommando. Sie nahm nicht den kleinen Tisch in der Ecke des Raums, sondern räumte den Couchtisch frei und deckte ihn ordentlich mit Tellern, Besteck und Gläsern aus dem Küchenschrank. Dann packte sie die Einkaufstüten aus. Anschließend kramte sie in allen Schränken, bis sie eine hübsche Vase gefunden hatte, und schnitt – sehr zu Adams Überraschung – mit einer Schere aus der Küchenschublade kundig die Stängel an, bevor sie die Blumen perfekt in der Vase arrangierte.

»Wo haben Sie denn das gelernt?«, fragte er.

»Im Blumenladen von Putnam. Dort habe ich ein paar Monate gearbeitet.«

»Nicht schlecht, wenn man so etwas kann«, meinte er. »Meine Cousine Sarah würde das auch gerne können. In ihrem Garten wachsen Tausende von Blumen, aber sie hat überhaupt kein Talent, einen hübschen Strauß herzurichten.«

»Tausende?«, staunte Darci, als sie die Blumen ins Wohnzimmer brachte.

»Na ja, sie lebt in einem ziemlich großen Haus«, antwortete Adam etwas verlegen. Er wollte nicht allzu viel von sich erzählen und war deshalb sehr dankbar, als Darci keine weiteren Fragen stellte. So konnte er ihr in Ruhe zusehen, wie sie die langen Baguettes aus den Tüten holte und dann alle seine Einkäufe sorgfältig auf Tellern verteilte. Er hätte die Sachen natürlich auch gleich aus der Verpackung gegessen, aber Darci wollte den Tisch offenbar möglichst elegant und edel decken.

Als sie ihr Werk beendet hatte, wies sie ihm einen Platz an und begann sofort, ihn mit Fragen über all die Dinge zu löchern, die er gekauft hatte. Als er kein scharfes Messer fand, um den Granatapfel aufzuschneiden, sprang sie auf und holte eines. Neugierig sah sie ihm zu, wie er die Frucht aufschnitt und die Samen herauskratzte. Nachdem sie sich eine Hand voll davon in den Mund gesteckt hatte, schwärmte sie begeistert, wie köstlich sie schmeckten.

Sie probierte von allem und war von allem entzückt. Adam erklärte ihr bereitwillig, was er über die verschiedenen Lebensmittel wusste. Sie fragte, wo der Käse hergestellt worden sei, wie Austern geräuchert würden und warum Wassercracker Wassercracker hießen. Adam versuchte ihre Fragen zu beantworten, und wenn er die Antwort nicht wusste, reichte er ihr die Verpackung und sie las, was darauf stand. Sie unterhielten sich auch lang und breit über Weinberge und die Weinerzeugung.

Alles in allem zog sich ihr Mahl über zwei Stunden hin, und am Ende stellte Adam zufrieden fest, dass es ihm viel Spaß gemacht hatte. Er konnte es kaum glauben, aber sie hatten tatsächlich alles aufgegessen. Trotzdem war noch ein bisschen Platz für die köstlichen Pralinen. Er genoss es, Darci dabei zuzusehen, wie sie die Augen schloss und sich die hervorragende Schokolade im Mund zergehen ließ.

Am liebsten hätte er sie in diesem Moment in die Arme genommen. Um dieses Verlangen zu überspielen, fragte er: »Wie machen Sie es, dass Sie nicht dick werden?«

Darci öffnete die Augen wieder. »Ich habe keine Fettzellen. Als Kind habe ich einfach keine entwickelt, und ich habe einen sehr schnellen Stoffwechsel. Meine Mutter meint, das habe ich sicher von meinem Vater. Sie behauptet immer, schon ein Blatt Salat würde sie dick machen.«

»Was ist Ihr Vater denn von Beruf?«

Darci blickte verlangend auf die Pralinenschachtel und schwieg.

»Nur so aus Neugierde«, meinte Adam. »Sie sprechen oft von Ihrer Mutter, aber nie von Ihrem Vater. Lebt er denn auch in Putnam?«

»Keine Ahnung«, sagte Darci bedrückt. »Manchmal gibt es auch in einem kleinen Ort ein paar Geheimnisse, die nie preisgegeben werden. Ich weiß nicht, wer mein Vater ist.« Doch schon lächelte sie wieder. »Und was ist mit Ihrem?«

»Meinem Vater? Tot. Ich war erst drei, als meine Eltern starben, deshalb kenne ich sie kaum.«

»Wie sind sie denn gestorben?«, fragte sie. Doch sobald sie die Frage gestellt hatte, merkte sie, dass Adams Miene abweisend wurde. Sie wusste bereits, dass er stumm wie ein Fisch wurde, wenn man bei ihm einen Punkt zu überschreiten drohte, an den er keinen Menschen heranlassen mochte.

Wenn sie jetzt nicht wollte, dass er aufstand und aus dem Zimmer ging, musste sie rasch ein unverfänglicheres Thema anschneiden und ihre Neugier über Umwege befriedigen.

»Ich auch nicht«, meinte sie. »Ich kenne meine Mutter auch kaum. Sie hat immer gearbeitet oder – na ja, sie war immer beschäftigt.«

»Bei wem sind Sie dann aufgewachsen?«

»Bei allen in unserem Ort, sagt Onkel Vern. Ich wurde von einem zum anderen gereicht. Meistens hieß es: ›Könntest du heute Nachmittag mal auf Darci aufpassen, damit ich mich ein wenig erholen kann?‹«

Sie blickte ihn an, als erwarte sie, dass er über ihren kleinen Scherz lächelte, aber Adam fand es nicht komisch.

»Schauen Sie mich nicht so mitleidig an!«, sagte sie noch immer lächelnd. »Ich war ein richtiger kleiner Teufel. Mit acht kannte ich jedes Geheimnis von jedem in unserem Dorf.

Wenn ich ins Kino wollte, musste ich nur sagen: ›Du willst also, dass ich draußen warte, während du mit Mr Nearly ... redest?‹ Und schon wurde mir Geld fürs Kino in die Hand gedrückt. Oder Kleider. Oder ein paar Stück Kuchen. Ich bekam alles, was ich wollte.«

Doch auch dieser Versuch eines Scherzes entlockte Adam kein Lächeln. Sie bemühte sich, die Sache so unbeschwert wie möglich darzustellen, aber Adam merkte, wie einsam ihre Kindheit gewesen sein musste. Sie hatte lernen müssen, die Leute zu erpressen, um an Essen, Kleidung und ein bisschen Fürsorge zu kommen. Doch er sagte nichts, denn er wusste ja, dass sie kein Mitleid von ihm wollte.

»Und was hat Sie dazu gebracht, Ihr Leben dem Kampf gegen das Böse zu widmen?«, fragte sie.

Darüber musste Adam nun doch lächeln. »Hat Supermann denn einen Grund für seine Taten?«, fragte er und zog die Brauen hoch.

»Na klar. Er läuft gern in einem figurbetonten Gymnastikeinteiler und einem Cape rum«, sagte sie wie aus der Pistole geschossen, und Adam lachte lauthals los.

Sie steckte sich ihre dritte Praline in den Mund. »Und wann werden Sie mir das Messer zeigen?«, fragte sie.

»Das was?«, fragte er zurück, um ein wenig Zeit zu gewinnen.

»Sie wissen schon, das Messer, das Sie dort unten in dieser Nische hinter dem Eisengitter geklaut haben. Das, mit dem Sie mir die Haare abschnitten. Was ist übrigens mit den Haaren passiert? Die Männer meinten, sie hätten nur ein paar Strähnen gefunden, nicht so ein großes Büschel, wie Sie es mir abgesäbelt haben.«

»Die beiden waren gar nicht so dumm. Die haben doch glatt gemerkt, dass die Haare von einer echten Blondine stammen!«, meinte Adam nur. »Ich dachte, morgen fahren wir nach Hartford und lassen Ihnen eine anständige Frisur verpassen – eine, bei der die kahle Stelle nicht auffällt. Vielleicht sollten wir es auch färben lassen. Wären Sie gern mal ein Rotschopf?«

Darci verzog keine Miene. Sie sah ihm unbewegt in die Augen. Das könnte ihm so passen, einfach das Thema zu wechseln. Nein, so nicht!

»In meiner Jackentasche«, meinte er resigniert. Hätte sie dieses Messer denn nicht einfach vergessen können?

Darci sprang auf, rannte zum Garderobenschrank und kehrte mit dem Dolch in der ausgestreckten Hand zurück. Adam hätte ihn ihr am liebsten entrissen, denn er konnte es kaum erwarten, ihn gründlich unter die Lupe zu nehmen. Aber eigentlich hatte er das erst tun wollen, wenn Darci schlief und er allein in seinem Schlafzimmer war.

Als ob sie wüsste, was in ihm vorging, reichte sie ihm die Waffe und begann, den Tisch abzuräumen, sodass Adam genug Zeit hatte, den Dolch ungestört zu begutachten. Er setzte sich auf die Couch und hielt ihn unter die Lampe, die auf dem seitlichen Beistelltisch stand. Die Waffe war nicht sehr groß, nur etwa zwanzig Zentimeter lang, und auf der Klinge befanden sich mehrere Rostflecken. Der Griff war schwarz-golden. Bei näherer Betrachtung merkte Adam, dass es sich bei den leicht erhöhten goldenen Stellen, die sich um den Griff wanden, um Schriftzeichen handelte. Auf den ersten Blick sahen sie aus wie ein Muster, aber Adam war sicher, dass sie eine Bedeutung hatten.

Als Darci es nicht mehr aushielt, setzte sie sich neben ihn, und zwar so nah, dass sie sich ebenso gut gleich auf seinen Schoß hätte setzen können. Das Sweatshirt, das sie sich von ihm geborgt hatte, war viel zu groß für sie und hatte einen viel zu weiten Ausschnitt.

»Tragen Sie eigentlich jemals Ihre eigenen Klamotten?«, fauchte er. »So schnell haben Sie sicher noch nie aufgeräumt. Und warum sitzen Sie auf dieser Seite der Couch?«

»Ich habe Ihnen doch schon gesagt, dass ich meine neuen Kleider schonen möchte. Spülmaschine. Das Licht ist auf dieser Seite besser«, erklärte sie grinsend und streckte die Hand nach dem Dolch aus.

Seufzend überließ Adam ihr die Waffe. Er wäre gerne etwas weggerutscht, aber seine rechte Seite wurde gegen die Couchlehne gequetscht und er hatte überhaupt keinen Platz, sich zu rühren. Du führst dich ja auf wie ein Schuljunge, Montgomery!, schimpfte er sich selbst, dann zwang er sich dazu, ein wenig zu entspannen.

»Sie haben doch Hexerei studiert. Erkennen Sie diese Symbole?«, fragte er.

Darci hielt den Dolch kurz an das Licht und drehte ihn hin und her. »Böse! Sehr böse!«

»Ich hoffe, Sie haben für Ihre Hochschulbildung nicht allzu viel bezahlt«, sagte Adam.

»Keinen Penny.«

»Haben Sie ein Stipendium bekommen?«

»Nein. Putnam hat es bezahlt«, erklärte Darci lächelnd. Dann gähnte sie. »Dieses Ding hier ist wirklich sehr faszinierend, aber trotzdem werde ich jetzt bald zu Bett gehen müssen.«

Im ersten Moment ärgerte sich Adam. Er hätte gern mit ihr über dieses Messer gesprochen. Ihre Unterhaltung beim Abendessen hatte ihm viel Spaß gemacht. Darci hatte eine rasche Auffassungsgabe und gute Lösungen zu allen möglichen Problemen.

»Und wo soll ich heute Nacht schlafen?«, fragte sie, dann gähnte sie so breit, dass ihre Kiefergelenke knackten.

»Wo?«, fragte Adam verblüfft. Doch dann lachte er, und seine schlechte Laune war wie weggeblasen. »In Ihrem Bett natürlich! Nun los, machen Sie schon, verschwinden Sie und schlafen Sie gut! Bis morgen früh!«

Auf der Schwelle zu ihrem Schlafzimmer blieb Darci noch einmal stehen. »Mr Montgomery, der heutige Tag hat mir viel Spaß gemacht«, sagte sie leise.

Er wollte schon sagen, dass ihm dieser Tag mehr Spaß gemacht hätte, wenn sie sich im Tunnel an seine Anweisungen gehalten und nicht ständig gequasselt hätte; wenn sie keine Ohnmacht vorgetäuscht und sich bei dem Versuch, Schokoriegel aus einem Automaten zu zerren, nicht beinahe den Arm gebrochen hätte, nur um dann seine Anweisungen erneut zu missachten und einen Alarm auszulösen. Aber er brachte es nicht über die Lippen, denn es stimmte nicht. »Ich heiße übrigens Adam. Gute Nacht!«

Darci raffte das Sweatshirt bis zur Taille und nahm die Pose einer Sexbombe aus den Fünfzigern ein, den Po seitlich hoch gestreckt. »Gute Nacht, Adam«, hauchte sie in einer erstaunlich gelungenen Marilyn-Monroe-Imitation.

Wieder musste Adam lachen. Er winkte ihr noch einmal zu, und sie verschwand in ihrem Schlafzimmer.

Sein Blick fiel auf ein kleines Tablett mit Käse, Crackern und einem Glas Rotwein, das Darci für ihn vorbereitet hatte. Lächelnd nahm er einen kleinen Schluck, dann holte er Papier und einen Bleistift aus seiner Aktentasche und begann, die erhöhten Schriftzeichen auf dem Messergriff abzupausen. Als er damit fertig war, ging er in sein Schlafzimmer und faxte das Blatt an eine Freundin in Washington. Auf das beiliegende Deckblatt schrieb er die Bitte: »Sieh zu, was du darüber herausfinden kannst. Wenn es Schriftzeichen sind, welcher Art? Und was bedeuten sie?«

Nachdem er geduscht und seinen Schlafanzug angezogen hatte, war er kurz versucht nachzusehen, ob Darci ruhig schlief. Aber dann ließ er es doch bleiben, und sobald er sich in sein Bett gelegt hatte, fielen ihm die Augen zu.

7

»Und, was meinst du?«, fragte Darci, die Hand an ihrem Haar, das einen neuen Schnitt und eine andere Farbe hatte. »Gefällt es dir?«

Adams verblüffter Blick sagte alles. Sie hatte zum ersten Mal ihre neuen Kleider an – einen dunkelgrünen Wollrock, einen burgunderfarbenen Cashmerepullover und eine karierte Jacke, die beide Farben enthielt. Dazu trug sie dunkelbraune, mollig warm gefütterte Stiefel, die wunderbar bequem waren.

Als Adam an diesem Morgen aufstand, war Darci bereits angezogen. Offenbar brannte sie geradezu darauf, nach Hartford zu fahren und zum Friseur zu gehen. Während er sich fertig machte, rannte sie zum Hauptgebäude und kam mit Croissants, Kaffee und Obst zurück. Damit fütterte sie ihn auf dem Weg nach Hartford. »Wenn du so weitermachst, werde ich noch dick und rund«, meinte Adam mit vollem Mund.

»Wem hast du gestern Nacht ein Fax geschickt?«, wollte sie wissen, als sie ihm den Becher mit Kaffee an die Lippen hielt.

Bei dieser Frage verschüttete Adam Kaffee auf seinem Pullover. Während er sich mit ein paar Papierservietten abtupfte, die Darci ihm gereicht hatte, übernahm sie das Lenkrad des Mietwagens.

»Schnüffelst du denn in allem herum?«, fragte er.

»Ich habe sehr gute Ohren«, antwortete sie. »Also, an wen hast du das Fax geschickt?«

»An meine Freundin«, erwiderte er. Mit einer Hand rieb er noch immer an seinem Pullover, mit der anderen übernahm er wieder das Steuer.

Diese Antwort brachte Darci so gründlich zum Verstummen, dass er sie beinahe bereute. »Na gut«, meinte er, nachdem sie einige Minuten geschwiegen hatten, »ich habe die

Zeichen auf dem Dolch durchgepaust und sie einer Bekannten in Washington geschickt. Sie weiß viel über Sprachen. Vielleicht kann sie herausfinden, was auf diesem Dolch steht – falls es sich um Schriftzeichen handelt. Ich bin mir nicht einmal sicher, ob es überhaupt welche sind.«

»Vielleicht ist es ein Zauberdolch und der Besitzer hat drei Wünsche frei?«, meinte Darci scherzhaft im Versuch, ihre Verärgerung darüber, dass Adam von einer Freundin geredet hatte, zu überspielen. Aber als er nichts darauf erwiderte, betrachtete sie ihn noch einmal genauer, dann meinte sie nur: »Hm.«

»Was soll das heißen?«, fuhr er sie an.

»Wie ich sehe, hat dich wieder mal die schlechte Laune gepackt.«

Adam seufzte. »Na gut – raus mit der Sprache: Was geht in deinem kleinen Kentuckyköpfchen vor?«

»Nichts Bestimmtes«, erwiderte sie nachdenklich. »Aber jedes Mal, wenn ich bestimmte Wörter äußere, rastest du aus.«

»Ich raste nicht aus, wie du es so wenig schmeichelhaft nennst. Ich kann dir sogar versichern, dass ich noch nie in meinem Leben ausgerastet bin.«

»Selbstverständlich nicht. Aber Adam, du reagierst – na ja, jedenfalls sehr heftig auf Wörter wie Opfer, Zauber oder Magie.«

»Ist das denn weiter verwunderlich? Gestern waren wir in der unterirdischen Anlage eines Hexenzirkels. Hast du das etwa vergessen? Es gibt bestimmte Begriffe, die man mit Hexen assoziiert, und da ist es doch wohl klar, dass ...«

»Besen!«, rief Darci. »Kessel! Schwarze Katze! Nein, nein, die haben keinerlei Wirkung. Aber die Vorstellung eines magischen Messers und eines Opfers, vor allem einer Opferung von mir – dabei rastest du wirklich ziemlich aus.« Sie sah ihn prüfend an, ganz offensichtlich auf eine Antwort wartend.

»Ich wollte dich schon längst fragen, warum du eigentlich

kaum einen Südstaatenakzent hast. Du klingst eher wie jemand aus diesem Teil der Vereinigten Staaten.«

Darci wandte sich von ihm ab und blickte aus dem Fenster. »Na gut, du willst es mir also nicht sagen. Noch nicht. Du willst es mir noch nicht sagen. Ich kann warten.« Sie holte tief Luft. »Sprechübungen. Mann's College für junge Damen, da wurden auch Sprechübungen angeboten. Ich habe mir Kassetten besorgt und die Texte nachgesprochen.«

»Sehr interessant«, meinte Adam. »Erzähl mir doch noch ein bisschen mehr über dieses College!«

Sie betrachtete ihn aus zusammengekniffenen Augen. »Ich würde viel lieber hören, hinter was du eigentlich her bist und warum du von all den jungen Frauen, die sich vorgestellt haben, ausgerechnet mich eingestellt hast.«

Adam stieß einen langen, tiefen Seufzer aus. »Sind die Bäume zu dieser Jahreszeit nicht herrlich?«

Danach fielen kaum noch Worte von Belang. In Hartford ging Adam gleich in einen Friseursalon. Zehn Minuten später kam er wieder heraus und sagte Darci, sie würde jetzt erwartet. Sie fragte ihn nicht, wie er es geschafft hatte, ohne vorherige Absprache einen Termin in einem derart exklusiv wirkenden Salon zu arrangieren. Aber sie hatte bereits in Camwell bemerkt, dass er die Leute mühelos dazu brachte, nach seiner Pfeife zu tanzen.

Jetzt – es war inzwischen einige Stunden später – hatte sie jedenfalls eine neue Frisur, die ihr recht gut gefiel. Eine der Friseusen hatte der jungen Frau, die sich um Darci kümmerte, gesagt: »Ich glaube, so einen tollen Schnitt hast du noch nie hingekriegt!« »Das glaube ich auch«, hatte die Friseuse mit einem letzten stolzen Blick auf Darci erwidert.

»Gefällt es dir, oder nicht?«, fragte Darci noch einmal.

Adam betrachtete sie, als sähe er sie zum ersten Mal. Ihr feines, schulterlanges Haar war etwas gekürzt worden und umrahmte ihr Gesicht nun in hübschen Stufen. Die erdbeerblonde Farbe passte hervorragend zu ihrem blassen Teint.

Selbst ihre Augen wirkten verändert. Er konnte zwar kein Make-up entdecken, aber ihre Augen waren definitiv anders.

»Sie haben mir einen Elvenschnitt verpasst, mit einem v statt einem f; so haben sie es jedenfalls buchstabiert. Und mein Haar wurde gedunkelt, das heißt, einzelne Strähnen wurden dunkler gefärbt und nicht wie meist üblich aufgehellt. Hörst du mir überhaupt zu?«

»Selbstverständlich!«, meinte er nur und starrte sie noch immer verblüfft an.

»Sobald ich auf dem Stuhl saß, habe ich meine Innere Überzeugung auf die Friseuse wirken lassen und ihr gesagt, sie soll mir den besten Schnitt ihres Lebens verpassen.« Darci fuhr durch ihr Haar, das sofort wieder in seine perfekte Fasson zurückfiel. »Und ich glaube, sie hat es tatsächlich getan. Sie meinte, die Spitzen seien in einem ziemlich schlechten Zustand gewesen, aber das nachwachsende Haar sei dick und gesund. Fühl mal!«

»Nein!«

Darci lächelte ihn unschuldig an. »Hast du Angst, vor Leidenschaft verrückt zu werden, wenn du mein Haar berührst?«

»Kannst du nicht einfach mal damit aufhören?«, fragte Adam stirnrunzelnd. Aber Darci blickte ihn weiterhin auffordernd an. Seufzend kapitulierte er und legte die Hand auf ihren Kopf, während sie sich ein wenig zu ihm herüberbeugte.

»Nett.«

»Meinst du wirklich?«

Adam lächelte. »Ja, das meine ich wirklich.« Dann machte er sich auf den Weg zum Parkplatz.

Als er merkte, dass Darci nicht neben ihm ging, blieb er stehen und sah sich nach ihr um. Er entdeckte sie ein paar Schritte hinter sich vor einem italienischen Restaurant, wo sie aufmerksam die Speisekarte studierte.

Er gab sich nicht die Mühe, sie darauf hinzuweisen, dass

sie ja auch nach Camwell zurückfahren und dort essen könnten. Er erwähnte auch nicht, dass das kleine Frühstück erst ungefähr drei Stunden her war. Abgesehen davon musste er sich eingestehen, dass auch er selbst ein wenig Hunger verspürte.

Also ging er zurück und hielt Darci die Tür auf. Nachdem sie ihre Bestellung aufgegeben hatten – Darci entschied sich für mit Parmesan überbackene Auberginen und meinte, sie habe noch nie Auberginen gegessen –, berichtete sie ihm von dem Klatsch, den sie beim Friseur gehört hatte.

»Alle in dieser Stadt – vielleicht sogar alle in dieser Gegend – finden Camwell unheimlich. Im Grove spukt es, sagen sie. Niemand, der in einem Umkreis von hundert Meilen um das Grove wohnt, würde freiwillig dort übernachten. Die Kellnerin in Camwell hat nicht gelogen: Seit vier Jahren ist dort jedes Jahr jemand verschwunden.«

Darci sprach so leise, dass er sie kaum verstehen konnte. Als er sie fragte, warum sie das tue, bekam er zu hören, dass man Menschen aus einer großen Stadt nicht über den Weg trauen könne. Er brauchte ein Weilchen, um das zu verdauen. In dem winzig kleinen Camwell, einem Ort, den die Leute als »unheimlich« bezeichneten, plapperte Darci mit allen über alles. Aber hier, in der »großen Stadt« Hartford, Connecticut, führte sie sich auf, als ob im Restaurant überall Spione seien.

Adam versuchte erst gar nicht, ihrer Logik zu folgen. Stattdessen holte er ein paar Blätter aus seiner Jackentasche. »Während du die Friseuse verzaubert hast, bin ich in die Bücherei gegangen und habe Zeitungsartikel über die vier verschwundenen Frauen fotokopiert.«

Darci wollte die Unterlagen zu sich herüberziehen, doch Adam hinderte sie daran. »Nein, nicht jetzt!«, flüsterte er. »Vielleicht ist unser Tisch verwanzt. Man kann nie wissen, was sich die Leute aus Hartford alles einfallen lassen!«

»Sehr komisch!«, entgegnete sie, blickte sich jedoch argwöhnisch um. Nachdem sie sich offenbar nicht weiter für die Kopien interessierte, steckte er sie wieder weg.

Da Darci der Ansicht war, man könne in der »Großstadt« nichts Wichtiges erörtern, beschränkte sich ihr Gespräch während des Essens auf Darcis Lieblingsthema, das Essen.

»Warst du schon mal in Italien?«, fragte sie, und als er nickte, bestürmte sie ihn mit Fragen. Ob das Essen in Italien anders sei als das italienische Essen in Amerika? Ob er dort auch Einheimische kennen gelernt habe? Worin sich Italiener von Amerikanern unterschieden? Beide waren vollauf beschäftigt: sie mit fragen, er mit antworten.

Es kehrte nur einmal Stille ein, als sie ihn fragte, warum er so viel gereist sei. »Wolltest du dich denn nie irgendwo häuslich niederlassen? Und Kinder haben?« Aber wie so oft verstummte Adam und starrte auf seinen Teller.

Sie hoffte auf eine Erklärung. Zwei Mal sah es fast so aus, als wolle er etwas sagen, aber dann wandte er den Blick wieder ab und schwieg weiter.

Nach einigen verlegenen Minuten fragte sie, ob er denn auch schon in Griechenland gewesen sei.

Adam war kurz davor gewesen, ihr mehr über sich zu erzählen. Aber er schaffte es einfach nicht, weil er befürchtete, damit die Unbefangenheit zwischen ihnen, über die er sich sehr freute, aufs Spiel zu setzen.

Als sie aufhörte, ihn anzustarren, und ihn nach einem anderen Land fragte, lächelte er erleichtert, hob den Kopf und sah sie an.

Die Kleider, die Frisur und was auch immer mit ihren Augen angestellt worden war hatten sie verändert. Er konnte kaum glauben, dass diese hübsche junge Frau dieselbe war, die bei ihrer ersten Begegnung angespannt auf der Stuhlkante gesessen und mit den Beinen gebaumelt hatte.

Später, auf der Rückfahrt nach Camwell, konnte Adam nicht mehr an sich halten. »Was hast du eigentlich mit deinen Augen gemacht?«, fragte er sie.

»Mir die Wimpern färben lassen – rußschwarz«, erklärte sie und klimperte damit. »Gefällt es dir?«

»Sieht ziemlich künstlich aus«, entgegnete Adam steif. Einerseits wirkte Darcis Art neckisch, andererseits aber auch verführerisch.

Seine Kälte verletzte sie. »Ach ja?«, fragte sie schmallippig. »Und ich nehme an, dir gefallen natürliche Frauen, solche, die gern zelten und wandern, mit einer Angel über der einen und einer Schrotflinte über der anderen Schulter.«

Adam lächelte über diese Vorstellung, solche Frauen waren nämlich überhaupt nicht sein Typ. Aber um sie ein wenig aufzuziehen, meinte er: »Ja, die finde ich toll. Woher hast du das nur gewusst?«

»Ist Renee etwa auch so?«, fragte Darci verdrossen.

Adam zuckte so heftig zusammen, dass er fast von der Straße abkam. »Wo, zum Teufel, hast du diesen Namen gehört?«, fragte er, als er den Wagen wieder unter Kontrolle hatte.

»Hör auf zu fluchen! Das ist nicht nett!«

Adam warf ihr einen kurzen Blick zu. »Wo hast du rumgeschnüffelt, um auf diesen Namen zu kommen?«

»Du redest im Schlaf.«

»Und woher weißt du das?«

»Du redest sehr laut im Schlaf.«

Einen Moment schwieg Adam. »Worüber habe ich sonst noch geredet?«, fragte er dann leise.

»Über nichts weiter«, erwiderte sie grinsend. Offenbar bereitete ihr sein Unbehagen Vergnügen. »Nur über Renee.«

Er blickte sie forschend an, denn er wollte wissen, ob sie wirklich die ganze Wahrheit gesagt hatte. »Was habe ich denn geredet?«, fragte er ernst.

»Na ja ... Mal sehen ... Wenn ich mich recht entsinne, hast du gesagt: ›Oh Renee, mein Schatz, ich liebe dich von ganzem Herzen und vermisse dich schrecklich.‹«

Adams Lippen zuckten, weil er sich das Lachen verkneifen musste. »Deine Erinnerung trügt dich nicht, genau das empfinde ich Renee gegenüber.«

Darcis Vergnügen schwand zusehends. »Also, wie sieht sie aus?«, wollte sie wissen. Sie verschränkte die Arme vor der Brust, und ihre Lippen wurden sehr schmal.

»Langes, seidiges Haar, große braune Augen, eine süße kleine Nase«, antwortete er nun seinerseits recht vergnügt.

»Gebildet?«

»Noch viel besser: gehorsam!«

»Was? Wie?«, fragte Darci wutschnaubend, doch dann betrachtete sie ihn noch einmal sehr genau und meinte dann lächelnd: »Ich verstehe. Und wie lang sind ihre Ohren?«

»Mindestens fünfzehn Zentimeter«, sagte Adam, und beide mussten lachen.

»Dein Hund?«

»Ein Irish Setter. Und ich vermisse sie wirklich sehr!«

»Wenn du willst, dass eine andere – abgesehen von deiner Hündin – dir nachts Gesellschaft leistet ...«, meinte Darci leise.

Adam wagte es nicht, sie anzusehen. Das farblose junge Mädchen, das in einem kargen New Yorker Büro vor ihm gesessen hatte, hatte ihn überhaupt nicht interessiert. Aber Darci in ihrem schwarzen Gymnastikeinteiler und jetzt mit ihrer neuen »Elvenfrisur« – ja, diese Darci machte ihn allmählich ... nun ja, ein wenig nervös. Es war wohl besser, wenn er die Sache jetzt gleich wieder in die richtige Bahn lenkte. »Ich habe mir einige Notizen in ein kleines schwarzes Büchlein gemacht«, sagte er, »und da steht, dass du dem Mann, den du aus ganzem Herzen liebst, treu bleiben sollst. Erinnerst du dich noch daran? Ich wette, Putnam ist dir treu!«

Darci musste so heftig lachen, dass er befürchtete, sie würde sich verschlucken. Aber wie sehr er sich auch bemühte, es gelang ihm nicht, aus ihr herauszubekommen, was denn nun so komisch gewesen war. Er fragte mehrmals:

»Putnam ist dir also nicht treu?«, doch sie ging ebenso wenig auf ihn ein wie er vorhin auf sie. Er ärgerte sich ein wenig, wenn er sich vorstellte, dass sie möglicherweise ebenso viele Geheimnisse hatte wie er.

Ein paar Minuten später bog Adam von der Fernstraße auf eine kleine Landstraße ab. »Ich hoffe, du hast nichts dagegen, wenn wir auf diesem Weg nach Camwell zurückfahren«, meinte er in einem, wie er hoffte, unverfänglichen Ton. »Die Bäume sind so herrlich, auf diesem Weg bekommen wir mehr von ihnen mit.«

Doch Darci ließ sich nicht hinters Licht führen. Sie musterte ihn argwöhnisch, denn das eine hatte sie inzwischen über Adam Montgomery herausgefunden: Landschaften interessierten ihn nicht im Geringsten. »Verliert sich hier denn die Spur einer der verschwundenen Frauen?«

Adam schüttelte den Kopf, weil er kaum glauben konnte, dass sie ihn wieder einmal durchschaut hatte. »Wenn ich jemals Informationen aus jemand herausquetschen will, dann schicke ich dich zu ihm. Ja«, sagte er seufzend, »zwei der Frauen sind hier an dieser Straße verschwunden.«

»Hast du das schon gewusst, als du heute in die Bücherei gingst?«

»Nein, ich habe es erst heute erfahren. Bislang wusste ich kaum etwas über Camwell oder die hiesigen Vorfälle. Ich ...« Er verstummte, weil er ihr nicht mehr als unbedingt nötig erzählen wollte. Je weniger sie weiß, desto sicherer ist sie, dachte er. »Sieh doch mal!«, sagte er, als wäre soeben ein neues Weltwunder vor ihnen aufgetaucht. »Dort drüben ist ein Laden, und ich brauche ... äh, Zahnpasta.«

»Du hast eine volle Tube«, entfuhr es Darci ungewollt.

Adam parkte den Wagen, dann blickte er sie fragend an. »Und woher weißt du das?« Als sie ihm eine Antwort geben wollte, hob er die Hand. »Nein, sag es mir lieber nicht! Du kannst Zahnpasta im Schlaf reden hören?«

Darci lächelte, als Adam ausstieg. Er drehte sich noch einmal um und musterte sie forschend, als sie sich anschickte auszusteigen. »Aber vielleicht sollten wir ja dir eine Tube Zahnpasta besorgen. Es sei denn, du putzt deine Zähne gern mit Backpulver.«

Dieser Punkt geht an mich, dachte er zufrieden, während er den Wagen abschloss. Dann trat er auf die Veranda des kleinen Ladens. Sein Blick fiel auf ein paar verwitterte Schaukelstühle und einige Holzkisten, die aussahen, als stünden sie schon seit vielen Jahren dort. An der Wand hingen ein paar uralt wirkende Lederriemen. Doch bei näherer Betrachtung erkannte Adam, dass das alles gar nicht so alt war. Es waren lauter neue Sachen, die auf alt getrimmt worden waren! Vielleicht hatte der Ladenbesitzer ja einen New Yorker Innenausstatter damit beauftragt, einen »authentischen« Dorfladen einzurichten, um Touristen anzulocken?

Als Darci neben ihn trat, meinte er: »Gibt es in Kentucky auch solche Läden?«

»Du liebe Güte, nein!«, rief sie. »Wenn ein Laden in Kentucky eine Veranda hat, dann ist die mit Videospielautomaten voll gestellt. Und wenn in Kentucky die Lederriemen an einem Pferdegeschirr verwittern, dann werfen wir es weg.«

Schmunzelnd öffnete Adam die mit einem Fliegengitter versehene Tür und ging hinein. Darci folgte ihm.

»Guten Tag!«, begrüßte sie ein grauhaariger Mann hinter einer hohen hölzernen Ladentheke. Vor der Theke standen offene Blechdosen mit Bonbons und Trockenfrüchten, rechts daneben ein paar Kisten mit Äpfeln und Orangen. In den einfachen Regalen aus Kiefernholz standen altmodische Dinge wie »Mutter Jaspers Stärkungselixier« einträchtig neben ganz modernen Sachen.

»Womit kann ich dienen?«, fragte der Mann und trat hinter der Theke hervor. Er trug eine Baumwollschürze und schwere schwarze Stiefel, als käme er soeben von der Feldarbeit.

»Wahrscheinlich hat er das ganze Zeug aus dem Internet

bestellt«, murmelte Darci, als Adam sich zu einer der Schachteln in den Regalen hinabbeugte.

Lächelnd blickte Adam auf den Verkäufer. »Haben Sie Zahnpasta?«, fragte er.

»Und Deodorant, und was auch immer sonst noch«, sagte Darci rasch mit einem fragenden Blick auf Adam.

Er wusste, was dieser Blick zu bedeuten hatte, nämlich, ob er für diese Einkäufe aufkommen würde. Er bejahte diese unausgesprochene Frage mit einem Nicken, nahm sich jedoch fest vor, Darci bald einmal zu fragen, worin denn ihr Geldproblem bestand. War sie nur ein ausgesprochener Geizhals, oder hatte sie einen anderen Grund, warum sie nie auch nur einen Penny ihres eigenen Geldes ausgeben wollte?

»Dort drüben!«, meinte der Mann und reichte Darci einen Einkaufskorb. Adam war sich sicher, dass dieser Korb eine Handarbeit aus den Appalachen war und ein Vermögen gekostet hatte.

Während Darci ihre Einkäufe tätigte, schlenderte Adam im Laden herum und blickte in die verschiedensten Dosen und Schränke. Hinter einer Kiefernholztür verbarg sich zu seiner großen Verwunderung ein moderner Kühlschrank. Er nahm zwei Flaschen Limonade heraus. Inzwischen hatte Darci ihre Einkäufe offenbar erledigt, denn sie stand vor der Kasse. Als er zu ihr trat, sah er auf dem Kassenbon, dass sie Toilettenartikel im Wert von achtundfünfzig Dollar und achtundsechzig Cent gekauft hatte! Das Gros machten Produkte für die Haarpflege aus, darunter eine achtzehn Dollar teure Haarkur.

»Die Friseuse hat mir diese Dinge empfohlen, um mein Haar gesund zu halten«, verteidigte sich Darci. Sie sah Adam an, und wieder fragte ihn ihr stiller Blick, ob er auch so teure Sachen bezahlen würde.

Schulterzuckend reichte Adam dem Verkäufer eine Fünfzigdollarnote und einen Zehner, nahm die zwei großen Taschen und streckte die freie Hand für das Wechselgeld aus.

»Nicht ganz billig, die Schönheit der Damen«, meinte der Verkäufer kichernd, als er Adams resignierten Blick bemerkte.

Doch dann konnte er sich ein lautes Lachen nicht verkneifen, denn auch Darci hatte die Hand nach dem Wechselgeld ausgestreckt.

»Sie ist hübscher!«, erklärte er Adam und reichte Darci das Geld.

Doch als er Darcis linke Hand sah, wurde er plötzlich aschfahl und bekam große Augen. Seine Hand mit dem Wechselgeld begann zu zittern. Er schien etwas sagen zu wollen, denn er machte den Mund mehrmals auf und zu, ohne ein Wort herauszubringen. Sein Zittern wurde stärker, bis ihm das Geld schließlich aus der Hand glitt und zu Boden fiel. Im nächsten Moment machte er auf dem Absatz kehrt und stürzte durch eine Tür, die von einem Vorhang verdeckt war.

Adam hatte die Reaktion des Mannes erstaunt beobachtet und brauchte eine Weile, um sich von seiner Überraschung zu erholen. Doch dann stellte Adam die Tüten ab und rannte hinter ihm her. Aber weil er über zwei Fässer und ein paar Orangenkisten springen musste, war der Mann bereits verschwunden, als Adam im hinteren Lagerraum ankam. Es gab dort einen Hinterausgang, doch von dort fiel Adams Blick nur auf einen leeren, kiesbedeckten Parkplatz und die dichten Wälder von Connecticut. Von dem Ladenbesitzer war weit und breit nichts zu sehen.

Verdrossen kehrte Adam in den Laden zurück. Dort geriet er erst einmal in Panik, weil er Darci nirgends entdecken konnte. Ist sie entführt worden?, fragte er sich sofort mit pochendem Herzen. Doch bald normalisierte sich sein Puls wieder, denn er entdeckte sie hinter der Theke – auf allen vieren.

Als sie ihn sah, streckte sie die Hand aus, in der ein Vierteldollar und zwei Centstücke lagen. »Du hattest Recht, dass du ihm nachgerannt bist«, fauchte sie erbost. »Ich glaube, er hat uns um fünf Cent beschummelt! Es sei denn, sie sind in einer Ritze verschwunden.«

Adam beugte sich zu ihr hinab, nahm ihre linke Hand und drehte sie so, dass die Handfläche nach oben zeigte. Auf den ersten Blick fiel ihm nichts Besonderes auf. Die Hand war klein, wie die eines Kindes, und gerötet, weil Darci sie auf den Boden gepresst hatte. Das einzig Außergewöhnliche waren einige Muttermale. »Was ist denn das?«, fragte er.

»Ich glaube, ich sehe sie«, sagte Darci, entzog ihm ihre Hand und begann, zum anderen Ende der Ladentheke zu kriechen.

»Hast du mich nicht gehört?«, fauchte er. »Was sind das für Male auf deiner Hand?«

Darci setzte sich auf den Boden, hielt ihre linke Hand hoch und betrachtete die Innenfläche. »Muttermale. Jeder hat welche, du auch. Du hast drei kleine am rechten Ohr und noch eins neben...«

»Als der Mann deine Hand gesehen hat, wurde er kreidebleich, und dann ist er weggerannt. Ich habe versucht, ihn aufzuhalten, aber...«

»Könntest du mal den linken Fuß hochheben?«

»Was treibst du eigentlich da unten?«

»Ich suche das Fünfcentstück«, erwiderte Darci. »Entweder er hat uns zu wenig rausgegeben oder es ist irgendwohin gerollt und...«

Ungeduldig griff Adam in seine Brieftasche, nahm einen Zwanzigdollarschein heraus und gab ihn ihr. »Stehst du jetzt endlich auf? Und wage ja nicht, mich zu fragen, ob du den Rest behalten kannst!«

Den Schein und das Wechselgeld umklammernd stand Darci langsam auf, aber ihr Blick suchte noch immer den Boden nach dem Fünfcentstück ab.

Jetzt hatte Adam die Nase aber wirklich voll. Er packte sie am Arm und zerrte sie mehr oder weniger gewaltsam aus dem Laden. Darci konnte gerade noch nach ihren Einkaufstüten greifen. Den Rest der Fahrt nach Camwell sagte Adam kein Wort.

Erst in ihrem Hotelbungalow brach er sein Schweigen. »Irgendetwas klingelte bei mir, aber ich konnte mich nicht daran erinnern, was es war.« Er nahm den Stapel Zeitungskopien, den er ihr beim Mittagessen gezeigt hatte, aus seiner Tasche, warf die Jacke achtlos auf einen Stuhl und breitete die Artikel auf dem Couchtisch aus. Dann setzte er sich und begann zu lesen.

Langsam und ohne weiter zu fragen hängte Darci ihre und seine Jacke auf einen Bügel. Nach einem kurzen Abstecher ins Bad setzte sie sich neben ihn in der Hoffnung, dass er ihr sagen würde, was ihn so erregt hatte, wenn sie nur ruhig war und abwartete.

»Lies das!«, sagte er und reichte ihr einige Seiten.

Darci brauchte ein paar Minuten, um die Kopien sorgfältig zu lesen. Aber selbst als sie alles gelesen hatte, wusste sie noch immer nicht, worauf er eigentlich hinauswollte. In den Artikeln ging es um die jungen Frauen, die aus dem einen oder anderen Grund in der Gegend um Camwell gewesen und dann verschwunden waren. Eine Frau hatte alte Kirchen in Neuengland fotografiert, zwei hatten hier Urlaub gemacht und eine hatte im Grove ihre Flitterwochen verlebt.

Obwohl die Geschichten an sich traurig genug waren, begriff Darci nicht, was genau Adam so aufregte. Sie blickte ihn fragend an.

»Hast du gelesen, woher die Mädchen stammten?«, fragte er.

Sie überflog die Artikel noch einmal. »Virginia, Tennessee, South Carolina und ... die hier kam aus Texas.« Sie verstand noch immer nicht.

»Sieh dir die Fotos an!«

Sie zeigten hübsche junge Frauen, die jüngste zweiundzwanzig, die älteste achtundzwanzig. Aber schließlich sind die meisten Opfer von Serienmördern, Vergewaltigern oder anderen Gewaltverbrechern hübsche junge Frauen, dachte Darci.

»Alle waren blond und zierlich und stammten aus den Südstaaten«, sagte Adam leise.

Allmählich dämmerte es Darci. »So wie ich? Glaubst du, dass ich als Nächste verschwinden werde? Warum glaubst du so etwas? Hast du mich etwa deshalb eingestellt? Um mich als Köder zu benutzen?«

»Unsinn!«, erwiderte Adam schroff. Ihre Vermutungen waren einfach zu lächerlich, um sich länger damit aufzuhalten. »Du glaubst doch nicht allen Ernstes, dass ich dich dann hierher gebracht hätte!« Er nahm ihre linke Hand und betrachtete sie noch einmal eingehend im Schein der Lampe. »Ich würde zu gern wissen, warum dieser Mann fast einen Herzinfarkt bekommen hat, als er deine Hand sah.«

»Vielleicht hatte seine frühere Freundin auch solche Male«, meinte Darci und zog ihre Hand weg. Sie stand auf und ging in die Küche, weil sie einen Moment lang in Ruhe nachdenken wollte. Sie tat ihr Bestes, um bei all dem, was um sie herum vorging und was sie nach und nach herausfand, gelassen zu bleiben, aber es fiel ihr wahrlich nicht leicht. Es konnte natürlich ein Zufall sein, dass kleine, blonde Frauen aus den Südstaaten hier in dieser Gegend verschwunden waren, aber es konnte ebenso gut das bedeuten, was Adam zu befürchten schien: dass auch sie ein Opfer werden könnte.

Oder dazu auserkoren war. Bei diesem Gedanken erschauerte sie.

Warum hatte Adam sich für sie entschieden? Ausgerechnet für sie – bei all den talentierten, gebildeten Frauen, die sich um die Stelle beworben hatten?

Als sie sich wieder etwas gefasst hatte, schenkte sie zwei Gläser Limonade ein, gab ein paar Eiswürfel dazu und ging damit ins Wohnzimmer.

Adam saß noch immer auf dem Sofa und starrte mit demselben finsteren, nachdenklichen Blick, den sie bei ihrer ersten Begegnung an ihm entdeckt hatte, auf die Artikel. Sie wünschte, sie könnte ihn mit irgendeinem Scherz zum Lachen bringen, aber im Augenblick fiel ihr absolut nichts Komisches ein. Sie konnte nur an die Gesichter der vermissten jungen Frauen denken. »Vielleicht hat es ja überhaupt nichts zu bedeuten, wie dieser Mann auf meine Hand reagierte«, sagte Darci leise. »Oder es war nur ein Zufall oder etwas, das mit den Hexen gar nichts zu tun hat. Eigentlich verstehe ich nicht recht, wie du von einem Mann in einem völlig gekünstelt wirkenden kleinen Laden auf verschwundene Frauen kommst und dann auf …«

Sie verstummte, denn Adam stand auf und ging in sein Schlafzimmer. Er kehrte mit seinem in Leder gebundenen Adressbüchlein, das aussah, als sei es schon um die ganze Welt gereist. Als er es aufschlug, bemerkte Darci, dass die Seiten ziemlich abgegriffen waren. Einige Adressen und Telefonnummern waren ausgestrichen, andere geändert worden.

Adam blätterte bis zum Buchstaben P, dann nahm er den Telefonhörer zur Hand wählte eine Nummer. »Jack«, sagte er kurz darauf, »hier spricht Adam Montgomery. Ich muss Sie um einen Gefallen bitten. Könnten Sie sich rasch über vier junge Frauen informieren, die in den letzten vier Jahren in der Gegend von Camwell, Connecticut, verschwunden sind?« Er lauschte aufmerksam. »Ja«, sagte er dann. »Ich weiß, dass die Polizei glaubt, ihr Verschwinden habe etwas mit Hexerei zu tun, die erwiesenermaßen in dieser Gegend praktiziert wird. Ja, ich habe alles gelesen, was in den Zeitungen darüber stand. Ich weiß aber auch, welche Nachforschungen ihr anstellt und dass ihr immer mehr wisst, als ihr verlauten lasst. Was mich interessiert: Gibt es irgendetwas im Zusammenhang mit den Händen der vermissten Frauen? Besonders ihren linken Händen?« Wieder lauschte er schweigend. »Okay, klar«, meinte er schließlich. »Rufen Sie mich auf meinem Mobiltelefon an.« Er legte auf und blickte Darci viel sagend an. »Er ruft mich zurück, sobald er etwas herausgefunden hat.«

»Ist er bei der Polizei?«

»Nein, beim FBI.«

»Oh!«, sagte sie nur. Mit dem FBI hatte sie ihr Leben lang noch nie etwas zu tun gehabt. Doch schließlich setzte sie eine möglichst unbekümmerte Miene auf und meinte: »Und was tun wir, während wir auf den Anruf warten? Etwas, um unsere Nerven zu beruhigen, schlage ich vor. Vielleicht sollten wir ins Bett gehen und uns den ganzen Nachmittag lang wild und leidenschaftlich lieben. Wir könnten ...« Aber der Blick, mit dem Adam sie bedachte, ließ sie verstummen. Ihr war klar, dass er im Moment nicht zu Scherzen aufgelegt war. Und ehrlicherweise war sie selbst viel zu nervös, um sie beide mit belanglosem Geplauder zu unterhalten.

Sie hatte schon längst erkannt, dass Adam zu einem schweigsamen Menschen wurde und einfach nur in Ruhe gelassen werden wollte, wenn er sich Sorgen machte. Er nahm sich erneut die Zeitungsartikel vor und las jeden noch einmal sehr sorgfältig. Darci setzte sich auf den Stuhl neben der Couch, griff wahllos eine der Zeitschriften unter dem Couchtisch und begann, darin zu blättern, um sich die Zeit zu vertreiben.

Eigentlich hatte sie gedacht, sie hätte sich beruhigt, doch als das Telefon schließlich klingelte, erschrak sie so sehr, dass sie hochfuhr und die Zeitschrift auf ihrem Schoß zu Boden rutschte. Noch bevor das erste Läuten verstummte, presste Adam das Telefon ans Ohr und sagte: »Ja, bitte?« Dann hörte er schweigend zu.

Darci sah, dass alle Farbe aus seinem Gesicht wich. Sie glaubte sogar, zu bemerken, dass seine Hände zu zittern begannen. Er sagte fast nichts, warf nur gelegentlich ein »Ja« ein. Es kam ihr wie eine Ewigkeit vor, bis Adam endlich auflegte. Doch selbst dann saß er nur da und starrte sie schweigend an.

Darci wartete darauf, dass er etwas sagte. Sie hätte zwar nichts lieber getan, als zu fragen, was der FBI-Agent namens Jack ihm berichtet hatte, aber sie befürchtete, Adam würde sich wieder verschließen und gar nichts sagen. Nein, es war sicher besser, zu warten, bis er freiwillig den Mund aufmachte.

Aber Adam schwieg. Nachdem er lange stumm dagesessen hatte, stand er auf und ging in ihr Schlafzimmer. Darci, die ihm nachgerannt war, sah, dass er ihren Schrank geöffnet hatte und gerade ihren alten, schmuddeligen Koffer herauszog. Nachdem er ihn abfällig gemustert hatte, ging er an Darci vorbei in sein Schlafzimmer. Dort holte er seine beiden Koffer aus dem Schrank und brachte sie in ihr Schlafzimmer. Darci sah ihm wortlos zu.

Erst als Adam seine Koffer auf das Bett gelegt, sie aufgemacht und angefangen hatte, ihre neuen Kleider einzupacken, stellte sich Darci zwischen Adam und die offenen Koffer. »Ich will wissen, was hier vorgeht!«, forderte sie mit einer Stimme, in der all ihre Verzweiflung und Enttäuschung darüber mitschwang, dass er ihr nichts von dem Telefonat berichtet hatte.

»Nein, das willst du bestimmt nicht«, antwortete er, holte ihren marineblauen Blazer aus dem Schrank und legte ihn in den Koffer.

»Doch! Ich will es wissen!« Entsetzt merkte sie, dass sie den Tränen nahe war. Er schickte sie weg! Aber sie wollte nicht zurück nach New York zu ihrer Tante und ihrem Onkel. Nein, sie wollte Adam nicht verlassen. Sie wollte nirgendwo anders sein, sie wollte nur hier sein, zusammen mit ihm, Adam Montgomery. »Warum wirfst du mich raus?«, fragte sie mit tränenerstickter Stimme.

»Ich werfe dich nicht raus«, erwiderte er scheinbar ruhig und packte zwei Röcke ein. »Ich beschütze dich.«

»Du beschützt mich? Warum musst du mich beschützen?« Als sie keine Antwort erhielt, fuhr sie fort: »Wenn du mich wegen irgendwelcher Male auf meiner Hand wegschicken willst, könnten wir ja zu einem Arzt gehen und sie entfernen lassen. Und es gäbe sicher noch eine ganze Reihe anderer Möglichkeiten. Wir könnten irgendwo anders übernachten und nur nach Camwell kommen, wenn wir müssen. Wir könnten ...« Sie unterbrach sich, als sie merkte, dass ihre Worte ihn nicht abhielten, weiter zu packen. »Bitte schick mich nicht weg!«, flehte sie verzweifelt. »Ich brauche das Geld. Ich muss ...« Sie holte tief Luft. »Du verstehst nicht, was dieser Job für mich bedeutet. Ich muss ...«

»Wenn du tot bist, musst du gar nichts«, sagte Adam nüchtern.

»Bitte!«, sagte sie noch einmal, legte ihm eine Hand auf den Arm und blickte ihn mit großen Augen an, in denen ungeweinte Tränen standen. »Sag mir bitte, was dir der Mann am Telefon erzählt hat! Sag mir wenigstens, was hier los ist und warum du mich wegschicken willst. Das bist du mir doch schließlich schuldig, oder?«

Adam musste dem Bedürfnis widerstehen, sie in die Arme zu nehmen. Vielleicht könnte er sie ja doch mit seinem Körper beschützen? Er atmete tief durch, dann setzte er sich auf die Bettkante. »Also gut«, sagte er leise, ohne sie anzuschauen. Das Reden fiel ihm schwer, denn am liebsten hätte er ihr die Neuigkeiten erspart. »Sicher weißt du, dass die Polizei in vielen Fällen Informationen zurückhält und der Öffentlichkeit nicht mitteilt. Das ist eine vorbeugende Maßnahme, um ...«

»Um irgendwelche Irren davon abzuhalten, Morde zu gestehen, die sie gar nicht begangen haben«, fiel ihm Darci ins Wort und setzte sich neben ihn.

»Stimmt.« Er lächelte gezwungen. Sie ist so klein, dachte er, so leicht zu überwältigen. »Mein Freund beim FBI hat ein paar Anrufe getätigt und herausgefunden, dass in diesem Fall eine sehr wichtige Information zurückgehalten wurde. Zumindest hat man in der Öffentlichkeit nichts darüber verlauten lassen. Der Bürgermeister von Camwell meinte, es gebe schon genügend Gerede über seinen hübschen kleinen Ort und er wolle nicht noch mehr. Er wolle nicht, dass seinem Ort vier Morde und Verstümmelungen angehängt würden, solange es keine Beweise dafür gebe, dass sie tatsächlich dort stattgefunden hätten.«

»Morde?«, fragte Darci mit schreckgeweiteten Augen. »Verstümmelungen?« Unwillkürlich fuhr sie sich mit der Hand an den Hals.

»Jawohl.« Wieder musste Adam gegen das Bedürfnis ankämpfen, sie schützend in die Arme zu nehmen. Aber er wollte ihr das, was er zu sagen hatte, nicht erträglicher machen. Er musste es ihr schonungslos beibringen, damit sie endlich den Ernst der Lage begriff. »Die jungen Frauen sind hier in der Gegend verschwunden, aber früher oder später alle wieder aufgetaucht. Allerdings tot.« Er machte eine Pause, damit sie diese Nachricht verdauen konnte. »Ihre Leichen wurden im Umkreis von rund hundert Meilen gefunden, und zwar jede in einer anderen Himmelsrichtung.«

»Und was war mit ...«, fragte Darci und rieb sich mit der rechten die linke Hand.

Adam nahm ihre Linke und hielt sie kurz in beiden Händen. Dann drehte er sie langsam um und betrachtete die Handfläche. »Über das Verschwinden der Frauen wurde lang und breit berichtet, weil es in der Nähe von Camwell passiert war, aber das Auffinden der Leichen wurde nur im hinteren Zeitungsteil erwähnt, weil ...«

»Weil die anderen Orte in keiner Verbindung zu Hexerei standen, also auch nicht so aufregend waren wie Camwell«, führte Darci Adams Satz zu Ende und blickte ihm fest in die Augen. Am liebsten hätte sie den Kopf an seine Schulter gelehnt und sich von ihm festhalten lassen. Die Bilder, die vor ihrem inneren Auge auftauchten, machten ihr Angst.

»Richtig«, bestätigte er leise und streichelte Darcis Handfläche mit dem Daumen. »Und auch das stand nicht in den

Zeitungen: Bei den vier jungen Frauen, deren Leichen gefunden wurden, war jeweils genau die linke Hand amputiert worden.«

Darci zuckte heftig zusammen. Sie wollte aufspringen, doch er hielt sie zurück. Er wollte, dass sie alles erfuhr. »Ihre linken Hände sind nicht gefunden worden«, fuhr er fort. »Sie sind nie mehr aufgetaucht.«

Darci entzog ihm ihre Linke und legte die Rechte darauf, wie um sie zu beschützen. »Glaubst du, sie haben nach etwas Bestimmtem gesucht?«, schaffte sie schließlich zu fragen.

»Ich glaube, sie haben nach dir gesucht.«

Als sie das hörte, wäre sie am liebsten aus dem Zimmer gerannt und in das nächstbeste Flugzeug gestiegen, weg von Connecticut. Aber stattdessen schloss sie die Augen und versuchte, sich mithilfe ihrer Inneren Überzeugung zu beruhigen. Sie durfte jetzt nicht die Nerven verlieren. Und sie musste definitiv wissen, was hier eigentlich vor sich ging.

Langsam stand sie auf, stemmte die Hände in die Hüften und funkelte ihn wütend an. »Alles, was recht ist, Adam Montgomery, aber mir reicht es jetzt. Ich will endlich wissen, warum du dich für mich entschieden hast! Und was du eigentlich mit mir vorhast. Raus mit der Sprache, und zwar sofort!«

Adam schien mit sich zu kämpfen, doch schließlich meinte er: »Wahrscheinlich bin ich dir eine Erklärung schuldig. Vielleicht bist du dann ja auch bereit, das Feld freiwillig zu räumen.« Er klang, als wäre es ihm gleichgültig, ob sie das Feld nun freiwillig räumte oder nicht, Hauptsache, sie räumte es.

»Erinnerst du dich noch an die Frau, die bei dem Bewerbungsgespräch dabei war?«

»Die mit den großen Augen?«, fragte Darci und setzte sich wieder neben ihn aufs Bett.

»Ja. Ihr Name ist Helen Gabriel, sie ist eine Hellseherin und glaubte, sie könne die Frau finden, die mir helfen würde, diese Hexen zu bekämpfen. Und als sie meinte, du wärst die Richtige, habe ich dich eingestellt.«

Darci wartete auf weitere Erklärungen, aber es kamen keine mehr. Ist das alles?, wollte sie ihn anschreien. Mehr willst du mir nicht sagen? Doch sie schwieg, denn sie war sicher, dass das Adam nur dazu bringen würde, überhaupt nichts mehr zu sagen. Aber sie kannte ja inzwischen ein paar Kniffe, ihn zum Reden zu bringen. »Ich verstehe«, sagte sie und stand auf. »Du hattest also tatsächlich vor, mich zu opfern.«

»Das stimmt nicht!«, brauste Adam auf. »Was für eine absurde Idee. Komme ich dir etwa wie jemand vor, der ...«

»Vielleicht wolltest du mich ihnen überlassen, um mich dann in letzter Minute zu retten. Hattest du das geplant?« Sie blickte ihm starr in die Augen. »Bist du ein getarnter FBI-Agent? Kommst du deshalb an geheime Informationen?«

»Wenn ich das wäre, müsste ich mir nicht in einer Bücherei Zeitungsausschnitte über die verschwunden Frauen besorgen, oder?«

»Aber du hast gewusst, dass hier Frauen verschwunden sind! Als uns die Kellnerin an unserem ersten Abend etwas über verschwundene Menschen erzählte – so hat sie nämlich gesagt: Menschen –, da wusstest du schon, dass es sich um Frauen handelte.«

»Du hast wirklich ein ausgezeichnetes Gedächtnis!«, bemerkte er, streng darauf bedacht, keine weiteren Informationen preiszugeben.

»Wenn du mich also nicht als Lockvogel benutzen wolltest, als was dann?«, fragte sie und starrte ihn abermals wütend an.

Adam rang mehrere Minuten nach einer Antwort. Schließlich hob er resigniert die Hände. »Na gut. Eigentlich wollte ich es dir noch nicht sagen, aber die Macht dieses Hexenzirkels ...« – er musste ein paar Mal tief durchatmen, bevor er weitersprechen konnte –, »die Macht dieses Hexenzirkels beruht auf einem ... na ja, auf einem Gegenstand. Und solange sie dieses Objekt ihr Eigen nennen, haben sie Macht. Mein Ziel ist es, ihnen diesen Gegenstand und damit auch ihre Macht wegzunehmen.« Danach lächelte Adam, als wollte er sagen: Na bitte! Jetzt weißt du alles.

Aber Darci wusste erst einen Bruchteil dessen, was sie wissen wollte. »Und was für eine Rolle spiele ich dabei?«, fragte sie. »Was habe ich mit diesem ›Gegenstand‹ zu tun?«

»Nur ganz besondere Personen können etwas damit anfangen«, erklärte Adam nun etwas zuversichtlicher. »Ich kann es nicht. Diese Hellseherin, Helen, hat mir gesagt, wenn ich eine Anzeige in die Zeitung setze, werde sich die Richtige melden, und sie, Helen, werde mir bedeuten, wen ich einstellen soll.« Er lächelte etwas verlegen. »Ich habe mir ganz naiv vorgestellt, du würdest hier in unserem Bungalow warten, bis ich das Ding gefunden hätte, und dann würde ich es dir bringen und du könntest damit ... na ja, arbeiten, sozusagen.«

Darci verschränkte die Hände hinter dem Rücken und begann, im Zimmer hin und her zu laufen. Sie hatte das Gefühl, dass Adam die Wahrheit sagte, aber sie wusste auch, dass er noch immer vieles zurückhielt. Sie hätte zu gern gewusst, um was für ein »Ding« es sich handelte. Aber zuerst benötigte sie noch ein paar andere Informationen.

»Offenbar wissen sie, dass jemand versuchen wird, ihnen diesen Gegenstand wegzunehmen«, meinte sie. »Und offenbar wissen sie auch mehr oder weniger, wie dieser Jemand aussieht. Aber wenn sie das wissen, dann muss es irgendeine Art von Prophezeiung gegeben haben. Und die besagte wohl, dass ihnen eine kleine, schmächtige Blondine aus dem Süden mit Muttermalen an der linken Hand das Ding wegnehmen wird. Vermutlich wollen sie kein Risiko eingehen, und deshalb verschwindet jede schmächtige Blondine aus dem Süden, die in der Umgebung von Camwell auftaucht.«

Darci war ziemlich zufrieden mit ihren Schlussfolgerungen, aber Adam wirkte äußerst bedrückt. Wortlos stand er auf und fuhr fort, ihre Kleider in den Koffern zu verstauen. »Du verschwindest jedenfalls. Du gehst nach Hause, und zwar sofort.«

»Vermutlich hat der Mann aus dem Laden dem Hexenzirkel noch nicht mitgeteilt, was beziehungsweise wen er gesehen hat. Ja, es ist wohl besser, wenn ich verschwinde. Sicher kann der, mit dem er gesprochen hat, mit niemand aus Camwell reden und auch nicht herausfinden, dass ich aus Putnam, Kentucky, stamme. Und Onkel Verns Wohnung in New York finden sie bestimmt niemals. Und vor allem werden sie es gewiss nicht schaffen, einen reichen Kerl wie dich aufzustöbern und mit irgendeinem Bann zu belegen, damit du ihnen sagst, wo ich stecke.«

»Versuche nicht, mich zu übertölpeln! Du verlässt diesen Ort, und zwar jetzt!«

»Und was passiert dann?«, fragte Darci leise. »Verschwindet dann eine weitere kleine Blondine aus dem Süden?« Sie holte tief Luft. »Versteh doch bitte: Wir können diesem Treiben ein Ende setzen. Du und ich, wir können gemeinsam etwas dagegen unternehmen. Hattest du das nicht geplant? Hast du mich nicht deswegen eingestellt? Wir können ...«

»Nein!«, fiel Adam ihr ins Wort. »Nichts können wir. Du gehst jetzt an einen Ort, an dem du sicher bist.«

Sie blickte ihn verständnislos an. »Soll das etwa heißen, dass du vorhast, hier zu bleiben?«

Adam holte ihre neuen Schuhe aus dem Schrank und legte sie in den Koffer. »So viel kann ich dir noch verraten: Ich habe ein persönliches Interesse an dieser Sache.«

Auf einmal platzte ihr der Kragen, sie konnte seine ganze Heimlichtuerei nicht mehr ertragen. »Und was ist das für ein Interesse?«, fuhr sie ihn an. »Warum machst du das alles? Was ist dein großes Geheimnis? Warum kannst du mir nicht sagen, wie deine Eltern gestorben sind? Welche Dämonen haben sich in deinem Kopf, ja in deinem ganzen Leben eingenistet und treiben dich dazu, diese Hexen zu jagen? Was geht dich diese Sache überhaupt an? Warum ist diese Geschichte so wichtig für dich, dass du eine Hellseherin beauftragt hast, dir zu helfen? Und warum ausgerechnet ich? Was hat diese Frau in mir gesehen, dass sie glaubt, ich sei diejenige, die mit diesem ›Ding‹ arbeiten kann?«

Sie hatte den Eindruck, dass er etwas erwidern wollte, aber dann ging er doch stumm zur Kommode und holte ihr Nachthemd aus der Schublade. Als sie merkte, dass er nicht die Absicht hatte, ihr auf ihre Frage zu antworten, hätte sie am liebsten vor Enttäuschung laut gekreischt. Offenbar wollte er sie nach wie vor so wenig wie möglich in seine Geheimnisse einweihen, und wenn überhaupt, dann nur, wo unbedingt nötig.

»Ich ... ich habe ein persönliches Interesse«, wiederholte er schließlich. Mehr war nicht aus ihm herauszubekommen. Er wirkte ruhig, aber sie sah die Ader an seiner Schläfe heftig pochen. Selbst diese winzigkleine Erläuterung schien ihm immens schwer zu fallen.

»Glaubst du etwa, ich nicht?«, schrie sie.

Er sah sie aufrichtig verwundert an. »Was für ein persönliches Interesse hast du denn?«

Plötzlich funkelten ihre Augen so heftig, wie er es noch nie gesehen hatte. Das war nicht die stets zu Späßen aufgelegte, fröhliche, unbekümmerte Darci, die er bisher erlebt hatte.

»Das ist die einzige Chance, die mir jemals geboten wurde, etwas aus meinen Leben zu machen. Was, glaubst du wohl, kann ich mit dem Abschluss von einer Schule anfangen, die die meisten Leute nicht mal als Schule anerkennen würden? Welche Chance habe ich gegen Frauen wie diejenigen, die ich in New York bei diesem Bewerbungsgespräch getroffen habe? Die hatten eine gute Schulbildung, sie waren erfahren, sie verfügten über Fertigkeiten, die gefragt sind. Und ich? Was kann ich schon? Jemand mit meiner Inneren Überzeugung dazu bringen, dass ... dass ...« Sie wandte sich schroff ab, denn sie wusste, dass sie in Tränen ausbrechen würde, wenn sie weitersprach.

Als sie sich wieder ihm zuwandte, wirkte sie etwas gefasster. »Aber das eine sage ich dir«, meinte sie, »wenn du mich jetzt wegschickst, werde ich zurückkommen. Und dann werde ich in ganz Camwell das Gerücht verbreiten, dass ich mich diesem Hexenzirkel anschließen will, und dann ...«

»Willst du mich etwa erpressen?«

»Ja«, antwortete sie ungerührt.

Adam blickte sie bittend an. »Ich habe Verwandte, die dich verstecken könnten«, schlug er leise vor. »Ich kann sie anrufen. Sie würden sofort herkommen und dich abholen. Sie würden auf dich aufpassen, bis diese Geschichte vorüber ist.«

»Aber ohne mich wird sie nie vorüber sein, nicht wahr?«, hielt sie dagegen. »Wenn ich diejenige bin, hinter der sie her sind, dann kann die Sache nicht ohne mich gelöst werden, oder?« Sie atmete noch einmal tief durch. »Warum sagst du mir nicht einfach alles, was ich wissen muss? Ich kenne dich noch nicht sehr lange, aber ich bin mir sicher, dass du jemand bist, der nur in allerhöchster Not eine Hellseherin zurate zieht. Ich kann mir nicht vorstellen, dass du viel mit Hexerei oder dergleichen zu tun hast. Wie lange hast du dich denn schon mit diesem ... egal, was auch immer beschäftigt, bevor du so verzweifelt warst, dass du dich an eine Hellseherin gewandt und ihren Rat befolgt hast?«

»Drei Jahre«, erwiderte er still.

»Du hast drei Jahre gebraucht, bis du mich gefunden hast?«, fragte Darci verwundert. Sie hätte zu gern gewusst, was ihn veranlasst hatte, all die Jahre an dieser Sache zu arbeiten. Aber sie wollte nicht wieder diesen verschlossenen Ausdruck auf sein Gesicht treten sehen, sie wollte nicht riskieren, dass er sich wieder völlig zurückzog. »Und jetzt willst du die Arbeit all dieser Jahre auf einen Schlag zunichte machen?«

»Ich kann keinen anderen Menschen in eine derart große Gefahr bringen. Diese Leute haben ...«

»Dir persönlich etwas angetan«, sagte sie geradeheraus. In ihrer Stimme lag all die Missbilligung darüber, dass er ihr nicht genug vertraute, um wirklich alles zu offenbaren.

»Jawohl«, sagte er sehr leise. »Etwas sehr, sehr Schlimmes.«

»Dann muss ich hier bleiben und dir helfen«, sagte sie. Sie streckte ihm flehentlich die Hände entgegen. »Bitte, lass mich bleiben! Du brauchst mich. Du schaffst es nicht ohne mich. Bitte!«

Adam musste sich abwenden. Er ertrug es nicht länger, ihr in die Augen zu blicken. Er wusste, dass jedes ihrer Worte stimmte. Er brauchte sie tatsächlich. Er wusste, dass es ihm ohne sie nicht gelingen würde, diese Aufgabe zu bewältigen.

Aber instinktiv wusste er auch, dass noch in diesem Jahr eine weitere kleine, schmächtige Blondine aus dem Süden verschwinden würde. Und später, viel später würde ihre Leiche irgendwo weit weg von Camwell gefunden werden. Und ihre linke Hand ...

Er wollte diesem Treiben unbedingt ein Ende setzen, das hatte Darci ganz richtig erkannt. Mit allen Fasern seines Seins wollte er diesem unseligen Tun ein Ende setzen. Er drehte sich um und blickte sie sehr ernst an. »Du musst mir gehorchen«, sagte er schließlich. »Und du musst die ganze Zeit in meiner Nähe bleiben. Du kannst nicht einfach deinen Gymnastikanzug anziehen und weglaufen.«

»Habe ich eigentlich schon mal erwähnt, dass ich ein elender Feigling bin?«, fragte sie sehr leise, doch spürbar erleichtert.

Adam schüttelte den Kopf. »Nein. Du bist ganz und gar nicht feige, Darci T. Monroe. Du hast nichts an dir, was auch nur im Entferntesten an Feigheit erinnert.«

Einen Moment lang stand sie einfach nur da und sah ihn an. »Ist das nicht die Stelle, an der Held und Heldin übereinander herfallen und sich wild und leidenschaftlich lieben?«, fragte sie schließlich.

Als Adam lachte, wusste sie, dass sie gewonnen hatte. Er würde sie bleiben lassen, er würde sie nicht wegschicken. Sie würde nicht kleinlaut nach New York zurückkehren und sich anhören müssen, wie Onkel Vern sagte: »Ich hab's doch gleich gewusst, dass sie es nie schaffen würde, so einen Job zu behalten.« Und sie würde sich auch nicht Tante Thelmas Kommentar anhören müssen: »Ich wäre sehr stolz auf dich gewesen, aber anscheinend bist du um keinen Deut besser als deine Mutter.« Sie würde sich auch nicht vor ihre Mutter stellen und sich von oben bis unten abschätzig mustern und sich Zigarettenrauch ins Gesicht blasen lassen müssen, begleitet von einem Grinsen, bei dem sich Darci immer so vorkam, als sei es völlig egal, wie viele Collegekurse sie besuchte oder wie eloquent sie war, nie würde sie das Milieu hinter sich lassen können, in das sie hineingeboren worden war.

»Weißt du was?«, meinte sie schließlich. »Ich würde jetzt gern duschen. Hättest du etwas dagegen ...?« Sie nickte Richtung Badezimmer.

»Nur zu!«, antwortete Adam. Er schien froh zu sein, dass sich der Sturm der Gefühle, der in den letzten Minuten über sie beide hereingebrochen war, offenbar gelegt hatte. »Lass dir die Sache noch einmal in aller Ruhe durch den Kopf gehen. Ich tue es auch, und vielleicht kommen wir dann beide zu dem Schluss, dass es das Risiko nicht wert ist. Vielleicht beschließen wir ...«

Sie machte die Schlafzimmertür zu, um seine negativen Gedanken nicht mehr zu hören. Aber eigentlich wollte sie jetzt unter die Dusche, um dort zu weinen, und zwar aus Angst. Darci hatte bodenlose Angst.

8

Nach dem Duschen schlüpfte Darci in ihr Nachthemd und in den hoteleigenen flauschigen Frotteemantel. Im Schlafzimmer fiel ihr gleich auf, dass die Koffer und ihre Kleider verschwunden waren. Der Schrank war leer, ebenso die geöffneten Schubladen der Kommode.

Hatte es sich Adam etwa anders überlegt? Wollte er sie jetzt doch wegschicken?

Entsetzt eilte sie ins Wohnzimmer, doch dort war es dunkel. Einen Moment lang blieb sie verwirrt auf der Schwelle stehen, aber dann sah sie, dass die Tür zu Adams Schlafzimmer einen Spalt weit offen stand und darin Licht brannte. Zaghaft machte sie die Tür auf. Adam saß, mit einem T-Shirt bekleidet und die Decke bis zur Hüfte hochgezogen, auf dem Bett neben der Badezimmertür und las.

»Nimm das andere Bett!«, sagte er, ohne von seinem Buch aufzusehen.

»Soll ich wirklich?«, fragte Darci und kam herein. »Du weißt, dass ich nackt schlafe, oder?«

»Das tust du hier nicht!«, sagte Adam und blickte sie streng an. Doch Darci stand nur da und grinste. Schließlich legte er sein Buch zur Seite und sah sie an, ohne eine Miene zu verziehen. »Alles in allem wäre es mir lieber, wenn du endlich aufhören würdest mit diesen Vorschlägen und ... und ...«

»Avancen?«, fragte Darci lächelnd.

»Wie auch immer – hör bitte damit auf! Wenn du hier bleiben und mir helfen willst, muss ich dich ständig im Auge behalten. Ich werde dich nicht allein in einem Zimmer schlafen lassen, in das man einfach durchs Fenster einsteigen und ...« Auch diesen Satz beendete er nicht, als wäre der Gedanke, was ihr alles zustoßen könnte, einfach zu viel für ihn. »Und jetzt ab ins Bett! Und dort bleibst du auch, hörst du?«

»Klar doch!«, meinte Darci, noch immer breit grinsend.

Sie zog den Bademantel aus und schlüpfte unter die Decke. »Hast du denn schon etwas über den Dolch herausgefunden?«

»Nein«, erwiderte er. Er hatte die Nase wieder in sein Buch gesteckt. »Morgen werden wir uns eingehender damit befassen. Ich würde auch gern mehr erfahren über ...« Unwillkürlich warf er einen Blick auf Darcis linke Hand.

»Ich auch«, meinte Darci, und ihr Lächeln schwand. Bei dem Gedanken daran, was sie heute gesehen und gehört hatte, verflog ihre gute Laune. Auf einmal fühlte sie sich sehr müde. Sie drehte sich zur Seite und zog die Bettdecke bis ans Kinn. »Gute Nacht, Adam!« Es dauerte nicht lange, bis sie so langsam und leise atmete wie jemand, der tief und fest schlief.

Adam betrachtete sie staunend. Wie konnte ein Mensch, der älter war als vier, nur so schnell einschlafen? Er blickte wieder auf sein Buch, eigentlich wollte, ja musste er noch ein bisschen weiterlesen. Doch dann gähnte er. Der Tag war wirklich sehr anstrengend gewesen. Vielleicht würde es heute ja auch ihm gelingen, etwas früher einzuschlafen?

Er schaltete die Nachttischlampe aus, kuschelte sich unter die Decke, machte die Augen zu und schlief auf der Stelle ein.

Darci lächelte. Die Innere Überzeugung funktioniert wirklich jedes Mal, stellte sie zufrieden fest, dann überließ auch sie sich dem Schlaf.

»Nichts!«, rief Darci verdrossen. »Ich habe absolut nichts herausgefunden. Zumindest nichts, was für uns von Bedeutung wäre.« Ihre Schultern schmerzten, und ihre Augen brannten, denn sie hatte den ganzen Tag in der Bücherei von Camwell nach der Prophezeiung gesucht, dass eine schmächtige Blondine aus dem Süden den Hexen von Camwell das Handwerk legen würde.

Ursprünglich hatten sie ihre Nachforschungen in der Bücherei eines anderen Ortes anstellen wollen, doch nach einem kurzen Blick auf die hiesigen Bestände war ihnen klar geworden, dass sie nirgends sonst mehr über das Okkulte finden würden als hier. »Die Leute kommen von weit her, um sich unsere Bücher anzusehen«, erklärte die Bibliothekarin stolz. »Es vergeht kaum ein Tag, an dem Yale nicht hier anruft und fragt, ob wir etwas für sie haben.«

»Und?«, fragte Darci.

»Was, und?«

»Haben Sie Bücher, die man in Yale haben möchte?«

»Ach so – ja, klar. Bisher konnte ich den Leuten von Yale immer weiterhelfen, und wenn ich ein bestimmtes Buch nicht habe, dann weiß ich, wo ich es finden kann. Zugegeben, einmal hatte ich Probleme mit einem Buch, das zuletzt 1736 veröffentlicht wurde, aber schließlich habe ich es doch noch aufgetrieben.«

»Wo?«, fragte Adam. Als die Bibliothekarin stumm blieb, führte er seine Frage weiter aus. »Wo haben Sie so ein altes Buch aufgetrieben?«

»Na ja, bei ...«, fing die Frau an, beendete den Satz jedoch nicht. »Entschuldigen Sie bitte, ich muss ans Telefon.«

Darci und Adam hatten kein Telefon klingeln hören.

»Vielleicht ruft ihre schwarze Katze sie an«, murmelte Darci.

Aber selbst in dieser großen Sammlung konnte Darci nichts über linke Hände mit Muttermalen auftreiben.

Während sie in der Bücherei festsaß, hatte Adam im Internet und mit dem Telefon Informationen gesammelt – worüber, konnte Darci nicht herausfinden, denn jedes Mal, wenn sie in seine Nähe kam, schloss er den Deckel seines Laptops. Er hatte um Erlaubnis gebeten, seinen Computer am Telefonnetz der Bücherei anschließen zu dürfen, weil er Darci nicht aus den Augen lassen wollte. Aber einen Großteil des Tages hatte er vor dem Gebäude mit dem Handy Leute angerufen, dabei aber weiterhin Darci durch das Fenster beobachtet. Einmal stellte sie ihn auf die Probe und hielt sich zehn Minuten in der Toilette auf. Als sie wieder herauskam, stand er vor der Tür.

»Es wäre hilfreich, wenn ich wüsste, worum es sich bei diesem magischen Gegenstand handelt«, meinte Darci beim Mittagessen. Sie hatte in einem Laden über der Straße zwei Flaschen Saft und ein paar Sandwichs gekauft, die sie nun auf den Stufen vor der Bücherei verzehrten. Adam hatte sich nicht die Mühe gemacht, sie nach dem Wechselgeld zu fragen. »Und was habe ich an mir, dass ich mit diesem ... diesem Ding arbeiten kann?«, fragte sie. »Was auch immer es ist«, fügte sie hinzu. »Soll ich es denn ständig nur als ›das Ding‹ bezeichnen? Und wie schaffe ich es, damit zu arbeiten?«

»Wahrscheinlich quälst du es mit deinen Fragen zu Tode«, murrte Adam.

Aber so beharrlich sie auch in ihn drang, er weigerte sich, ihr mehr als am Vorabend zu erzählen. Wie sehr sie sich auch mühte, sie konnte Adam einfach keine weiteren Informationen entlocken.

Am Abend kehrten sie zu ihrem Bungalow zurück. Darci war ziemlich sauer auf Adam. »Du hast mich nur deshalb in die Bücherei gesteckt, weil du mich dort die ganze Zeit beobachten konntest, nicht wahr?«, fragte sie wütend. »Ich habe dort nichts über Prophezeiungen herausgefunden, geschweige denn etwas über linkshändige Hexen. Oder Muttermale. Oder sonst etwas. Und du hast gewusst, dass ich dort nichts finden würde, stimmt's? Das hast du sicher gewusst, du weißt nämlich tausendmal mehr, als du sagst. Aber du hast dir vorgenommen, mich mit albernen Aufgaben zu beschäftigen, damit ich dir nicht im Weg bin, bis du dieses ... dieses Ding gefunden hast. Und was soll ich dann tun? Damit arbeiten? Und sobald du weißt, was du wissen willst, schickst du mich zurück nach Putnam, stimmt's? Schaut dein Plan so aus?«

»Zurück nach Putnam oder zurück zu Putnam?«, fragte

Adam in der Hoffnung, sie mit diesem kleinen Scherz etwas aufzuheitern. Doch seine Späße waren nicht so gut wie die von Darci. Dieser Versuch jedenfalls schlug fehl.

»Ich glaube, ich gehe heute früh zu Bett«, meinte Darci. Ihre Augen wirkten sehr kühl, ihr Mund sehr entschlossen.

Adam lächelte ein wenig hinterhältig. »Ach ja? Und wie wär's mit einem schönen Steak in unserem Bistro? Vielleicht kannst du ja aus Sally noch ein paar Informationen herausholen.«

»Nein, danke«, sagte Darci, ging in ihr Schlafzimmer und zog die Tür hinter sich zu.

Adam klappte die Kinnlade herunter. Hatte Darci soeben eine Einladung zum Essen ausgeschlagen?

Na gut, dachte er, jetzt, wo sie auf mich wütend ist, wird es nicht mehr so schwer sein, sie zum Gehen zu bewegen. Jetzt war der Zeitpunkt gekommen, um die ganze Sache zu beenden. Eigentlich sollte er dafür sorgen, dass sie beide mit dem nächstmöglichen Flug aus Connecticut heraus und nach Hause kämen.

Aber wo war sein Zuhause? War es dort, wo er mit seiner Tante und deren Familie aufgewachsen war? Ein Ort, an dem er sich nie heimisch gefühlt hatte? Hatte er mit der Reise nach Camwell nicht die Wahrheit über sich herausfinden wollen? Über sich und seine Schwester?

Und was war mit Darci? Würde sie nach Putnam zu ihrem großen starken Verlobten heimkehren und ihn heiraten? Oder würde sie zu ihrer Tante und ihrem Onkel zurückgehen und … Nun ja, sie hatte ja selbst schon schonungslos festgestellt, dass sie kaum irgendwelche Fertigkeiten besaß, die etwas wert waren. Er konnte sie sich nicht als Empfangssekretärin vorstellen. Vielleicht als persönliche Assistentin eines dicken alten Mannes, der sie um seinen Schreibtisch jagen würde oder …

Bevor er diesen Gedanken weiterverfolgen konnte, ging er zu Darcis Schlafzimmer und hob die Hand, um anzuklopfen, ließ sie dann aber wieder sinken. »Es ist ein Spiegel«, sagte er vor der geschlossenen Tür. »Die Hexen haben einen Spiegel, der ihnen die Zukunft und die Vergangenheit zeigt – das, was passiert ist, und das, was passieren wird. Ich glaube nicht, dass es eine schriftliche Prophezeiung gibt. Wahrscheinlich hat dich jemand, das heißt, die Person, die jetzt aus dem Spiegel liest, darin gesehen, und sie hat auch gesehen, dass du die Nächste sein wirst, die daraus lesen wird.«

Es dauerte eine Weile, bis Darci reagierte. »Was willst du denn in diesem Spiegel sehen?«, fragte sie. »Die Vergangenheit oder die Zukunft?«

»Weißt du denn immer noch nicht genug?«, fragte Adam zurück.

Endlich ging die Tür auf und Darci kam heraus, allerdings, ohne ihm in die Augen zu sehen; vermutlich war sie noch immer böse auf ihn. Was konnte er tun, um sie umzustimmen? Ihr Schweigen war ihm schier unerträglich. »Hast du denn heute in der Bücherei etwas herausbekommen?«, fragte er. Er holte ihre Jacke aus dem Garderobenschrank. Sie war aus weinrotem Leder und so weich wie ... ja, beinahe so weich wie Darcis Haare. »Ich meine, abgesehen von Hexerei? Ich habe gesehen, dass du viele Bücher studiert und auch der Bibliothekarin eine Menge Fragen gestellt hast. Hast du dich denn über ein anderes Thema informiert?« Er zwinkerte ihr schelmisch zu. »Waren vielleicht ein paar Filmzeitschriften unter den Büchern versteckt?«

Sie bedachte ihn mit einem schiefen Blick, während sie in die angebotene Jacke schlüpfte. Er hatte die ganze Zeit gewusst, dass sie nichts finden würde, weil es das, wonach sie suchte, gar nicht gab!

Doch als er ihr die Tür aufhielt, schenkte sie ihm ein süßes Lächeln. »Ich habe tatsächlich etwas herausgefunden«, sagte sie und sah ihn höchst unschuldig an. »Nämlich dass deine Familie zu den reichsten der Welt gehört – und das schon seit Hunderten von Jahren. Sie wird in mindestens einem Dutzend Bücher erwähnt. Dein Stammbaum lässt sich bis ins Mittelalter zurückverfolgen. Die erwähnten Montgomerys waren nicht nur tapfere Ritter, sondern sie hatten auch ein ziemliches Geschick, reich zu heiraten. Das Haus, in dem du aufgewachsen bist, wurde von einem gewissen Kane Taggert gebaut, einem skrupellosen Kapitalisten, der ...« Sie lachte leise, als er sie zur Tür hinausschubste.

»Eigentlich hättest du dich über Dinge informieren sollen, die ich noch nicht kannte«, sagte er leicht verstimmt, sobald sie draußen standen. »Schließlich wirst du dafür bezahlt, mir zu helfen, und nicht dafür, dass du in meinem Privatleben herumschnüffelst. Und außerdem ...«

»Ach, wenn wir schon dabei sind: Schuldest du mir nicht ein Monatsgehalt?«

»Wenn ich all die Shampoons und Mahlzeiten abziehe, die ich bezahlt habe, dann schulde ich dir ...«

Bei diesen Worten machte Darci kehrt. Offensichtlich war sie nicht bereit, etwas zu essen, wenn sie dafür bezahlen musste. Doch Adam packte sie am Arm und holte sie zurück. Als sie sich sträubte, hängte er sich bei ihr ein und ging einfach los. »Übrigens, warum bist du eigentlich so scharf auf Geld? Sparst du auf etwas Bestimmtes – abgesehen von Freiheit?«

Als er keine Antwort bekam, wusste er, dass er an eines ihrer Geheimnisse gerührt hatte. »Aha!«, triumphierte er. »Jetzt sitzt zur Abwechslung mal du auf dem heißen Stuhl. Wahrscheinlich sollte ich im Internet lieber über dich nachforschen als über Putnams Fabriken.«

Sobald er das gesagt hatte, wusste er, dass er einen Fehler gemacht hatte. Aber vielleicht hatte sie ja gar nicht richtig zugehört. Vielleicht würde sie denken, dass ...

Doch Darci blieb abrupt stehen. »Du hast Nachforschungen über Putnam angestellt? Jemand hat mir mal gesagt, das Internet sei schlimmer als das Jüngste Gericht. Kein Geheimnis ist mehr sicher.«

Bevor Adam recht wusste, wie ihm geschah, hatte Darci seine Jacke aufgerissen, seine Taschen durchsucht und einen Stapel Blätter herausgezogen.

Das war nun wirklich zu viel. »Gib mir sofort diese Blätter zurück!«, befahl er und wollte sie ihr schon aus der Hand reißen.

»Ich hatte Recht!«, triumphierte Darci und hielt die Seiten hoch. »Immer wieder wird Putnam erwähnt. Du hast eine Suchanfrage über ihn gestartet!«

Adam nahm ihr die Ausdrucke ab und stopfte sie in seine Innentasche zurück. Dann zog er den Reißverschluss seiner Jacke bis zum Kragen hoch. »Ich war eben neugierig«, meinte er. »Wenn es um Geld geht, wirkst du wie besessen, und da dachte ich ...« Er musterte sie aus den Augenwinkeln. Eigentlich wollte er ihr ungezwungenes Verhältnis nicht aufs Spiel setzen. »Ich dachte, vielleicht erpresst dich Putnam ja«, sagte er eigentlich eher scherzhaft.

Aber wieder einmal ging es daneben. Statt über diese alberne Vermutung zu lachen, rannte Darci stumm zur Straßenecke und drückte den Ampelknopf. Wie üblich wartete sie nicht auf Grün, sondern stürmte sofort über die Straße und zwang eine Frau in einem schwarzen Monstergeländewagen zu einer Vollbremsung.

Als Adam einige Minuten nach ihr ins Bistro kam, wollte er ihr einen kleinen Vortrag über das richtige Verhalten im Straßenverkehr halten, doch Darci ließ ihn nicht zu Wort kommen. »Jemand sitzt in unserer Nische«, verkündete sie und deutete mit einem Kopfnicken auf zwei Leute, die dort Kaffee tranken.

»Es gibt vier Nischen, in denen niemand sitzt«, meinte Adam und zog seine Jacke aus. »Setzen wir uns doch in eine der freien.«

»Nein«, widersprach Darci und musterte die Leute in »ihrer« Nische abfällig. »Dort haben wir immer gesessen, und dort will ich auch jetzt wieder sitzen!« Ihre Stimme wurde etwas leiser und sie machte einige Pausen zwischen den Worten. »Ich werde sie ... mit meiner Inneren Überzeugung ... dazu bringen ... sich umzusetzen.«

Adam schüttelte lächelnd den Kopf, während Darci das ältere Paar in der Nische konzentriert anstarrte.

»Na bitte!«, sagte sie bald darauf, und tatsächlich – das Paar stand auf und ging. Wahrscheinlich haben sie ihren Kaffee ausgetrunken, dachte Adam belustigt, und gehen deshalb. Aber diese Vermutung wollte er Darci jetzt lieber nicht mitteilen und damit riskieren, sie erneut zu verärgern.

»Gut gemacht«, sagte er stattdessen lächelnd. Mittlerweile richtete eine Küchenhilfe die Nische für die nächsten Gäste her.

»Und jetzt erzähl mir alles über diesen Spiegel!«, forderte Darci Adam auf, sobald sie saßen.

»Wollt ihr zwei das Tagesgericht, oder soll ich euch einfach alles bringen, was auf der Karte steht?«, fragte Sally, die Kellnerin, in ihrer üblichen schroffen Art.

»Wir nehmen das, was Sie uns empfehlen«, erwiderte Adam und lächelte sie dabei so grimmig an, dass sie kurz aufhörte, mit ihrem Kaugummi zu schmatzen.

Sally beugte sich zu Darci hinunter und meinte in verschwörerischem Ton: »Mit dem Herrn da hast du ja alle Hände voll zu tun, Schätzchen. Vielleicht solltest du ihn mal so anstarren, wie du es vorhin bei dem alten Paar gemacht hast. Damit er sich besser benimmt.« Lachend ging sie davon.

»Diese Frau ist wirklich sehr neugierig«, meinte Adam.

»Typisch Kleinstadt«, wiegelte Darci ab. »Und jetzt erzähl mir bitte alles!«

»Warum musst du jeden Penny zählen, wenn Putnam so reich ist und du ihn demnächst heiratest?«

»Über Putnam brauchst du mir nichts zu erzählen«, meinte Darci ungeduldig. »Ich will etwas über diesen Spiegel wissen. Woher weißt du von ihm?«

»Das ist eine lange Geschichte«, sagte er und blickte auf die Manschetten seines Hemdes, die unter dem Pullover hervorschauten. »Habe ich dir schon gesagt, dass dir die Farbe deines Pullis ganz ausgezeichnet steht? Sie passt hervorragend zu deinen Augen.«

Sie funkelte ihn böse an. »Der Pullover ist lila! Du versuchst, das Thema zu wechseln, es sei denn, du bist farbenblind.«

Zunächst schwieg Adam, doch dann begann er, zu sprechen, wenn auch so leise, dass Darci ihn kaum verstand. Sie beugte sich zu ihm, und er kam ihr entgegen, bis sich ihre Köpfe fast berührten. »Ich habe dir ja schon gesagt, dass der Spiegel die Vergangenheit zeigen kann. Er berichtet, was passiert ist. Und in der Vergangenheit ist etwas passiert, worüber ich mehr erfahren möchte.«

Da Adam nicht weitersprach, lehnte sich Darci an die Rückwand der Nische und dachte über das Gehörte nach und darüber, was sie von dem Mann wusste, der ihr gegenübersaß. »Deine Eltern«, sagte sie schließlich leise. »Es geht um deine Eltern, nicht wahr? Du hast mir erzählt, dass sie gestorben sind. Aber wie?«

»Das weiß ich nicht«, sagte Adam wieder so leise, dass sie ihn kaum verstand. »Sieh mal, die Geschichte mit dem Spiegel ist eigentlich nur eine Legende. Es könnte alles gelogen sein. Vielleicht gibt es diesen Spiegel gar nicht. Vielleicht...« Er blickte wieder auf seine Hände und schien zu überlegen, ob er ihr mehr erzählen sollte. »Es ist der Spiegel des Nostradamus«, stieß er schließlich in einem Atemzug hervor.

Darci machte große Augen. »Dieser Spiegel hat...?«

»Jawohl«, bestätigte Adam. »Er hat Nostradamus gehört. Nostradamus hat darin die Zukunft gesehen und darüber geschrieben.«

Darci wirkte, als sei sie in Gedanken weit, weit weg. »Aber im sechzehnten Jahrhundert war es in Frankreich verboten, die Zukunft vorherzusagen, und deshalb hat er seine Botschaften verschlüsselt. Selbst heute wissen die Menschen noch nicht genau, was er eigentlich prophezeit hat. Zur Amtszeit Kennedys wurde in einem halben Dutzend Bücher behauptet, viele Vierzeiler des Nostradamus handelten von dieser Familie. Zwanzig Jahre später wurden seine Schriften wieder völlig anders interpretiert, und von den Kennedys war keine Rede mehr. Dolores Cannon hingegen meint ... Was ist denn?«, fuhr sie ihn an, denn Adam starrte sie an, als sei ihr gerade ein zweiter Kopf gewachsen.

»Woher um alles in der Welt weißt du so viel über diesen Spiegel?«

Darci zuckte mit den Schultern. »Ich habe eben die unterschiedlichsten Interessen und lese viel. In Putnam gibt es nicht so wahnsinnig viel zu tun, aber ob du's glaubst oder nicht, es gibt dort eine Bücherei.«

»Wem gehört sie?«, warf Adam ein.

»Putnam natürlich, wem sonst? Dem Vater, nicht dem Sohn. Aber Putnam überreicht seinem Vater immer mal wieder eine Liste mit Büchern, von denen er denkt, dass sie die Bücherei erwerben sollte.«

»Aha«, meinte Adam nachdenklich. »Und wer entscheidet, welche Bücher auf die Liste kommen? Auch Putnam junior?«

»*C'est moi*«, erwiderte Darci fröhlich.

Adam musste lachen. »Das hätte ich mir ja denken können«, meinte er. »Du bringst deinen Verlobten also dazu, Bücher, die dich interessieren, zu kaufen und in die Bücherei zu stellen. Aber jetzt würde ich doch zu gerne wissen: Warum trägst du keinen Verlobungsring, wenn Putnam so reich ist?«

»Ich will keinen«, erklärte Darci sehr schnell. Es war klar, dass sie keine Lust hatte, über dieses Thema zu reden. »Du hast also diesen Spiegel aufgestöbert«, sagte sie andächtig. »Ich kann dir gar nicht sagen, wie oft ich mich gefragt habe, was wohl damit passiert ist! Ich habe mich immer schon gefragt, was mit all diesen magischen Objekten passiert ist.

Vielleicht geht ja auch die Geschichte von Aladins Wunderlampe auf wahre Begebenheiten zurück. Was ist mit dem fliegenden Teppich? Und was ist aus dem Spiegel geworden, der der Königin immer sagte, sie sei die Schönste im ganzen Land?«

»Was für ein Spiegel war denn das nun wieder?«, wollte Adam wissen.

»Ach, du weißt schon, in ›Schneewittchen‹, da gab es doch diese Königin …«

»Schneewittchen? Ist das die Geschichte von dem Mädchen, das in ein Hasenloch gestürzt ist? Nein, das war ein schneeweißer Hase, oder? Aber was hat das alles mit dem Spiegel zu tun? Hat …?«

Er hielt inne, denn Sally kam und stellte große Platten mit Essen auf den Tisch. Es gab Truthahn mit Preiselbeersauce, Kürbispüree, Bratkartoffeln, einen Eintopf mit Mais und Bohnen sowie einen Korb mit kleinen Muffins, aus denen Zucchinistückchen ragten.

»Das sollte sie wohl ein Weilchen beschäftigen«, sagte Sally an Adam gewandt. »Aber ich lasse schon mal den Kürbiskuchen fertig machen.«

»Diese Frau hat einen seltsamen Sinn für Humor«, meinte Adam stirnrunzelnd.

»Sie erinnert mich an die Hexe in ›Hänsel und Gretel‹, die die Kinder gemästet hat.«

»Warum hat sie das getan?«, fragte Adam und nahm sich einen Muffin. Er wollte sich einen sichern, bevor Darci den Korb leerte.

»Warum?«, wiederholte er.

Darci blickte ihn verwundert an. »Um sie zu fressen, warum sonst? Wo bist du eigentlich aufgewachsen, dass du keine Märchen kennst? Du kennst weder ›Schneewittchen‹ noch ›Hänsel und Gretel‹.«

Adam wollte schon antworten, schloss dann aber den Mund wieder und blickte stumm auf seinen Teller.

»Warum sagst du mir nicht einfach die Wahrheit, bevor du dir eine Lüge ausdenkst?«, schlug sie vor.

»Das werde ich tun, sobald du mir gesagt hast, was es mit dir, dem lieben Geld und Putnam auf sich hat«, entgegnete er.

Darci setzte zu sprechen an, steckte sich dann aber ein großes Stück Truthahn mit Sauce in den Mund und gab Adam mit einer abwehrenden Handbewegung zu verstehen, dass sie jetzt nicht reden könne.

»Das habe ich mir schon gedacht«, meinte Adam. »Und was diese Märchen angeht: Wenn darin von Hexen die Rede ist, die Kinder mästen, um sie aufzufressen, dann bin ich froh, dass ich nie von ihnen gehört habe. Das klingt ja schrecklich!«

»Ja, es sind ziemlich schlimme Geschichten. Ich habe mal eine Arbeit über den Ursprung von Märchen geschrieben und dabei herausgefunden, dass die Märchen im Laufe der Zeit erheblich entschärft worden sind. Hast du gewusst, dass die beliebtesten amerikanischen Kinderreime ihren Ursprung meist in politischen Sprüchen haben?«

»Ach ja?« Adam reichte ihr den Korb mit den Muffins. Vor zwei Abenden hatte er ihr einiges über Essen und Weine beigebracht, heute brachte sie ihm etwas bei. Eigentlich hatte er sie nur deshalb gebeten, ihm etwas über alberne Kinderreime zu erzählen, weil er hoffte, sie würde ihm dann keine weiteren Fragen mehr stellen, vor allem keine darüber, woher er eigentlich sein Wissen nahm. Aber beim Zuhören stellte er fest, dass das, was sie ihm erzählte, wirklich sehr interessant war.

Das eine musste man Darci lassen: Alles in allem waren die Gespräche mit ihr bislang wesentlich interessanter gewesen als die, die er für gewöhnlich mit anderen Frauen führte. Meist kam er sich dabei nämlich eher vor wie bei einem Verhör. »Wo bist du aufgewachsen? Welche Schulen hast du besucht?«, wurde er oft gefragt. »Ach ja?«, kam dann unweigerlich. »Bist du etwa verwandt mit *den* Montgomerys?« Diese letzte Frage wurde immer mit dem Geldblick gestellt, wie ihn sein Cousin Michael nannte.

Darci hatte heute vieles über seine Familie herausgefunden, aber abgesehen davon, dass es sie freute, etwas zu erfahren, was er ihr verheimlicht hatte, schien sich ihre Haltung ihm gegenüber nicht verändert zu haben. Lächelnd bat er sie, ihm mehr über Kinderreime zu erzählen. Allerdings hörte er ihr nur mit halbem Ohr zu, denn unterdessen plante er sein weiteres Vorgehen. Die Suche in der Bücherei und im Internet hatte bisher nichts Interessantes zutage gefördert. Einen aber gab es, der eine Menge wissen musste – den Mann aus dem Laden, der beim Anblick von Darcis linker Hand die Flucht ergriffen hatte.

Adam lächelte und stimmte Darci mit einem Nicken zu.

9

Adam wagte es nicht, den Wecker auf vier Uhr früh zu stellen, denn Darci wäre sicher auch aufgewacht. Stattdessen nahm er sich fest vor, früh aufzuwachen, und tatsächlich schaffte er es um Viertel vor vier. Nicht schlecht, dachte er, als er auf die Leuchtanzeige seines Weckers blickte. Behutsam schlug er die Decke zurück und stand auf.

Gestern Abend hatte er Darci beim Essen zwar aufmerksam zugehört, gleichzeitig aber auch sein Vorhaben für den nächsten Tag geplant. Am liebsten hätte er sie gar nicht allein gelassen, aber wenn es schon sein musste, dann in den frühen Morgenstunden. Deshalb hatte er am Abend, während Darci duschte, einen schwarzen Trainingsanzug in der Schublade des Couchtisches verstaut. Jetzt schlich er auf Zehenspitzen ins Wohnzimmer und zog sich leise an. Als von Darci nichts zu hören war, lächelte er zufrieden. Endlich hatte er sie doch einmal überlistet, obwohl sie ihn sonst immer durchschaute. Ein Wunder, dass sie die versteckten Kleider nicht gefunden und daraus geschlossen hatte, was er vorhatte.

Rasch kritzelte er noch die Nachricht, er sei beim Joggen, auf einen Zettel und legte ihn auf den Esstisch. Dann schlich er langsam und so leise wie möglich nach draußen. Wenn sein Glück anhielt, würde er zurück sein, bevor Darci aufwachte. Gestern Abend hatte er es unter einem Vorwand geschafft, noch einmal kurz das Haus zu verlassen und den Wagen umzuparken, damit Darci am nächsten Morgen nicht durch das Geräusch des anspringenden Motors geweckt würde.

Nun saß er im Auto und drehte entspannt lächelnd den Zündschlüssel um. Das war doch gar nicht so schwer gewesen!

Doch da flog die Beifahrertür auf und Darci kletterte hastig herein. Sie trug noch ihr Nachthemd – ein langes T-Shirt –, hatte aber ihre Kleider unter dem Arm. Und nun saß sie da, ohne ihn eines Blickes zu würdigen. Sie starrte stur nach vorn.

Adam wollte ihr erklären, dass er etwas vorhatte, was er unbedingt alleine ausführen wollte; dass sie sofort aussteigen und im Bungalow auf ihn warten solle; dass ...

Aber er wusste, dass er sich die Mühe sparen konnte. Seufzend legte er den Rückwärtsgang ein. »Wirst du es ohne Frühstück schaffen?«, fragte er.

»Na klar!«, erwiderte sie mit einem Lächeln, das ihm zu verstehen gab, dass sie wusste, sie hatte gewonnen. »Ich schaffe es tagelang ohne Essen.«

»Ich will lieber nicht wissen, wie du das herausgefunden hast«, sagte Adam, während er den Wagen wendete und in die Landstraße einbog, an der der kleine Laden lag.

Darci legte sich ihre Jeans zurecht und schlüpfte gewandt hinein, ohne das lange T-Shirt auszuziehen. »Früher hat man oft vergessen, mir etwas zu essen zu geben«, erklärte sie unbeirrt. »Aber dann lernte ich, die Leute mit meiner Inneren Überzeugung dazu zu bringen, mir etwas zu geben«, fuhr sie fort. Sie klang sehr froh, ihn gefunden zu haben.

Adam vermied es nach Kräften, ihr beim Anziehen zuzuschauen. Wieder einmal kam er sich wie ein lüsterner Schuljunge vor.

»Also gut«, sagte er, »jetzt hast du mich so weit: Was hat es mit deiner Inneren Überzeugung auf sich, und wie funktioniert sie?« Er brauchte etwas, um sich abzulenken, denn in Wahrheit interessierte ihn eine andere Frage viel mehr: Würde sie das Nachthemd ausziehen, bevor sie den Rollkragenpullover anzog?

»Na ja, eigentlich kann das jeder«, sagte Darci. Sie hatte den Pulli über ihren Oberkörper gebreitet und zog darunter das Nachthemd aus, ohne sich die geringste Blöße zu geben. »Ich habe mal irgendwo gelesen – damals war ich noch ziemlich jung –, dass man Ereignisse herbeirufen kann, wenn man sich richtig darauf konzentriert. Man muss nur ganz fest an das denken, was ein Mensch tun soll, dann kann man ihn dazu bringen, genau das zu tun.«

»Man starrt Leuten auf den Rücken, und die drehen sich dann um?«

»Genau!«

»Und du hast es zur Kunstform erhoben.«

»Machst du dich über mich lustig?«

»Ehrlich gesagt, ja. Aber wenn ich die Sache nicht komisch fände, dann würde ich jetzt anhalten und dich in den Kofferraum sperren. Du weißt doch ganz genau, dass ich mein Vorhaben ohne dich ausführen wollte!«

»Na klar weiß ich das! Aber wenn ich getan hätte, was du von mir wolltest, säße ich jetzt dumm rum und würde auf Gott weiß was warten. Willst du nun mehr über die Innere Überzeugung erfahren, oder nicht? Möglicherweise hilft sie dir ja auch irgendwann mal weiter. Jawohl, je besser ich dich kennen lerne, desto stärker bin ich davon überzeugt, dass du in deinem Leben dringend ein wenig Innere Überzeugung bräuchtest. Wie hast du es nur geschafft, in all dem Reichtum aufzuwachsen und trotzdem eine solche Trantüte zu werden?«

Adam musste unwillkürlich lächeln. »Diesen Ausdruck habe ich schon lange nicht mehr gehört. Aber Geld ist nicht alles. Es gibt wichtigere Dinge im Leben.«

»Ist dir schon mal aufgefallen, dass nur die Reichen so etwas sagen?«, fragte Darci. »Arme müssen sich nämlich so sehr damit abmühen, ihre Rechnungen zu bezahlen, dass sie an nichts anderes denken können als an Geld.«

»Ist das dein Problem? Musst du Rechnungen bezahlen? Kriechst du deshalb auf der Suche nach Fünfcentstücken auf allen vieren durch die Gegend?« Als Darci nicht antwortete, wurde er sehr sachlich. »Sieh mal, wenn du für etwas Bestimmtes Geld brauchst, greife ich dir gerne unter die Arme.«

Es dauerte eine Weile, bis sie leise fragte: »Hast du denn wirklich sehr viel Geld?«

Ein prüfender Blick zeigte Adam, dass sie wieder stur nach vorne sah und sehr ernst wirkte. »Ja«, erwiderte er. »Wie viel brauchst du denn?«

»Ich weiß es nicht.« Sie schaute aus dem Seitenfenster. »Ich müsste es noch mal zusammenzählen. Aber so über den Daumen gepeilt etwa sieben Millionen.«

Adam lenkte den Wagen an den Straßenrand und blieb stehen. »Sag das bitte noch einmal! Du brauchst Geld. Wie viel Geld brauchst du?«

»Ungefähr sieben Millionen«, wiederholte sie in einem Ton, als wären es sieben Dollar. »Aber das geht schon in Ordnung, es gibt diverse Möglichkeiten, das Geld zurückzuzahlen. Ich glaube, wir sollten lieber weiterfahren. Ladenbesitzer stehen früh auf. Dorthin wolltest du doch, oder?«

»Du willst mir also nichts Näheres über deine Schulden verraten?«, fragte er.

»Nicht, wenn ich nicht muss«, erwiderte sie, dann presste sie die Lippen aufeinander.

Adam startete den Wagen und lenkte ihn auf die Straße zurück. »Irgendwann müssen wir zwei uns sehr ausführlich unterhalten«, meinte er.

»Darauf freue ich mich jetzt schon«, entgegnete sie. »Und du bist dann als Erster dran, ja? Ich will alles über deine Eltern wissen und warum du nicht weißt, wie sie gestorben sind. Und woher du von dem Spiegel weißt. Und natürlich will ich die Wahrheit hören, warum du ausgerechnet mich eingestellt hast – abgesehen davon, dass ich aus diesem Spiegel die Zukunft lesen kann, und die Vergangenheit. Woher weißt du überhaupt, dass diese Leute den Spiegel haben? Wirst du mir das alles erzählen?«

»Darauf bin ich ungefähr ebenso erpicht wie du, mir deine Geschichte zu erzählen«, erwiderte er verkniffen. Er fuhr etwas langsamer, denn der Laden musste jetzt bald kommen. »Und jetzt hör mir gut zu!«, sagte er, und seinem Tonfall war deutlich zu entnehmen, dass es ihm wichtig war. »Ich will, dass du hier im Auto bleibst, während ich mit dem Mann rede!«

»Mit ihm reden? Wenn du nur mit ihm reden willst, hättest du ihn da nicht besser zur normalen Geschäftszeit aufgesucht?« Es begann, soeben hell zu werden.

»Also gut – vielleicht will ich ihn ja überrumpeln. Wenn du's genau wissen willst: Ich glaube, ich stecke in einer Sackgasse. Ich dachte, dieser Spiegel sei leichter zu finden. Ich dachte ...« Er verstummte und warf ihr einen schrägen Blick zu.

»Aha. Du dachtest, ich wäre so eine Art Magnet für dieses Ding, oder? Deine Hellseherin hat dir gesagt, ich würde diesen Spiegel für dich finden. Du hast gedacht, ich würde mit meiner Wünschelrute losziehen und spüren, wo dieses Ding steckt, oder? Das hast du gedacht, gib es ruhig zu!«

»So, wie du das sagst, klingt es ziemlich idiotisch.« Adam öffnete die Wagentür, beugte sich dann aber noch einmal zu ihr hinüber. »Hast du mich verstanden? Du bleibst hier im Auto sitzen, und ich werde die Türen verriegeln.«

Doch plötzlich fiel ihm ein, dass genau in dieser Gegend vier junge Frauen verschwunden waren, die Darci ziemlich ähnlich gesehen hatten, und dass man ihre verstümmelten Leichen später weit weg von Camwell gefunden hatte. Er wurde aschfahl. »Ich gehe nicht«, sagte er, zog die Tür wieder zu und steckte den Schlüssel ins Zündschloss zurück.

»Aber ich gehe«, meinte Darci, und bevor er sie aufhalten konnte, war sie schon ausgestiegen.

Das eine musste man ihr lassen – sie war flink wie ein Wiesel. Oder wie eines dieser Rehe, die hier herumstreunten und alles auffraßen, was die Leute in ihren Gärten anpflanzten. Adam rannte ihr nach. Am liebsten hätte er sie lautstark ausgeschimpft, aber er wollte keine Aufmerksamkeit erregen – möglicherweise hielt sich ja trotz der frühen Stunde schon jemand hier auf. »Ich möchte sie eigenhändig erwürgen!«, murmelte er und sprang über einen umgestürzten Baum.

Er erwischte sie am Rand des Parkplatzes hinter dem Laden. Doch noch bevor er etwas sagen konnte, hörte er ein Auto kommen. Er warf sich auf den Boden und riss Darci mit sich. Dann legte er den Arm um sie und eine Hand auf ihren Mund. So wie er Darci inzwischen kannte, würde sie den Ladenbesitzer oder wer auch immer in diesem Auto saß womöglich einfach herbeirufen und fragen, was er denn wisse. Adam konnte sich lebhaft vorstellen, wie sie nach »Händen mit Muttermalen« fragte.

Aber der Wagen hielt nicht an, er fuhr nur zweimal um den Laden herum. Beim zweiten Mal fuhr er sehr langsam an ihnen vorbei. Adam machte sich so flach wie möglich, und von Darci, die unter ihm lag, war nahezu nichts zu sehen.

Schließlich entfernte sich der Wagen wieder. Adam wartete, bis er sah, wie er durch die Bäume Richtung Landstraße fuhr.

»Gut«, flüsterte er Darci zu. »Gehen wir!«

»Und wohin?«, erklang eine Stimme hinter ihnen.

Adam drehte sich um, bereit, dem Frager notfalls einen Tritt zu versetzen; doch der Mann stand zu weit weg. Offenbar hatte er das Geräusch des wegfahrenden Wagens genutzt, um sich anzuschleichen. Auch wenn sein Gesicht hinter einer schwarzen Skimaske verborgen war, sah Adam sofort, dass es nicht der Mann aus dem Laden war. Der hier war größer, schlanker; sein locker sitzender schwarzer Trainingsanzug ließ seinen Körperbau zwar nicht deutlich erkennen, aber er schien ziemlich gut in Form zu sein. In der Hand hielt er einen Revolver, den Adam als .38er zu erkennen glaubte.

»Bewegt euch nach dort drüben!«, forderte der Mann sie auf und deutete mit der Waffe auf eine Lichtung zwischen den Bäumen, die den Parkplatz säumten.

Adam trat vor Darci. »Lassen Sie sie laufen. Sie hat mit der Sache nichts zu tun.«

Der Mann schnaubte höhnisch. »Meines Wissens nach hat sie sehr viel damit zu tun.«

»Nein!«, entgegnete Adam. »Sie ist nicht die, für die Sie sie halten. Sie ist meine ...«

»Ist mir völlig egal, was Sie mit ihr anstellen. Das geht mich nichts an. Ich soll nur ... Hey!«, sagte er unvermittelt.

Adam wollte seinen Augen kaum trauen: Der Mann senkte langsam den Arm mit der Waffe. Es sah allerdings so aus, als könne er gar nicht anders, als würde sein rechter Arm von einer äußeren Kraft gesteuert. Adam bemerkte, dass auf Darcis Gesicht ein Ausdruck höchster Konzentration lag, wie er ihn schon einmal an ihr beobachtet hatte. Ja, erst gestern Abend, dachte er. Gestern Abend hatte sie das ältere Paar mit diesem Gesichtsausdruck angestarrt, als sie die beiden aus »ihrer« Nische hatte vertreiben wollen. Was hatte sie da gleich noch mal getan? Ja, jetzt fiel es ihm wieder ein: Sie hatte ihre Innere Überzeugung angewandt.

Während Adam diese Dinge durch den Kopf gingen, fragte er sich, warum er eigentlich so untätig blieb. Warum ließ er die Chance, dass dieser Mann aus welchem Grund auch immer seine Waffe senkte, ungenutzt verstreichen?

Doch seltsam – Adam hatte das Gefühl, als könne er gar nicht anders, als untätig zu bleiben. Vom Hals abwärts fühlte sich sein Körper wie eine Statue an, er stand da wie angewurzelt. Das Einzige, was er bewegen konnte, war sein Kopf, und den drehte er nun langsam, um von Darci auf den Mann mit der Waffe und wieder zurück auf Darci zu blicken. Sein übriger Körper aber schien zur Bewegungslosigkeit verdammt.

Es kam Adam ewig vor, bis Darci endlich, ohne den Blick von dem Angreifer zu wenden, langsam zu diesem ging und ihm die Waffe aus der Hand nahm. Sie legte den Finger an den Abzug – offensichtlich konnte sie mit Pistolen umgehen – und zielte auf den Kopf des Mannes. »Und jetzt weg mit dieser Maske!«, befahl sie.

Doch dann musste sie niesen.

Und dadurch wurde ihre Konzentration gestört, und damit auch der Bann, mit dem sie den Mann und Adam in

Schach gehalten hatte. Der Mann versuchte allerdings erst gar nicht, Darci die Waffe wieder abzunehmen, sondern rannte Richtung Wald, sein Heil in der Flucht suchend. »Sie sind eine Hexe, Lady!«, rief er ihr noch über die Schulter zu. »Sollen die Sie doch haben!«

Adam brauchte ein paar Sekunden, um sich zu sammeln und wieder Herr seiner Sinne zu werden. Diese Sekunden waren ausschlaggebend, denn als er dem Fliehenden endlich nachrannte, war es zu spät. Der Mann kannte sich in den Wäldern aus, Adam nicht. Er war wie vom Erdboden verschluckt.

Langsam kehrte Adam zu Darci zurück. Sie saß kreidebleich vor Erschöpfung auf einem Baumstamm, die Waffe im Schoß. Ihre Schultern bebten, und es sah ganz danach aus, als würde sie gleich in Ohnmacht fallen.

Adam wusste, dass er sie jetzt eigentlich hätte trösten müssen. Offenkundig war sie nach dem, was sie gerade getan hatte, völlig entkräftet. Aber er brachte es nicht über sich, und außerdem fehlten ihm die Worte. Er war sich nicht sicher, was er soeben gesehen und gefühlt hatte. Hatte es Darci mithilfe ihrer Gedanken tatsächlich geschafft, zwei erwachsene Männer zu lähmen?

Nachdem er sie eine Weile stumm gemustert hatte, sagte er: »Du hast deinen Pullover verkehrt herum an.«

»Ach ja?« Sie legte den Revolver weg. Dann stand sie langsam und vorsichtig auf, zog die Arme aus den Ärmeln und drehte den Pulli um.

Adam nahm die Waffe an sich. »Bist du so weit, dass wir gehen können?«, fragte er. »Ich glaube nicht, dass wir ... dass wir noch sehr viel mehr herausfinden können.« Den letzten Teil dieses Satzes sagte er sehr bedächtig, denn auch wenn er sich nicht ganz sicher war, glaubte er, dass er soeben mehr herausgefunden hatte, als ihm lieb war.

Ihm fiel wieder ein, was Helen, die Hellseherin, über Darci gesagt hatte: »Sie ist nicht der Mensch, der sie zu sein scheint, und auch nicht der, für den sie selbst sich hält. Sie ist auch nicht der, den du in ihr siehst.« Und nach diesen Worten hatte Helen tatsächlich gelacht.

Stumm folgte er Darci zum Auto, bereit, sie aufzufangen, falls sie umkippte. Im Auto legte sie den Kopf auf die Rückenlehne und schloss die Augen. Auf den ersten Blick wirkte sie, als schliefe sie, doch Adam hatte den Eindruck, dass sie wach, aber zu erschöpft war, um zu reden.

Er ließ den Wagen an und bog auf die Landstraße ein. Sollten sie zur Polizei gehen? Schließlich hatte sie soeben ein Maskierter mit einer Waffe bedroht. Aber die Polizei würde sicher viel zu viele Fragen stellen, zum Beispiel, was sie denn zu so früher Stunde in den Wäldern gesucht hätten. In einer Stadt hätte man ihnen vielleicht die Notlüge abgenommen, sie hätten nur etwas frische Luft schnappen wollen. Aber hier in diesem kleinen Ort wusste zweifellos jeder, wofür sie sich interessierten.

Während der Fahrt warf Adam immer wieder einmal einen kurzen Blick auf Darci. Wenn er sie mit zur Polizei nähme, wenn es zu einer Untersuchung käme und wenn der Mann tatsächlich geschnappt würde – was dann? Würde der Mann erzählen, was Darci mit ihm angestellt hatte? Inzwischen war sich Adam sicher, dass es Darci war, hinter der die Mörder der jungen Frauen her waren. Würde es Darci noch stärker gefährden, wenn sie jetzt zur Polizei gingen?

In Camwell angekommen, parkte er vor dem Lebensmittelgeschäft. Er wollte gerade aussteigen, als er Darci heiser flüstern hörte: »Bist du mir böse? Ich wollte nicht ...«

Er bedeutete ihr, nicht weiterzureden. »Wie wär's, wenn ich jetzt in diesen Laden gehe und uns ein Frühstück besorge, das wir in unserer Unterkunft essen? Ich glaube, wir sollten uns einmal in aller Ruhe und sehr ausführlich miteinander unterhalten. Findest du nicht auch?«

»Über dich oder über mich?«, fragte sie mit einem müden kleinen Lächeln.

»Über dich«, erwiderte Adam streng. »Definitiv über dich! Im Vergleich zu dir bin ich ein extrem langweiliger Mensch.« Er versuchte, ruhig und gelassen zu wirken und so zu tun, als hätte er das soeben Vorgefallene schon tausendmal erlebt. Schließlich war er ja ein Mann von Welt, nicht wahr? Aber ehrlich gesagt, wäre er jetzt am liebsten ausgestiegen und so schnell und so weit weg wie nur irgend möglich geflohen. »Du setzt keine Sachen in Brand, oder?«, fragte er leise, halb scherzhaft, halb im Ernst.

»Bei dir habe ich es jedenfalls noch nicht geschafft«, sagte sie so resigniert, dass Adam lachen musste. Und mit diesem Lachen verschwand das unheimliche Gefühl, das ihn befallen hatte. Sie war immer noch die alte Darci. Sie war keine Irre oder jemand aus einem Horrormärchen. Sie war ein witziges kleines Ding, das zufällig eine außergewöhnliche Fähigkeit besaß.

Lächelnd und mit einem ungläubigen Kopfschütteln stieg er aus. Dann beugte er sich noch einmal durchs Fenster. »Ich möchte, dass du im Auto sitzen bleibst, während ich einkaufe. Hast du mich verstanden?«

Darci nickte. Sie war noch immer bleich und schwach.

»Und ich möchte nicht, dass du mit deiner Inneren Überzeugung auf irgendetwas oder irgendjemand losgehst, kapiert?«

Wieder nickte sie, aber so matt, dass Mitleid in ihm aufstieg. »Vor deiner Ankunft in Camwell habe ich in diesem Laden köstliche Zimtbrötchen gekauft. Wie wär's mit ein paar davon und dazu Milch oder frisch gepressten Orangensaft? Hast du Lust auf Obst?«

»Kauf etwas, das gut genug ist, um dich damit zu bedanken, dass ich dir das Leben gerettet habe«, sagte sie, ohne ihn anzuschauen.

Im ersten Augenblick war Adam sprachlos, dann wollte er zu einer Verteidigung ansetzen, doch schließlich richtete er sich wortlos auf und schüttelte abermals verblüfft den Kopf.

Vielleicht hatte sie ihm ja tatsächlich das Leben gerettet? Er war sich noch immer nicht sicher, wie sie es geschafft hatte, aber irgendwie hatte sie den Mann mit der Waffe von seinem Tun abgehalten, und obendrein auch noch ihn. Ms Darci T. Monroe konnte mit ihren Gedanken Menschen erstarren lassen.

Noch immer ungläubig den Kopf schüttelnd ging Adam in den Laden. Eine Viertelstunde später kam er mit vier Tüten zurück. In einer waren Brötchen, Saft und Milch, in den drei anderen alle Sorten von Obst, die er hatte auftreiben können.

10

»Nicht mal für eine Schokoladenbiskuittorte mit Himbeeren«, wehrte Darci standhaft ab, dann fügte sie hinzu: »So eine Torte habe ich mal in einer Zeitschrift gesehen. Klingt nicht schlecht, oder? Glaubst du, in unserem Bistro …?«

»Wir können ja mal fragen«, meinte Adam verstimmt. »Sieh mal, ich will jetzt nur noch einen einzigen Test machen. Ich möchte sehen, ob du …«

»Was?«, fauchte sie. »Mit Tieren reden vielleicht? Soll ich als Nächstes mit Tieren reden?«

»Nein, natürlich nicht«, wiegelte Adam ab. »Das wäre absurd. Du … du kannst das nicht, oder?«

Darci funkelte ihn wütend an. »Ich mache jetzt einen Spaziergang, einen langen Spaziergang. Und zwar allein.«

»Klingt gut«, meinte Adam munter. »Ich glaube, ich komme mit.«

»Allein, hab ich gesagt!«

Adam schenkte ihr ein falsches Lächeln. »Allein kannst du allenfalls auf die Toilette gehen oder in ein Flugzeug steigen. Und ich entscheide, wohin du fliegst. Aber wenn du hier bleiben willst, dann in meiner Nähe. Allein spazieren gehen kommt nicht infrage.«

»Und dabei habe ich gedacht, du seist …« Sie beschloss, diesen Satz nicht zu beenden.

»Ich sei was?«, wollte er wissen, während er hinter ihr her zur Tür hinausging. »Gut aussehend? Intelligent? Was?«

Sie blieb stehen und blickte zu ihm hoch. »Da hätte ich mich ja wohl geirrt, wenn ich so etwas gedacht hätte!«

»Wir können ja nicht alle sonderbar sein, oder?« Eigentlich hatte er einen Scherz machen wollen, aber sobald der Satz gefallen war, bereute er ihn schon.

Darci ging stumm weiter, und zwar ziemlich schnell. Sie folgte einem schmalen Pfad, der hinter dem Bungalow vorbei in die den Sklavenunterkünften entgegengesetzte Richtung führte. Adam hielt sich einige Schritte hinter ihr. Es war ihm ganz recht, dass sie allein sein wollte, denn auch er brauchte Zeit, um noch einmal gründlich über all das nachzudenken, was er heute erlebt hatte – vor allem aber darüber, wie sie nun weiter vorgehen sollten.

Als sie an diesem Morgen zu ihrem Bungalow zurückgekehrt waren, war es erst sechs Uhr gewesen. Adam hatte die vier Tüten mit den Lebensmitteln in die Küche gebracht.

Dann fragte er sehr bedächtig: »Wäre es dir lieber, wir gingen zur Polizei?«

»Na klar«, sagte sie und verzog das Gesicht. »Dort müssten wir tagelang dumme Fragen beantworten. ›Und wie haben Sie es geschafft, einem Bewaffneten zu entkommen?‹, wird man uns fragen. ›Na ja‹, wirst du antworten, ›meine verrückte Assistentin …‹«

»Möchtest du zuerst ein Stück Mango oder eine Scheibe Honigmelone?«, fiel Adam ihr ins Wort.

Darci blinzelte. »Schmeckt Mango gut?«

Danach waren sie stillschweigend übereingekommen, das Thema Polizei fallen zu lassen. Sie richteten das Frühstück auf dem Couchtisch an. Adam setzte sich auf die Couch, Darci auf den Fußboden. Aber sobald sie saßen, bat Adam: »Und jetzt sag mir doch bitte ganz genau, was du alles kannst!«

»Warum sind Grapefruits manchmal rosa und manchmal gelb?«, fragte Darci. »Sind die rosafarbenen mit anderen Früchten gekreuzt worden? Oder glaubst du, sie wurden einfach so gezüchtet, weil die Marktforschung gezeigt hat, dass die Verbraucher rosa Grapefruits bevorzugen?«

Adam biss in sein Zimtbrötchen. »Ich verstehe«, sagte er. »Du wechselst das Thema. Soll das heißen, dass ich es allein herausfinden muss?«

»Nicht doch«, meinte sie übertrieben liebenswürdig und spießte ein Stückchen Mango auf ihre Gabel. »Aber Strafe muss sein! Ich habe die ganze Zeit versucht, dir etwas über meine Innere Überzeugung zu erzählen, doch jedes Mal hast du nur geschmunzelt und mich herablassend behandelt. Wenn du jetzt auch nur ein Wort darüber erfahren willst, musst du betteln!« Sie steckte sich die Mango in den Mund. »Oh, die schmeckt ja wahnsinnig gut! Wo wachsen diese Früchte?«

Einen Moment lang blickte Adam sie bestürzt an. Was sollte er bloß tun? War ihr tatsächlich nicht klar, dass diese ... diese Macht, die sie besaß, der Grund dafür sein musste, dass die Hellseherin meinte, Darci könne aus dem Spiegel lesen? War ihr nicht klar, wie wichtig diese Erkenntnis war?

Adam wollte es ihr erklären, aber noch bevor er das erste Wort gesagt hatte, tauchte vor seinem inneren Auge das Bild einer gähnenden Darci auf. Nein, ihr einen Vortrag zu halten, war die falsche Methode, um sie zum Reden zu bringen.

Was hatte sie vorhin gesagt? Bevor sie über die Mango in Verzückung geraten war? Betteln? Hatte sie betteln gesagt?

Mit einem tiefen Stöhnen, so, als sei er ein sehr alter Mann, stand Adam auf und ließ sich dann langsam, als koste es ihn große Mühe, auf alle viere nieder. Dann setzte er sich auf die Fersen und winkelte die Arme an wie ein bettelnder Hund, und schließlich ließ er auch noch seine Zunge heraushängen und begann zu hecheln. »Bitte sag es mir!«, jammerte er. »Bitte, bitte, ich flehe dich an, bei jeder Mango und jeder Kiwi, die jemals auf Gottes weiter Welt gewachsen ist!«

Nachdem sich Darci von ihrer Überraschung erholt hatte, begann sie lauthals zu lachen.

Endlich!, dachte Adam. Endlich hatte er es geschafft, Darci zum Lachen zu bringen. Endlich hatte er einmal einen Scherz gemacht, der nicht danebengegangen war. Und es war erstaunlich, wie gut es sich anfühlte, ein Lächeln auf dieses hübsche Gesicht zu zaubern.

»Bitte, bitte!«, fuhr er fort in dem Versuch, seinen Erfolg noch ein wenig zu strecken. »Nur ein einziger winzig kleiner Test! Nur einer! Ein Test, und dann höre ich mir alle Putnam-

Geschichten von dir an. Sogar die über deinen Cousin Vernon.«

»Onkel Vernon, Cousin Virgil«, verbesserte ihn Darci. »Und vielleicht lernst du sogar noch was aus den Geschichten über Virgil. Er hat mir nämlich den Umgang mit Schusswaffen beigebracht.«

Adam stand auf. »Diese Geschichte wäre vielleicht zu viel für mich«, meinte er und setzte sich wieder auf die Couch. »Und wie ist es nun: Wissen in Putnam alle über ... über das Bescheid, was du kannst?«

»Die Leute in Putnam hören ebenso schlecht zu wie du«, sagte Darci.

»Puh! Aber wahrscheinlich musstest du auch nicht sehr oft auf deine Gabe zurückgreifen, oder?«

»Das schon, aber es hat keiner gemerkt.«

Adam blickte sie ungläubig an. »Ich verstehe«, sagte er so beiläufig wie möglich. Dann aber dachte er: Warum ihr etwas vormachen? »Nein, eigentlich verstehe ich es nicht«, verbesserte er sich. »Willst du mir etwa sagen, dass du dein Leben lang Leute dazu gebracht hast, zu erstarren, ohne dass es einer gemerkt hätte?«

Darci langte über den Tisch und spießte sich ein Stück Mango von Adams Teller auf. »Auch wenn du dir offenbar ganz andere Vorstellungen über mein Leben machst – das war das erste Mal, dass mich jemand mit einer Waffe bedroht hat«, sagte sie mit vollem Mund. »Ich wusste bislang überhaupt nicht, dass ich einen Menschen erstarren lassen kann.« Sie hielt inne, um zu kauen und zu schlucken. »Heute Morgen habe ich nur so intensiv wie möglich gedacht, dass dieser schreckliche Kerl seinen Revolver senken soll. Gleichzeitig wollte ich aber nicht dabei zusehen, wie du irgendeine Dummheit anstellst, beispielsweise mit ihm um diese Waffe kämpfst. Das war alles. Ich habe daran gedacht, und es ist passiert.«

»Ich verstehe.«

»Hörst du bitte auf, ständig ›Ich verstehe‹ zu sagen? Du klingst ja wie Abraham Lincoln!«

»Hast du den etwa schon mal getroffen?«, fragte er mit großen Augen.

»Soll das ein Witz sein?«

»Eigentlich schon. Es sei denn, du kannst mit Leuten aus dem ... aus dem Jenseits sprechen. Diese Hellseherin, Helen, unterhält sich ständig mit Leuten aus dem Jenseits.«

»Das klingt ziemlich verrückt.«

Adam wollte schon sagen: Und das, was du kannst? Ist das etwa nicht verrückt? Aber dann dachte er, es wäre wohl klüger, sich diese Bemerkung zu verkneifen. »Hast du deine Fähigkeiten denn schon mal erforscht?«

Sie angelte sich die letzten zwei Mangoscheiben von Adams Teller. »Warum bringst es nicht einfach hinter dich und sagst mir klipp und klar, was du von mir willst?«

»Ich möchte gern sehen, was du alles kannst«, sagte Adam offen. »Hättest du etwas dagegen, bei ein paar Experimenten mitzumachen?«

Darcis Gabel blieb mit der letzten Mangoscheibe in der Luft hängen. »Meinst du etwa so wie von einem verrückten Forscher?«

»Nein«, sagte er bedächtig, »eher wie ...« Er blickte ihr direkt in die Augen. »Eher wie der erste Freund, der gemerkt hat, dass du über eine außergewöhnliche Gabe verfügst, und der alles darüber in Erfahrung bringen möchte – der alles über dich in Erfahrung bringen möchte.«

Während Darci darüber nachdachte, sah er, wie ihre Ablehnung schwand. »Okay«, sagte sie schließlich leise. »Was soll ich tun?«

Im ersten Moment wusste Adam nicht, was er eigentlich von ihr verlangen sollte. Er war sich nicht einmal sicher, was er überhaupt wissen wollte. Übersinnliche Fähigkeiten und Erfahrungen hatten ihn nie besonders interessiert. Einige seiner Cousins liebten Spukgeschichten, aber solche Dinge hatten Adam immer nur gelangweilt. Er wollte den Spiegel nur wegen seiner Eltern. Und wegen …

»Also gut«, sagte er langsam. Er überlegte noch immer fieberhaft, welche Aufgaben er ihr stellen sollte. »Zuerst werde ich … ah, jetzt weiß ich's! Du schreibst etwas auf ein Blatt Papier, dann drehst du es um und versuchst, mich mit der Kraft deiner Gedanken das tun zu lassen, was du vorher aufgeschrieben hast. Ich möchte herausfinden, ob du jemanden dazu bringen kannst, deine Anweisungen zu befolgen.«

»Diese Idee gefällt mir«, meinte Darci begeistert und holte sich sofort einen Block und einen Stift von dem kleinen Beistelltisch.

»Kein Sex!«, warnte Adam.

»Wie bitte?«

»Spiel jetzt nicht den Unschuldsengel, Ms Monroe! Du schreibst nicht auf, dass ich mit dir ins Bett steigen und dich den Rest des Tages leidenschaftlich lieben soll. Nicht einmal, dass ich deinen Nacken küssen und …«

Bei Darcis Lächeln wurde er fast rot. »An so etwas hätte ich nie gedacht«, meinte sie. »Ganz im Gegensatz zu dir, wie es scheint. Aber ich möchte nicht, dass es heißt, ich wäre einem Mann ins Wort gefallen. Du küsst meinen Nacken, und was dann?«

Doch inzwischen waren Adam wieder Zweifel gekommen. »Ich bin mir nicht so sicher, ob das Ganze eine besonders gute Idee ist.«

»Oh nein, du wolltest es tun, also tun wir's. Mach jetzt keinen Rückzieher!« Sie schrieb etwas auf, dann drehte sie das Blatt um und sah Adam konzentriert an.

Einen Moment lang schaffte er es nicht, den Blick von ihr abzuwenden, dann drängte sich wieder der Gedanke in den Vordergrund, dass solche Experimente nicht gut seien und er lieber sofort damit aufhören sollte. Vielleicht wäre es besser, nicht so genau zu wissen, was sie alles tun konnte.

Um etwas Zeit zum Nachdenken zu gewinnen, stand er auf

und ging zum Kühlschrank. »Möchtest du eine Limonade?«, fragte er.

»Ja, warum nicht. Bring mir ein Seven Up.«

In Gedanken die Frage wälzend, ob er dieses Experiment fortsetzen oder doch lieber abbrechen sollte, nahm Adam eine Tüte Brezeln aus dem Korb mit den Hotelsnacks. Dann brachte er die beiden Getränkedosen zum Couchtisch. Aber sobald er vor dem Tisch stand, kam ihm der Gedanke, dass Darci für ihre Limonade wahrscheinlich gerne ein Glas und ein paar Eiswürfel hätte. Für ein Mädchen vom Land benimmt sie sich manchmal recht vornehm, dachte er. Während er ein Glas holte, es mit Eiswürfeln füllte und die Limonade einschenkte, dachte er ständig daran, dass er das Projekt vielleicht doch lieber abblasen sollte.

»In Ordnung?«, fragte er, als er ihr das Glas Limonade reichte. »Ich dachte nur gerade, dass ich mir nicht sicher bin, ob wir diese Sache weiterverfolgen sollten. Eigentlich glaube ich ...« Er unterbrach sich, denn Darci hatte das Blatt Papier umgedreht, und er las: »*Bring mir etwas zu trinken, in einem Glas mit Eis, und Brezeln. Und denke daran, deine Idee fallen zu lassen.*«

»Oh!« Adam setzte sich ans Couchende und starrte entgeistert auf das Papier. Sollte er sich nun wie ein Dummkopf fühlen? Oder es mit der Angst zu tun bekommen? Oder vielleicht sogar erfreut sein? Sie hatte ihn soeben dazu gebracht, ihre Anweisungen auszuführen. Wie ein dressierter Affe, dachte er.

Aber am erstaunlichsten war, dass sie es geschafft hatte, ihn bestimmte Dinge *denken* zu lassen, und das einzig und allein mit der Kraft ihrer Gedanken.

»Wenn du mich weiter so anstarrst, werde ich ...« Darci wusste nicht, womit sie ihm drohen sollte, sie wusste nur, dass sie den Tränen nahe war.

Adam war noch immer wie vor den Kopf geschlagen. Zur Beruhigung atmete er ein paar Mal tief durch. »Aber warum hast du diese ... diese Kraft nicht bei dem angewendet, dem du sieben Millionen Dollar schuldest?«, fragte er, als er seine Fassung einigermaßen zurückerlangt hatte.

Darci begann, das Frühstücksgeschirr wegzuräumen. »Das habe ich schon getan«, meinte sie, ohne ihre Tätigkeit zu unterbrechen. »Ich habe Putnam dazu gebracht, meine Schulbildung zu finanzieren.«

»Also schuldest du Putnam das Geld? Deinem Verlobten?«

»Seiner Familie«, erklärte sie, wechselte dann aber das Thema. »Wolltest du nicht, dass ich noch ein paar andere Dinge mache?«

»Ich möchte mir ein umfassendes Bild von deinem Können machen«, sagte Adam sehr ernst. Nur mit Mühe schaffte er es, den Blick von dem Papier ab- und ihr zuzuwenden. Wie konnte diese schmächtige Person eine solche Macht haben? Es fiel ihm noch immer schwer, zu begreifen, was sie alles tun konnte. Sie konnte Menschen mit der Kraft ihrer Gedanken dazu bringen, das zu tun und zu denken, was sie wollte. Hatte sie wirklich keine Vorstellung davon, was man mit einer solchen Kraft alles anstellen konnte?

»Was hast du denn bisher mit deiner Gabe gemacht?«, fragte er. »Wie hast du diese Kraft genutzt? Wann hast du zum ersten Mal gemerkt, dass du so etwas kannst? Wie hast du deine Gabe verfeinert? Daran gearbeitet? Wer weiß noch darüber Bescheid?«

»Welche Frage soll ich zuerst beantworten?« Darci setzte sich wieder auf den Boden und nippte an ihrer Limonade. »Eines möchte ich von vornherein klarstellen: Ich habe das, was du als Kraft bezeichnest, nie verwendet, um irgendjemand etwas Böses anzutun. Und, ehrlich gesagt, hatte ich bis heute keine Ahnung, dass ich ... dass ich Leute von ihrem Tun abhalten kann.« Sie schlug die Augen nieder. Als sie ihn wieder ansah, wirkte sie, als bitte sie um sein Verständnis. »Weißt du, ich habe immer gedacht, alle Menschen könnten die Innere Überzeugung benutzen, nur würden sie vorziehen zu glauben, dass sie es nicht können. Lieber würden sie rumjammern, dass sie dieses oder jenes nicht tun können, weil ein anderer ihnen etwas vorenthält oder sie nicht genügend liebt oder was auch immer sie vorschieben, um etwas nicht zu tun.«

»Du glaubst doch nicht allen Ernstes, dass normale Menschen ...« Er unterbrach sich, als er sah, dass Darci aufstehen wollte. »Tut mir Leid«, sagte er rasch. Sie setzte sich wieder. »Sieh mal, es ist ja ganz nett, zu glauben, dass jeder tun kann, was du kannst, aber das stimmt nicht. Und darüber bin ich sehr froh. Wenn du nämlich Recht hättest ...« Er fuhr sich mit der Hand übers Gesicht, als wollte er diesen Gedanken verscheuchen.

Erneut sah er Darci prüfend an, dann holte er tief Luft. Er musste sich unbedingt Klarheit verschaffen. »Okay, vielleicht hast du deine Fähigkeiten noch nicht richtig ausgelotet. Du bist noch jung, du hattest kaum Zeit dazu. Und du hast niemand etwas davon erzählt, weil du nicht im Schoß einer liebevollen, herzlichen Familie aufgewachsen bist, die sich hätte zu dir setzen und dir Dinge erklären können. Und ...«

»Du etwa?«, fiel sie ihm ins Wort. »Du hast mir über deine Kindheit auch nichts Liebevolles oder Herzliches berichtet. Was ist deinen Eltern eigentlich Schreckliches zugestoßen, dass du nicht darüber reden kannst? Und sag mir nicht noch einmal, dass du es nicht weißt! Wie alt bist du überhaupt?«

»Hier geht es nicht um mich«, entgegnete er lauter und ungehaltener als beabsichtigt. »Es geht um dich und darum, dass du Menschen lähmen kannst. Nein, jetzt nicht!«, sagte er, als er merkte, dass Darci ihn angestrengt ansah. »Du wirst jetzt nicht ...« Doch schon im nächsten Moment beugte er sich vor und drückte ihr einen Kuss auf die Wange.

Einerseits ärgerte es ihn, andererseits amüsierte es ihn auch. Er lehnte sich zurück. »Ich möchte, dass du mir alles erzählst! Ich möchte wissen, was du kannst und was du getan hast. Und ich möchte herausfinden, was du über deine Gabe noch gar nicht weißt.«

»Warum?«, fragte sie. »Nenne mir einen guten Grund, warum ich ein Geheimnis, das ich zeit meines Lebens gehütet habe, ausgerechnet mit dir teilen sollte!«

Adam musste eine Weile nachdenken, bevor er ihr darauf antworten konnte. »Als ich mich auf meine Suche begab, war das eine rein persönliche Angelegenheit«, meinte er schließlich. »Ich wollte herausfinden, was mit meinen Eltern passiert ist.« Als Darci etwas sagen wollte, hob er abwehrend die Hand. »Ja«, fuhr er fort, »genau das will ich herausfinden. Aber ich möchte auch wissen, was mir angetan worden ist. Nein, ich kann dir jetzt nichts Näheres darüber erzählen, nicht zu diesem Zeitpunkt. Auf alle Fälle habe ich bei meiner Suche erfahren, dass auf dieser Welt schreckliche Dinge passieren, und das würde ich gern verhindern.«

»Habe ich dich richtig verstanden? Du möchtest mich benutzen, um deine Ziele zu erreichen?«

Adam atmete tief durch. Sollte er sie anschwindeln oder ihr die Wahrheit sagen und riskieren, sie so zu verärgern, dass sie einfach gehen würde? Er entschied sich für die Wahrheit. »Möglicherweise«, meinte er. »Ich habe gedacht, dass du ja an einem sicheren Ort bleiben und mir mit der Kraft deiner Gedanken helfen könntest, während ich ...« Er hob die Hände, als wollte er sagen, dass er sich über sein weiteres Vorgehen selbst noch nicht ganz sicher sei.

»Du meinst, wir sollten ein Team bilden?«, fragte Darci lächelnd. »So eine Art Ehe?«

Auch Adam lächelte. »So in etwa.«

»Ja, das erscheint mir auch sinnvoll«, meinte Darci munter. »Und wo möchtest du anfangen?«

»Bei deiner Vergangenheit«, sagte er rasch. »Erzähl mir, was du getan hast und was du weißt!« Er holte ein Notizbuch und einen Stift aus seiner Aktentasche.

Diesmal hörte Adam ihr gut zu. Früher hatte sie ihm vorgeworfen, nie richtig zuzuhören, womit sie durchaus Recht hatte. Während sie mit ihrem Bericht anfing, versuchte er, sich zu erinnern, wann sie ihre Innere Überzeugung erwähnt hatte – was war passiert und was hatte sie ihm darüber erzählt? An ihrem ersten Abend in Camwell meinte sie, sie habe ihn mithilfe ihrer Inneren Überzeugung gefunden. *Was kann sie finden?*, schrieb er in sein Notizbuch. Sie sagte, sie habe sich gewundert, den Job zu bekommen, da sie noch gar nicht ihre Innere Überzeugung eingesetzt hatte. In Hartford brachte sie mit ihrer Inneren Überzeugung die Friseuse dazu, ihr einen tollen Haarschnitt zu verpassen. Sie hatte sie bei den Leuten in »ihrer« Nische angewandt. Und Sie setzte sie ein, um Leute dazu zu bringen, ihr etwas zu essen zu geben, als sie klein war.

Und sie hatte sie benutzt, um zwei erwachsene Männer handlungsunfähig zu machen.

»Du hast geniest, und damit war der Bann gebrochen«, unterbrach er sie. »Wie lange kannst du so einen Bann denn aufrechterhalten?«

»Ich bin keine Hexe«, erwiderte Darci erbost. »Ich belege niemanden mit einem Bann. Ich ...«

»Du bringst Leute dazu, etwas zu tun, von dem du willst, dass sie es tun. Wie lange kannst du Menschen unter deiner – er suchte nach dem richtigen Wort – Verzauberung halten«?

»Bei manchen ist es relativ einfach, bei anderen schwieriger. Ich glaube, es hängt davon ab, wie starrsinnig jemand ist. Aber wenn ich mehrere Tage lang intensiv an etwas denke, schaffe ich es fast immer, auch den größten Sturschädel rumzukriegen. Doch manchmal klappt es nicht, und dann muss ich Leute im Umfeld dieser Person beeinflussen.«

»Was soll das heißen?« Adam bemühte sich, seine Gefühle nicht allzu deutlich zu zeigen. Sie schien keine Ahnung davon zu haben, wie unglaubwürdig das klang, was sie da erzählte. Aber er wusste, dass sie zu reden aufhören würde, wenn er sich jetzt schockiert zeigte. Er zückte seinen Stift, um ihre Antwort aufzuschreiben.

»Was wirst du mit dem anstellen, was du dir da notierst?«

»Eine Biografie über dich veröffentlichen und viel Geld damit verdienen!«, erwiderte er prompt. »Und dich wird man entweder verteufeln oder verehren, aber auf alle Fälle wirst du berühmt.«

»Sehr komisch«, sagte sie und musterte ihn forschend.

»Versuchst du, mich dazu zu bringen, dir etwas zu holen, oder willst du meine Gedanken lesen?«

»Letzteres«, sagte sie. »Was ich übrigens nicht kann. Soll das mit der Biografie ein Witz sein? Ich weiß nie, wann du Scherze machst.«

»Selbstverständlich sollte das ein Witz sein. Manche Leute finden meinen Sinn für Humor ganz toll, sie – na, egal. Ich möchte, dass du mir jetzt sagst, was du mit deiner Gabe alles tun kannst. Am besten veranschaulichst du es mit Beispielen, ja? Erinnere dich an etwas, das du getan hast, und erzähl es mir von Anfang an. Nimm einen Fall, bei dem jemand besonders starrköpfig war.«

»Na gut«, meinte Darci nachdenklich. »In Putnam gab es einen Mann, Daryl Farnum, der einen richtig bösen Hund hatte. Mr Farnum hatte eine Menge Hunde, und manche davon waren vielleicht ganz nett, aber die hat man nie gesehen. Er hat sie in seinem Hinterhof gehalten, dort, wo niemand hinkam, abgesehen von ihm selbst natürlich. Wie auch immer – den bösen Hund hielt er im Vorgarten an einer Kette, und das Biest schnappte nach jedem, der an dem Haus vorbeiging. Leider lag Mr Farnums Anwesen direkt neben der Grundschule, es gab also eine ganze Menge verängstigter Kinder. Außerdem bellte das Vieh den lieben langen Tag; manchmal war es so laut, dass die Lehrer kaum ihr eigenes Wort verstehen konnten.«

»Und was hast du mit Mr Farnum angestellt?«, fragte Adam.

»Ich habe ihn dazu gebracht, aus Putnam wegzuziehen.«
Auf Adams Gesicht spiegelte sich seine Enttäuschung.

»Das war gar nicht so einfach«, verteidigte sie sich. »Mr Farnums Haus und sein Garten waren ein richtiger Saustall. Als Erstes überlegte ich, wie ich Mr Farnum dazu bringen könnte, aufzuräumen. Aber ich habe es nicht geschafft. Eines habe ich dabei allerdings gelernt: Der Charakter eines Menschen lässt sich nicht verändern, auch nicht durch alle Innere Überzeugung der ganzen Welt. Dieser Mann war faul wie die Sünde. Ich konnte ihm Gedanken an Fleiß schicken, so viel ich wollte, aber ich konnte ihn nicht ändern. Also musste ich den Bürgermeister von Putnam bearbeiten; ich ließ ihn auf den Gedanken kommen, dass er dieses Haus gern sauber sehen würde; und dann musste ich noch Putnams Vater bearbeiten ...«

»Der auch Putnam heißt?«

»Ja«, meinte sie mit einem schiefen Blick. »Ich habe Putnam in Putnam bearbeitet. Bist du jetzt zufrieden?«

»Putnam in Putnam«, wiederholte Adam, während er es aufschrieb. Dann blickte er wieder auf Darci. »Erzähl ruhig weiter!«

»Jetzt verstehe ich, warum du in deinem Alter noch nicht verheiratet bist. Dich will keine.«

»Täusche dich nicht!«, meinte er munter. »Und was hat Putnam aus Putnam dann gemacht?«

»Alles bezahlt, was sonst? Das machen die Putnams immer – sie zahlen. Ich setzte dem Bürgermeister die Vorstellung in den Kopf, Mr Farnums Anwesen sei ein Schandfleck für den ganzen Ort – er ist ein sehr auf Ordnung und Sauberkeit bedachter Mensch –, und dann habe ich Putnam bearbeitet, für den Schaufelbagger aufzukommen.«

»Schaufelbagger?«, fragte Adam stirnrunzelnd.

»Ich habe dir doch schon erzählt, dass dieses Anwesen völlig verdreckt war«, sagte Darci leicht gereizt. »Hörst du mir wieder mal nicht zu?«

Adam legte das Notizbüchlein beiseite und blickte sie aufrichtig interessiert an. »Gleich neben der Grundschule gab es ein Anwesen, das so schmutzig war, dass man einen Schaufelbagger brauchte, um es aufzuräumen?«

»Privateigentum ist in Putnam heilig«, erklärte Darci. »Niemand greift in das Recht eines anderen ein, mit seinem Besitz zu tun, was er für richtig hält. Die Farnums haben immer Hunde gezüchtet«, fuhr sie fort. »Viele Hunde. Generationen von Hunden. Generationen von Farnums haben Generationen von Hunden gezüchtet, und sie lebten alle auf ein und denselben anderthalb Morgen Land.«

»Ich kann es mir vorstellen«, sagte Adam, auch wenn er das mit Sicherheit nicht wollte. Seine Nase zuckte schon, wenn er nur ansatzweise an diesen Geruch dachte. »Auf alle Fälle hast du Putnam dazu gebracht, die Kosten für die Aufräumarbeiten zu übernehmen. Ich wette, Mr Farnum hat sich darüber gefreut. Dieser ganze Hunde... äh ...kot war sicher auch für ihn ein Ärgernis.«

»Mr Farnum war absolut dagegen, sein Anwesen säubern zu lassen. Er war ziemlich altmodisch. Was für seinen Daddy gut genug war, sei auch gut genug für ihn, meinte er. Deshalb sollte alles so bleiben. Und eben deshalb wusste ich, dass es noch schlimm enden würde, wenn Mr Farnum sich weiterhin tagein, tagaus in seinem Haus verkroch. Außerdem besaß er eine ganze Menge Schrotflinten, manche zwar steinalt, aber alle intakt. Und er konnte gut damit umgehen. Niemand im Ort hat Mr Farnum jemals Ärger gemacht, und darum ...«

»Nur so aus Neugier: Wovon hat der Mann eigentlich gelebt?«

»Er hat Hunde verkauft. Die Farnums kannten sich gut aus mit Hunden. Die Tiere aus ihrer Zucht haben auf Hundeausstellungen immer gewonnen. Natürlich sind die Farnums mit ihren Hunden nicht selbst zu den Ausstellungen gegangen. Nein, sie haben sie nur gezüchtet. Wenn jemand einen Hund kaufen wollte, hat Mr Farnum einen Wurf junger Hunde zu seiner Schwester nach Lexington geschickt. Angeblich hatte sie ein ganz hübsches Haus. Deshalb hat nie ein Käufer gesehen, woher sein süßer junger Hund stammte.«

»Du musstest Mr Farnum also irgendwohin gehen lassen, wo er niemand erschießen konnte, stimmt's? Hast du ihn zu seiner Schwester verfrachtet?«

»Um Himmels willen, nein! Daryl Farnum hat mit seiner Schwester nicht mehr gesprochen, weil sie in den Norden gezogen ist und einen Yankee geheiratet hat.«

»Ich dachte, sie wohnte in Lexington. Lexington liegt doch in Kentucky, oder?«

»Nördlich von Lexington«, betonte sie. »Norden. Dort, wo die Yankees leben, kapierst du das denn nicht?«

»Ach so«, meinte Adam. »Aber wie hast du Mr Farnum wegbekommen, damit sein Anwesen aufgeräumt werden konnte?«

»Ich wusste, dass Mr Farnum gern Whisky trank, also dachte ich, wenn ich ihn dazu bringen könnte, genug zu trinken, würde man ihn ein paar Tage ins Gefängnis stecken, und dann hätte man genug Zeit für die Aufräumarbeiten.«

»Aber das ist doch illegal, oder? So etwas wäre doch Hausfriedensbruch gewesen!«

»Richtig. Aber ich habe so hart an der Sache gearbeitet, dass die Leute nicht mehr daran dachten. Außerdem war ja ein Putnam beteiligt. Was hätte jemand aus Putnam schon tun können?«

»Dass ich daran nicht gleich gedacht habe! Aber dieser Ort Putnam liegt schon in den Vereinigten Staaten von Amerika, oder? Dort gelten grundsätzlich schon die staatlichen und kommunalen Gesetze unseres Landes, oder?«

»Na ja, mehr oder weniger«, erwiderte Darci ungeduldig. Sie wollte ihre Geschichte zu Ende bringen.

»Du hast Mr Farnum also betrunken gemacht.«

»Auch daran hatte ich ziemlich zu knacken. In Putnam ist Alkohol nämlich verboten. Deshalb hatte ich zunächst keine Ahnung, wie ich diesem Mann Whiskey zukommen lassen könnte. Ich war mir sicher, dass kein Spirituosenhändler aus Tennessee nach Putnam fahren und Mr Farnum eine Kiste mit irgendwas Hochprozentigem anbieten würde. Deshalb musste ich den örtlichen Schwarzbrenner bearbeiten.

»Den örtlichen …«, begann Adam, machte den Mund jedoch gleich wieder zu.

»Ich musste dafür sorgen, dass Mr Gilbey, der Schwarzbrenner, Mr Farnum einen Besuch abstattete. Das war gar nicht so einfach, denn Mr Gilbeys Urururgroßvater hatte Mr Farnums Urgroßtante geschwängert, als sie dreizehn war. Die beiden Familien konnten sich deshalb auf den Tod nicht ausstehen. Und bevor du jetzt wieder etwas einwirfst: Der Stein des Anstoßes war nicht die Jugend des Mädchens, sondern die Tatsache, dass sie ausgesprochen hübsch war, und zwar so hübsch, dass sie einem Putnam versprochen worden war. Mr Farnums Familie war deshalb so wütend, weil sie meinte, Mr Gilbeys Familie habe ihnen die einzige Chance verpatzt, sich jemals mit den Putnams zu liieren; im Allgemeinen produzieren die Farnums nämlich keine besonders hübschen Kinder.«

Adams Brauen waren fast bis zum Haaransatz hochgezogen, und er musste gegen den Impuls ankämpfen, »Ich verstehe« zu sagen. »Du hast es also geschafft, die beiden verfeindeten Familien zu versöhnen«, meinte er stattdessen.

»Ja. Ich wusste, dass Mr Gilbey Hunde mochte. Deshalb habe ich mich intensiv darauf konzentriert, ihm zu vermitteln, dass er unbedingt einen Farnum-Hund haben müsse. Dass er ohne einen solchen Hund nicht mehr leben könne.«

»Na gut«, sagte Adam und nahm wieder sein Notizbuch zur Hand. Er blickte auf die wenigen Einträge. »Sehen wir mal, ob ich das jetzt alles richtig verstanden habe. Zuerst hast du versucht, Mr Farnum dazu zu bringen, sein Anwesen aufzuräumen. Als das nicht klappte, hast du den Bürgermeister dazu gebracht, zu denken, dass Farnums Anwesen ein Schandfleck im hübschen Putnam sei, mit all dem ... dem Hundekot und so weiter. Dann hast du Mr Putnam ... na ja, du sagst nie Mister, sondern immer nur Putnam; wenn du mit einem Einheimischen sprichst, also keinem Ortsfremden wie mir, fügst du dann eigentlich ein Junior oder ein Senior hinzu, damit dein Gesprächspartner weiß, welchen Putnam du meinst?«

Darci schüttelte den Kopf. »Nein, das wissen immer alle.«

»Aha. Putnam hat sich also einverstanden erklärt, das Großreinemachen mit einem Bagger zu bezahlen und ...«

»Schließlich war doch ein Bulldozer nötig. Es war schlimmer als ursprünglich vermutet.«

»Ach so. Na gut, ein Bulldozer. Und diese Aufräumarbeiten fanden statt, während Mr Farnum im Gefängnis saß. Wofür ist er überhaupt eingebuchtet worden? Hatte er randaliert?«

»Unzüchtiges Verhalten vor der Grundschule von Putnam.«

»Ich will lieber nicht so genau wissen, was er getan hat«, meinte Adam. »Und was passierte, nachdem das Anwesen mit dem Bulldozer aufgeräumt worden war?«

»Als Mr Farnum nach der Entlassung aus dem Gefängnis sein sauberes, frisch getünchtes Haus sah, ist er richtig wütend geworden. Er meinte, sein geliebtes Heim, das Heim seiner Vorfahren, sei ruiniert.«

»Aber er konnte nichts unternehmen, weil ein Putnam beteiligt war, richtig?«

»Richtig. Und deshalb hat er das Haus in Brand gesteckt und ist weggezogen. Wohin, weiß ich nicht. Vielleicht zu seinen Cousins in West Virginia. Aber das Gute war, dass er seine Hunde mitgenommen hat. Danach konnten wir die Lehrer verstehen, auch wenn viele Kinder darüber gar nicht glücklich waren.«

»Aber sie waren auch nicht böse auf dich, weil sie nicht wussten, dass du es warst, die all das ins Rollen gebracht hatte, oder?«

»Oh nein, natürlich nicht!«, meinte Darci und sah ihn an, als wäre ihr noch nie so etwas Absurdes zu Ohren gekommen. »Ich war immer sehr darauf bedacht, niemanden wissen zu lassen, was ich alles konnte. Wenn auch nur einer in Putnam gewusst hätte, dass ich ... Ach, du meine Güte, dann hätte ich keine Minute mehr Ruhe gehabt.«

»Stimmt«, meinte Adam und dachte noch einmal darüber nach. »Aber wusste wirklich niemand davon? Nicht einmal deine Mutter?«

Darci schnaubte verächtlich. »Jerlene wäre die Letzte gewesen, die ich hätte wissen lassen, dass ich Menschen mit meiner Inneren Überzeugung dazu bringen konnte, Dinge zu tun. Wenn sie das gewusst hätte ... Na ja, dann wären eine Menge junger Männer in Putnam nicht mehr sicher vor ihr gewesen.«

Adam fand, dass es das Klügste wäre, dieses Thema erst einmal auf sich beruhen zu lassen. »Wie alt warst du denn eigentlich, als die Geschichte mit Mr Farnum passierte?«

»Acht.«

»Du warst erst acht, als du diese Sache bewerkstelligt hast?«, fragte Adam verblüfft.

Darci nickte.

Nach dieser Enthüllung beschloss Adam, dass er erst einmal genug über Putnam gehört hatte. Er wollte lieber mit eigenen Augen sehen, was Darci alles konnte. Deshalb stellte er ihr einige Aufgaben. Sie sagte zwar, sie könne keine Gedanken lesen, aber er wollte es genau wissen. Schließlich hatte sie erst an diesem Morgen herausgefunden, dass sie eine Fähigkeit besaß, von der sie bislang gar nichts gewusst hatte. Konnte sie »sehen«, welche Karte er aus einem Stapel Spielkarten zog, wenn er ihr das betreffende Symbol in Gedanken übermittelte? Nachdem sie es lange probiert hatte, glaubte er ihr endlich. Offenbar konnte sie Gedanken nicht besser lesen als jeder andere.

Zum nächsten Versuch ließ sie sich nur sehr ungern überreden: Sie sollte probieren, mit der Kraft ihrer Gedanken Dinge über den Tisch wandern zu lassen. Es gelang ihr nicht, oder aber sie wollte es nicht, wie Adam insgeheim vermutete. Darci schien eine sehr klare Vorstellung davon zu haben, was »verrückt« war und was nicht. Sie fand es »zu abartig«, nur durch Gedanken einen Stift über einen Tisch wandern zu lassen.

Aber sie noch einmal zu bitten, ihn Dinge tun oder denken zu lassen, brachte Adam nicht über sich, so gerne er auch weitergeforscht hätte.

Am einem Punkt stöhnte Darci frustriert auf. »Du stellst mir ja ständig nur irgendwelche blöden Aufgaben, die ich nicht meistern kann!«

Bei diesen Worten wurde Adam klar, dass er in Wahrheit ein wenig Angst vor dem hatte, was Darci heute Morgen getan hatte. Und er hatte sogar ziemlich große Angst davor, ihre Gabe vollkommen auszuloten.

Weil sie durch all die gescheiterten Versuche maßlos enttäuscht war, beschloss Darci um fünf Uhr nachmittags, dass sie die Nase voll hatte und jetzt lieber einen Spaziergang machen wollte.

Nicht einmal für Schokoladenbiskuittorte mit Himbeeren wollte sie an weiteren Experimenten teilnehmen.

Adam folgte ihr schweigend, in Gedanken vertieft. Was ihm durch den Kopf ging, gefiel ihm ganz und gar nicht. Sie – wer auch immer »sie« waren – wussten wahrscheinlich, wer oder was Darci war. Und nachdem er mit eigenen Augen gesehen und von ihr erfahren hatte, welche Fähigkeiten sie besaß, zweifelte Adam nicht daran, dass die anderen jungen Frauen nur deshalb entführt und schließlich ermordet worden waren, weil man sie ursprünglich für Darci gehalten hatte. Selbst der Verkäufer in dem Laden auf dem Land hatte gewusst, dass die »richtige« Frau Muttermale an der linken Hand hatte.

Und Adam hatte sie hierher gebracht. Auf der Suche nach seiner Vergangenheit hatte er diese junge Frau hierher und damit in Lebensgefahr gebracht.

Was sollte er tun? Wie Darci bereits gesagt hatte, würde man sie bestimmt verfolgen, wenn sie diesen Ort verließen. Es war ja bereits ein Mann beauftragt worden, sie ... Nun, was hatte er eigentlich mit ihnen anstellen sollen? Was hatte der Bewaffnete gesagt? *Sollen die Sie doch haben.*« Offenbar war jemand hinter Darci her.

Adam hob den Kopf und starrte auf Darci, die vor ihm ging. Wenn jemand wusste, dass sie über eine Kraft verfügte, die sie selbst wohl nicht so recht einschätzen konnte, dann ... Sein Atem stockte. Dann wusste jemand wahrscheinlich noch eine ganze Menge mehr darüber. Sie wussten wahrscheinlich mehr als Darci selbst, und bestimmt viel mehr als Adam.

Er atmete tief durch, um ruhiger zu werden. Wenn er mehr Zeit hätte, ein Jahr oder so, dann könnte er vielleicht herausfinden, was sie alles konnte und wie sich ihre Kraft einsetzen ließ. Aber diese Zeit hatten sie nicht. Das Jahr ging zur Neige. Es war fast ein Jahr her, seit die letzte Frau verschwunden war. Nach den Gesetzen der Wahrscheinlichkeit hatten sie nur noch ein paar Wochen – maximal acht –, um herauszufinden, was Darci alles bewirken konnte und was man damit anfangen sollte. Und in dieser Zeit musste sie ununterbrochen beschützt werden.

Aber wie sollte er das alleine schaffen? Es war definitiv unklug, hier zu bleiben. Wenn er nur einen Funken Verstand besaß, würde er Darci in das erstbeste Flugzeug setzen und ... und was dann? Sie nach Putnam zurückschicken? Wie lange würde sie dort in Sicherheit sein? Wie lange würde es dauern, bis die Leute, die heute Morgen einen Bewaffneten auf sie gehetzt hatten, sie dort aufspürten?

Erschöpft fuhr sich Adam über das Gesicht. Was wollten sie eigentlich von ihr? Wie konnte er herausfinden, was sie mit ihr vorhatten? Wie konnte er diesen ganzen Prozess beschleunigen? Darci könnte sie besiegen, dessen war er sich ganz sicher. Aber wie? Wie viel Macht hatte sie? Sie konnte nicht den ganzen Hexenzirkel paralysieren. Zwei Männer einige Minuten lang aufzuhalten hatte sie schon so viel Kraft gekostet, dass sie Stunden brauchte, um sich wieder zu erholen. Und ein bloßes Niesen hatte ihre Kraft unterbrochen.

Aber trotzdem musste sie in der Lage sein, diese Hexen zu schlagen, sonst hätten sie ja nicht solche Angst vor ihr. Doch wie weit reichte ihre Macht? Diese Frage stellte er sich wieder und immer wieder. Es war seine Schuld, dass sie hier war und in Lebensgefahr schwebte. Deshalb war es auch seine Pflicht, sie zu beschützen. Allerdings gab es nur eine einzige Möglichkeit, sie wirksam zu beschützen: Ihre – und seine – Feinde mussten geschlagen werden.

Adam sandte ein kurzes Stoßgebet zum Himmel. Dann blickte er wieder auf Darcis Rücken. Sie fuhr gerade mit einem Stock durch das Laub auf dem Boden. Es muss doch jemand geben, der weiß, was Darci kann, dachte er. Vielleicht hatte sie ihr Talent ja von einer Großmutter geerbt? Oder es gab noch eine Cousine mit einer solchen Gabe? Offenbar hatte sie ziemlich viele Verwandte in Putnam.

Mit zwei langen Schritten holte er sie ein. »Bist du eigentlich die Einzige in deiner Familie – deiner Großfamilie, das heißt also all deine Cousinen, Tanten, einfach alle Verwandten –, die diese Kraft hat?«

Diese Frage schien Darci zu überraschen. »Keine Ahnung. Ich weiß, dass meine Verwandten mütterlicherseits ihr Leben lang keinen ernsthaften Gedanken gefasst haben, aber ich weiß nicht, wie es diesbezüglich bei der Familie meines Vaters aussieht.«

»Ich würde dich gerne etwas fragen, aber ich möchte dich nicht beleidigen«, sagte Adam sanft.

»Nur zu, ich habe ein dickes Fell!«, erwiderte sie, zog jedoch die Schultern hoch, als mache sie sich auf einen Schlag gefasst.

»Ist es möglich, dass deine Mutter etwas mit ... mit einer zwielichtigen Gestalt gehabt hat?«

Darci entspannte sich. Ein spöttisches Lächeln umspielte ihre Lippen. »Du meinst, ob es möglich ist, dass meine Mutter mit einem Hexenmeister ins Bett gestiegen war, als sie mich empfangen hat?«

»Es klingt ziemlich blöd, wenn man es laut sagt«, erwiderte er, »aber ja, irgendetwas in dieser Richtung. Mehr oder weniger.«

»Es hängt davon ab, ob er gut aussah oder nicht. Meine Mutter mag junge, gut aussehende Männer. Wenn er in diese Kategorie fiel, dann ist es ziemlich wahrscheinlich.«

Adam schnitt eine Grimasse und verkniff sich einen Kommentar zu den Moralvorstellungen von Darcis Mutter. »Wenn du es geschafft hast, deine Fähigkeiten zu verheimlichen, dann hat dein Vater das möglicherweise auch getan. Vielleicht hat noch ein anderer solche Kräfte wie du. Könntest du dir das bei irgendjemand aus Putnam vorstellen?«

»Mama beschränkt sich nicht auf Putnam. Manchmal reist sie auf der Suche nach einer ›Party‹, wie sie das nennt, bis nach Louisville. Meine Mutter geht gern auf Partys.«

»Darci, mir kam nur gerade in den Sinn, dass du dieses Talent ja vielleicht von deinem Vater geerbt hast. Vielleicht gibt es jemand auf dieser Seite deiner Familie, der etwas über deine Fähigkeiten weiß. Die Leute hier haben Angst vor dir. Aber warum? Womit kannst du ihnen schaden? Du kannst keine Gedanken lesen. Du kannst Menschen erstarren lassen, aber das kostet dich viel Kraft, und du schaffst es nicht sehr lange. Wir haben keine Zeit, das Problem wie bei Mr Farnum zu lösen, und deshalb ...« Er zuckte hilflos die Schultern. »Deshalb dachte ich, vielleicht weiß ja einer deiner Verwandten mehr. Wenn nicht mütterlicherseits, dann womöglich väterlicherseits. Aber um das herauszufinden, müssten wir wissen, wer dein Vater ist. Glaubst du, du könntest deine Mutter überreden, es dir zu sagen?«

Darci sah seitlich an ihm vorbei. »Es hätte keinen Zweck, sie zu fragen. Sie erinnert sich nicht an ... an ihre Partys. Und ich glaube nicht, dass sie sich gerne an den Sommer erinnert, als sie mit mir schwanger wurde. Nach meiner Geburt hat sie sich sterilisieren lassen. Sie sagte, sie wollte diesen Fehler auf keinen Fall noch einmal machen.«

Adam blickte sie prüfend an, konnte jedoch keine Spur von Selbstmitleid entdecken. »Kannst du sie anrufen?«, drängte er.

Darci stocherte in einem Laubhaufen herum. »Ich sehe keinen Sinn darin. Außerdem ist sie so gut wie nie zu Hause.«

»Hat sie denn kein Handy?«

»Das schon, aber ...« Darci verstummte. Sie merkte, dass es ihm ernst war. »Oh nein!«, sagte sie und wich einen Schritt zurück. »Meine Mutter anzurufen, das gehört nicht zu meinem Job!«

Adam sah sie verblüfft an. Diese junge Frau hatte die Kraft, zwei Männer zu lähmen, aber sie hatte Angst, ihre Mutter anzurufen?

»Je eher du sie fragst, desto eher kommen wir weiter.«

Darci wich weiter zurück. »Meine Mutter mag es nicht, wenn man sie belästigt. Sie ...« Sie atmete tief durch. »Was soll ich ihr überhaupt sagen?«, fragte sie. Sie tat, als hielte sie ein Telefon in der Hand. »Mama, ich habe soeben erfahren, dass ich eine verrückte, sehr seltsame Gabe habe. Ja, genau, ich kann Menschen verzaubern. Ja, genau wie in ›*Verliebt in eine Hexe*‹, ist das nicht toll? Na ja, auf alle Fälle meint dieser Bursche hier, mein Chef – ja, er sieht super aus, aber er ist viel zu alt für dich, Mama. Jedenfalls würde mein Chef gerne wissen, ob ich diese Gabe von einem Verwandten väterlicherseits geerbt habe. Er würde gerne wissen, ob du dich daran erinnerst, mit wem du in jenem Sommer zusammen warst und wer mich gezeugt haben könnte. Okay, Mom, war nur so 'ne Idee. Mom, du musst nicht so laut schreien, und du musst auch nicht solche hässlichen Wörter sagen. Nein, Mom, ich gebe dir keine Widerworte. Nein, Mom, ich wollte nicht respektlos sein. Nein, Mom, ich werde dich nicht mehr belästigen. Ein schönes Leben weiterhin!«

Darci tat so, als lege sie den Telefonhörer auf, und blickte zu Adam hoch.

Dieser brauchte geraume Zeit, um sich von der Vorstellung zu erholen, die sich bei Darcis Worten in seinem Kopf eingestellt hatte. »Na gut«, sagte er schließlich leise. »Über wen sonst, wenn schon nicht über deine Mutter, könnten wir herausfinden, wer dein Vater ist? Du hast mir doch gesagt, dass in Putnam niemand ein Geheimnis für sich behalten kann. Wer könnte noch wissen, mit wem deine Mutter in jenem Sommer zusammen war?«

»Ihre Schwester Thelma«, erwiderte Darci sofort. »Tante Thelma ist ziemlich neidisch auf meine Mutter, zwischen den beiden herrschte immer eine schreckliche Rivalität. Ich glaube, Tante Thelma erinnert sich an jeden Mann, mit dem meine Mutter ... äh – eine Verabredung hatte.«

»Sollen wir sie anrufen?«, fragte Adam behutsam. »Du hast doch nichts dagegen, mit deiner Tante Thelma zu reden, oder?«

»Nein, nein. Und wenn Onkel Vern nicht zu Hause ist, um das Gespräch zu belauschen, wird sie meine Mutter auch mit Freuden verpfeifen.«

Darüber konnte Adam beim besten Willen nicht lächeln. Nach all dem, was er bislang über die Leute aus Putnam erfahren hatte, wäre er liebend gern mit einem Flammenwerfer in diesen Ort marschiert. »Na gut«, meinte er, »dann probieren wir es mit Tante Thelma. Sollen wir für dieses Telefonat lieber reingehen? Vielleicht müssen wir uns ja ein paar Notizen machen.« Er wusste, dass er etwas zu fürsorglich klang, und erwartete schon, beschimpft zu werden und zu hören, dass sie kein Mitleid von ihm wolle. Aber die Bilder von Darcis Kindheit ließen ihn nicht mehr los.

Während sie einträchtig nebeneinander hergingen, stolperte Darci plötzlich, und er griff instinktiv nach ihr, um sie am Hinfallen zu hindern. Als er auf sie hinabblickte, schoss ihm durch den Kopf, dass sie die hübscheste Frau war, die er je getroffen hatte. Sie trug heute einen weiten, rosafarbenen Wuschelpullover, der hervorragend zur Farbe ihrer Wangen passte. Er konnte sich nicht zurückhalten, er musste einfach ihr Haar berühren, das ihr ins Gesicht gefallen war.

»Es tut mir Leid, dass ich dich in diese Sache hineingezogen habe«, sagte er sanft und schob eine Strähne hinter ihr Ohr. »Es ist wirklich sehr viel von dir verlangt. Und es ist viel zu gefährlich.« Ihre Lippen kamen ihm so attraktiv vor, dass er sich einfach vorbeugen und sie küssen musste.

Als sein Gesicht nur noch wenige Zentimeter von ihrem entfernt war, sah er ihr in die Augen. Ihre Pupillen waren klein wie Stecknadelköpfe. Sie konzentrierte sich so angestrengt, dass ihre Augen das Licht ausschlossen. Und er wusste ganz genau, worauf sich konzentrierte – auf ihn!

»Du kleines Miststück!«, fluchte er halblaut. Er überlegte sich, wie er ihre Konzentration stören könnte. Falls er sie oder sonst jemand küssen sollte, dann an einem von ihm gewählten Zeitpunkt und nicht dann, wenn sie ihn verhexte.

Da seine Worte ihre Konzentration nicht störten und auch sein Bedürfnis, sie zu küssen, sie in die Arme zu nehmen und ihr den besten Kuss seines Lebens zu geben – das waren die Worte, die sich klar und deutlich in seinem Kopf breit machten – nicht abnahm, packte er sie und warf sie über die Schulter. In dem Moment, als ihre Füße den Boden verließen, brach ihre Konzentration ab und Adams überwältigendes, nicht zu leugnendes Bedürfnis, sie zu küssen, war verschwunden.

»Jetzt hör mir mal gut zu, du Biest!«, sagte er und begann, sich mit ihr im Kreis zu drehen. »Benutze nie mehr diese ...

diese was immer es ist gegen mich! Hast du mich verstanden? Habe ich mich klar genug ausgedrückt?«

»Ich glaube, mir wird schlecht«, sagte Darci kläglich.

Er drehte sich noch schneller. »Versprich es mir!«

»Ich muss mich gleich übergeben«, sagte sie. »Und es wird dir alles über den Rücken laufen!«

»Dann versprichst du es mir eben, nachdem du dich übergeben hast«, meinte er unnachgiebig. »Das ist mein voller Ernst, Darci T. Monroe. Ich möchte dein allerheiligstes Ehrenwort, dass du deine Kraft nie mehr an mir ausprobierst!« Er blieb stehen. »Versprochen?«

Er hörte ein Würgen, aber als er über die Schulter blickte, sah er, dass sie ihre Drohung noch nicht wahr gemacht hatte.

Nachdem er sie abgesetzt hatte, legte er ihr die Hände auf die Schultern und blickte ihr streng in die Augen. »Versprichst du es mir jetzt?«

Darci beugte sich nach vorne und stützte die Hände auf die Knie. »Ich hasse es, herumgewirbelt zu werden«, sagte sie und atmete tief durch. »Ich war das einzige Kind in Putnam, das beim Jahrmarkt nie Karussell fahren wollte.« Sie war noch immer nach vorne gebeugt, hob jedoch den Kopf, um ihn anzuschauen.

Auf Adams Gesicht zeigte sich kein Mitleid. »Ich will dein Versprechen!«, forderte er mit scharfer Stimme. »Du wendest deine Kraft nie mehr bei mir an! Nie mehr!«

»Aber du brauchst doch deinen Schlaf«, sagte Darci und senkte den Kopf.

»Wie bitte?«

»Dein Schlaf! Du schläfst so schlecht, dass ich dir manchmal helfe, dich zu entspannen.«

Adam wusste nicht, warum ihn diese Antwort so erzürnte. Er konnte ihr verzeihen, dass sie ihn dazu hatte bringen wollen, sie zu küssen; schließlich war das fast so etwas wie ein Kompliment, und vielleicht hätte er sie ja auch von sich aus geküsst. Aber der Gedanke, dass sie ihre ... ihre Fähigkeiten dazu nutzte, ihm zu einem besseren Schlaf zu verhelfen – nein, darüber ärgerte er sich wirklich.

Darci brauchte keine hellseherischen Kräfte, um zu erkennen, dass sie etwas Falsches gesagt hatte. Sie stand auf. »Gut, ich verspreche es dir hoch und heilig«, sagte sie eilig. »Ich schwöre es dir! Mein großes Ehrenwort, okay?«

Adam befürchtete, seine Antwort könnte allzu unfreundlich ausfallen. Deshalb erwiderte er nichts, steckte die Hände in die Taschen und ging mit großen Schritten zum Bungalow zurück. Darci musste rennen, um an seiner Seite zu bleiben.

»Du bist nur deshalb so böse, weil du nicht zugeben willst, dass du mich küssen möchtest, und zwar von ganzem Herzen! Du möchtest mich in die Arme nehmen und sagen: ›Darci, mein Liebling, ich habe noch nie eine Frau wie dich getroffen und werde es wahrscheinlich auch in Zukunft nicht tun. Ich habe noch nie mit einer Frau so viel geredet wie mit dir. Ich habe noch keiner Frau so viel über mich erzählt wie dir. Und ich habe …‹«

Doch Adam lächelte nicht. An der Eingangstür blieb er stehen und blickte sie ernst an. »Wenn es mit uns beiden funktionieren soll, dann muss ich wissen, dass du nicht plötzlich anfängst, gegen mich zu arbeiten. Ich muss dir voll und ganz vertrauen können. Dazu brauche ich dein Versprechen. Mach jetzt bitte mal keinen Scherz, sondern bleib ernst und gib mir dein Versprechen!«

»Nicht mal …«, fing sie an, aber sein Blick schnitt ihr das Wort ab. »Na gut«, sagte sie, »meinetwegen kannst du die ganze Nacht lang herumspazieren, ich werde dir nicht mehr helfen. Bist du jetzt zufrieden?«

»Zufriedener als vorhin.« Er hielt ihr die Tür auf.

»Aber du wolltest mich auch von dir aus küssen, stimmt's?«, fragte sie über die Schulter. »Es kostete mich wahrlich nicht viel Mühe, dir diesen Wunsch einzuimpfen.«

Nun musste Adam doch lächeln. Er folgte ihr nach drinnen. »Na schön, du hast gewonnen. Ich wollte dich schon die ganze Zeit über unbedingt küssen. Aber jetzt ruf bitte deine Tante an!«

Darci beugte sich über das Telefon auf dem Beistelltisch und wählte die Nummer. »Ich verspreche es dir, auch wenn es mir nicht leicht fällt, das solltest du ruhig wissen. Ich habe die Gewohnheit ...«

»Ich bin kein Teil deiner ›Gewohnheit‹«, unterbrach Adam sie.

»Das ist ja wohl klar«, meinte Darci. Dann blickte sie auf das Telefon. »Besetzt!« Sie legte auf. Zu schade, dass sie ihm jetzt keine Gedanken mehr eingeben durfte. In diesem Moment hätte sie ihm nämlich liebend gern vermittelt: *Darci ist so ein wunderbarer Mensch, dass ich sie unbedingt zu einem richtig schönen Steak einladen möchte, und außerdem werde ich ihr drei Dutzend gelber Rosen kaufen.*

»Na ja, bei dem ›wunderbar‹ bin ich mir nicht so sicher«, meinte Adam. »Aber das mit dem Steak geht schon in Ordnung. Doch nach dem kleinen Streich, den du mir vorhin wieder spielen wolltest, hast du wirklich keine gelben Rosen verdient, sondern eher ...«

Als er Darci ansah, verstummte er.

Sie starrte ihn an wie vom Donner gerührt.

Im ersten Moment wusste Adam überhaupt nicht, warum sie so verdutzt war, doch dann dämmerte es ihm. »Das mit dem Steak und den Rosen hast du gar nicht laut gesagt, stimmt's?«

Sie konnte nur stumm den Kopf schütteln.

»Sag irgendetwas anderes zu mir, ohne zu reden!«

Ich wünschte, du würdest mich in die Arme nehmen und ...

»Nein, das nicht«, meinte er ungeduldig. »Etwas, das ich hören kann und ...« Seine Augen weiteten sich. »Aber ich habe dich ja gehört!«, rief er erstaunt. »Ich habe gehört, was du gedacht hast. Sag noch was! Nein, warte – warum besorgen wir uns nicht im Bistro etwas zum Mitnehmen und essen es hier. Wir können noch mal versuchen, deine Tante anzurufen, und dann sehen wir zu, ob wir im Internet etwas über die Namen herausfinden, die uns deine Tante hoffentlich nennt. Irgendwo muss es doch jemand geben, der weiß, was du alles bewirken kannst.«

Bei dir nicht viel, dachte Darci und verzog das Gesicht. Adam lachte, was sie einigermaßen beunruhigte. Konnte er etwa alle ihre Gedanken lesen? Würde sie keinen Gedanken mehr fassen können, ohne dass er es mitbekam? Als sie Adam ansah, erkannte sie an seinem selbstzufriedenen Lächeln, dass er im Moment genau dasselbe dachte.

Sie lächelte ihn an. Dann bemühte sie sich, ihre Gedanken vor ihm abzuschirmen, und als Nächstes dachte sie: *Dein Haar brennt.* Als Adam sich nicht bewegte und weiterhin nur lächelte, wurde sie wieder etwas ruhiger. Nein, er konnte ihre Gedanken nur lesen, wenn sie es wollte oder zu entspannt war, um sie abzuschirmen.

Darci seufzte erleichtert.

11

»Welche Nummer war das gleich noch mal?«, fragte Adam leicht empört. »Nummer zwölf? Oder Nummer zweihundertsechs?«

Darci blickte auf die Liste mit den Namen, die Tante Thelma ihr genannt hatte, und zählte ab. »Nummer vierzehn.«

»Ich kann es noch immer kaum glauben, dass sich deine Tante an all diese Namen erinnern konnte.«

»Sie schreibt Tagebuch«, erklärte Darci. Sie blickte auf den Bildschirm von Adams Laptop, der auf ihrem Schoß lag. Adam hatte ihr etwa eine Viertelstunde lang gezeigt, wie das Internet funktionierte, und danach hatte sie sich gleich ans Werk gemacht. Adam konnte nur mit zwei Fingern und einem Daumen tippen, aber Darcis schlanke Finger flogen nur so über die Tastatur.

»Ich dachte, du hättest keine Fähigkeiten«, sagte er, als er ihr zusah. »Und hast du nicht gesagt, du kennst dich mit Computern nicht aus?«

Sie wusste, dass er sich noch immer ärgerte, weil sie so rasch herausgefunden hatte, wie sie ihn am Lesen ihrer Gedanken hindern konnte. Wahrscheinlich hätte er gerne gewusst, was sie dachte, um ständig darüber im Bilde zu sein, was sie gerade vorhatte. »Das Internet ist ja wohl keine hohe Wissenschaft«, meinte sie. »Es ist wie ein großer Briefkasten. Du tippst eine Adresse ein, und *voilà*! – schon kommt der Rest.«

»Du bist wahrhaftig nicht auf den Kopf gefallen!«

»Merkst du das auch schon?«

Adam hielt es für klüger, diese Frage nicht zu beantworten.

Sie hatten sich im Bistro reichlich mit Essen versorgt, doch sobald sie damit in ihren Bungalow zurückgekehrt waren, hatte Darci Tante Thelma angerufen und tatsächlich auch gleich erreicht. »Ich weiß nicht, ob es Jerlene recht ist, wenn ich dir das sage«, hatte Thelma gemeint, als sie den Grund für den Anruf erfuhr. Aber selbst Adam, der sie nicht kannte und das Gespräch auf der anderen Leitung mit verfolgte, hatte gemerkt, wie unehrlich sie klang. Thelma konnte es kaum erwarten, die Affären ihrer Schwester endlich auszuplaudern.

Als Darci auf diese rhetorische Vorrede nichts erwiderte, fuhr Thelma fort: »Aber eigentlich sollte ein Mädchen ihre Eltern kennen. Das hab ich Jerlene schon damals gesagt, und das sage ich dir heute. Ein Mädchen sollte wissen, wer seine Eltern sind, hab ich also Jerlene gesagt. Und weißt du, was deine Mutter mir entgegnet hat?«

»Nein, aber ich kann es mir vorstellen«, antwortete Darci genervt. Offenbar hatte sie die beiden Schwestern jahrelang streiten hören.

Thelma ignorierte den Ton ihrer Nichte.

»Jerlene meinte: ›Finde doch du heraus, wer ihr Vater ist, und sag es ihr!‹ Ich möchte mir nicht nachsagen lassen, dass ich was ohne die Erlaubnis meiner Schwester tue. Jedenfalls hab ich in jenem Sommer die Namen sämtlicher Burschen aufgeschrieben und die Liste aufgehoben. Alle haben sie mit deiner Mutter herumgemacht, und ich hatte damals so ein Gefühl, dass etwas passieren würde. Als es dann tatsächlich passiert ist, hatte ich die Namen. Ich hab die Liste natürlich keinem gezeigt, aber ich wusste, dass du eines Tages nachfragen würdest. Wenn du's genau wissen willst, Schätzchen: Ich hab mich wirklich ins Zeug gelegt, um deine Mutter zu überreden, dir deinen Vater zu nennen, und außerdem wollte ich, dass er Unterhalt für dich zahlt. Du weißt ja, wie deine Mutter ist, und deshalb glaubst du mir sicher, wenn ich dir sage, dass ein paar von diesen Jungs in Cadillacs rumgefahren sind. Aber du kennst ja Jerlene – sie hat mich ausgelacht und mir einen hässlichen Vorschlag gemacht, was ich mit meiner Liste anstellen soll. Tja, Darci, und deshalb musst jetzt du rausfinden, wer dein Daddy ist. Hast du ein Blatt Papier und einen Kugelschreiber mit frischer Mine?«

Die nächsten zehn Minuten war Darci damit beschäftigt, Namen aufzuschreiben. Sobald Thelma fertig war, meinte sie: »Ich weiß, sie ist deine Mutter – aber Darci, mein Schatz, sag mal ehrlich, was hältst du von einer Frau, die …«

»Vielen Dank, Tante Thelma«, beeilte sich Darci zu sagen, »genau das hatte ich wissen wollen«, und legte auf.

Jetzt ging es auf Mitternacht zu. Adam war genauso müde wie Darci, aber sie gaben noch immer Namen ein und klapperten diverse Suchmaschinen im Internet ab. Da sie nur die Namen hatten und nicht einmal wussten, aus welchem Staat die Männer stammten, war die Suche langwierig, mühsam und enttäuschend. Eine Suchmaschine nach der anderen wies sie mit dem Hinweis ›unzureichende Daten‹ ab.

Schließlich meinte Adam: »Deine Mutter hat doch nicht etwa … du weißt schon … mit all diesen Männern? Oder etwa doch? In einem einzigen Sommer?«

»Ich glaube nicht. Wahrscheinlich hat Tante Thelma sämtliche Namen aufgeschrieben, die meine Mutter mehr oder weniger beiläufig erwähnte. Und dann hat sie ihr vorgeworfen, mit jedem dieser Typen ins Bett gestiegen zu sein. Meine Mutter hatte immer einen Heidenspaß daran, meine Tante zu ärgern. Wahrscheinlich hat sie ihr zugestimmt und gemeint, na klar, sie habe es mit jedem getrieben.«

Sie hatten die Namen in sämtlichen möglichen Schreibweisen eingegeben und in jedem Staat nach der fraglichen Person gesucht. Auf diese Weise hatte es ziemlich lange gedauert, die verfügbaren Daten zu überprüfen.

»Wie viele sind es denn noch?«, fragte Adam.

»Nur noch einer«, erwiderte Darci gähnend. Liebend gerne wäre sie jetzt ins Bett gegangen, Adam dagegen war eine ziemliche Nachteule. Die Liste begann vor ihren müden Augen zu verschwimmen. »Taylor Rayburn«, sagte sie, dann gähnte sie noch einmal herzhaft. »Taylor ist mein …«

»Geh ruhig schlafen«, meinte Adam und übernahm den Laptop. »Ich kann das auch allein. Donnerwetter!«, fluchte er plötzlich los.

Darci hatte den Namen Rayburn eingegeben, aber die Suchmaschine hatte eine andere Schreibweise vorgeschlagen: Raeburne – und dann mit achthunderteinundzwanzig Treffern für Taylor Raeburne aufgewartet.

»Das kann ja wohl nicht der sein, den wir suchen«, murmelte Adam und klickte die erste Website an. »Was sollte so ein Erfolgsmensch schon in Putnam wollen? Autsch! Das war mein Fuß, auf den du da gestiegen bist!«

»Ach ja?«, fragte Darci unschuldig. »Und was hast du da gerade über Putnam gesagt?«

»Den Mann, den Jungen oder den Ort?«, fragte Adam, ohne den Blick vom Bildschirm zu nehmen. Doch schließlich drehte er den Computer so, dass auch Darci etwas sehen konnte. Er war auf eine sehr schöne Website gestoßen. Große blaue Buchstaben tanzten über den Bildschirm und formten den Namen Taylor Raeburne. Auf der linken Seite gab es Querverweise zu der Website. »Taylor Raeburne, Autor von zweiundvierzig Büchern über das Okkulte«, lautete die Überschrift.

»Du glaubst doch nicht etwa …?«, fragte Darci.

»Dass er ein Hexenmeister ist und sich mit schwarzer Magie beschäftigt?«, beendete Adam Darcis Satz.

»Liest du wieder meine Gedanken?«, fragte sie in dem Versuch, die Situation durch einen kleinen Scherz zu entspannen.

»Nein, das habe ich selbst gedacht.« Er suchte unter den Querverweisen nach einer Biografie, und schließlich entdeckte er den entsprechenden Begriff und klickte ihn an. Dann sah er auf Darci. »Bist du bereit?«

»Na klar«, meinte sie. »Warum nicht? Wie du ja schon sagtest – was sollte ein Typ wie der in Putnam zu suchen haben? Wahrscheinlich hat er nur kurz getankt, und schon ist er auf der Liste meiner Tante gelandet. Eines kann ich dir sagen – Männer, die Bücher schreiben, haben meine Mutter nie besonders interessiert. Sie mag ... oh, mein Gott!«

Auf dem Bildschirm hatte sich das große Bild eines Mannes aufgebaut, und selbst Darci war klar, wie ähnlich sie diesem Mann sah. Die Gesichtszüge waren älter und maskulin, aber im Grunde war es Darcis Gesicht.

Sie sackte in sich zusammen, brachte keinen Ton mehr heraus und starrte mit schreckgeweiteten Augen auf den Bildschirm.

»Ich glaube, wir haben ihn gefunden«, meinte Adam hocherfreut. »Du gleichst ihm aufs Haar. Kennst du die Ammenweisheit, dass das erste Kind immer seinem Vater ähnlich sieht? In diesem Fall ...« Nachdem er einen Blick auf Darci geworfen hatte, hörte er zu reden auf. »Geht es dir gut?«

Da sie nicht antwortete und nur weiter stumm auf das Bild starrte, klickte Adam auf Exit, fuhr den Computer herunter und klappte den Bildschirm zu. »Ich glaube, für heute haben wir genug erfahren«, meinte er. Als Darci noch immer nicht reagierte, zog er sie instinktiv an sich und hielt sie ganz fest. Sie vergrub ihr Gesicht an seiner Schulter.

»Das war ein Schock für dich, was?«, fragte er mitfühlend.

Sie nickte.

»Dein ganzes bisheriges Leben hast du nur mit deiner Mutter verbracht, und die war eine ziemlich schlechte ...« Sie wollte den Kopf heben, aber er hielt ihn fest, bis sie sich wieder beruhigt hatte. »Ja, eine ziemlich schlechte Mutter, die viel zu oft nicht für dich da war. Und jetzt wird dir plötzlich klar, dass du die ganze Zeit auch einen Vater hattest.«

Er lehnte sich etwas zurück und hob ihr Kinn mit den Fingerspitzen, sodass sie ihn ansehen musste. »Du wirst jetzt nicht den Mut verlieren, nicht wahr?«, fragte er. »Wir werden Kontakt zu ihm aufnehmen, oder?«

»Vielleicht mag er mich ja gar nicht«, sagte Darci mit einer sehr dünnen Stimme.

Adam musste lächeln. »Dich nicht mögen? Das ist doch ganz unmöglich! Du bist klug, was du offenkundig von ihm geerbt hast; du hast einen großartigen Sinn für Humor, selbst einen öden alten Langweiler wie mich bringst du immer wieder zum Lachen. Und du bist sparsam, allerdings schon fast – na ja, was auch immer. Du schaffst es jedenfalls, dass die Menschen dich mögen. Du findest überall Freunde und ... Hör auf, mich so anzustarren!« Er stand auf. »Ich habe dir doch gesagt, dass du deine Kraft nicht bei mir anwenden darfst! Keine Gedanken ans Küssen!«

»Ich habe überhaupt nichts gemacht!«, wehrte sich Darci. »Ich habe mir nur etwas gewünscht, und zwar ganz fest. Warum auch nicht? Ich dachte, du magst mich. Du hast wunderbare Sachen über mich gesagt.«

Einen Moment lang musste sich Adam abwenden. Als er weitersprach, wirkte er sehr ruhig. »Du bist wunderschön. Das habe ich zwar nicht von Anfang an gedacht, aber ... Bitte, hör auf, mich so anzusehen! Ich versuche, dir gegenüber ehrlich zu sein. Du bist ein wundervoller Mensch! Noch nie habe ich einen Menschen wie dich getroffen, obwohl ich schon viel in der Welt herumgekommen bin. Noch nie ist mir jemand begegnet, der das Leben mit so viel ... Begeisterung angeht wie du. Und wenn ich ganz ehrlich bin, dann mag ich dich mehr als ... na ja, mehr als ich sollte.« Unvermittelt brach er ab. »Ich finde, darüber sollten wir lieber ein andermal weitersprechen«, fügte er leise hinzu.

»Wirst du etwa wieder rot?«, fragte Darci erstaunt.

»Nein, natürlich nicht! Männer werden nicht rot. Gehen wir ins Bett«, sagte er leicht verstimmt.

»Oh jaaaa!«, schnurrte Darci.

Adam lachte. »Nun mach schon, wirf dich in deinen Schlafanzug. Aber nimm den weiten, nicht das kleine schwarze Teil, das du gekauft hast. Den weiten, hast du mich verstanden? Und benimm dich!«

Lächelnd stand Darci auf und ging ins Schlafzimmer. Ihr

gemeinsames Schlafzimmer, dachte sie. Beim Zähneputzen beschloss sie, sich lieber auf Adam zu konzentrieren als auf das, was sie soeben über ihren Vater herausgefunden hatte. Ein Vater – Darci konnte es noch immer kaum glauben. In der Schule hatten die Kinder sie oft gehänselt und behauptet, jeder Mann in Kentucky könne ihr Vater sein. Darci hatte sich nicht einschüchtern lassen und die Kinder mit ihrer Inneren Überzeugung dazu gebracht, sie in Ruhe zu lassen. Während sie sich jetzt ins Bett kuschelte, fiel ihr ein, dass sie einen Jungen einmal so gründlich zum Schweigen gebracht hatte, dass dieser drei Tage lang keinen Ton mehr von sich gab. Als er endlich wieder sprechen konnte, sagte er allen, dass Darci ihm das angetan habe. Aber zum Glück nahm ihm das keiner ab. »So etwas schafft niemand«, hatten alle gesagt. Aber von da an spürten die Menschen in Putnam offenbar, dass Darci anders war, auch wenn niemand so recht wusste, worin sie sich von ihnen unterschied.

Und genau deshalb war Putnam hinter ihr her.

Doch trotz all dieser Gedanken war Darci fast schon eingeschlafen, bevor sie die Augen richtig zugemacht hatte.

Als sie am nächsten Morgen um fünf Uhr aufwachte, drang Licht durch die halb geöffnete Schlafzimmertür. War Adam etwa schon wach? Doch ein Blick auf sein Bett zeigte ihr, dass er überhaupt nicht darin geschlafen hatte.

Sie stand auf und ging, sich den Schlaf aus den Augen reibend, ins Wohnzimmer. Die Vorhänge waren noch zugezogen, und Adam war über seinen Laptop gebeugt.

»Weißt du, dass es schon Morgen ist?«, fragte sie und setzte sich gähnend neben ihn.

Er gab ihr keine Antwort, sondern deutete nur mit einem Nicken auf einen Stapel Papier auf dem Couchtisch. Dort stand auch ein kleiner Drucker, der an Adams Laptop angeschlossen war.

»Wo hast du denn den Drucker her?«, wollte sie wissen.

»Mir von 3B ausgeliehen«, antwortete er, ohne aufzublicken. »Lies die Ausdrucke!«

Darci gähnte erneut, nahm aber folgsam die Blätter zur Hand.

Im ersten Moment wusste sie überhaupt nicht, was sie da vor sich hatte, denn es waren nur Listen mit Namen und Adressen. Oben auf der ersten Seite stand der Name Taylor Raeburne, unten der einer Firma. Ein Bestandteil des Firmennamens war der Begriff »Spion«. Nach dem Deckblatt kamen Blätter über Blätter mit Informationen über die unterschiedlichsten Leute.

Doch schließlich merkte sie, worum es ging. Sie richtete sich auf und begann, interessiert zu lesen. Adam hatte eine Suchanfrage über Taylor Raeburne gestellt und eine Unmenge an Informationen erhalten, zum Beispiel wo Mr Raeburne die letzten zwanzig Jahre gewohnt hatte oder wer seine Nachbarn gewesen waren. Diese waren wiederum mit Adresse, Telefonnummer und Beruf aufgeführt. Es gab drei Seiten mit Leuten, die »möglicherweise irgendwann einmal etwas mit Taylor Raeburne zu tun hatten«.

Nach den Adresslisten kamen Informationen, die Darcis Augen noch größer werden ließen: detaillierte Auskünfte über Taylor Raeburnes finanzielle Lage.

Angeekelt legte Darci die Blätter auf den Couchtisch zurück. Die letzten Seiten wollte sie gar nicht erst anschauen.

»So in die Privatsphäre eines Menschen einzudringen ist ja unerhört!«, meinte sie.

»In Amerika gibt es keine Privatsphäre mehr«, sagte Adam, der noch immer auf den Bildschirm starrte. »Ich musste nur meine Kreditkartennummer angeben, und ungefähr sechs Stunden später kam dieses ganze Zeug per E-Mail zu mir.«

»Ich finde das schrecklich!«, sagte Darci unnachgiebig. »Das geht doch niemand etwas an!«

»Du schienst aber nichts dagegen zu haben, in meinen Privatangelegenheiten herumzuschnüffeln«, meinte Adam. »Willst du jetzt mehr über deinen Vater erfahren?«

»Meinen ...?« Darci war noch nicht so wach, um über diese neue Vorstellung nachzudenken.

»Ja, deinen ...« Adam hielt inne, denn er hatte sich endlich umgedreht und einen Blick auf Darci geworfen. »Ich habe dir doch gesagt, dass du dieses schwarze Ding nicht anziehen sollst! Ich habe dir gesagt ...«

Darci trug ein ausgesprochen reizvolles schwarzes Nachtgewand – ein kurzes Hemdchen mit Spaghettiträgern und einem durchsichtigen Spitzenjäckchen, das die Arme bedeckte. Alles in allem nicht zu kurz, fand sie, und auch nicht zu durchsichtig oder ...

Adam deutete auf die Tür. »Raus! Zieh dir etwas an! Mach etwas mit deinen Haaren! Besorg mir etwas zu essen! Und zwar sofort!«

Darci gehorchte ihm lächelnd. Sie war sehr zufrieden mit sich. In einer Dreiviertelstunde hatten sie ihre Einkäufe erledigt – Adam war keinen Schritt von ihrer Seite gewichen, wobei er ständig weiter seine Computerausdrucke studiert hatte – und Darci hatte ein herrliches Frühstück hergerichtet: Obst, warme Croissants, Kaffee. Nun reichte sie Adam, der noch immer vor seinen Ausdrucken saß, einen Teller und setzte sich mit ihrem ihm gegenüber auf den Fußboden.

Adam war besserer Laune, denn Darci hatte sich inzwischen etwas »Anständiges« angezogen. »Was möchtest du zuerst wissen?«, fragte er.

»Absolut alles«, sagte sie mit vollem Mund.

»Er schreibt Bücher über parapsychologische Themen, aber er ist kein Scharlatan. Ich meine, er schreibt keinen Schund, nichts über Orte, an denen es spukt, wo jemand grauen Rauch in einer Zimmerecke gesehen hat und sicher ist, dass es ein Geist war. Nein, dieser Mann hat drei akademische Grade – einen davon in Philosophie – und einen ausgezeichneten Ruf in der Gelehrtenwelt. Ich weiß nur noch immer nicht, was er eigentlich in Putnam, Kentucky, getan hat und warum er ...« Er warf einen kurzen Blick auf Darci und ließ seinen letzten Satz unbeendet.

»Warum er meine Mutter flachgelegt hat?«, fragte sie mit vollem Mund.

»So hätte ich das nicht formuliert, aber gut ...«

Darci kaute erst einmal zu Ende, dann stand sie wortlos auf und holte ihre Handtasche. Sie zog ein Foto aus ihrer Börse und hielt es Adam unter die Nase.

Neugierig nahm er das Foto und betrachtete es genau. Es zeigte eine unglaublich schöne Frau in einem weißen Badeanzug. Langes, goldblondes Haar umspielte ihre perfekten Schultern. Schön war eigentlich nicht der richtige Begriff – sie war umwerfend, hinreißend, fantastisch. Groß und schlank, mit Kurven an den richtigen Stellen und unglaublich langen Beinen. Ihr Gesicht war eine Mischung aus Grace Kelly und Angelina Jolie – einerseits pure Sinnlichkeit, andererseits ganz unschuldige Ehefrau, von ihrem Soldatenehemann im Zweiten Weltkrieg allein gelassen.

Adam war sicher, dass er – und auch die übrige Welt – noch nie eine solche Frau gesehen hatte.

Er stieß einen anerkennenden Pfiff aus, dann sah er Darci an.

»Das ist deine Mutter?«

»Richtig, das ist Mama.«

»Wie alt ist denn das Foto?«

»Na, ich würde mal sagen, drei Wochen.«

»So sieht deine Mutter jetzt aus?«

»Du bist zu alt für sie«, sagte Darci sofort, und in ihrer Stimme lag nicht die Spur von Humor.

Adam fuhr sich durchs Haar. »Vielleicht könnte ich die grauen Haare färben, ein paar Pfund loswerden und ...« Eigentlich hatte er einen Scherz machen wollen, aber sie verzog wieder einmal keine Miene.

»Du könntest es natürlich versuchen. Da sie jetzt glaubt,

alt und hässlich zu sein – im Vergleich zu damals, als ich auf die Welt kam –, hättest du vielleicht eine Chance.«

Adam betrachtete das Foto noch einmal. »Alt und hässlich? Na ja, jedenfalls verstehe ich jetzt, warum ein Mann wie dein Vater sich zu ihr hingezogen fühlte. Wo sich die beiden wohl getroffen haben?«

»Wahrscheinlich an der Tankstelle«, meinte Darci.

»Deine Mutter hat sich bei einer Tankstelle herumgetrieben, als sie – wie alt war sie damals, neunzehn, zwanzig?« Adam konnte es kaum glauben. Diese Frau hätte man auf der Leinwand verewigen müssen. Auf Fotos. Durch ...

»Sie war siebzehn, als sie mich bekam, also sechzehn, als sie schwanger wurde«, erklärte Darci ungerührt. »Nach der Schule und an den Wochenenden hat sie damals an der Tankstelle ihres Vaters gearbeitet, die am Zubringer zur Fernstraße lag, die an Putnam vorbeiführt.«

»An den Zapfsäulen etwa?« Adam konnte es noch immer kaum fassen.

»Jawohl. Sie trug rosa Overalls, die laut Tante Thelma so eng waren, dass man ihren Nabel sehen konnte. Und Tante Thelma meinte auch, Mom habe ihren Overall zweimal am Tag befeuchtet, damit er noch enger anlag.«

Wieder einmal zog Adam die Brauen fast bis zum Haaransatz hoch. »Um Männer zu treffen? Das wollte sie ja wohl, oder?«

»Meine Mutter wollte aus Putnam raus«, entgegnete Darci scharf. »Und sie meinte, um einen Mann, der nicht in Putnam lebte, kennen zu lernen, müsse man dorthin, wo sich solche Männer aufhielten. Für sie bedeutete das eben die Tankstelle. Dort traf sie immerhin Leute auf der Durchreise.«

Adam schüttelte den Kopf, es war ihm unbegreiflich. »Warum hat sie sich nicht einfach woanders einen Job gesucht und ist weggezogen?«

Darci zuckte die Schultern. »So etwas hat man damals wohl nicht getan. Ihre Mutter hat ihr erklärt, das Wichtigste im Leben sei es, einen Ehemann zu ergattern, und das hat meine Mutter auch versucht. Aber dann hat sie mich bekommen und nie geheiratet.«

»Ich verstehe«, erwiderte Adam, auch wenn er es sofort bereute.

Aber bevor Darci ihm noch einmal sagen konnte, dass er wie Abraham Lincoln klang, sprach er weiter. Ihre Miene und die Art, wie sie die Fäuste ballte, zeigten ihm allerdings, dass es besser wäre, das Thema Jerlene Monroe erst einmal fallen zu lassen. »Ich habe die Telefonnummer deines Vaters«, sagte er. »Sollen wir ihn anrufen? Er unterrichtet an einer Universität in Virginia. Möglicherweise gibt er den ganzen Tag Kurse, sodass es jetzt, am frühen Morgen, ganz günstig wäre, ihn zu erreichen.«

»Vielleicht sollten wir lieber noch ein wenig warten«, entgegnete Darci schnell.

Aber Adam hatte das Telefon schon in der Hand. Als die Verbindung zustande gekommen war und es am anderen Ende zu läuten begann, drückte er auf die Mithörtaste, damit Darci mitbekommen konnte, was geredet wurde.

»Ja?«, erklang eine mürrische Stimme. Offensichtlich war es dem Besitzer dieser Stimme nicht recht, so früh gestört zu werden.

»Spreche ich mit Taylor Raeburne?«, fragte Adam. Er wunderte sich, wie nervös er klang; aber er wollte Darci unbedingt helfen, ihren Vater zu finden, egal, was er über seine eigenen Eltern herausfand.

»Den haben Sie doch angerufen, oder?«, gab der Mann unwirsch zurück. »Hören Sie, ich habe keine Zeit für alberne Frage-und-Antwort-Spielchen, in zehn Minuten fängt mein Unterricht an. Wenn Sie mich wegen ...«

»Es geht um Jerlene Monroe und Putnam, Kentucky, sowie um den Sommer ...?« Er blickte Darci fragend an.

»Neunzehnhundertachtundsiebzig«, flüsterte sie.

»Neunzehnhundertachtundsiebzig«, wiederholte Adam.

»Ich habe keine Ahnung, wovon Sie sprechen. Ich kenne weder ein Putnam, Kentucky, noch eine Jenny Monroe. Aber ich muss jetzt wirklich los. Sie können in meinem Büro anrufen und mit meiner Sekretärin sprechen. Sie ...«

»Jerlene Monroe hat damals an einer Tankstelle gearbeitet, die in der Nähe der Fernstraße lag, die an Putnam vorbeiführt. Sie trug immer einen rosafarbenen Overall, der so eng war, dass ihre Schwester meinte, man könne ihren Bauchnabel sehen. Sie ist blond, naturblond ...« Darci nickte bestätigend. »Naturblond«, wiederholte er. »Und ich glaube nicht, dass Sie diese Frau jemals vergessen haben, auch wenn die Begegnung jetzt über dreiundzwanzig Jahre her ist.«

Am anderen Ende der Leitung wurde es still, und zwar so lange, dass Adam schon glaubte, der Mann habe aufgelegt. »Sind Sie noch dran?«

»Ja«, erklang es versonnen und gar nicht mehr eilig. »Ja, ich habe tatsächlich einmal eine solche Frau getroffen. Aber jeder junge Mann tut Dinge, die er ...«

»Ich glaube, aus dieser Begegnung könnte eine Tochter hervorgegangen sein«, warf Adam ein. Er sah, dass Darci den Atem anhielt.

»Wenn das ein Versuch sein soll, mich zu erpressen ...«, begann Taylor Raeburne.

»Sie hat sieben kleine schwarze Muttermale auf der Innenfläche ihrer linken Hand, und ...«

»Wo sind Sie?«, unterbrach ihn der Mann.

»In Camwell, Connecticut.«

Taylor schnappte nach Luft. »Du meine Güte! Wissen Sie, dass es an diesem Ort wimmelt von ...«

»Hexen?«, fragte Adam. »Ja, das weiß ich. Das Problem ist nur, dass diese Leute aus irgendeinem Grund hinter Ihrer Tochter her sind – warum, wissen wir noch nicht, jedenfalls nicht genau. Sie haben bereits vier junge Frauen ermordet, die Ihrer Tochter ähneln, und deren linke Hände amputiert. Ich mache mir Sorgen, dass Ihre Tochter das nächste Opfer werden könnte. Am liebsten wäre es mir, sie würde diesen Ort verlassen, aber diese Leute wissen jetzt, wo sie ist, und ich fürchte, dass sie nirgends mehr vor ihnen sicher sein wird.«

Wieder kehrte ein langes Schweigen ein.

Wenn sich Darci und Taylor Raeburne nicht so ähnlich gesehen hätten und sich Adam daher ihrer Verwandtschaft sicher war, hätte er nicht gewagt, dem Mann am anderen Ende der Leitung das Folgende zu erzählen. »Gestern hat uns ein Mann mit einer Waffe bedroht. Darci, Ihre Tochter, hat diesen Mann mithilfe ihrer Gedanken paralysiert, und mich auch. Wir waren beide wie gelähmt. Erst als sie nieste, war der Bann gebrochen.«

Diesmal sprach Raeburne sofort. »Ich komme so rasch wie möglich.«

»Wir übernachten im …« Adam brachte den Satz nicht zu Ende, denn die Verbindung wurde unterbrochen.

Er legte den Hörer auf und musterte Darci. Ihrer Miene war nicht zu entnehmen, ob sie in Lachen oder Weinen ausbrechen würde.

Glaubst du wirklich, dass er mich mögen wird?, fragte sie ihn in Gedanken.

»Ja«, erwiderte Adam. »Da bin ich mir ganz sicher. Aber lass uns heute doch ein bisschen herumfahren und die hübsche Gegend erkunden. Dein Vater ist bestimmt erst in ein paar Stunden hier, es sei denn, er kommt auf seinem Besen.«

Darci verzog keine Miene bei Adams halbherzigem Versuch, sie zum Lachen zu bringen. Sie musterte ihn forschend. »Wenn du heute nicht hier bleiben willst, hast du dafür sicher einen Grund. Was willst du wirklich?«

»Ich will nur ein paar Stunden von hier wegkommen und von der ganzen Sache abschalten«, erklärte er, doch Darcis durchdringendem Blick entnahm er, dass sie ihm kein Wort glaubte. Resigniert hob er die Hände. »Also gut, bezichtige mich der Falschaussage – ich wollte, dass *du* ein paar Stunden von hier wegkommst. Warum, weiß ich auch nicht genau – aber vielleicht, weil dich jemand umbringen oder entführen und benutzen will, da du mit der Kraft deiner Gedanken erstaunliche Dinge tun kannst? Du hast eine unglaubliche Kraft, aber du scheinst keine Ahnung zu haben, wie gefährlich sie sein könnte, wenn sie in die falschen Hände geriete. Ach, zum Teufel!«, meinte er. »Hol deinen Mantel. Und spar es dir, mir zu sagen, dass ich nicht fluchen soll! Wenn wir diese Sache lebend überstehen, dann nehme ich mir ganz fest vor, weniger zu fluchen, zufrieden?«

Darci rannte, ohne zu zögern, zum Schrank und holte ihre Jacke. Zehn Minuten später waren sie in ihrem Mietwagen unterwegs zum Highway.

12

»Also, wohin willst du fahren?«, fragte Darci, als sie im Auto allein waren. »Was kann man denn hier in der Gegend besichtigen?«

»Weiß ich nicht«, antwortete Adam. »Ich möchte nur einmal nichts mit Computern und Nachschlagewerken zu tun haben. Mir ist einfach alles zu viel geworden.«

»Du meinst, ich bin dir zu viel geworden, oder? Ich und meine Verwandtschaft, und Putnam, und jetzt auch noch mein – Vater.« Das letzte Wort sagte sie etwas leiser. Sie konnte es noch immer nicht fassen, dass sie bald ihren Vater kennen lernen würde.

Adams Lachen brachte sie wieder in die Gegenwart zurück. »Ich bin noch nie in meinem Leben so gut unterhalten worden. Wenn sich jemand deinen Heimatort ausdächte – niemand würde es glauben. Warum hörst du nicht einfach auf, dir über das Treffen mit deinem Vater Gedanken zu machen, und schaust dir die herrliche Gegend hier an? Neuengland im Herbst ist wirklich sehr schön!«

Aber anstatt aus dem Fenster zu schauen, warf Darci einen Blick ins Handschuhfach. »Wieso glaubst du denn, ich mache mir Gedanken über das Treffen mit meinem Vater?«

»Wie viele Fingernägel hast du dir in der letzten Stunde abgebissen?«

Darci machte Fäuste, um ihre Fingernägel zu verbergen. »Ich mache immer an meinen Fingernägeln herum. Wegen meiner Nervosität. Aber das heißt nicht ...«

»Ach! Du feilst deine Fingernägel jeden Abend. Sie sind immer perfekt geformt und angemalt, sie haben nie eine Ecke oder eine scharfe Kante. Und sie ...« Er unterbrach sich, denn Darci blickte ihn fragend an. »Was ist denn das!«, fuhr er sie an, als sie etwas aus dem Handschuhfach herausholte.

»Eine Karte von Connecticut«, erklärte sie lächelnd und öffnete sie. »Meine Fingernägel gefallen dir, nicht wahr?«

»Wieso schaust du auf eine Landkarte?«, fragte Adam stirnrunzelnd. »Ich kenne diese Gegend. Du brauchst das nicht zu tun.«

»Was ist denn schlecht daran, dass ich mir eine Karte anschaue?«, fragte sie und sah dabei ihn an, aber irgendetwas auf der Karte fiel ihr ins Auge.

»Was ist denn los?«, fragte Adam rasch.

»Gar nichts«, erwiderte sie ruhig, den Blick wieder auf die Karte gerichtet.

»Sollen wir nach Bradley fahren?«, fragte er. »Das ist ein nettes Städtchen, und so viel ich weiß, gibt es da ein paar schöne Antiquitätenläden. Magst du Antiquitäten?«

»Ich mag *dich*, nicht wahr?«, sagte Darci ein wenig geistesabwesend. Ihr Blick war noch immer auf die Karte geheftet, und mit dem Finger fuhr sie die Strecke von Bradley zu einem anderen Ort ab.

»Sehr witzig«, sagte Adam. »Was ist denn auf dieser Karte so Interessantes?«

»Gar nichts«, antwortete sie schnell, faltete die Karte zusammen und legte sie ins Handschuhfach zurück. »Ich habe absolut nichts gegen Bradley. Wir fahren ja sowieso schon in diese Richtung, man könnte fast meinen, du hättest geplant, dorthin zu fahren.«

»Erwischt«, sagte Adam leichthin. »Ich war schon einmal dort, daher weiß ich, dass es wirklich hübsch ist. Es wird uns gut tun, einen ganzen Tag lang einmal nichts zu tun zu haben mit Hexen und …«

Darci hörte den Rest nicht, denn sie sah ihn von der Seite an und konzentrierte sich. Sie musste ihn nur für ein paar Stunden loswerden. Wenn sie es fertig brachte, dass er aus eigenem Antrieb eine Zeit lang etwas allein unternehmen wollte …

»Hör auf!«, herrschte Adam sie an, ohne den Blick von der Straße zu nehmen. »Am Anfang habe ich das nicht bemerkt, aber immer wenn du das tust, bekomme ich einen ganz leichten Schmerz unter dem linken Schulterblatt. Eigentlich ist es gar kein Schmerz, nur so ein Gefühl, aber ich weiß dann, dass du versuchst, mich zu ... dass du versuchst, mich zu manipulieren«, erklärte er mit einem Blick, der ihr sagte, was er von ihrem Tun hielt. »Dein ›heiliges Ehrenwort‹ bedeutet dir nicht allzu viel, stimmt's?«, fragte er dann mit grimmiger Miene.

Darci lächelte; sein Versuch, ihr Schuldgefühle einzujagen, berührte sie nicht. »Ich habe gar nichts gemacht. Aber anscheinend merkst du, wenn ich über etwas angestrengt nachdenke. Vielleicht bist du ein Hellseher! Jedenfalls, diesen leichten Schmerz, den du spürst, kann ich noch viel schlimmer machen. Ich kann dir sogar Kopfschmerzen machen. Willst du's ausprobieren?«

»Wenn du das tust, wird es dir Leid tun«, entgegnete er schroff.

Darci schaute zum Fenster hinaus, um ihr Lächeln zu verbergen. Es war seltsam, es war schrecklich, und es war wunderbar – das alles zusammen und gleichzeitig –, jemand zu kennen, der über ihre Fähigkeit Bescheid wusste. Doch es war schlichtweg ... köstlich, jemand zu kennen, der Bescheid wusste und sie trotzdem nicht für eine Art Monster hielt, denn davor hatte sie immer Angst gehabt und deshalb hatte sie nie jemand etwas über ihre Fähigkeit gesagt. Sie wusste, dass sie für die Leute zu Hause irgendwie »anders« war, aber im Grunde hatten sie natürlich nicht die leiseste Ahnung. Im Lauf der Jahre hatte sie sogar immer mehr daran geglaubt, dass das, was sie konnte, eigentlich jeder konnte. Aber jetzt musste sie sich nicht mehr verstellen, und dieser Mann, der über sie Bescheid wusste, verhielt sich so, als sei ihre »Kraft« fast etwas Normales.

Kurze Zeit später waren sie in Bradley, das sich tatsächlich als ein äußerst hübsches, typisches Neuenglandstädtchen herausstellte, vor allem, weil überall Herbstlaub in den herrlichsten Farben zu sehen war. Es gab auch einige nette kleine

Läden, die sie nur zu gerne aufgesucht hätte, aber sie wusste, dass das nicht ging. Denn auf der Karte war ihr ein Name aufgefallen, und seither wusste sie, dass sie heute etwas anderes tun musste.

Adam stellte den Wagen ab, und sie stiegen aus.

»Ich muss auf die Toilette«, sagte Darci abrupt, und noch ehe er etwas sagen konnte, lief sie über die Straße zu einer Tankstelle.

Verärgert, weil sie wieder nicht auf den Verkehr geachtet hatte, blieb Adam stehen und wartete. Die Zeit verstrich viel zu rasch; er wusste, er würde jede Minute brauchen, um sein heutiges Vorhaben umzusetzen. Und nun stand er hier und wartete und vergeudete kostbare Minuten, bloß weil Darci...

Bei allen guten Geistern!, dachte er, als er über die Straße blickte. Was macht sie denn jetzt schon wieder? Sie stand bei den Zapfsäulen und redete mit einem jungen Mann, der gerade den Volvo eines Kunden betankte. Muss sie denn mit jedem quasseln, der ihr über den Weg läuft?, dachte er verärgert. Kann sie denn nicht...?

Nein, warte mal, sagte er sich, das ist gut! Er musterte den jungen Mann – vielleicht Anfang zwanzig, ja, und er sah ganz gut aus. Ob er sie dazu bringen konnte, zu glauben, dass er auf einen solchen Jungen eifersüchtig sei? Nein, darauf würde sie niemals hereinfallen, dachte er dann. Nie im Leben würde sie glauben, dass er, Adam Montgomery, auf diesen dürren, blässlichen Jungen eifersüchtig wäre.

Aber ein Blick auf seine Uhr sagte Adam, dass er nicht die Zeit hatte, einen anderen Grund für einen Streit zu erfinden. Als er sah, dass Darci sich von dem jungen Mann abwandte, atmete er tief durch und hoffte, er werde sie mit dem Streit, den er vom Zaun zu brechen gedachte, nicht zu sehr verletzen. Aber er brauchte etwas Zeit für sich, und er wusste inzwischen aus Erfahrung, dass er Darci nicht einfach darum bitten konnte. Nein, er musste mit ihr einen Streit anfangen und dann einfach davonstürmen. Nur gut, dass sie ziemlich weit von Camwell entfernt waren; so konnte er sie beruhigt für ein paar Stunden sich selbst überlassen.

»Wer war das?«, fragte er sie scharf, als sie zurückkam.

»Den habe ich eben kennen gelernt«, sagte sie. »Was möchtest du zuerst ansehen? Da drüben sind ein paar Antiquitätenläden.«

»Warum hast du so lange mit ihm gesprochen?«, fragte Adam entnervt.

Wütend schaute Darci zu ihm auf. »Weißt du was? Deine Eifersucht geht mir auf die Nerven, und zwar ganz gewaltig! Ich kann mit niemand reden! Du lässt mich nicht einmal im Hotelrestaurant essen, weil du nicht willst, dass ich dort andere Leute treffe!«

»Das stimmt doch gar nicht«, erwiderte Adam überrascht. »Du kannst essen, wo du willst. Ich dachte, dir gefällt das kleine Bistro und unsere ... unsere Mahlzeiten im Bungalow.«

»Aber du hast mich nie gefragt, was ich eigentlich will, nicht wahr? Nur damit du es weißt, ich würde viel lieber im Restaurant essen. Da kann wenigstens ich Bestellungen aufgeben. Wenn ich mit dir allein esse, werde ich doch immer nur herumkommandiert! ›Gib mir etwas zu essen‹, sagst du immer. Tust du das, weil du denkst, du würdest über mir stehen, weil ich aus dem Süden komme? Ja, ist das so etwas wie Rassismus?«

»Rassismus?«, fragte Adam zurück. »Was redest du denn da! Wir sind immer noch ein und dieselbe Rasse! Und du kannst essen, wo immer du willst! Ich hatte keine Ahnung, dass es dir nicht passt, mit mir allein zu essen.« Er hielt sich so gerade, dass seine Rückenmuskeln zu schmerzen begannen.

»Ich kann dir versichern, dass ich wesentlich lieber mit Leuten esse, die mich nicht andauernd herumkommandieren. Jawohl, und ich kann überall mehr Spaß haben als bei so einem alten, humorlosen, tugendhaften, verknöcherten

Typen, wie du es bist!«, schimpfte sie. »Ohne dich könnte ich mich hier bestens amüsieren!«

»Ohne mich ...«, stieß er kaum hörbar hervor. »Also gut, wenn das so ist, dann würde ich vorschlagen, dass wir uns trennen! Genauer gesagt, wenn wir in Camwell zurück sind, möchte ich, dass wir uns ganz trennen, aber heute will ich mir noch Bradley ansehen. Allein! Und jetzt würde ich gern ein Geschenk für jemanden kaufen.« Sie standen vor einem kleinen Juweliergeschäft. »Diamanten vielleicht«, fuhr er fort. »Für eine Frau.«

Darci sagte nichts, sie blickte nur voller Wut zu ihm auf.

Und Adam konnte nicht glauben, dass die Worte dieser halben Portion von einer Frau ihm so wehtun konnten. Er war zwar schon öfter als Langweiler oder »Beruhigungsmittel« bezeichnet worden – seine Cousinen nannten ihn mit Vorliebe so –, aber er hatte nicht gedacht, dass Darci ihn für einen verknöcherten Typen hielt ... An die anderen Attribute, die sie aufgezählt hatte, wollte er erst gar nicht denken.

»Also gut«, presste er hervor, »für heute bist du mich los. Wir treffen uns hier an dieser Stelle wieder, um fünf Uhr. Das wird dir ja wohl reichen, damit du deinen ›Spaß‹ bekommst, oder?« Er sagte es so, als sei Spaß etwas Anstößiges, Schmutziges.

»Jawohl«, antwortete Darci, »das ist Zeit genug.«

Nach ihrem Ausbruch hatte er geglaubt, sie würde nun sofort davonlaufen, aber stattdessen stand sie einfach nur da und blickte zu ihm hoch. Vielleicht sollte ich auch einfach stehen bleiben, dachte er. Vielleicht sollte ich ihr Zeit geben, sich zu entschuldigen.

»Machen wir einen Uhrenvergleich«, schlug er vor.

»Ich weiß schon, wie spät es ungefähr ist!«, erwiderte sie so feindselig, als wären seine Worte eine weitere Verunglimpfung ihres Charakters.

»Also gut. Dann bis später, wieder hier.«

Aber keiner von beiden rührte sich von der Stelle. Sie standen nur da und starrten einander an. Adam dachte mehr und mehr, dass er ihre Gesellschaft ... nun ja, vielleicht würde er sie vermissen, schließlich waren sie nun schon seit Tagen jede Minute zusammen. Nein, dachte er dann jedoch. Immerhin war er für sie verantwortlich. Sie *brauchte* ihn.

»Hast du Geld?«, fragte er gepresst. »Bares? Ich weiß doch, dass du lieber hungerst, als dein eigenes Geld auszugeben, und ich will nicht, dass die Leute sagen, ich sorge mich nicht um meine Angestellten.«

Darci antwortete nicht; sie starrte ihn nur an.

Adam nahm zehn Dollar aus seiner Brieftasche und gab sie ihr. Als sie den Schein nicht nahm, holte er eine Fünfzigernote heraus. Darci nahm beide Scheine, machte auf dem Absatz kehrt und ging rasch davon. Adam blickte ihr nach; am liebsten wäre er ihr gefolgt. Würde es ihr gut gehen? Wer würde sich um sie kümmern, wenn er nicht jede Minute an ihrer Seite war? Und – wer würde ihn zum Lachen bringen?

Doch dann fiel ihm wieder ein, was sie zu ihm gesagt hatte: Sie hatte ihn einen »tugendhaften, verknöcherten Typen« genannt, den sie loswerden wollte. Dir werde ich noch zeigen, was »tugendhaft« ist!, dachte er. Hätte er nicht unter diesem enormen Druck gestanden, der zum Teil auch daher rührte, dass er Darci nicht berühren durfte, dann würde er ihr schon zeigen ...

Aber er konnte jetzt keine Gedanken daran verschwenden, was er mit Darci am liebsten gemacht hätte. Wenn er tun wollte, was er sich vorgenommen hatte, dann musste er sich beeilen, um bis fünf Uhr wieder in Bradley zu sein. Doch beim Blick auf seine Uhr merkte er, dass Darci deshalb nicht auf ihre geschaut hatte, weil sie schlicht und einfach keine hatte. Als er sich umdrehte, stand er direkt vor der glitzernden Auslage im Schaufenster des Schmuckladens. Und als er die Tür öffnete, dachte er nicht daran, was er tat und warum, aber eine Viertelstunde später kam er mit einer kleinen Schachtel wieder heraus, die eine goldene Uhr von Piaget enthielt. Sehr zufrieden mit sich, dass er ihr ein so schönes Geschenk machen würde, obwohl sie so unschöne Dinge über ihn gesagt hatte, ging er zum Wagen zurück und schaute dabei immer um sich, um sicherzugehen, dass Darci nicht sah, wie er das nette Städtchen Bradley verließ.

»Ich weiß gar nicht, wie ich Ihnen danken soll«, sagte Darci durch das Wagenfenster zu dem jungen Mann am Steuer.
»Ich schon!«, erwiderte er mit einem ganz unzweideutigen Unterton. »Ich kann mir sogar eine ganze Menge Sachen vorstellen, wie du dich erkenntlich erweisen könntest. Wir könnten ...«
Darci trat lächelnd auf den Bürgersteig. »Danke noch mal«, sagte sie freundlich, aber bestimmt. »Sie fahren jetzt besser, sonst macht sich Ihr Chef noch Sorgen.«
»Nö, nö«, meinte er. »Die Tankstelle gehört meinem Onkel, und – aber vielleicht hast du ja Recht. Vielleicht sollte ich doch zurückfahren.«
Als er mit seinem zu lauten, rostigen und über und über mit Spachtelmasse verschmiertem Auto losfuhr, atmete Darci erleichtert auf. Es war schwer gewesen, ihn mit ihrer Inneren Überzeugung von seinen Gedanken abzubringen, so schwer, dass ihr Kopf schmerzte. Aber vielleicht habe ich auch einfach nur Hunger, dachte sie dann, denn sie hatte seit Stunden nichts gegessen.
Sie holte ein Stück Papier aus ihrer Rocktasche und las die Adresse, die sie darauf notiert hatte: Susan Fairmont, 114 Ethan Way, und eine Telefonnummer. Aber anrufen wollte sie lieber nicht, sonst würde die Frau ihre Bitte am Ende noch abschlagen.
Sie ging zwei Blocks die Straße hinunter und bog dann links ab. Der junge Mann hatte gesagt, Ethan Way sei nur ein Stück die Straße hinunter. Er hätte sie natürlich auch hingefahren, aber als Darci die schattige, von schönen Bäumen gesäumte Straße sah, hatte sie dankend abgelehnt und er-

klärt, sie wolle gerne zu Fuß gehen. Sie hatte schon längst genug gehabt von seinen Händen, die beim Schalten immer »ganz zufällig« ihr Knie berührten.

Wie spät war es? Sie blickte zur Sonne, als könne die es ihr sagen. Um fünf musste sie wieder in Bradley sein, und sie hatte keine Ahnung, wie sie dorthin kommen sollte. Ihr Plan – wenn man etwas so schnell Zurechtgelegtes überhaupt als Plan bezeichnen konnte – war gewesen, dem jungen Mann fünfundzwanzig Dollar für die Hin- und Rückfahrt zu zahlen. Er hatte fünfzehn verlangt, nur um sie nach Appleby zu fahren, aber sie hatte gedacht, wenn sie einmal in seinem Wagen saß, würde sie ihn mit der Kraft ihrer Überzeugung dazu bringen können, sie für zehn Dollar mehr auch wieder zurückzufahren. Doch seine Hände und sein fester Glaube, dass sie mehr wollte als eine Mitfahrgelegenheit, hatten diesen Plan vereitelt.

Nun war sie also in Appleby und hatte keine Ahnung, wie sie wieder nach Bradley kommen sollte. Aber vielleicht konnte sie ja genau das als Entschuldigung dafür hernehmen, um Susan Fairmont aufzusuchen. »Anstatt eine Telefonzelle zu benutzen«, murmelte Darci. »Oh ja, das ist eine gute Idee. Eine Ortsfremde lässt sie bestimmt in ihr Haus.«

An der Ecke sah sie das Straßenschild »Ethan Way«. Sie bog ein und schaute nach den Hausnummern. Das erste Haus hatte die Nummer hundertzweiunddreißig. Auf ihrem Zettel sah sie noch einmal nach der Nummer, die sie suchte.

Da sie den Kopf gesenkt hatte und sich auf ihre Gedanken konzentrierte, bemerkte sie den Mann, der hinter einer hohen Hecke hervortrat, erst, als sie frontal mit ihm zusammenstieß.

»Entschuldigung«, sagte sie, blickte auf – und geradewegs in das Gesicht von Adam Montgomery.

Jetzt war sie dran. Darci wusste es.

»Das hast du geplant!«, fauchte er. »Warum, du intrigantes, heimlichtuerisches kleines …«

»Ich?«, gab sie im selben halblauten, drängenden Ton zurück. Es war ein warmer Tag, und bei einigen Häusern standen die Fenster weit offen. »Du bist schließlich auch hier, und das kann ja wohl nur bedeuten, dass du hinter derselben Sache her bist wie ich! Und du ...« Sie musterte ihn nachdenklich. »Du hast das schon gestern Abend geplant, nicht wahr? *Das* hast du die ganze Nacht lang gemacht!« Ihre Stimme überschlug sich. »Du wolltest doch ›nur ein paar Stunden von hier wegkommen‹, nicht wahr? Hast du das nicht gesagt? Du wolltest ›mal von der ganzen Sache abschalten‹! Aber jetzt bist du hier ...«

»Du hast gesagt, ohne mich könntest du dich besser amüsieren!«, hielt er ihr steif entgegen.

»Und das hast du geglaubt?«

Adam wollte etwas erwidern, doch er zögerte zunächst. »Natürlich nicht«, sagte er dann, »aber es war ... es war einfach nicht schön, das gesagt zu bekommen.«

Darci blinzelte. »Schön? Diese Leute ermorden Frauen, und ...«

Adam packte ihren Arm und zog sie ein Stückchen weiter, weg von der Straßenecke. »Na gut, du hast dein Spielchen gespielt, also kannst du dich jetzt in den Wagen setzen und auf mich warten!«

»Das ist ja eine tolle Idee, ich glaube, genau das werde ich machen!«, erwiderte sie scheinbar freundlich.

Adam ließ sie los, zählte bis zehn und atmete dann tief durch. »Na gut, was hast du vor?«

»Ich hatte keine Zeit, mir einen Plan zurechtzulegen. Im Gegensatz zu dir bleibe ich nicht Nächte lang auf und denke mir abwegige und hinterhältige Sachen aus, um sie jemand anzutun, mit dem ich eigentlich zusammenarbeiten sollte! Außerdem wollte der Typ in diesem Auto andauernd an mir herumgrabschen, sodass ich nicht nachdenken konnte, und davor warst du so eklig zu mir, dass ich ebenfalls nicht nachdenken konnte!«

»Ich war eklig?«, fragte Adam ungläubig. »Sag mir nicht, du hast dich allein mit diesem schmierigen Typen da in ein Auto gesetzt und ...«

»Du bist tatsächlich eifersüchtig!«, rief sie mit großen Augen.

»Ich bin nicht ...«, begann Adam, unterbrach sich dann jedoch. Sie befanden sich in einer hübschen Wohngegend im Schatten einer niedrigen Mauer mit einer hohen Hecke dahinter. Adam setzte sich auf das Mäuerchen. »Also gut, du bist hier, dann kann ich wenigstens aufpassen, dass du nicht in Schwierigkeiten kommst. Vielleicht sollten wir einfach zusammenarbeiten und ...«

»Wie bitte?«, unterbrach ihn Darci, noch lange nicht gewillt, ihm seine Heimlichtuerei zu verzeihen. Es war schließlich eine Sache, etwas spontan zu tun, aber einen Plan zu machen und dann auch noch vorsätzlich zu lügen – das war in etwa wie der Unterschied zwischen Totschlag und Mord.

»Was hast du da gerade gesagt?«, fragte sie und legte eine Hand ans Ohr.

»Ich habe es nicht verstanden. Es beginnt mit einem Z. Zusammenarbeiten? Du und ich?«

»Sehr witzig«, kommentierte Adam. »Willst du mir jetzt helfen oder alberne Scherze machen?«

»Darüber müssen wir noch mal reden!«

Adam blickte sie aus zusammengekniffenen Augen an.

»Na gut«, sagte sie und seufzte. »Was sollen wir zusammen tun? Und was wolltest du allein tun?« Eine letzte spitze Bemerkung konnte sie sich nicht verkneifen.

»Ich wollte eigentlich improvisieren, aber jetzt, wo ich hier bin, habe ich keine Ahnung, was ich machen soll. Es sei denn ...«

»Ja?«

»Du bist in etwa so alt wie das Mädchen, das zu Tode kam, deshalb könntest du vielleicht seiner Schwester erzählen, du seist eine Freundin der Toten. Du könntest so tun, als hättest du noch nicht gewusst, dass sie tot ist, und dann Fragen stellen. Meinst du, du kannst so gut schauspielern?«

»Na, heute Morgen habe ich dich ganz schön drangekriegt, oder?«, fragte Darci schmunzelnd. »Du hast doch jedes Wort geglaubt, das ich sagte, oder?«

»Natürlich nicht!«, widersprach Adam, aber er schaute über sie hinweg, ohne ihrem Blick zu begegnen. »Ich habe nur ...«

Sie lächelte selbstgefällig, als er sie wieder ansah. »Mach nur so weiter, dann rufe ich gleich deinen grabschenden Freund an und sage ihm, er kann dich abholen!«

Im ersten Augenblick wurde Darci blass. »Du machst Witze, nicht wahr?«

»Hast du mir geglaubt?«, fragte er im selben Ton wie sie, als sie ihn fragte, ob er ihr geglaubt habe, er sei langweilig.

»Okay«, sagte Darci, »eins zu null für dich. Was machen wir jetzt? Ich soll so tun, als wäre ich die Freundin dieses Mädchens. Und du? Wer bist du dann? Mein Vater?«

»Mach weiter so, und ich gebe dir das Geschenk nicht, das ich für dich gekauft habe.«

Darci hielt abrupt den Mund.

Adam erklärte ihr lächelnd den Plan, den er sich in den letzten Minuten ausgedacht hatte. Genau genommen war es eigentlich viel besser, dass Darci hier war, denn die Schwester des toten Mädchens würde sehr wahrscheinlich eher mit ihr reden als mit ihm.

»Bist du bereit?«, fragte er sie zum Schluss.

Darci nickte, und sie gingen zur Straßenecke und bogen dann in den Ethan Way ein. »Hast du wirklich ein Geschenk für mich gekauft?«, fragte sie leise.

Einen Augenblick lang war Adam verlegen. Warum hatte er ein Geschenk besorgt? Als er es kaufte, hatte er es als ein Abschiedsgeschenk gedacht. Er hatte geglaubt, Darci würde für immer aus seinem Leben treten – obwohl er das nicht einfach mitgemacht hätte. Sie schutzlos sich selbst zu überlassen war schlichtweg zu gefährlich. Aber er hatte gedacht, sie wolle ihn verlassen.

»Eigentlich habe ich es mehr meinetwegen gekauft«, sagte er mürrisch. »Sozusagen aus einer Notlage heraus. Es könnte ja zu Situationen kommen, in denen ich mich zu einer bestimmten Zeit mit dir treffen muss, und dann musst du eben wissen, wie spät es ist.«

»Du hast mir eine Uhr gekauft?«, fragte sie leise.

Adam zuckte mit den Schultern, so als ob das nichts Besonderes wäre, und gab ihr die kleine Schachtel. Sie gingen dabei weiter, aber er beobachtete Darci aus dem Augenwinkel.

Als sie die Verpackung geöffnet hatte und die schöne goldene Uhr sah, blieb sie stehen und blickte reglos auf ihr Geschenk. Sie blieb nicht nur stehen, sie schien sogar den Atem anzuhalten. Sie stand einfach nur da, wie zur Salzsäule erstarrt.

»Gefällt sie dir?«, fragte Adam lächelnd. Aber sie antwortete nicht. »Darci?«, fragte er amüsiert. Doch sie reagierte noch immer nicht; sie stand nur unbewegt da und starrte auf die Uhr. »Darci, ist alles in Ordnung?«, fragte er schließlich, dieses Mal deutlich besorgt. Dann bemerkte er, dass die Farbe aus ihrem Gesicht wich. Er hatte ihr einmal erzählt, dass die meisten Menschen vor einer Ohnmacht bleich werden, und genau das passierte nun mit Darci. Dann gaben langsam ihre Knie nach, und sie sank zur Erde.

In einer schnellen Reaktion packte Adam sie, bevor sie auf dem Boden aufschlug. Als er sie in den Armen hielt, bemerkte er verblüfft, dass ihr Kopf zur Seite rollte – sie war tatsächlich bewusstlos.

Aber sie hielt noch immer die Schachtel mit der Uhr fest.

»Geht es ihr nicht gut?«, fragte eine Passantin. Als Adam aufschaute, sah er vor sich eine Frau etwa in seinem Alter, und er wusste sofort, wen er vor sich hatte. Die Fotos der in Camwell als vermisst gemeldeten Mädchen hatten sich untrüglich in sein Gedächtnis eingeprägt, und diese Frau sah einem der Mädchen sehr ähnlich.

»Sie sind Susan Fairmont, nicht wahr?«, fragte Adam sie leise. »Lauries Schwester.« Er deutete mit einem Kopfnicken auf Darci. »Sie und Ihre Schwester waren Freundinnen, und sie hat eben von Lauries Tod erfahren.«

Die Frau schien einen Augenblick lang zu überlegen. Als Adam merkte, dass sie darüber nachdachte, was sie tun sollte, überrollte ihn eine Welle der Schuld. Wie viele sensationslüsterne Menschen hatten wohl schon versucht, sich ihr zu nähern und ihr Fragen zu ihrer toten Schwester zu stellen?

»Kommen Sie mit ins Haus«, sagte die Frau schließlich und schritt voran.

»Die Polizei sagte, es war kein Mord. Sie meinten, Laurie hat vielleicht Selbstmord verübt«, sagte Susan Fairmont verbittert.

Ihr leichter Akzent verriet, dass sie wie Darci aus dem Süden der Vereinigten Staaten stammte. »Oder dass sie vielleicht am Steuer einschlief und deshalb an den Baum fuhr.«

Zwanzig Minuten waren vergangen, seit Darci in Ohnmacht gefallen war. Sie saßen in Susans Wohnzimmer auf einem gemütlichen alten Sofa, umgeben von vielen weiteren antiken Möbeln. Susan hatte Tee gemacht und saß, eine Tasse in der Hand, ihnen gegenüber in einem Ohrensessel. Darci war noch immer blass und etwas wacklig; deshalb saß Adam direkt neben ihr für den Fall, dass sie noch einmal ohnmächtig werden sollte. In der einen Hand hielt sie ihre Teetasse, die andere umklammerte unter ihrem Rock noch immer die kleine Schachtel mit der Uhr, die Adam ihr geschenkt hatte.

»Sie sehen ein wenig wie Laurie aus«, hatte Susan zu Darci gesagt, sobald sie Platz genommen hatten, und als diese lediglich nickte, schien Susan damit zufrieden zu sein; bei Adam rief ihre Bemerkung jedoch noch mehr Schuldgefühle hervor, weil er diese nette, vertrauensvolle Frau belogen hatte.

»Es war schrecklich«, meinte Susan und setzte ihre Tasse ab. »Laurie verschwand, als sie in diesem widerlichen Ort Camwell eine alte Kirche fotografierte, und sofort schrie die ganze Welt, es sei Hexerei im Spiel.«

»Und Sie glauben das nicht?«, fragte Adam.

Einen langen Augenblick saß Susan nur stumm da, musterte ihre beiden Besucher und schien intensiv zu überlegen. »Ich sage nicht, was ich denke«, antwortete sie schließlich so leise, dass man sie kaum hörte, »weil – wissen Sie, ich bin gewarnt worden. Man hat mir geraten, den Mund zu halten.«

»Wer hat das zu Ihnen gesagt?«, wollte Darci sofort wissen. Sie klang empört, aber wenigstens schien sie endlich wieder richtig lebendig zu werden.

»Die Polizei und ein Beamter vom FBI.«

»Vom FBI?«, wiederholte Darci. »Was hatten die denn mit der Sache zu tun? Vor allem, wenn die Polizei am Ort sagte, es sei Selbstmord gewesen?« In ihrer Stimme lag so viel Hohn, dass Adam sie argwöhnisch musterte. War das echt, oder schauspielerte sie?

»Ich glaube, das FBI beschäftigt sich schon seit Jahren mit den Hexen von Camwell, und ...«

»Aber wieso haben sie dann noch nichts gegen sie unternommen?«, unterbrach Darci unvermittelt. »Wie viele Menschen müssen denn noch sterben, bis dieses Treiben endlich eingestellt wird? Wussten sie, dass diese Leute unterirdische Tunnels haben, in denen sie sich treffen? Riesige Tunnels!«

Adam hätte Darci am liebsten eine Hand auf den Mund gelegt.

»Ja, natürlich weiß ich das«, sagte Susan. »Jeder, der in der Nähe von Camwell wohnt, weiß das. Das ist eine große Organisation, und sie haben auch Zulauf. Die Aussicht auf Macht ist schließlich eine große Verlockung.«

»Aber warum geht dann das FBI nicht ...«

»Warum«, unterbrach dieses Mal Susan, »warum schicken sie nicht einfach ein paar Bulldozer dorthin, reißen die Tunnels ein und beenden den ganzen Zauber?«

»Man kann einen Bienenstock zerstören, aber wenn man die Königin nicht erwischt, bauen sie einfach einen neuen«, warf Adam leise ein.

»Sind Sie am Ende ein FBI-Agent?«, fuhr Susan ihn an.

»Nein, er denkt nur wie einer von denen«, erklärte Darci. »Also, was sollen Sie verschweigen?«

Einmal mehr war Adam verblüfft über ihre Dreistigkeit. Doch dieses Mal war er nicht erstaunt, als Susan ihr antwortete; er wusste inzwischen, dass Darci auch die Gabe hatte, bei anderen Menschen rasch Vertrauen zu erwecken.

»Man sagte mir, meine Theorien seien nicht mehr als eine persönliche Meinung, und wenn ich sie verbreiten würde, könne das eine Menge Probleme nach sich ziehen. Einer der Stellvertreter des Sheriffs von Camwell wollte wissen, ob meine Steuererklärungen in Ordnung seien. Das sollte ein Wink mit dem Zaunpfahl sein, dass er mir die Steuerfahndung ins Haus schicken könnte.«

»Donnerwetter!«, stieß Adam hervor. »Das ist ja üble Erpressung, schließlich hat ja jeder Angst vor der Steuerprüfung!«

»Genau«, kommentierte Susan. »Also habe ich die ganzen zwei Jahre, seit Laurie verschwand, den Mund gehalten. Und ich habe ihn auch gehalten, als Monate später die Leiche meiner Schwester völlig verunstaltet in ihrem Auto gefunden wurde, das praktisch um einen Baum gewickelt war. Es hieß, sie habe wahrscheinlich in Camwell einen Mann getroffen, sei mit ihm auf und davon, und später sei sie beim Fahren eingeschlafen und an den Baum geknallt.«

»Oder sie habe mit dem Mann Schluss gemacht und sich dann aus Verzweiflung umgebracht«, meinte Darci leise.

»Genau. Genau das haben sie zu mir gesagt. Aber ich kenne Laurie. Sie war schließlich meine Schwester! An dem

Abend, als sie verschwand, hatte sie vorgehabt, hierher zu kommen, zur Geburtstagsfeier meiner dreijährigen Tochter. Laurie liebt ... sie liebte ihre Nichte sehr, und sie hätte diesen Geburtstag nie im Leben verpasst. Es war ein turbulentes Fest, sechzehn kleine Kinder waren hier, und ich habe nicht gemerkt, dass meine Schwester nicht da war – das muss ich zu meiner Schande gestehen. Später, als mein Mann und ich aufgeräumt hatten, ging ich noch einmal ins Zimmer meiner Tochter, und da lag sie im Bett und weinte, weil ihre Tante Laurie nicht zu ihrer Party gekommen war.«

Als Susan zu erzählen aufhörte, fragte Darci leise: »Was haben Sie dann gemacht?«

»Ich habe meine Tochter beruhigt, indem ich ihr ein paar Versprechungen machte, die ich nicht einhalten konnte, aber innerlich war ich in Panik. Ich wusste, dass etwas passiert war. Sie können sich nicht vorstellen, wie sehr Laurie und meine Tochter sich lieb hatten. Ich wusste, dass nur etwas ganz Schlimmes Laurie davon abhalten konnte, an diesem Tag nicht hier zu sein. Also versuchte ich, sie auf ihrem Handy anzurufen, aber niemand hob ab. Ich wurde fast hysterisch. John, das ist mein Mann, meinte, vielleicht hat sie das Handy im Auto liegen lassen und schläft irgendwo in einem Hotel oder so.«

»Aber Sie wussten, dass das nicht stimmte«, sagte Adam.

»Ja. Laurie war ein Gewohnheitstier. Sie liebte Zeitpläne; sie wusste meistens schon Monate im Voraus, wann sie wo sein würde. Sie wollte Fotografin werden, und da muss man eben so leben. Sie ...« Susan unterbrach sich. Sie stand auf, ging zu dem Bücherregal hinter ihrem Sessel, holte ein dünnes, großformatiges Buch heraus und reichte es Darci. »Das haben Sie vielleicht schon mal gesehen.«

Das Buch hieß *Zeit und Ort – Fotografien und Texte von Laurie Handler.*

»Sie sagte, es kommt immer darauf an, zur rechten Zeit am rechten Ort zu sein«, fuhr Susan fort, »und dazu brauchte sie exakte Zeitpläne. Außerdem musste sie jeden Gedanken an ein Privatleben aufgeben. Meine Tochter und ich waren alles, was Laurie abgesehen von ihrem Berufsleben hatte.«

Darci legte das Buch auf den Beistelltisch und schlug es auf. Es enthielt große Schwarzweißaufnahmen, von denen jede eine Geschichte erzählte. Das erste Bild zeigte ein Pärchen Hand in Hand vor einem Haus, das von einem Hurrikan zerstört worden war. Aber wie zum Trotz gegen diese Tragödie war auf dem Ehering des Mannes ein winziges Funkeln wie von einem Trost spendenden Sonnenstrahl zu sehen. Der Ring schnitt ins Fleisch des Mannes, was zeigte, dass er ihn schon seit sehr langer Zeit trug. Und er lenkte das Auge des Betrachters auf die Art und Weise, wie der Mann und die Frau sich an der Hand hielten – die Gesichter von einem Schatten verborgen, doch mit vollem Vertrauen und großer Intimität füreinander.

Irgendwie hatte Laurie Handler es geschafft, das Abbild einer Katastrophe in ein Porträt einer großen, wahren Liebe zu verwandeln, einer Liebe, in der nicht die Lust im Vordergrund stand, sondern Ewigkeit und Dauer. Als Darci das Bild betrachtete, dachte sie – und sie konnte nicht umhin, diesen Gedanken an Adam zu senden –, *ich wünsche mir jemand, der mich so liebt, für immer und ewig.* Doch als sie Adam anblickte, sagte ihr seine Miene, sie solle sich benehmen und nicht vergessen, weshalb sie hier waren.

Alle Bilder in dem Buch sagten dasselbe aus. Was immer sie auch zeigten und welche Motive gewählt worden waren, Laurie schien damit bedeuten zu wollen, dass es noch immer Liebe auf der Welt gebe, große, fortdauernde Liebe.

»Guter Gott«, sagte Darci und schloss das Buch. »Diese Bilder geben mir das Gefühl ...«

»Dass die Liebe über allem steht?«, fragte Susan mit einem bitteren Unterton.

»Ja, das ist es wohl«, antwortete Darci. »Ist das denn schlimm?«

»Nur wenn Sie vom FBI sind. Die sagten, diese Fotos würden beweisen, dass Laurie sehr romantisch war, was wiederum beweisen würde, dass sie wahrscheinlich mit einem Mann auf und davon ist, und deshalb habe ihr Verschwinden wahrscheinlich nichts damit zu tun, ob es in Camwell einen Hexenzirkel gibt oder nicht.«

»Aber Sie wissen, dass das nicht stimmt, nicht wahr?«, fragte Adam. »Wissen Sie das nur deshalb, weil Laurie niemals den Geburtstag ihrer Nichte versäumt hätte, oder haben Sie auch noch andere Gründe für Ihre Annahme, dass ein Verbrechen im Spiel war?«

»Laurie war keine Frau, die einfach mit einem Mann auf und davon wäre«, sagte Susan und blickte dann zu Darci. »Sie haben Sie doch gekannt. Erzählen Sie ihm doch, wie sie war!«

Darci war sprachlos. Sie wandte sich Adam zu und blinzelte. *Hilf mir*, sagte sie in Gedanken zu ihm. *Was soll ich denn sagen?*

»Darci ist ...«

»Ach, Sie brauchen gar nicht erst zu lügen«, winkte Susan ab. »Ich weiß, dass keiner von euch beiden Laurie kannte. Ihr seid nicht ihr Typ. Ihr seid beide zu hübsch, zu geschniegelt, zu amerikanisch-durchschnittlich. Und Sie«, sagte sie mit einem Blick auf Adam, »Sie stinken vor Geld. Habe ich Recht?«

Adam wurde auf diese Bemerkung hin stocksteif, doch Darci begann, schallend zu lachen. »Und ob!«, rief sie überschwänglich. »Er hat jede Menge Zaster, kommt aus einer alten, schwerreichen Familie! Und er ...«

»Würde es dir denn etwas ausmachen ...«, bemerkte Adam steif.

»Schon gut«, meinte Susan. »Ich weiß nicht genau, wieso ich euch in mein Haus gelassen habe, außer, dass ihr *meine* Wellenlänge seid. Ich denke, wenn ihr diese kleine Farce aufgezogen habt, damit ihr mich besuchen könnt, dann hat das wohl private Gründe.« Sie musterte ihre Gäste. »Also, was wollt ihr beiden denn nun wirklich?«, fragte sie dann.

Darci ergriff das Wort. »Er will diesen Hexenzirkel aufbrechen. Er hat dafür einen ganz privaten Grund, aber er will ihn mir nicht sagen. Und bis jetzt habe ich es auch noch nicht aus ihm herausgequetscht, aber ...«

»Was Darci meint«, fiel Adam ihr ins Wort, »ist, dass die Sache wirklich sehr persönlich ist, was mich anbelangt – oder uns, besser gesagt. Und wir würden uns über jede Hilfe freuen, die Sie uns vielleicht geben können. Wenn Sie uns alles sagen könnten, was Sie wissen oder auch nur vermuten, dass es mit dem Tod Ihrer Schwester zu tun hat, würde uns das sehr freuen. Egal, was es ist.« Er warf Darci einen beschwichtigenden Blick zu, um ihr zu bedeuten, sie solle nicht zu viel offen legen.

Doch sie ignorierte ihn einfach. »War mit Lauries linker Hand irgendetwas Besonderes?«, fragte sie Susan.

Bei dieser Frage bekam Susan große Augen. »Ihre linke Hand wurde bei dem Autounfall ... abgetrennt«, sagte sie mit einem lauten Seufzen. »Die Polizei sagte, ihre Hand habe die Windschutzscheibe durchstoßen und sei dabei abgetrennt worden. Aber sie konnten sie nicht finden. Die Polizei meinte, da der Unfall auf einer Landstraße passiert sei und Stunden vergingen, bis Laurie gefunden wurde, könnte es sein, dass ... dass ... vielleicht streunende Hunde ...«

»Ich verstehe«, sagte Adam.

Frag sie nach den Muttermalen, forderte Darci ihn stumm auf.

»Ich würde Sie gern etwas, hm, Eigenartiges fragen. War an der linken Hand Ihrer Schwester irgendetwas ungewöhnlich?«

»Nein«, antwortete Susan stirnrunzelnd. »Sie hatte kein seltsam geformtes Muttermal und auch keinen sechsten Finger, falls Sie das meinen. An meiner Schwester war überhaupt nichts ungewöhnlich. Bis auf ihr Talent, vielleicht.«

»Ich habe ja nicht etwas Schlechtes gemeint«, beharrte Adam. »Ich meinte ...«

»So etwas«, unterbrach ihn Darci und hielt ihre linke Hand hoch, mit der Handfläche nach vorne.

Im ersten Moment verstand Susan nicht, was Darci meinte. »Ja, doch«, flüsterte sie dann. »Solche kleinen Muttermale hatte Lucie auch an ihrer Hand. Sie hatten die Form einer Ente.«

»Was?«, fragte Adam.

»Als wir klein waren, haben wir ihre Muttermale mit einem Bleistift miteinander verbunden, und wenn man das auf eine bestimmte Art machte, dann ergab es die Gestalt einer Ente. Wir haben ...« Susan verstummte, ihre Augen füllten sich mit Tränen. »Es war ein Scherz, aber wir haben sie deshalb ›Kritzelentchen‹ genannt, und sie quakte dann immer, so ...« Sie hörte erneut auf zu sprechen; Tränen erstickten ihre Stimme.

»Ich glaube, es ist besser, wenn wir gehen«, sagte Adam und stand auf. Darci folgte seinem Beispiel. »Danke«, flüsterte er, doch dann bemerkte er, dass Darci wie gebannt auf Susan starrte, die den Kopf gesenkt hatte und sich mit einem Taschentuch die Augen trocknete. Adam wusste, dass Darci ihre Kraft, ihre Innere Überzeugung, auf sie anwandte, und sein erster Gedanke war, sie dabei zu stören. Doch seine Intuition sagte ihm, Darci werde Susan nichts Böses antun, was immer sie auch vorhatte.

Einen Augenblick später blickte Susan auf und lächelte. Sie hatte zwar noch immer Tränen in den Augen, aber ihr Lächeln war echt. »Ihr werdet wahrscheinlich denken, ich bin verrückt, aber ich hatte gerade die seltsamste Vorstellung – dass Laurie hier bei mir war und mir sagte, es geht ihr gut. Ich wollte, ich könnte das glauben, und auch, dass ...«

»Was?«, fragte Adam, da Darcis Blick noch immer fest auf Susan ruhte.

»Ich wünschte, man könnte diesem üblen Treiben eine

Ende setzen. Habt ihr gewusst, dass in den letzten vier Jahren auch Kinder aus der Gegend um Camwell verschwunden sind, nicht nur erwachsene Frauen? Niemand kann beweisen, dass die Hexen irgendetwas damit zu tun haben, aber wenn ich an meine kleine Tochter denke und ... Geht es Ihnen gut?«, fragte sie Adam abrupt.

»Ja ja«, antwortete er, aber seine Stimme war sehr rau. »Vielen Dank, dass Sie sich Zeit für uns genommen haben. Und überhaupt für alles.« Dann machte er abrupt kehrt und ging hinaus, ohne auf Darci zu warten.

13

»Willst du mir nicht sagen, was das alles sollte?«, fragte Darci, als sie auf dem Gehsteig wieder zu ihm stieß. »Dein Abgang war ein bisschen plötzlich, nicht?«

»Die Kinder«, sagte Adam. Seine Stimme klang so erstickt, dass sie ihn kaum verstand. »Ich wusste nicht, dass sie noch immer Kinder benutzen.«

»Noch immer?«, fragte Darci. »Was heißt denn das? Du hast nie davon gesprochen, dass diese Leute Kinder ›benutzen‹. Wofür benutzen sie denn Kinder?«

»Das wissen nur sie selbst. Wenn die Kinder verschwunden sind, tauchen sie nie wieder auf. Oder wenn doch, dann können sie sich nicht daran erinnern, was mit ihnen geschah. Bist du bereit, diesen Ort zu verlassen?«, fragte er und marschierte mit so großen und eiligen Schritten los, dass Darci erst einmal gar nicht mithalten konnte.

Sie musste rennen, um ihn wieder einzuholen. »Welche Kinder? Und woher weißt du das? In den Sachen, die ich gelesen habe, war von Kindern keine Rede.«

»Wahrscheinlich stand da einfach nichts von Kindern«, meinte Adam. Er ging noch immer so schnell, dass sie rennen musste, um Schritt halten zu können. »Wenn man deine Muttermale verbindet, bekommt man dann auch eine Gestalt?«

»Keine Ahnung. Ich habe mich ehrlich gesagt nie viel um sie gekümmert. Aber könntest du bitte ein bisschen langsamer gehen?«

»Tut mir Leid«, sagte Adam und verlangsamte seinen Schritt. »Es ist schon spät, du hast sicher Hunger. Was möchtest du zum Abendessen unternehmen?«

»Essen und mit dir reden. Ich möchte, dass du dein Schweigen brichst und mir absolut alles, was du weißt, über diese Hexen erzählst, und über Camwell und vor allem, warum du so aufgebracht warst, als Susan Fairmont sagte, es seien einige Kinder verschwunden. Liest du denn nicht, was auf den Milchpackungen steht? Stecken in deinem Briefkasten nie Zettel mit Bildern vermisster Kinder? Jeden Tag werden Kinder vermisst.«

»Und, sollte ich deshalb abgestumpft sein und mich nicht darum kümmern, was mit ihnen passiert?«, fragte er mit kaum verhülltem Zorn. »Nur weil jedes Jahr Kinder zu Tausenden verschwinden, sollte mich das kalt lassen?«

Darci blickte ihn angestrengt an; er spürte, dass sie versuchte, ihn mit ihren Gedanken zu beruhigen. Einesteils wollte er sie anschreien und an ihr Ehrenwort erinnern, mit ihrer Kraft nicht auf ihn einzuwirken, aber andererseits war er ihr dankbar, denn er fühlte sich tatsächlich getröstet. Nicht einmal der Schmerz, den ihre Konzentration in seinem linken Schulterblatt auslöste, machte ihm etwas aus.

Sie sprachen nicht mehr, bis sie den Mietwagen erreicht hatten. Als Adam startete, war er bereits um einiges ruhiger geworden; nun wollte er versuchen, die Stimmung etwas aufzuhellen. »Ich habe auf dem Weg hierher ein kleines Lokal gesehen. Mit einem Schild, auf dem stand, das Haus sei 1782 gebaut worden. Möchtest du dort essen?«

»Ja, sehr gern«, antwortete Darci. »Vielleicht sieht es aus wie ein englisches Pub. Warst du schon mal in England?«

»Schon oft«, sagte Adam und stieß in der Parklücke zurück. Momentan sah sie irgendwie erschöpft aus. Hatte das mit dem zu tun, was Susan ihnen erzählt hatte? Oder hatte es sie so viel Kraft gekostet, ihn zu beruhigen? Eigentlich sollte er wegen ihres Wortbruchs mit ihr reden, aber wenn er so aufgebracht war, konnte er nicht klar denken. Er wusste das, weil er einen nicht unbeträchtlichen Teil seines Lebens zu verärgert gewesen war, um zum Denken in der Lage zu sein.

Vielleicht war es auch feige, sie nicht darauf anzusprechen, dass sie gerade ihr Wort gebrochen hatte, aber Adam konnte sich einfach nicht dazu bewegen, sie auszuschimpfen.

»Putnam sagt, er reist mit mir nach England, sobald ich ihm einen Sohn geschenkt habe«, erklärte Darci. »Eine Woche Urlaub in England. Aber wenn ich zuerst ein Mädchen bekomme, sagt er, fahren wir zwei Wochen nach Nebraska. Im August.«

Adam runzelte die Stirn und fuhr los. »Wenn wir diese Geschichte hinter uns gebracht haben, dann nehme *ich* dich mit nach England. Sechs Wochen lang. Und wir wohnen in Hotels im Landhausstil. Die kosten zwar ein Vermögen, aber sie sind es auch wert.«

»Erzähl mir alles über dieses Land«, bat Darci, schloss die Augen und lehnte sich zurück.

Adam bemerkte, dass sie noch immer die Schachtel mit der Uhr in der Hand hielt. Würde sie sie je wieder loslassen? »Was möchtest du zuerst wissen?«

»Etwas über Cambridge. Ich habe gehört, da gibt es hervorragende Buchläden, und die Colleges sollen sehr schön sein. Und dann etwas über Bath. Ich würde gern … Oh!«, sagte sie plötzlich und setzte sich auf. »Könnten wir einmal im Schloss Clarendon übernachten? Das ist schrecklich teuer.«

»Ja«, sagte er. »Clarendon. Drei Nächte. Und du bekommst das beste Zimmer.« Mit einem Lächeln auf den Lippen bog er auf den geschotterten Parkplatz ein, und sie gingen in das Restaurant.

Sobald sie Spareribs bestellt und gehört hatten, dass es ein Weilchen dauern würde, ging es Adam so viel besser, dass er wieder einmal einen Versuch unternehmen wollte, einen Scherz anzubringen. Darci dachte angestrengt nach, allerdings nicht mit der Miene, die sie hatte, wenn sie ihre Innere Überzeugung auf ihn anwandte, sondern sie sah aus, als würde sie etwas mit aller Macht überlegen.

»Ich zeig dir mein's, wenn du mir dein's zeigst«, sagte er vergnügt.

Darci blickte ihn an. »Ich habe keine Hoffnung, dass du

von Sex sprichst, also kannst du nur meinen, ich soll dir meine Gedanken mitteilen.«

Adam seufzte. War er in Sachen Humor schon immer so eine Niete gewesen? Früher hatte er es doch durchaus geschafft, Leute zum Lachen zu bringen, oder? Warum klappten seine Späße bei Darci nie? »Darci, was diese ... diese Geschichte mit dem Sex anbelangt«, begann er etwas verlegen, »es ist nicht so, dass ich mich nicht zu dir hingezogen fühle, es ist nur ...« Er verstummte.

»Was denn?«

»Ich glaube, es ist besser, wenn wir unser Verhältnis klar gestalten – ich bin Arbeitgeber, du Arbeitnehmerin. Wir sollten versuchen, persönliche Gefühle herauszuhalten.«

»Das klingt sinnvoll«, sagte sie. »Aber wie ist das mit dem Schlafen in ein und demselben Zimmer – fällt das auch unter das Verhältnis Arbeitgeber–Arbeitnehmer? Oder mich hochzuheben und herumzudrehen? Oder ...«

»Okay, der Punkt geht an dich.«

»Aber es gibt einen anderen Grund dafür, dass du dich von mir fern hältst, stimmt's?« fuhr sie fort und blickte ihn mit zusammengekniffenen Augen an, als versuche sie, seine Gedanken zu lesen.

»Gerade hast du noch von den Kindern geredet, die du mit Putnam haben willst, und jetzt bist du ...«

»Ich muss Putnam heiraten, ja«, erklärte sie. »Aber das bedeutet nicht, dass ich nicht ...«

»Was soll das heißen?«, fuhr Adam sie an. »Wieso musst du ihn heiraten?«

»Na, warum muss eine Frau wohl heiraten?«, fragte sie zurück und klapperte mit den Augendeckeln. »Weil ich von ihm schwanger bin natürlich.«

Adam fand das gar nicht lustig. »Du willst mir die Wahrheit nicht sagen, stimmt's?«

»Und wieso bist du dir so sicher, dass ich dir nicht die Wahrheit sage?«, schnauzte sie ihn an.

»Weil du eine ...« Er verstummte und schaute schnell weg.
»Weil ich was bin?«, fragte sie und legte den Kopf schief. Sie hätte nur zu gern gewusst, was er nun eigentlich sagen wollte.
»Du bist eine richtige Plage, weißt du das? Warum beschränken wir unsere Gespräche nicht auf die Dinge, die anstehen, und hören auf, andauernd persönlich zu werden?«
»Na klar«, kommentierte Darci knapp und schaute dann auf das Besteck auf dem Tisch.
Sie saßen in einer Nische, die wohl amerikanischen Vorstellungen von einem englischen Pub entsprach. Die Tische und Sitzplätze waren für Darci viel zu groß. Der Tisch war so hoch, dass er ihr bis ans Schlüsselbein reichte. Wenn sie so wie jetzt eben den Kopf senkte, wirkte sie wie ein zehnjähriges Kind.
Andererseits war ihr Haar wunderschön, und am liebsten hätte Adam ihre Hand ergriffen. Besser gesagt, eigentlich hätte er gern ihre sanfte, weiße Haut geküsst und ...
»Was meinst du, wann dein Vater kommt?«, fragte er sie, um auf andere Gedanken zu kommen.
Darci blickte auf und grinste, als hätte er endlich einen Scherz gemacht, über den sie lachen konnte.
»Was ist?«, fragte er.
»Du hast gerade gesagt, wir sollten nicht mehr über persönliche Dinge miteinander reden, aber im nächsten Satz fragst du mich nach meinem Vater. Das kam mir jetzt einfach witzig vor.«
»Du kennst mich doch – jede Minute ein Späßchen«, meinte er, doch als Darci herzlich lachte, war er nicht sicher, ob er sich freuen oder ärgern sollte. Aber irgendwie steckte ihr Lachen ihn an, und so lachte er einfach mit.
»Okay«, meinte er dann. »Reden wir nicht mehr über Persönliches oder Geschäftliches. Reden wir lieber über das Reisen. Wohin möchtest du noch, außer nach England?«
»Ist das nicht persönlich?«

»Nur in etwa. Willst du jetzt über Worte streiten, oder reden wir über Länder? Ich war schon überall.«

»Na klar. Richtig«, sagte Darci und dachte dann kurz nach. »Saint Lucia. Weißt du, wo das ist?«

»Da war ich schon dreimal. Nett und gemütlich. Die Seeschneckensuppe ist göttlich. Hast du gewusst, dass sie die Seeschnecke, nachdem sie aus der Schale geholt wurde, schlagen müssen, damit das Fleisch weich wird? Die Inselbewohner haben ein Sprichwort: ›Sie hat ihn geschlagen wie eine Seeschnecke.‹«

»Wahrscheinlich hat er es verdient«, meinte Darci. »Wie ist es mit Tibet?«

»Ein sehr friedliebendes Land. In meinem Zimmer habe ich eine Gebetsmühle, die ich von dort mitgebracht habe. Ich zeige sie dir nachher.«

»Ägypten.«

»Da habe ich drei Jahre lang gelebt. Ich liebe die Ägypter. Sie haben einen wunderbaren Humor und sind sehr intelligent. Eigentlich sind sie den Amerikanern sehr ähnlich.«

Darci konnte gar nicht genug kriegen von all den Geschichten, die Adam von seinen Reisen erzählte. Während des Essens redeten sie unbeirrt weiter. Darci fand rasch heraus, dass Adam gern jede Frage nach seinen Reisezielen beantwortete, nicht aber, warum er so viel gereist war. »Ich habe mir einfach die Welt angeschaut«, war alles, wozu sie ihn bewegen konnte.

»Wolltest du nicht mal irgendwo bleiben, dir ein Zuhause schaffen?«, fragte sie ungläubig.

»Nein«, antwortete er nur; deshalb fragte sie wieder nach unpersönlichen Dingen – wo er noch gewesen sei und was er alles gesehen habe.

»Erzähl weiter«, drängte Darci, als Adam langsam aufhören wollte.

»Nur unter einer Bedingung«, erklärte er. »Lass endlich diese Schachtel los und mach dir die Uhr ans Handgelenk. Ist es denn nicht schwierig, das Fleisch nur mit einer Hand zu schneiden?«

»Nein«, antwortete Darci. »Es ist sehr zart.« Sie spießte einen Bissen auf, den sie mit der Gabel hatte abtrennen wollen, aber stattdessen hob sie kurz das ganze Stück Fleisch hoch. »Okay, also die Uhr ans Handgelenk.«

Adam hörte einen Augenblick auf zu essen und schaute ihr zu, wie sie die Schachtel öffnete und die Uhr anlegte. Sie hielt sie in der Hand wie etwas Heiliges – genauso, wie sie die Kleidungsstücke angesehen hatte, die er ihr gekauft hatte.

»Du wirst jetzt aber nicht wieder ohnmächtig, ja?«, fragte er. Doch auch dieser Scherz kam nicht an. Hör auf, so lange du noch vorn bist, Montgomery, sagte er sich, nahm die Uhr an sich und streifte sie über ihr Handgelenk.

Darci fiel nach hinten an die Lehne, hielt ihren linken Arm mit der rechten Hand und starrte auf die Uhr. »Das ist das Schönste, was ich je in meinem Leben gesehen habe!«, sagte sie leise.

»Ah, gut«, meinte Adam und lenkte den Blick auf seinen Teller, denn er spürte, wie er errötete.

Darci beugte sich über den Tisch zu ihm. »Und wenn wir wieder im Zimmer sind, werde ich mich mit wildem Sex bei dir bedanken. Ich werde ...«

»Ja?«, unterbrach er sie und hob eine Augenbraue. »Mach weiter. Ich möchte Details hören.«

Darci setzte sich auf, legte den Arm mit der Uhr auf den Schoß und begann wieder, mit einer Hand zu essen. »Vielleicht können wir auf dem Heimweg kurz bei der Bücherei Halt machen«, sagte sie. »Ich muss noch etwas nachschlagen.«

»Was denn?«, fragte er mit einem leicht spöttischen Ton. »Wilde Sexspiele vielleicht? Willst du mir sagen, dass du mit Putnam keinen kreativen und innovativen Sex gehabt hast?«

Sie blickte ihn lächelnd an. »Nein, haben wir nicht, aber wir sind ja auch noch jung. Vielleicht möchte ja so ein alter

Knacker wie du mir etwas beibringen, das ich dann Putnam zeigen kann. Betrachte es einfach als eine Hilfe für die jüngere Generation. Ein philanthropischer Akt, sozusagen.«

Eine Antwort blieb Adam erspart, denn in diesem Augenblick klingelte sein Handy. Nach Darcis Erfahrung ließen die meisten Leute ihr Handy immer eingeschaltet, doch Adam hatte seines bisher kaum benutzt.

Jetzt nahm er es aus der Tasche seines Jacketts. »Ja«, meldete er sich und hörte dann zu. »Vielen Dank, dass Sie mich angerufen haben«, sagte er einen Augenblick später und beendete das Gespräch.

Den Blick fest auf Darci gerichtet, ließ er das Handy wieder in der Jackentasche verschwinden. »Dein Vater ist im Grove eingetroffen. Ich habe die Rezeption gebeten, mich zu benachrichtigen, sobald er da ist.«

»Wie schön«, erwiderte Darci und schob einen Bissen Fleisch auf ihrem Teller umher. Schließlich legte sie die Gabel weg und musterte Adam eingehend. »Weißt du, ich würde wirklich gern mehr von Connecticut sehen. Du hast zwar gesagt, du würdest mir Bradley zeigen, aber das war ja alles nur ein Trick, eine von deinen Intrigen, um ...«

»Du wirst es nicht fertig bringen, jetzt schon wieder einen Streit vom Zaun zu brechen«, unterbrach er sie sehr gefasst. »Einer pro Tag reicht. Ich schlage vor, wir fahren sofort nach Camwell zurück und treffen deinen Vater. Offensichtlich will er dich kennen lernen. Glaubst du, er ist mit einem Privatflugzeug gekommen, weil er so schnell da ist?«

»Weiß ich nicht«, antwortete Darci, lehnte sich zurück und betrachtete ihre neue Uhr.

»Also, dann iss auf und wir fahren.«

»Ich habe keinen Hunger.«

»Soll ich dich zu einem Arzt bringen?«

Sie starrte ihn zornig an – wieder ein fehlgeschlagener Versuch eines Scherzes.

»Ich bin doch bei dir«, versuchte er, sie zu beschwichtigen.

»Meinst du, dadurch geht es mir besser? Wahrscheinlich wirst du ihm erzählen, ich sei eine Landpomeranze aus dem hintersten Kentucky und dass ich Leute mit meinen Gedanken zum Erstarren bringen kann. Wahrscheinlich wirst du ihm erzählen, du warst überrascht, dass ich lesen und schreiben kann, und ...«

»Nur zu, wirf mir ruhig jede Beleidigung an den Kopf, die dir einfällt, aber du wirst mich nicht dazu bringen, mit dir zu streiten. Also, wenn du fertig bist, dann gehen wir. Dein Vater ist bestimmt ein netter Mensch, und er möchte dich sehen.«

»Was ist das für ein Mann, der eine Sechzehnjährige schwängert und dann sitzen lässt?«

»Lass mich raten: Das hat Tante Thelma gesagt!«

»Eigentlich haben das alle in Putnam gesagt.«

»Und wenn er überhaupt nie erfahren hat, dass sie schwanger wurde? Er wollte schließlich nur tanken, und da war diese umwerfende *Frau*« – er hob dieses Wort besonders hervor – »in einem rosafarbenen Overall, die ... Also was mir dazu einfällt, ist der Film *Der Unbeugsame*, in dem diese kurvenreiche junge Frau ihr Auto wäscht und sämtliche Gefangenen verrückt macht mit ihren ... Na ja, wie auch immer, hast du den Film gesehen?«

Darci nickte stumm. »Das hat meine Mutter auch gemacht. Sie hat fast alles getan, um Männer auf sich aufmerksam zu machen. Sie sagt, das Einzige, worauf es im Leben ankommt, ist, dass man von den Männern beachtet wird.«

»Aber du weißt, dass das nicht stimmt, nicht wahr?«

Darci blickte zu ihm auf und überlegte kurz. »Nein, ich bin mir nicht sicher, ob ich das wirklich weiß. Und wie lang willst du noch mit mir reden, als ob du mein Vater wärst?«

Adam warf resigniert die Arme hoch, dann nahm er die Rechnung, wartete, bis Darci aufgestanden war und zahlte auf dem Weg nach draußen.

Während der kurzen Fahrt nach Camwell spürte er deutlich Darcis Anspannung und fragte sich, wie er sie ein wenig beruhigen konnte. »Schade, dass deine Innere Überzeugung nicht bei dir selbst wirkt«, meinte er lächelnd. »Dann könntest du dich selbst beruhigen, so wie du es bei mir gemacht hast, nachdem wir bei Susan waren.« Er musste sie einfach wissen lassen, dass er wusste, was sie getan hatte.

»Ja, wirklich schade«, murmelte sie ziemlich desinteressiert. »Sehe ich akzeptabel aus?«

»Darci, du bist wunderschön!«, sagte Adam so innig und aufrichtig, dass er sich fast dafür genierte.

»Gut. Ich glaube es«, meinte Darci matt. »Er scheint ja schöne Frauen zu mögen. Was glaubst du, wie es wird?«

»Ich denke, am Anfang werden wir alle recht vorsichtig sein«, antwortete Adam. »Ihr beide kennt euch nicht. Als ich mir die Nacht im Internet um die Ohren schlug, habe ich – ganz im Gegenteil zu dem, was du denkst – Nachforschungen über Taylor Raeburne angestellt. Aber ich habe kaum etwas Persönliches über ihn gefunden. Er ist Professor an einer Universität, und …«

»Da haben wir's doch schon! Was glaubst du, hält der von einer Tochter, die ihren Abschluss per Fernstudium gemacht hat?«

»Ist das eine aufrichtige Frage?«

Darci blickte ihn ungläubig an. »Was soll denn das heißen?«

»Ich will damit nur sagen, wenn die anderen jungen Damen, die dieses Studium absolviert haben, auch nur halb so gescheit sind wie du, dann würde ich es als eines der besten überhaupt einstufen.«

»Oh«, erwiderte sie, immer noch etwas matt. »Aber das weiß er ja nicht, oder?«

»Als ich dich kennen lernte, wusste ich das auch nicht. Aber zumindest hast du jetzt nette Klamotten an und siehst nicht mehr aus wie eine hungernde Obdachlose.« Er hatte es kaum ausgesprochen, als er es auch schon bedauerte.

»Das hast du von mir gedacht? Ich wette, als deine hellseherische Freundin sagte: ›Die ist es!‹, warst du sauer! Ich wette, du hast geantwortet: ›Nein, nicht diese verhungerte Kleine! Oh, nein! Warum kann ich nicht ein langbeiniges, hinreißendes Weib mit einem Abschluss von Yale bekommen?‹«

Ihre Worte kamen dem, was Adam gedacht hatte, so nahe, dass er spürte, wie er puterrot anlief.

»Du hast es gedacht!«, sagte Darci leise. »Genau das war es, was du gedacht hast. Adam Montgomery, du bist der größte Snob, der je auf dieser Erde gelebt hat! Du glaubst, nur weil du in eine reiche Familie hineingeboren wurdest ...«

»Glaubst du, das ist er?«, fragte Adam.

Vor lauter Schimpfen über Adam hatte Darci gar nicht bemerkt, dass sie bereits in Camwell waren und soeben auf den Parkplatz des Grove einbogen. Unter einem Baum mit einer dichten, dunkelroten Krone stand ein Mann. Er wandte ihnen den Rücken zu, deshalb konnte sie sein Gesicht nicht sehen, aber sie wusste, dass sie diesen Mann mit seinem perfekt sitzenden, teuren blauen Mantel hier noch nicht gesehen hatte.

Sie verbarg das Gesicht in den Händen und legte den Kopf auf Adams Schoß. »Ich kann nicht!«, stöhnte sie. »Ich kann das nicht. Er wird mich nicht mögen. Was soll ich denn zu ihm sagen? Er wird Beweise dafür haben wollen, dass ich seine Tochter bin. Er wird denken ...«

Als sie den Kopf auf seinen Schoß legte, fuhr Adam ein solcher Schock durch den ganzen Körper, dass er sie am liebsten sofort gepackt und hochgezogen und ... na ja, dachte er, wahrscheinlich hätte ich sie gern gleich auf dem Autositz vernascht. Aber nachdem er die Hände einen Moment hochgehalten und sich gezwungen hatte, sie nicht zu berühren, begann er zu verstehen, was in ihr vorging.

Er legte ihr eine Hand auf den Kopf, auf ihr weiches, seidenes Haar, und nachdem er ein paar Mal kräftig ausgeatmet hatte, um sich zu beruhigen, streichelte er sie. »Na komm, du bist doch tapfer! Ich habe dir doch gesagt, ich bin bei dir, um dich zu beschützen.«

Darcis Kopf schoss so ruckartig nach oben, dass sie Adam fast einen Kinnhaken verpasst hätte. Ihr Gesicht war auf gleicher Höhe mit seinem, seine Lippen ganz nah bei ihren. »Versprichst du es mir?«

»Natürlich«, sagte er, doch seine Stimme war sehr rau.

»Schwöre es!« Sie packte die Seiten seiner Lederjacke und zog ihn noch näher zu sich.

Ihr Atem roch so gut, dass Adam kurz schwindlig wurde.

»Schwöre es!«, wiederholte sie. »Schwöre es bei ... Was ist dir heilig?«

»Im Augenblick mein gesunder Menschenverstand.«

»Lass jetzt deine albernen Scherze! Das ist wichtig.«

»Ich schwöre beim Leben meiner Schwester, dass ich dich nicht im Stich lassen werde.«

Adam fluchte innerlich, denn nun hatte er ihr etwas offenbart, was er eigentlich für sich behalten wollte. Aber vielleicht würde sie diesen Fehler ja nicht bemerken.

Darcis Augen schienen größer und größer zu werden. »Im Internet hieß es, du bist ein Einzelkind, wer also ist deine Schwester?«

»Sie ...« Adam schaute an Darcis Kopf vorbei. »Die Leute vom Hotel müssen deinem Vater gesagt haben, welchen Wagen ich fahre. Er kommt nämlich auf uns zu.«

»Nein!« Darci kreischte fast, und Adam weinte beinahe vor Erleichterung, als sie von ihm abließ und auf die andere Seite des Wagens rückte. Wegen der Angst vor der Begegnung mit ihrem Vater vergaß sie, Adam weiter Fragen zu seiner Schwester zu stellen. Er schloss kurz die Augen und versuchte, sein inneres Gleichgewicht wieder zu finden.

Da er von Darci nichts hörte, schaute er sie an. Ihr Gesicht war kreidebleich. Würde sie am Ende wieder ohnmächtig werden? Er fragte sich, wie lange er zwischen den beiden, die sich ja völlig fremd waren, als Vermittler würde fungieren müssen. Eigentlich hatte er sich nur mit dem Problem beschäftigen wollen, das ihn hierher geführt hatte, doch nun würde er auch noch die Rolle eines Therapeuten übernehmen müssen. Eigentlich hatte er darauf gehofft, dass dieser Taylor Raeburne sich ein oder zwei Tage um Darci kümmern würde, damit er noch einmal in diese Tunnels zurückgehen konnte. Wenn er allein war, konnte er eine Karte zeichnen. Wenn er allein war, konnte er ...

Als er hörte, wie Darci die Wagentür öffnete, unterbrach er seinen Gedankengang und schaute zu ihr. Sie starrte mit einem Blick, den er noch nie gesehen hatte, auf den Mann, der auf sie zugeschlendert kam. Er sieht Darci absolut ähnlich, dachte Adam. Es wäre kein DNA-Test erforderlich gewesen, um seine Vaterschaft zu beweisen.

»Warte, ich komme doch mit dir!«, sagte Adam. »Ich – verdammt!« Der Sicherheitsgurt ließ sich nicht öffnen, obwohl Adam auf den roten Knopf drückte, so fest er konnte. Er gab es auf und verfolgte stattdessen aus dem Fenster, was jetzt geschah.

Darci war wie in Trance ausgestiegen. Sie hatte die Tür offen gelassen und ging nun langsam auf den Mann zu, der ihr entgegenkam. Sein Blick war fest auf die junge Frau gerichtet, und je mehr sie sich aufeinander zu bewegten, desto schneller gingen sie. Als sie noch knapp zehn Meter voneinander entfernt waren, begannen sie zu laufen.

Inzwischen hatte neben Adams Wagen ein weiteres Auto geparkt, aus dem ein halbes Dutzend Leute, beladen mit Einkaufstüten, ausstieg. Doch als sie sahen, wie Darci und der Mann aufeinander zugingen, blieben sie alle stehen und beobachteten die Szene ebenfalls.

Adam musste zugeben, dass es reizvoll war, wie diese beiden Menschen, die sich so ähnlich sahen, mit ausgestreckten Armen aufeinander zuliefen.

Als Darci etwa einen Meter von dem Mann entfernt war, machte sie einen Satz.

Im ersten Augenblick hielt Adam den Atem an, dann riss er kräftig an dem Sicherheitsgurt, und nun öffnete er sich. Mit einer raschen Bewegung hatte Adam den Wagen verlassen, bereit, Darci zu Hilfe zu eilen, falls sie nicht aufgefangen werden sollte.

Doch er hätte sich keine Sorgen zu machen brauchen, denn der Mann drückte sie an sich und schloss sie fest in die Arme. Darci schlang ihre Beine um seine Hüften und vergrub das Gesicht an seiner Schulter – es war eine Geste vollständiger, totaler Ergebenheit.

Und Liebe, konnte Adam nicht umhin zu denken, als er die beiden beobachtete. Ein glühendes Gefühl durchwallte ihn, ein Gefühl wie Ärger, nein ... eigentlich war es mehr eine Wut. Aber es fühlte sich auch an wie ...

Die Leute aus dem anderen Wagen störten seine Gedanken. Sie applaudierten! Eine der Frauen wischte sich Tränen von den Wangen; ein halbwüchsiger Junge pfiff gellend laut und klatschte dann noch einmal.

Adam ärgerte sich. Am liebsten hätte er diese Zaungäste angeschnauzt und ihnen erklärt, dass es sich hier um eine ganz private Angelegenheit handelte, dass ein Vater und seine Tochter, die sich noch nie gesehen hatten, sich endlich kennen lernten, und deshalb ...

Aber er sagte nichts zu den Leuten, obwohl sie alle schwärmten, wie »romantisch« es gewesen sei, was sie gerade gesehen hatten. Er schloss beide Türen seines Wagens und sperrte ihn ab. Als er das Gefühl hatte, Vater und Tochter hätten nun genug Zeit gehabt, um sich zu begrüßen, ging er langsam auf die beiden zu. Sie standen nun beisammen; Taylor Raeburne hatte einen Arm um Darcis Schultern gelegt, sie einen um seine Taille.

Taylor Raeburne war nur etwas über einen Meter fünfundsechzig groß, bemerkte Adam, als er sich ihm näherte. Auf dem Foto hatte Darcis Mutter ziemlich groß gewirkt; deshalb hatte er sich gefragt, warum Darci so klein war. Damals hatte er gedacht, der Grund sei womöglich Mangelernährung gewesen; jetzt sah er, dass es erblich bedingt war. Wenn die beiden so nebeneinander stehen, dachte Adam, dann sieht man, dass sie sich geradezu unglaublich ähneln.

»Sie sind Montgomery?«, fragte Raeburne, sobald er Adam bemerkte.

Als Adam ihm in die Augen blickte, wurde ihm klar, dass es nicht viele Menschen gab, die Taylor Raeburne als klein bezeichnet hätten. Der Mann erinnerte Adam an einen römischen Gladiator: klein, aber sehr, sehr stark. Er hatte eine so intensive Ausstrahlung, dass man ihn immer und überall beachten würde.

»Ja«, antwortete Adam und versuchte dabei, nicht auf Darci zu blicken, da sie sich so eng an diesen Mann schmiegte. »Und wer Sie sind, brauche ich gar nicht zu fragen.«

Raeburne starrte ihn an, als habe er kein Wort verstanden.

»Mach dir nichts draus«, sagte Darci. »Er versucht immer, Scherze zu machen, aber sie kommen nie an. Er hat einfach nur gemeint, er sieht, dass du mein Vater bist.« Darci blickte den Mann so liebevoll an, dass Adam erneut von einer heftigen Gefühlswallung überrollt wurde; dieses Mal war es so heftig, dass er sich einen Augenblick abwenden musste.

»Also, wo fangen wir damit an, diesen Hexen das Handwerk zu legen?«, fragte Taylor.

Adam wandte sich ihm wieder zu, erfreut darüber, dass er so direkt auf sein Thema angesprochen wurde. »Ich dachte, vielleicht wollen Sie und Darci ein wenig Zeit miteinander verbringen, damit Sie sich kennen lernen, und ich beschäftige mich inzwischen ein wenig mit … na ja, mit dem Zeichnen einer Karte.«

»Die Tunnels?« begehrte Darci auf und löste sich von ihrem Vater. »Da kannst du nicht ohne mich hineingehen!«

»Ohne dich komme ich sogar wesentlich besser zurecht!«, konterte Adam. »Denk doch nur daran, was du beim letzten Mal gemacht hast!«

»Ich habe dir deinen Dolch besorgt, das war alles. Du konntest ihn nicht erreichen, aber ich habe den Alarm ausgelöst, und dadurch hattest du Zeit, ihn herauszuholen. Aber geholfen hat es uns sowieso nicht, dieses Messer.«

»Du tust so, als ob du das geplant hättest«, gab Adam zurück. »Du tust, als ob ...«

»Ihr zwei seid kein Liebespaar, oder?«, fragte Taylor dazwischen.

»Ich, mit dem da?«, fragte Darci fast höhnisch zurück. »Nein, der hebt sich für Renee auf.«

»Sehr witzig.« Adam blickte zu Taylor. »Renee ist mein Hund.«

Taylor Raeburne blieb ernst. »Es ist gut, dass ihr kein Liebespaar geworden seid, denn wie ihr bestimmt wisst, muss meine Tochter Jungfrau bleiben, um die Botschaften des Spiegels zu verstehen.«

Als Taylor das sagte, spürte Adam sofort, wie Darci ihn anstarrte. *Deshalb hast du mich angestellt!*, schrie sie in seinem Kopf. *Du hast mich angestellt, weil ich eine ... eine ...* Sie konnte das Wort nicht einmal im Geiste sagen.

»Darci, ich ...«, begann Adam und wandte sich ihr zu. »Au! Das tut weh!«, rief er dann, denn plötzlich schoss ein scharfer Schmerz durch seinen Kopf. Ein Schmerz wie ein Eispickel, der in die eine Schläfe eindrang, durch das Gehirn schlug und durch die andere Schläfe wieder austrat. »Hör auf!«, flüsterte er und legte sich die Hände seitlich an den Kopf.

Taylor hatte die Szene stumm beobachtet, und nun verstand er, was vor sich ging. Er trat zwischen Darci und Adam und ergriff seine Tochter an den Schultern. »Darci«, sagte er beschwörend, doch ihre Miene veränderte sich nicht. Ihre Augen waren weit aufgerissen, die Pupillen vergrößert, aber sie sah ihn nicht. »Darci!«, wiederholte Taylor und schüttelte sie einmal kräftig. »Hör auf damit! Hör auf, oder du bringst ihn um!«

Darci befolgte die Aufforderung ihres Vaters sofort, wenngleich sie ihn anblickte, als würde sie ihn nicht erkennen. Dann bemerkte sie Adam hinter ihm. Er kniete im Gras und presste sich die Handflächen an die Schläfen. Aus seinem rechten Nasenloch rann ein Tropfen Blut.

»Habe ich das gemacht?«, flüsterte sie und hielt sich an den starken Armen ihres Vaters fest, um nicht umzukippen. Sie hatte absolut keine Kraft mehr.

»Ja«, antwortete Taylor, der sie eindringlich musterte und sah, wie das Blut aus ihrem Gesicht wich. »Du hast nicht gewusst, dass du das kannst, nicht wahr?«

Sie begegnete seinem Blick. »Dass ich Menschen mit meinen Gedanken töten kann?« Jetzt spürte sie, wenn sie ihre Wut weiterhin so direkt auf Adam gerichtet hätte, wäre sein Kopf explodiert. Sie flüsterte kaum hörbar. »Nein. Ich wusste nicht, dass ich das kann. Und ich will es auch gar nicht wissen. Ich will kein Monster sein. Ich will nicht einmal ... eine ...« Ihre Stimme erstarb, ihre Augen füllten sich mit Tränen.

Taylor zog sie an sich und verbarg ihr Gesicht an seiner Schulter. »Geht es Ihnen gut?«, fragte er Adam.

Adam beugte sich vornüber und stützte sich mit einer Hand am Boden ab, die andere drückte er auf seine blutende Nase, aber er nickte.

»Ich würde jetzt nichts lieber tun, als irgendwohin zu gehen, wo wir reden könnten«, sagte Taylor, »aber ich fürchte, dazu haben wir keine Zeit. »Heute Abend ist der Dreißigste.«

Darci und Adam blickten ihn fragend an.

»Bitte, ihr beiden, sagt mir, dass ihr wisst, was das bedeutet«, sagte Taylor.

»Er sagt mir nichts«, erklärte Darci.

»Und sie mir noch weniger«, kommentierte Adam heiser. Er konnte noch immer nicht aufstehen.

»Also, ich bin mir nicht sicher«, sagte Taylor langsam und

blickte von einem zum anderen, »aber ich habe den Eindruck, keiner von euch beiden weiß viel zu erzählen.« Er fixierte Adam. »Haben Sie meiner Tochter« – bei dem Wort musste er sich kurz unterbrechen, weil ihm die Stimme zu versagen drohte –, »haben Sie meiner Tochter gesagt, weshalb Sie das tun? Haben Sie ihr von der Entführung erzählt?«

»Nein«, antwortete Adam und stand langsam auf. Er hatte Darci noch immer nicht angeschaut. Einerseits wollte er sie beschützen, aber andererseits wollte er vor ihr weglaufen. Konnte sie wirklich einen Menschen mit ihren Gedanken *töten*? Aber, schlimmer noch, sie hatte ihre Kraft gegen ihn gerichtet.

»Und du?«, fragte Taylor seine Tochter und hielt sie etwas von sich weg, damit er ihr in die Augen sehen konnte. »Weißt du, was du alles kannst?«

»Ich glaube nicht, dass ich von irgendetwas sehr viel weiß«, erwiderte sie und vermied Adams Blick ebenso wie er den ihren. Sie spürte seinen Zorn – und sie spürte, dass er Angst vor ihr hatte.

Taylor trat kurz zurück und musterte die beiden. »Gute Herzen«, murmelte er. »Ihr habt beide ein gutes Herz, aber ihr wisst nicht viel.« Er seufzte laut. »Also gut«, fuhr er dann fort, »ich sage es euch in aller Deutlichkeit: Wir haben bis zum Einunddreißigsten Zeit, also bis morgen, um das zu finden, was ihr sucht.« Er blickte zu Adam. »Was ist Ihnen wichtiger, der Spiegel oder die Person, die darin lesen kann?«

»*Sie* ist nicht mehr als ein Gerücht. Niemand weiß mit Sicherheit, ob sie existiert«, erwiderte Adam mit großen Augen.

»Oh doch, sie existiert, und – zeigen Sie mir Ihre Brust. Ich möchte sehen, ob Sie auch wirklich der sind, der zu sein Sie behaupten.«

»Woher wissen Sie darüber Bescheid?«, fragte Adam.

»Eine gewisse Ms Wilson arbeitet für mich. Diese Frau kann schneller alles über jemand herausfinden, als Sie oder ich brauchen, um unseren Führerschein zu lesen. Ich komme aus Virginia, und bis ich hier ankam und meinen Laptop anschloss, hatte sie schon eine ganze Menge gefunden.« Er betrachtete Adam genau. »Über Sie war einiges dabei. Das heißt natürlich, falls Sie der sind, für den Sie sich ausgeben.«

Adam überlegte. Jetzt, in diesem Augenblick, musste er entscheiden, ob er diesem Mann, einem Fremden, sagen wollte, wer er war und wonach er suchte. Aber er hatte gesehen, dass Darci ein Teil dieses Ganzen war, und wenn man nur hinschaute, dann konnte man erkennen, dass dieser Mann zu Darci gehörte, dass er ein Teil von ihr war.

Außerdem wusste dieser Mann von dem Spiegel. Und von der Person, die darin lesen konnte.

»Sollen wir in unseren Bungalow gehen?«, fragte Adam. »Ich denke, für heute haben wir genügend öffentliche Aufmerksamkeit bekommen.«

»Ja«, stimmte Taylor zu, »gehen wir hinein.«

Als Adam an Darci vorbeiging, flüsterte sie: »Tut mir Leid. Ich wollte dir nicht wehtun.«

Aber er war nicht bereit, ihr zu verzeihen.

14

In ihrer Unterkunft angekommen, zog Adam den Pullover aus und knöpfte sein Hemd auf. Links auf seiner Brust, direkt über dem Herzen, war eine Narbe. Nein, dachte Darci, das ist nicht nur eine Narbe – das ist ein Brandzeichen! Die Form hatte sich im Lauf der Jahre verändert – man konnte leicht erkennen, dass die Narbe alt war –, aber sie sah sofort, dass das Zeichen ursprünglich eine bestimmte Form gehabt hatte. Sie wusste jedoch nicht, was es einmal dargestellte.

Im Augenblick spürte sie, dass Adam noch immer so wütend auf sie war, dass er sie nicht in seiner Nähe wollte; deshalb trat sie nicht heran, um die Narbe zu betrachten.

»Wissen Sie, was das ist?«, fragte Taylor. Er berührte Adam nicht, aber er betrachtete die Narbe sehr genau.

»Ein Turm«, antwortete Adam. »Der aus den Tarotkarten. Das ist die Karte der Vernichtung.«

»Ja. Das ist ihr Symbol. Wenn Sie damit von ihr gebrandmarkt wurden, dann muss sie Sie sehr hassen,«, meinte Taylor. Er musterte Adam nachdenklich. »Aber Sie leben noch. Wie alt waren Sie, als sie Ihnen das zufügte?«

»Drei«, antwortete Adam und knöpfte sein Hemd wieder zu. »Aber es hat keinen Zweck, mich zu fragen, was damals passierte, weil ich mich an nichts erinnern kann. Und, bevor Sie fragen, ich bin mehrmals hypnotisiert worden – oder zumindest hat man es versucht –, aber ich kann mich trotzdem an nichts erinnern.«

»Wenn sie es nicht geschafft hätte, diese Erinnerung bei Ihnen auszulöschen, dann hätte sie ja wohl nicht viel drauf, nicht wahr?«

»Sie! Sie! Sie!«, rief Darci ungehalten. »Wer ist denn diese Sie?«

Taylor reagierte verblüfft. »An der Rezeption sagte man mir, ihr beide seid schon seit fünf Tagen hier. Habt ihr denn überhaupt schon einmal miteinander gesprochen?«

»Sie redet unaufhörlich«, sagte Adam, ohne Darci anzusehen. »Aber meistens nur über Putnam – den Mann, den Jungen, den Ort.«

»Und meine Innere Überzeugung!«, schoss Darci zurück. Sie wollte Mitleid für Adam empfinden, dafür, was ihm als Dreijährigem angetan worden war, aber er war momentan so zornig auf sie, dass sie überhaupt nichts für ihn empfinden konnte.

Taylors Blick wechselte zwischen Darci und Adam hin und her. »Ihr habt anscheinend beide keine Ahnung, was hier eigentlich abläuft. Das Wenige, das ihr wisst, habt ihr offenbar schön für euch behalten und euch nicht ausgetauscht. Wahrscheinlich wisst ihr nicht einmal, welche Verbindung zwischen euch beiden besteht, oder?«

»Falls Sie meinen, dass sie mir Sachen in den Kopf schreit, doch, das haben wir letzte Nacht herausgefunden.« Sogar Adam selbst hatte den Eindruck, dass er klang wie ein beleidigter kleiner Junge, als er das sagte.

»Darci, Liebling, zeig mir deine linke Hand«, bat Taylor und nahm einen Stift aus seiner Jackentasche. »Sieben Muttermale. Sagten Sie nicht, dass sie sieben Muttermale an der Hand hat?«

»Ja, so viele habe ich gezählt. Aber ich denke nicht, dass sie sie jemals gezählt hat.«

Taylor hielt die Hand seiner Tochter und rieb sie zärtlich. »Ich glaubte nicht, dass ich je eigene Kinder haben würde«, sagte er leise. »Ungefähr zwei Jahre nachdem ich deine Mutter kennen lernte, hatte ich einen Autounfall. Wie alle Männer glaubte ich, ich hätte alle Zeit der Welt, um eine Familie zu gründen, aber bei diesem Unfall wurde ich verletzt – nicht sehr schwer, aber doch so, dass ich keine Kinder bekam, obwohl ich zweimal verheiratet war. Die eine Frau hat mich deswegen verlassen. Aber dann kam dieser Anruf heute Morgen, und ...« Er sah ihr liebevoll in die Augen.

Taylor hielt noch immer Darcis Hand, doch nun wandte

er sich an Adam. »Unter den weiblichen Ahnen meiner Tochter hat es viele starke Frauen gegeben. Ich habe über meine weiblichen Vorfahren und das, was sie alles vermochten, geschrieben, aber ich glaubte, es würde keine derartigen Frauen mehr geben. Ich dachte, ich hätte die Ahnenreihe durch meinen Unfall unterbrochen. Wussten Sie, dass sie spürt, ob jemand glücklich oder unglücklich ist? Sie kann spüren, was Sie über sie empfinden, jetzt, in dieser Minute.«

Darci zog ihre Hand zurück. »Ich mag das nicht. Ich will nicht ein seltsames, sonderbares ...«

»Dann versuch nicht, Leute umzubringen!«, schnauzte Adam sie an, doch als er die Tränen in ihren Augen sah, verflog sein Zorn. »Oh Gott, verdammt«, murmelte er.

»Fluche nicht«, sagte sie und begann zu schluchzen.

Adam ging mit offenen Armen auf sie zu, um sie zu trösten, doch Taylor trat zwischen die beiden. »Noch nicht«, sagte er. »Noch zwei Tage, dann führe ich sie Ihnen vor den Traualtar, aber jetzt noch nicht.«

»Traualtar?«, fragte Darci mit hochgezogenen Brauen.

»Sie ist schon mit einem anderen verlobt«, hielt Adam dagegen, »und außerdem, sie und ich sind ... ich meine, wir sind kein ...«

»Das sehe ich«, entgegnete Taylor, offensichtlich sehr amüsiert über Adams Aussage, ja, er kicherte sogar ganz unverhohlen. »Ja, ich kann es ganz deutlich sehen, dass ihr beide kein Paar seid.« Noch immer schmunzelnd, nahm er Darcis linke Hand und begann, darauf zu zeichnen. Er verband die Muttermale auf ihrer Handfläche miteinander.

»Kritzelentchen«, murmelte Adam, und Darci lächelte.

Als Taylor sie fragend anblickte, meinte sie: »Manchmal sind seine Scherze gar nicht so dumm«, doch dann sagte sie plötzlich überrascht: »Oh!«

»Das habe ich mir gedacht«, murmelte Taylor. »Es sind neun Muttermale, nicht sieben. Die beiden letzten sind weiter unten am Handgelenk. Seht ihr?«

Du musst mich auffangen, sagte Darci in Gedanken zu Adam, während sie auf ihre Handfläche starrte, denn ihre Knie gaben schon wieder nach. Auf ihrer Handfläche befand sich exakt die gleiche Figur – der Turm, der in Adams Brust eingebrannt war.

Adam schob Taylor zur Seite, fing Darci auf und legte sie auf die Couch. »Bringen Sie ihr ein Glas Wasser«, befahl er dem älteren Mann – und schämte sich dafür, wie gut es sich anfühlte, sich zwischen Darci und ihren Vater zu stellen. »Am besten mit Eis.«

Als Taylor mit dem Wasser wiederkam, fragte er: »Sind Sie sicher, dass sie nicht einfach nur Hunger hat? Sie ist so dünn. Geben Sie ihr auch mal etwas zu essen?«

Diese Bemerkung brach das Eis. Adam blickte auf Darci, die auf dem Sofa lag und wieder halb ohnmächtig war, und begann zu lachen.

Und er steckte Darci damit an. Als er sich auf das Ende der Couch niedersinken ließ, setzte sich Darci auf, und ihr Lachen wurde stärker. Und je mehr sie lachten, desto länger lachten sie, und sie lachten, bis sie schließlich einander in die Arme sanken.

Taylor stand zuerst nur da und beobachtete die beiden nachdenklich. Nach einer Weile begann er, im Bungalow auf und ab zu gehen. Als er bemerkte, dass Darcis und Adams Kleidung in ein und demselben Schrank hing und sie offenbar auch im selben Bett schliefen, griff er zum Telefon, rief die Rezeption an und bat, seine Koffer wieder zu packen und ins Haus Kardinal zu bringen. Sein Ton und seine Wortwahl veranlassten den jungen Mann am anderen Ende der Leitung nicht zu der Feststellung, dass das nicht zum regulären Service des Hauses gehöre; er sagte nur: »Jawohl, Sir. Ich kümmere mich darum.«

Eine halbe Stunde später klopfte es, und als Taylor öffnete, stand praktisch die gesamte Belegschaft des Hotels vor ihm.

Und jede Person hatte einen Koffer, einen Karton oder sonst ein Behältnis bei sich.

»Was in aller Welt ...«, begann Adam, der die Parade beobachtete.

»Ich habe beschlossen, hier zu bleiben, in diesem Haus«, erklärte Taylor kurz und mit einem festen Blick auf Adam. »Diese Leute erwarten ein Trinkgeld, und ich bin sicher, dass Sie sich das eher leisten können als ich.«

Adam wollte eigentlich etwas erwidern, doch stattdessen öffnete er einfach seine Brieftasche und verteilte mehrere Scheine an das Personal. »Wie der Vater, so die Tochter«, murmelte er vor sich hin, während die Hotelangestellten grinsend verschwanden. »Wollen Sie mir nicht erklären, was das soll?«, fragte er dann Taylor.

Darcis Vater setzte sich auf einen Stuhl gegenüber der Couch. »Ich hatte nicht viel Zeit zum Planen, deshalb habe ich einfach alles mitgebracht, was wir eventuell brauchen. Heute Abend müssen wir versuchen, an den Spiegel zu kommen. Morgen ist der Einunddreißigste, deshalb ...«

»Halloween«, sagte Darci. Sie saß an einem Ende der Couch, Adam am anderen. Und sie merkte, dass sie nicht daran gedacht hatte, auf das Datum zu achten.

»Ja, genau«, erwiderte Taylor. »Wenn wir bis morgen warten, ist es zu spät. Wenn sie ihre Macht über heute Abend hinaus behält, verdoppelt sich diese Macht. Sie wird bei dem Ritual Kinder verwenden«, fügte er leise hinzu. »Aber ich weiß nicht, wo sie den Spiegel aufbewahrt. Sie ...«

»Der Boss?«, fragte Darci und versuchte, nicht über das nachzudenken, was ihr Vater eben gesagt hatte. »Wir haben gehört, dass sie so genannt wird.«

»Und wann war das?«, fragte Taylor, doch dann hob er eine Hand. »Nein, sag es mir nicht. Wir haben keine Zeit. Heute Nacht rechnet sie nicht mit uns. Ich bin sicher, dass sie Darci im Spiegel gesehen hat, deshalb wird sie ...«

»Mich?«, unterbrach ihn Darci. »Wieso denn mich?«

»Weil du daraus lesen kannst«, erklärte Taylor, bevor Adam etwas sagen konnte.

»Ach so, das habe ich vergessen«, sagte Darci verbittert. »Ich bin ja angestellt worden, weil ich eine ... eine ... Warte mal! Wenn diese Hexe aus dem Spiegel lesen kann, bedeutet das, dass sie nie mit einem ...«

»Das wundert mich«, sagte Taylor leise. »Ist sie wegen des Spiegels zur Nonne geworden? Oder ist es bloß eine Legende, dass nur Jungfrauen daraus lesen können?«

»Das ergibt keinen Sinn. Nostradamus hat mit Sicherheit nicht keusch gelebt. Er hatte ein paar Frauen und mehrere Kinder«, sagte Darci. »Warum also sollte man, um aus dem Spiegel lesen zu können, keusch sein müssen?« Sie musste schlucken, denn jetzt fiel ihr mit aller Deutlichkeit ein, wie oft sie mit Adam über Sex gesprochen hatte. Und er hatte die ganze Zeit gewusst, dass sie *nichts* wusste. Bestimmt hatte er sich über sie königlich amüsiert!

»Aber vielleicht wurde der Spiegel auch für ihn gemacht«, bemerkte Adam leise. Die Art, wie er das sagte, veranlasste Darci, sich abrupt zu ihm umzudrehen.

»Was verbirgst du noch alles?«, fuhr sie ihn an. »Außer schrecklichen Narben und dem Wissen über die intimsten Geheimnisse eines Menschen?«

Adam holte tief Luft. »Es ist möglich, dass meine Schwester die Person ist, die aus dem Spiegel lesen kann«, sagte er. »Meine Mutter war schwanger, als sie ... als sie verschwand. Man hat mir gesagt, in dem Flugzeug, mit dem meine Eltern verschwanden, seien drei Personen gewesen, und eine sei noch am Leben. Meine Schwester wäre jetzt ungefähr zweiunddreißig.«

Darci starrte ihn entgeistert an. Kein Wunder, dass er so scharf auf diesen Spiegel war!

Wenn er ihn fand, dann würde er vielleicht auch seine Schwester finden – eine Frau, die womöglich ihr ganzes Leben lang gefangen gehalten worden war.

»Aha«, sagte Taylor. »Das macht die Sache ja noch viel dringender.« Er bemerkte, wie Darci und Adam einander fixierten. Taylors Hirn arbeitete rasch. Wegen seiner weiblichen Vorfahren hatte er sein Leben damit verbracht, einige der hässlichen Dinge zu studieren, die auf dieser Welt passierten. Schon zweimal hatte er es geschafft, einen Hexenzirkel zu infiltrieren und zu vernichten. Aber beide Male hatte ihn das, was er dabei hatte mit ansehen müssen, krank gemacht.

Als Adam Montgomery ihn an diesem Morgen anrief, hatte sich Taylor nicht die Zeit gelassen, sich darüber zu freuen, dass er eine Tochter hatte – eine Tochter mit dieser Kraft, die in seiner Familie viele Generationen weit zurückreichte. Nein, er hatte sich in hektische Aktivität gestürzt. Er hatte seine Fallstudien über Camwell eingepackt – ganze Kartons voll – und gleichzeitig seiner langjährigen Mitarbeiterin Ms Wilson diktiert.

Sie war es gewesen, die sich an das Gerücht über den Spiegel erinnert hatte. Taylor hatte vor Jahren von einer seiner Studentinnen, deren Schwester dem Kult beigetreten war, von dem Spiegel gehört. Die junge Frau hatte versucht, ihre Schwester ebenfalls zum Beitritt zu bewegen. »Damit können wir uns die ganze Welt unterwerfen«, hatte sie geprahlt. »Sie hat eine alte Jungfer – es muss eine Jungfrau sein –, die darin die Vergangenheit und die Zukunft sehen kann.«

Diese wenigen Sätze waren Taylor berichtet worden, und er verwandte daraufhin so viel Zeit wie nur irgend möglich, um herauszufinden, was das Mädchen gemeint hatte, bislang jedoch mit wenig Erfolg.

Auf dem Weg nach Camwell rief ihn Ms Wilson an und teilte ihm mit, was sie über Adam Montgomery in Erfahrung gebracht hatte und was diesem als Kind zugestoßen war.

»Und hier noch etwas Interessantes«, hatte Ms Wilson gesagt. »Die Mutter dieses Mannes war schwanger, als sie verschwand.« Taylor hatte erst einmal eine Weile gebraucht, um zu begreifen, was das bedeutete. »Alte Jungfer«, hatte das

Mädchen gesagt. »Wie alt wäre ihr Kind jetzt?«, fragte Taylor Ms Wilson. Die war auf diese Frage vorbereitet; schließlich arbeiteten sie bereits seit Jahren zusammen. »Das Kind wäre jetzt etwa zweiunddreißig Jahre alt.«

Taylor hatte sich erst einmal beruhigen müssen. So viel er auch schon über das Böse in der Welt gehört hatte, er war nie wirklich darauf gefasst, wenn ihm diesbezüglich wieder etwas Neues zu Ohren kam. War das Mädchen in Gefangenschaft aufgewachsen? Hatte man ihm beigebracht, aus einem Zauberspiegel zu lesen?

Als Taylor dann in Camwell eintraf, hatte er zwar diverse Informationen, wusste jedoch nicht recht, wie sie alle zusammenpassten. Er hätte diese Informationen unter keinen Umständen preisgegeben, doch das FBI konsultierte ihn gern in Fällen, bei denen womöglich so genannte Hexerei im Spiel war. Durch diese Verbindung war es Ms Wilson auch möglich gewesen, etwas über die Form des Brandmals in Erfahrung zu bringen, das die Ärzte auf der Brust eines kleinen Jungen gefunden hatten. Er war vor Jahren entdeckt worden, als er allein im Wald umherirrte. Taylor wusste sogar, dass das FBI – mit Zustimmung von Adams Vormündern – einen Arzt beauftragt hatte, das Brandzeichen mit Narbengewebe zu überdecken. Die Vormünder hatten nicht gewollt, dass Adam eine sichtbare Erinnerung an sein Martyrium mit sich herumtrug.

Taylor war auch kontaktiert worden, als vor Jahren in der Nähe von Camwell die erste junge Frau verschwand. Und er hatte die Sache mit den Muttermalen herausgefunden, als die zweite Frau verschwunden war.

Aber erst heute während der Fahrt stellte er eine auf jahrelanger Forschung und Erfahrung beruhende Vermutung an – eine Vermutung über die Form der Muttermale an Darcis Hand und das Zeichen, das Adam als Kind in die Brust eingebrannt worden war.

Nun wusste er also mehr, als er eigentlich wissen wollte.

Dieser »Boss«, diese böse Frau, die ein noch ungeborenes Baby entführt und das Kind dann zweiunddreißig Jahre lang in Gefangenschaft gehalten hatte, hatte es jetzt auf seine wundervolle, seine *kostbare* Tochter abgesehen!

Eine Kurzversion dessen, was dieser Adam Montgomery mitgemacht hatte, kannte Taylor bereits. Aber war Adam auch wirklich auf das vorbereitet, was er womöglich noch vor sich hatte?

War Adam bereit für die Dinge, die er unter Umständen entdecken würde? Und war auch Darci, die ja anscheinend die personifizierte Unschuld war, bereit für das, was sie möglicherweise zu sehen bekam?

Einesteils wollte Taylor mit den beiden Unschuldsengeln reden und sie warnen. Er wollte mit Adam über die junge Frau sprechen, die ihr ganzes Leben lang gefangen gehalten worden war. Würde es die Mühe wert sein zu versuchen, sie zu retten?

Aber Taylor hatte weder Zeit für einen philosophischen Vortrag noch dafür, eingehend über den Horror zu berichten, den er im Verlauf seines lebenslangen Kampfes gegen diese bösen Menschen zu sehen bekommen hatte. Und für Zimperlichkeiten irgendwelcher Art schon gar nicht. Wenn sie es tun wollten, dann mussten sie es *jetzt* tun. Wenn sie es nicht versuchten, oder wenn sie es versuchten und scheiterten, dann würde morgen wieder ein Mensch getötet – oder auch mehrere.

Taylor atmete tief durch. »Als Erstes muss Darci herausfinden, wo der Spiegel ist, dann müssen wir dorthin und irgendwie versuchen, an ihn heranzukommen. Ich bin sicher, dass er schwer bewacht wird, wo immer er sich auch befindet, deshalb habe ich Nachtferngläser mitgebracht. Ich glaube nicht, dass es schon einen Zauber gibt, der diese Dinge beenden könnte«, fügte er hinzu, als Adam und Darci ihn ungläubig anstarrten.

Doch dann wurde Taylor rasch wieder ernst. »Adam, ich

glaube, Sie müssen sich darauf gefasst machen, dass die Person, die aus dem Spiegel liest – auch wenn es Ihre Schwester ist ... dass sie die Seite gewechselt hat.«

»Sie meinen, dass sie eine von denen geworden ist?«

»Ja, womöglich.« Taylor blickte Adam fest in die Augen im Versuch, seine Gedanken zu lesen, und Adam erwiderte diesen Blick so, als würde sich zwischen ihnen etwas abspielen.

»Ich möchte ja diese nette Männerrunde nicht stören«, meldete sich Darci zu Wort, »aber könnten wir noch einmal zu dem Teil zurückgehen, als du sagtest, ›Darci muss herausfinden, wo der Spiegel ist‹? Bin damit tatsächlich ich gemeint, ich, Darci? Oder denkst du vielleicht an eine andere Person namens Darci?«

Adam schaute zu Taylor und Taylor zu seiner Tochter. »Du weißt also nicht, dass du Dinge auffinden kannst?«

»Als ich sie kennen lernte, glaubte sie, jeder kann das, was sie kann – man muss nur daran glauben«, erklärte Adam.

»Machst du dich über mich lustig?«, fragte Darci und heftete den Blick auf Adam. »Wenn ja, dann ...«

»Dann?«, fragte Adam.

»Kinder!«, rief Taylor, doch er lächelte. »Darci, Liebling ...«

»Klingt das nicht einfach wunderbar?«, fragte sie, legte die Hände auf ihr Herz und schloss wie in Ekstase die Augen. »Darci, Liebling!«

»Schade, dass das nicht mit einem T beginnt«, kommentierte Adam, der sich wieder an ihr Verwirrspiel mit ihrem zweiten Vornamen erinnerte. »Sonst könntest du sagen, das ist dein zweiter Vorname, oder deine herausragende Eigenschaft. Und außerdem«, fuhr er belustigt an Taylor gewandt fort, »sie weiß nicht, dass sie Dinge auffinden kann. Ich habe einen ganzen Tag damit zugebracht, herauszubekommen, was sie kann, aber ich habe offenbar bis jetzt nicht die richtigen Fragen gestellt.«

Taylor lächelte seiner Tochter liebevoll zu. »Ich denke, wenn man so eine Gabe hat, ist es schwer, sich vorzustellen, dass andere nicht auch dieselbe außerordentliche Fähigkeit besitzen. Ich weiß nur deshalb, was sie alles kann, weil ich einen großen Teil meines Lebens darauf verwandt habe, meine Vorfahren kennen zu lernen und zu eruieren, über welche Fähigkeiten sie verfügten. Jede Generation in unserer Familie – und wenn man bedenkt, dass eine Generation nur etwa dreißig Jahre umfasst, dann hat es schon viele gegeben – hat eine Frau hervorgebracht, die Darcis Gabe besaß. Aber diese Gabe wurde nicht geradlinig weitergegeben. Manche Frauen, die sie besaßen, hatten mehrere Töchter, die sie nicht erbten. Oder eine Frau mit dieser Gabe brachte eine Tochter zur Welt, die zwar die Gabe besaß, aber bereits im Kindesalter starb, was den Anschein erweckte, dass das Talent in einer Generation übersprungen wurde.

Ich will damit sagen, manche dieser Frauen wuchsen mit einer Mutter auf, die ihnen beibringen konnte, welches Talent sie hatten, aber anderen erging es wie Darci – sie hatten keine Ahnung, über welche Kräfte sie verfügten. Und auch die Intensität war von Frau zu Frau unterschiedlich. Nur wenige etwa konnten ihre Gedanken auf andere Menschen projizieren, so wie Darci es mit Ihnen macht.«

»Das kann sie allerdings, ja«, meinte Adam sarkastisch und rieb sich die Schläfe.

Ich habe dir doch gesagt, dass es mir Leid tut! Was willst du denn noch?, fragte sie ihn in Gedanken.

»Wie wär's mit einer Entschuldigung?«, hielt Adam ihr entgegen, und Darci lächelte, denn sie wusste, dass er auf das eine Mal anspielte, als er auf die Knie fiel und einen bettelnden Hund nachahmte.

Nicht in diesem Leben, antwortete sie, lächelte jedoch dabei.

»Ich verstehe«, sagte Taylor. Er lehnte sich zurück und beobachtete die beiden. »Sie kann sehr deutlich mit Ihnen sprechen, nicht nur in Bildern oder Ideen, sondern in Worten. Ich muss schon sagen, das macht mich richtig eifersüchtig! Es ist immer nur eine Person, mit der meine Verwandte so sprechen kann. Sie kann zwar verschiedene Menschen dazu bewegen, Dinge zu fühlen oder zu denken, aber mit Worten kann sie nur mit einer Person sprechen – und die meisten konnten auch das nicht.«

Adam spürte eine unwillkürliche Freude in sich aufsteigen. »Hat eine dieser Frauen ihre Kraft je darauf verwendet, in großem Maßstab etwas Gutes zu tun? Oder auch etwas Schlechtes vielleicht? Und wie konnten sie diese Kraft über Jahrhunderte geheim halten?«

»Die Antwort auf beide Fragen ist Ja«, erwiderte Taylor. »Einige meiner Vorfahren waren entsetzliche Geschöpfe. Eine Frau terrorisierte mit ihrer Gabe einen ganzen Ort, bis jemand sie vergiftete. Doch ich glaube auch, dass einige meiner weiblichen Ahnen in großem Maßstab Positives bewirkten, nur beweisen kann ich das leider nicht. Ich bin davon überzeugt, dass eine meiner Tanten viel zur Beendigung des Vietnamkriegs beigetragen hat, aber wie gesagt, ich kann es nicht belegen. Andere haben ihre Kraft dazu eingesetzt, Menschen zu trösten und Dinge zum Guten zu wenden.«

»Das hat Darci für mich getan«, sagte Adam jetzt leise. »Und sie kümmert sich auch noch um ihren Heimatort, dieses Putnam.«

»Was die Wahrung von Geheimnissen anbelangt – das hing ab von dem Ort, in dem die jeweilige Frau lebte. In manchen Fällen wussten die Nachbarn Bescheid, in anderen nicht. Manchmal waren nur ein oder zwei Aspekte ihrer Talente bekannt und wurden genutzt. Eine meiner Vorfahren konnte verirrte Schafe auffinden. Sie lebte in Schottland und tat nichts anderes, als verloren gegangene Schafe zu finden.«

»Was uns wieder zu unserer Geschichte zurückbringt«, hakte Adam ein. »Sie sagten, Darci kann Dinge finden, aber das habe ich noch nicht bemerkt.«

»Nein? Hat sie nicht Sie gefunden? Habt ihr beide euch nicht so kennen gelernt?«

Darci schmunzelte. *Ich. Ich habe dich gefunden. Nicht du mich.*

»Sie fand mich am ersten Abend«, sagte Adam leise. »Ich habe mir den Ort angesehen, in der Dunkelheit, ich hatte nicht einmal eine Taschenlampe dabei, aber sie hat mich gefunden.«

»Ja«, pflichtete Taylor ihm bei und stand auf. »Kommt mit. Ich möchte, dass ihr euch etwas anschaut.«

Taylor führte sie in sein Zimmer, doch als er den Raum betrachtete, fragte er sich, ob er je darin schlafen würde. Wenn sie ihr Vorhaben heute Nacht ausführten, würden sie nicht mehr hierher zurückkommen können. Er räumte seine Koffer um, bis er einen kleines schwarzes Exemplar mit Reißverschluss und einem Zahlenschloss daran gefunden hatte, den er zum Ende des Betts zog und öffnete. Langsam, als sei der Inhalt kostbar – oder auch Schrecken erregend –, holte er einen kleinen Behälter aus edlem rotem Leder heraus und reichte ihn Darci.

Doch Darci wollte den Behälter nicht berühren; sie ging sogar rückwärts aus dem Raum wieder ins Wohnzimmer. Taylor und Adam folgten ihr.

»Ich mag dieses Ding nicht!«, protestierte sie. »Das, was da drin ist, ist schlecht. Putnam hat eine Sammlung von Waffen, die einmal berühmten Mördern gehörten, die rühre ich auch nicht an. Und das, was du da drin hast, ist auch so etwas.«

»Nein«, entgegnete Taylor. »Dies hier ist noch viel schlimmer. Es hat einmal ihr gehört. Ich habe Jahre gebraucht, um etwas zu finden, das ihr gehörte, aber ich habe es geschafft. Darci, wenn wir diese Sache beenden wollen, und wenn wir Adam Schwester finden wollen, dann musst du uns helfen.«

Adam hielt gespannt den Atem an, als Taylor langsam das Schächtelchen aus rotem Leder öffnete. Ob es ein böses

Amulett enthielt? Oder »nur« etwas Altes und ganz Abscheuliches? Einen Körperteil etwa?

Aber es lag lediglich eine altmodische Brosche darin, ein simples, kindisches Ding mit einem kleinen Bild von einem hübschen Mädchen, in einen Goldrahmen gefasst, der mit Staubperlen verziert war.

»Das ist die Hexe?«, fragte Adam verwundert, denn das Mädchen sah ganz und gar nicht böse aus. Es hatte dichtes braunes Haar, große braune Augen und einen kleinen Mund mit vollen Lippen.

Eigentlich sah dieses Mädchen aus, als würde es gleich anfangen zu lachen. Und alles in allem hatte Adam noch nie ein weniger böse aussehendes Objekt gesehen als diese kleine Brosche.

Aber Darci hielt sich fern. Und nach einem Blick auf die Brosche drehte sie sich auch noch um.

»Sag mir, was du siehst, Darci«, bat Taylor sie leise.

»Ich will gar nichts sehen!«, erwiderte sie. »Ich habe nicht darum gebeten, Dinge zu sehen oder zu tun, die andere nicht sehen oder tun können.« Sie war den Tränen nahe.

»Ich weiß«, sagte Taylor beschwichtigend. Er hatte über die Jahre mit vielen Hellsehern gearbeitet, und alle guten hatten dasselbe gesagt. Nur die, die sich selbst als die »besten« bezeichneten, diejenigen, die zu wenig sahen, um davon entsetzt zu sein, freuten sich über diese Fähigkeit. »Ich weiß, dass du am liebsten nichts sehen würdest, und genau deshalb hast du deine Kraft die ganzen Jahre niedergehalten. Aber Darci, Liebes, du bist kein Monster und auch keine Mutantin. Sondern du bist mit einer Gabe ausgestattet, einer Gabe von Gott, und …«

Darci blickte verlegen auf Adam. »Nein, das Mädchen auf diesem Bild ist keine Hexe. Dieses Mädchen wurde von einem sehr bösen Menschen getötet. Und …« Ihre Stimme erstarb, und sie blinzelte. »Ich habe ihre Mörderin getroffen.«

»Wen!?«, riefen Adam und Taylor wie aus einem Munde.

»Die Frau aus der Boutique, vermute ich«, antwortete Darci rasch. »Das war ein ekelhaftes Weibsstück, wirklich!«

Adam und Taylor wussten beide nicht, ob Darci scherzte. Ihrem störrischen Blick nach zu urteilen, wusste sie es wohl nicht einmal selbst. Und als Darci nichts mehr sagte, wussten beide auch sofort, dass sie nicht mehr aus ihr herausbekommen würden.

Als Antwort auf Taylors fragenden Blick sagte Darci aber dann doch: »Ja, ich scherze. Ich weiß nicht, wer sie umgebracht hat, aber ich spüre, dass ich sie getroffen habe.« Sie legte die Hände an die Schläfen. »Aber das ergibt doch keinen Sinn! Ich kann an einer Brosche Böses erkennen, aber wie kann ich dann einen bösen Menschen treffen und ihn nicht erkennen?«

»Sie kann Dinge abblocken, sich verstellen«, antwortete Taylor und wandte sich dann ab, sodass sein Gesicht nicht mehr zu sehen war. Hätte er gewusst, dass er eine Tochter hatte, die die Kraft der Frauen in seiner Familie besaß – er hätte sie ausbilden können. Er hätte ihr erklären können, über welche Gabe sie verfügte. Sie hätte nie das Gefühl haben müssen, ein Monster zu sein ...

Aber er hatte nichts von einer Tochter gewusst; er hätte nie im Leben gedacht, dass ein kurzes Abenteuer mit einer hinreißend schönen Frau auf der Herrentoilette einer Tankstelle ein Kind hervorgebracht hatte. Damals konnte sich Taylor gar nicht schnell genug aus dem Staub machen. Er hatte sich vor sich selbst geekelt, etwas derart Charakterloses getan zu haben. Seine größte Sorge war damals, ob er sich von der Frau, die ihn anflehte, sie mitzunehmen, am Ende eine Geschlechtskrankheit geholt hatte.

Was wäre geworden, wenn ich sie mitgenommen hätte?, fragte er sich jetzt. Dann wäre Darci die ganzen Jahre über sein Kind gewesen. Sein Kind, das er geliebt hätte und ...

Er betrachtete seine schöne Tochter. »Glaubst du, du kannst auf einer Landkarte etwas für uns finden?«, fragte er sie vorsichtig. »Wir müssen feststellen, wo wir mit der Suche nach dem Spiegel anfangen sollen.«

»Ich weiß nicht, wie das geht. Ich habe noch nie ...«, begann sie, doch als sie die Mienen der beiden Männer sah, unterbrach sie sich. Sie sahen drein wie zwei bodenlos enttäuschte Kinder. »Aber ich könnte es ja probieren«, sagte sie schließlich.

»Mehr können wir auch wirklich nicht verlangen«, meinte Taylor und atmete erleichtert auf.

15

»Bist du sicher?«, fragte Adam und blickte auf das ganz gewöhnliche Haus vor ihnen. Gut, es war alt, aber sie waren schließlich in Connecticut, hier gab es jede Menge alte Häuser. Und gut, dieses Haus war von einem großen, sauber gemähten Rasen umgeben; es gab keine Büsche oder Bäume, hinter denen sich Eindringlinge hätten verstecken können – aber in Connecticut waren viele Häuser von großen Rasenflächen umgeben. Es war ein großes, doppelstöckiges Bauernhaus, das aussah, als wäre im Lauf der Zeit – es mochte hundert Jahre oder auch älter sein – mehrmals angebaut worden. Und es sah sicher nicht aus wie ein Hort des Bösen und schon gar nicht wie ein Gefängnis.

Das Grundstück war nicht von hohen Mauern oder Zäunen umgeben; nichts deutete auf Hexen oder Ähnliches hin oder auf eine Frau, die ihr ganzes Leben lang hier gefangen gehalten wurde.

»Ja«, antwortete Darci und schluckte. »Das ist es.« *Spüren sie das denn nicht?*, dachte sie. Konnten sie das Böse, das dieses Haus umgab, nicht fühlen? Für Darci war das Böse etwas Sichtbares, wie Farben. Nein, es war mehr wie Flammen, die um das alte Gemäuer herum hochschlugen. »Ja, ich bin mir sicher«, wiederholte sie. »Adam, du kannst da nicht hineingehen. Das geht nicht.« Sie versuchte, die Tränen zu unterdrücken, aber es gelang ihr nicht.

Es war ein Leichtes für Darci gewesen, mit geschlossenen Augen den Finger über eine Landkarte der Gegend um Camwell gleiten zu lassen und einen Ort zu finden, von dem das gleiche Gefühl ausging wie von der Brosche mit dem Bild des ermordeten Mädchens.

»Du hast das schon öfter gemacht«, sagte Taylor, der sie dabei genau beobachtete.

»Ja«, erwiderte sie resigniert.

»Darci, du weißt viel mehr über die Dinge, die du kannst,

als du irgendeinen anderen Menschen wissen lässt, nicht wahr?«, fragte ihr Vater.

»Ja«, antwortete sie wieder. »Aber ich wollte das alles eben nie wissen. Ich wollte nie anders sein, und vor allem wollte ich nicht, dass andere solche Dinge über mich wissen. Ich habe nie ...«

»Schon gut«, meinte Taylor und nahm sie in die Arme. »Ist ja gut. Wenn wir diese Sache hinter uns haben, kannst du mit mir nach Virginia fahren und bei mir leben. Ich habe ein sehr hübsches Haus, und ...«

»Nein«, unterbrach ihn Adam. »Sie kommt zu mir nach Hause.«

»Wir fahren nach England«, erklärte Darci ihrem Vater. »Adam hat mir eine sechswöchige Reise versprochen«, fuhr sie fort, als sie aus dem Bungalow trat.

»Wenn du sie irgendwohin mitnimmst, ohne sie zuerst zu heiraten, dann bringe ich dich um«, zischte Taylor Raeburne Adam zu, nun ein vertrauliches Du benutzend, als auch sie hinausgingen.

Darauf grinste Adam lediglich. Die Wahrheit war, dass er noch nicht bereit war, darüber nachzudenken, was er für Darci empfand. Er wusste, dass er noch nie eine Frau wie sie getroffen hatte, und er wusste, dass sie ihm auf eine Art nahe ging, wie es noch nie bei einem Menschen der Fall gewesen war. Andere hatte er schon im Alter von drei Jahren nicht mehr an sich herankommen lassen. Niemand hatte es bisher geschafft, ihn zu großen Gefühlen wie Liebe – oder auch Hass – zu bewegen. Nachdem er in so früher Kindheit von der bösen Frau gebrandmarkt worden war, hatte er sich gewissermaßen vor jeglichen Gefühlen, guten wie schlechten, abgeschirmt.

Aber seit er Darci kannte, konnte er lachen. Und sticheln und necken. Und er konnte endlich auch an andere Dinge denken als nur an die dunklen Seiten des Lebens. Sie hatte es fertig gebracht, dass er ihr Geschenke machen und ihr Dinge zeigen wollte. Die ganze Welt wollte er ihr zeigen! Er hatte ihr bereits erzählt, dass er weit gereist war, viele Menschen getroffen und vieles gesehen hatte. Aber bei all seinen Reisen hatte er nie Freude empfunden. Einmal hatte ein alter Mann zu ihm gesagt: »Junge, ich glaube, du bist ganz intensiv auf der Suche nach etwas. Aber ich glaube nicht, dass du weißt, was du suchst.«

Irgendwie hatten diese Worte des alten Mannes Adams ganzes Leben beschrieben. Und er hatte wirklich nicht gewusst, was er suchte, bis zu einem schicksalhaften Sommertag vor ein paar Jahren, als er seinen Cousinen beim Tennisspielen zuschaute. Dieser Tag und eine beiläufige Bemerkung hatten ihn auf den Weg gebracht, der ihn hierher geführt hatte.

Hierher, zu Darci, dachte er lächelnd und folgte Taylor aus dem Haus.

Darci konnte Adam Dinge entlocken, die noch nie jemand aus ihm herausbekommen hatte. Und dafür wollte er ihr ebenfalls etwas geben.

Er hatte versucht, sie zum Lachen zu bringen, und die paar Male, die er es schaffte, hatte er das Gefühl gehabt, ihr Lachen sei ein seltenes, ein kostbares Geschenk. Er wollte sie beschützen und ...

Und ich möchte sie lieben, dachte er mit einem Lächeln auf den Lippen. Sie hatte sich geärgert, weil er wusste, dass sie ihn mit ihren sexuellen Erfahrungen belogen hatte, aber ihm gefiel es, dass sie noch nie mit einem Mann zusammen gewesen war. Es gefiel ihm, dass sie ihm und nur ihm gehören konnte.

Aber das kommt alles erst später, dachte er. Jetzt mussten sie erst diese schwierige Aufgabe meistern, die Darci und ihn zusammengebracht hatte.

Und deshalb lagen sie jetzt alle drei auf dem Bauch im Herbstlaub auf einer kleinen Anhöhe, ein paar hundert Meter von dem Haus entfernt, das Darci zufolge ein Hort des

Bösen war. Taylor verteilte Nachtsichtgläser, aber es war nichts Ungewöhnliches zu entdecken. Nirgendwo war ein Mensch zu sehen. Um das Haus standen keine Wachen, auch Hunde waren keine da; es gab nichts, was einen davon hätte abhalten können, einfach hineinzugehen. In dem Gebäude brannte nur ein Licht, oben im zweiten Stock unter dem Dach – wahrscheinlich war das der Speicher. In der Giebelwand war ein rundes Fenster, aus dem ein warmes, gelbes Licht schien.

»Das gefällt mir nicht«, meinte Taylor und setzte sich auf. »Dieses Fehlen jeglicher Schutzvorrichtungen macht mir mehr Angst als alles, was ich auf diesem Gebiet bisher erlebt habe. Glaubt ihr, man weiß im Ort, dass dieses Haus der Frau gehört und lässt es deshalb in Ruhe?«

»Wahrscheinlich«, meinte Adam und setzte sich ebenfalls auf. »Aber unheimlich ist es trotzdem, nicht wahr? Ich dachte, wir bekämen es mit einem Gefängnis zu tun, mit Mauern und schwer bewaffneten Wächtern. Wenn sie so etwas Wertvolles wie diesen Spiegel besitzt, würde sie ihn denn nicht schützen wollen?«

»Weißt du, wer sonst noch weiß, dass sie den Spiegel hat?«, fragte Taylor.

»Außer mir noch ein paar medial Veranlagte, glaube ich«, antwortete Adam, »und nach dem, was ich mitbekommen habe, weiß es wahrscheinlich auch halb Camwell. Woher weißt du es eigentlich?«

»Eine meiner Studentinnen hat eine Schwester, die dem Kult beigetreten ist. So viel ich weiß, hoffen diese Leute alle, durch den Spiegel Macht zu erlangen.«

»Medial Veranlagte und Gerüchte«, meinte Darci und setzte sich neben Adam auf. »Ihr sagt eigentlich beide, dass ihr nicht hundertprozentig sicher seid, ob dieses Ding überhaupt existiert.«

Es war nicht mehr richtig hell, doch Darci sah, dass Adam ein paar Mal den Mund öffnete und wieder schloss, als wollte er zu einer Verteidigung ansetzen. Doch dann blickte er zu Taylor, ehe er sich wieder ihr zuwandte. »Richtig. So in etwa ist es auch. Ich bin mir bei nichts hundertprozentig sicher. Ich habe jahrelang mit herkömmlichen Methoden versucht, an Informationen zu kommen, aber kaum etwas erreicht. Deshalb versuchte ich es dann auf eher unüblichen Wegen. Oder paranormalen, besser gesagt.« Er schaute in die Kronen der Bäume hinauf. Nicht weit von ihnen stand eine Eiche mit mächtigen, weit ausladenden Ästen. Sie war sicher einige hundert Jahre alt.

»Hey, Taylor, alter Knabe«, sagte Adam, »meinst du, du könntest eine Räuberleiter für mich machen, damit ich auf den Baum da hinaufkomme? Vielleicht kann man von dort oben etwas im Inneren des Hauses erkennen. Einen Menschen vielleicht, oder sonst etwas.«

»Alter Knabe!«, schnaubte Taylor. Schließlich war er nur sieben Jahre älter als Adam. »Also los, du Jungspund, lass dir helfen!« Er formte mit den Händen eine Trittfläche und blickte Adam auffordernd an.

Adam stieg auf Taylors Schultern; von dort konnte er den niedrigsten Ast der Eiche erreichen und noch höher hinaufklettern.

Nicht zu weit, sagte Darci in Gedanken zu ihm. *Und fall bitte nicht herunter. Ich möchte nicht, dass du dich verletzt. Wenn du dir wehtust ...*

»Still!«, zischte Adam sie an. »Ich kann nicht denken, wenn du andauernd dazwischenredest!« Vorsichtig bewegte er sich auf einem dicken Ast nach außen, wobei er sich an einem höheren festhielt, legte sich dann flach auf den Bauch und blickte durch das Fernglas, das Taylor ihm gegeben hatte.

Was siehst du?, fragte Darci, doch Adam antwortete ihr nicht.

»Und?«, fragte Taylor seine Tochter.

Darci zuckte die Achseln. Sie konnte nur Gedanken zu

Adam senden, aber keine von ihm empfangen; sie konnte nicht hören, was er dachte.

Minuten später kletterte Adam von dem Baum herunter. »In diesem Zimmer unter dem Dach ist jemand. Es ist eine Frau; ich konnte sehen, wie sie auf und ab ging. Sie bewegt sich wie jemand, der noch jung ist.«

»Damit können wir noch nicht allzu viel anfangen«, meinte Taylor.

Adam sah Darci eindringlich an. »Mit dem Fernglas konnte ich von dort oben Laserstrahlen auf dem Rasen sehen! Von diesem Winkel aus sieht man sie nicht, man sieht sie noch nicht einmal von fünf Metern Höhe aus. Du musst also dort hinauf, wo ich war. Das ist ein topmodernes Schutzsystem«, fuhr er fort. »Das muss man ihr lassen, sie verfügt über eine Technologie, von der ich noch nicht einmal gehört habe.« Er machte eine Pause, und sein Blick bohrte sich geradezu in Darcis. »Aber ich kann durchkommen.«

»Wie willst du denn das machen, wenn du die Laserstrahlen nicht sehen kannst?«, fragte Darci sofort. »Weißt du, was wir meiner Meinung nach tun sollten? Ich meine, wir sollten die Polizei rufen! Die sollen das in die Hand nehmen. Oder noch besser, wir rufen deinen Freund beim FBI an. Das FBI hat mit solchen Dingen Erfahrung.«

»Und du glaubst, sie würde das nicht in ihrem Spiegel sehen?«, fragte Adam vorsichtig.

»Wenn sie die kommen sieht, dann muss sie uns auch schon gesehen haben!«, entgegnete Darci aufgebracht. »Oh«, sagte sie dann plötzlich, »wir sind im Spiegel gesehen worden«, und sie dachte an Susan Fairmont und deren tote Schwester, die ihr, Darci, ähnlich gesehen hatte.

»Was die Zeit anbelangt, waren die Voraussagen von Nostradamus nie wirklich korrekt«, bemerkte Taylor. »Sogar die Vierzeiler, die entschlüsselt wurden, lagen um Jahre daneben. Ich bin sicher, dass sie dich im Spiegel gesehen hat, Darci, aber ich glaube nicht, dass sie genau wissen, wann du kommst. Außerdem nehme ich an, dass sie dich bei den Tunnels erwarten.«

»Ich glaube, die Tunnels sind vielleicht sicherer als dieser Ort hier«, sagte Darci. »Wir waren drinnen, und dort habe ich absolut nichts Schreckliches gespürt.« Sie rieb sich die Arme, weil sie fröstelte. »Aber ich habe auch noch nie etwas so Unglückliches gespürt wie ... wie dieses Haus.« Die beiden erwiderten nichts; sie schauten sie nur an. Darci wusste, dass sie etwas von ihr wollten, aber sie wusste nicht, was, und deshalb versuchte sie einfach, sie zu ignorieren, aber nach einer Weile fragte sie dann noch: »Was ist denn?«

Adam blickte zu Taylor, und die beiden verständigten sich ohne Worte darauf, dass er es ihr sagen würde. »Darci, du kannst Adam um die Laserstrahlen herumlotsen. Du musst mit dem Fernglas auf diesen Baum klettern und ihm mit deinen Gedanken sagen, wohin er treten muss, damit er um sie herumkommt.«

Ihr Mund wurde zu einem dünnen Strich. »Ich mag keine hohen Orte. Ich klettere nicht gern auf Bäume, und ich mag es erst recht nicht, wenn jemand in ein Haus geht, das voll schlimmer Dinge ist.«

Adam runzelte die Stirn. »Was wäre, wenn du eine Schwester hättest und sie wäre ...«

Taylor legte seiner Tochter eine Hand auf den Arm. »Was wäre, wenn Adam in diesem Haus gefangen wäre? Was würdest du tun, um ihn zu befreien?«

Es war Darci peinlich, dass ihr Vater, dieser Mann, den sie erst vor so kurzem kennen gelernt hatte, sie so gut durchschaute. »Nichts«, antwortete sie im Versuch, sich ihre Würde zu erhalten. »Ich würde noch nicht mal einen Finger krumm machen, um ihn irgendwo herauszuholen. Ich habe ihn erst vor ein paar Tagen kennen gelernt, und alles in allem ist er eine Nerven...«

Sie verstummte, weil Adam einfach seinen Arm um ihre Hüfte legte, sie hochhob, bis sie nicht mehr auf dem Boden stand – und küsste. Er küsste sie mit allen Gefühlen, die er inzwischen für sie empfand. Er küsste sie im Gedenken an das erste Mal, als er sie in ihrem eng anliegenden schwarzen Gymnastikeinteiler gesehen hatte. Er küsste sie und dachte dabei an jedes Mal, das sie ihn zum Lachen gebracht hatte. Er küsste sie für jedes Mal, das er sie berühren wollte und es sich versagt hatte. Und vor allem und am allermeisten küsste er sie, weil … nun, er war sich noch nicht sicher, aber er dachte, dass er sie vielleicht auch deswegen küsste, weil er sie liebte.

Sie schwankte, als er sie wieder absetzte, und er legte ihr als Stütze eine Hand auf die Schulter.

»Soll ich dir hinaufhelfen?«, fragte er. Seine Stimme war heiser.

Darci konnte nur nicken.

Aber anstatt ihr zu helfen, zog Adam ihr die Jacke aus, sodass sie nur noch in ihrem schwarzen Gymnastikanzug dastand, und hob sie hoch bis zum niedrigsten Ast. Dabei glitten seine Hände über ihren ganzen Körper, berührten die Seiten ihrer Brüste, wanderten über die Rippen nach unten zu ihrer Taille und weiter an der Seite nach unten über ihren kleinen Hintern und an ihren Beinen entlang. »Willst du mir helfen?«, fragte er sie, als sie auf dem untersten Ast saß.

Darci konnte nur stumm nicken.

»Braves Mädchen«, sagte Taylor, doch er blickte dabei stirnrunzelnd auf Adam und zischte: »Wenn du …«

»Du hast über meine Familie Nachforschungen angestellt«, unterbrach ihn Adam mit einem eisigen Blick. »Und, hast du dabei irgendetwas Unehrenhaftes finden können?«

»Nein«, antwortete Taylor. »Ein paar Tragödien, einige Bankrotts und jede Menge Erfolge, aber keine Geschichte, dass ein Montgomery einmal Verrat begangen hätte oder Ähnliches.«

»Na also«, sagte Adam, »und ich kann dir versichern, dass ich diesbezüglich nicht der erste sein werde.« Er wandte sich wieder Darci zu. »Und jetzt, Schätzchen, klettere da hinauf, wo ich vorhin war. Sei vorsichtig, bewege dich langsam, und fall nicht herunter. Aber denk dran, wenn du fällst, dann bin ich hier, um dich aufzufangen. Okay?«

Wieder nickte Darci nur; dann begann sie, langsam den Baum hinaufzuklettern. Sie bewegte sich nicht mit der gleichen Sicherheit wie Adam, aber sie kam voran und setzte die Füße immer an die richtige Stelle.

»Jetzt bist du da«, hörte sie nach einer Weile Adams tröstende Stimme, aber sie schaute nicht hinunter, weil sie befürchtete, dann von ihrer Angst überwältigt zu werden. Im Augenblick machten das Gefühl von Adams Lippen auf den ihren und seiner Hände auf ihrem Körper sie stark und tapfer. Aber wenn sie nach unten blicken und die Realität sehen würde, wenn sie sehen würde, dass der Boden ungefähr sieben Meter unter ihr war, dann konnte ihr womöglich keine Erinnerung der Welt mehr helfen.

Auf dem Ast angekommen, auf dem Adam gekauert hatte, legte sie sich langsam und vorsichtig ebenfalls auf den Bauch und schaute dann durch das Fernglas auf das Haus. Ja, sie konnte die kreuz und quer verlaufenden roten Laserstrahlen darum herum sehen. Was passierte, wenn jemand durch dieses Strahlengewirr hindurchging? Kamen dann Hunde, die den Unbefugten angriffen? Oder kamen die Feuer speienden Drachen hervor, von denen Sally, die Kellnerin, gesprochen hatte, und verschlangen den Eindringling?

»Hör bitte damit auf!«, zischte Adam zu ihr hinauf. »Du denkst so laut – und mir gefällt das, was ich höre, ganz und gar nicht!«

Darci atmete tief durch. Sie musste sich konzentrieren, um zu vermeiden, dass sie ihre Gedanken an Adam schickte. Wenn sie an etwas anderes dachte, schienen ihre Gedanken wie von selbst zu ihm zu fliegen.

»Fertig?«, fragte er.

Ja, antwortete sie stumm und atmete dann noch einmal

tief, um sich besser auf die Aufgabe konzentrieren zu können, die sie vor sich hatte.

Sie erkannte sofort, dass es alles andere als einfach werden würde. Die roten Lichtstrahlen waren nicht in einem bestimmten Muster angeordnet, und was noch schlimmer war, es war sehr schwer auszumachen, wie weit sie sich über dem Boden befanden. Von ihrem Hochsitz aus war es fast nicht möglich zu sagen, ob ein Strahl einen halben oder drei Meter über der Erde verlief.

Stopp!, rief sie Adam wortlos zu. Er war gerade erst zwei Schritte gegangen und hatte schon fast den ersten Strahl berührt. *Links, jetzt rechts. Jetzt ... warte.* Darci musste das Fernglas absetzen und einen Moment lang die Augen schließen. Gib mir Kraft, betete sie. Gib mir Weisheit. Sie setzte das Glas wieder an die Augen. Die Strahlen waren unterschiedlich rot! Vielleicht lag es daran, wie sie das Glas zuerst gehalten hatte, oder vielleicht war es auch ihr Stoßgebet, jedenfalls sah sie jetzt, dass die Strahlen unterschiedliche Rottöne aufwiesen. Diejenigen, die höher über dem Boden verliefen, waren heller als die tieferen. Jetzt konnte sie Adam sagen, über welche er steigen und unter welchen er hindurchkriechen sollte.

Runter, sagte sie. *Jetzt nach unten. Noch tiefer, auf den Bauch!* Darci schleuderte Adam heftig kurze, abgehackte Befehle zu, mit einer Kraft, dass sein Kopf zu schmerzen begann. *Hoch!*, rief sie. *Steh auf und steig drüber! Höher noch, das Bein! Und jetzt streck es aus. Und nun links. Schärfer. Nein, geh zurück. Auf den Bauch. Wieder hoch. Jetzt! Drüber. Achtung, dein Fuß! Langsam!*

Taylor bekam von all dem nichts mit. Er stand auf der Anhöhe und beobachtete durch das Fernglas Adam, der sich bewegte wie ein Schlangenmensch, der einen Tanz vollführte. Er konnte kaum fassen, dass Darcis Anweisungen für Adam so klar zu verstehen waren. Zuerst stand Adam gerade da und stieg über eine unsichtbare Linie, dann kroch er ein

Stückchen auf allen vieren. Ging einen Meter vorwärts, dann wieder vier Schritte zurück. Es war für Taylor aufregend und fürchterlich zugleich.

Schon sein ganzes Erwachsenenleben lang befasste er sich nun mit übernatürlichen Dingen. Als Kind hatte er die im Flüsterton weitergegebenen Geschichten über seine Vorfahren gehört und die Dinge, zu denen die Frauen imstande waren. Man war in seiner Familie stolz auf diese Dinge, aber gleichzeitig wurden sie unter allen Umständen geheim gehalten. 1918 waren viele Mitglieder seiner Familie bei der großen Grippeepidemie ums Leben gekommen. Von diesem Schlag hatte sie sich noch immer nicht vollständig erholt. Und da sie ohnehin noch nie sehr fruchtbar gewesen war, schien es, als würde die Zahl der Familienmitglieder seitdem in jeder Generation geringer werden. Seine Mutter hatte ihm tausendmal gesagt, es komme auf ihn an; er müsse eine Tochter zeugen, die über »die Gabe« verfüge.

Als er dann feststellte, dass er durch den Autounfall unfruchtbar geworden war, begann er, sich beruflich für das Okkulte zu interessieren. Und im Lauf der Jahre entwickelte er die Theorie, dass die besten Hellseher und andere übersinnlich Begabte sich von Menschen wie ihm, die sie studieren und kategorisieren wollten, fern hielten. Aber in all den Jahren, die er mit seinen Forschungen zugebracht hatte, war ihm nie etwas wie dies vor Augen gekommen – ein hübsches Mädchen, das von einem Baum aus mit geistigen Kräften einen Mann leitete, der sich durch ein Feld voller Laserstrahlen vorwärts tastete.

Adam brauchte fast eine Dreiviertelstunde, um das Laserfeld zu durchqueren, und als er endlich die Terrasse des Hauses erreichte, war Taylor so erleichtert, dass er sich erst einmal setzen musste. Aber was nun?, dachte er. Wie sollte Adam in das Haus hineinkommen? Versteckten Hexen den Schlüssel auch einfach unter dem Fußabstreifer?

Adam, der endlich auf der Terrasse stand, schien dasselbe

zu denken. Er schaute zurück zu dem Baum, in dem Darci versteckt war, und hob Hände und Schultern hoch, als wollte er sie fragen: Und jetzt? Im nächsten Augenblick nickte er; Darci musste ihm also etwas gesagt haben.

Taylor sah, wie sich Adams Schultern hoben, als mache er sich auf einen Schlag gefasst. Dann legte er langsam beide Hände an den Türknauf und drehte ihn vorsichtig. Bisher war kein Alarm ausgelöst worden. Doch während Taylor beobachtete, wie Adam den Knauf schier unendlich langsam drehte, begann sein Herz förmlich zu rasen; er vergaß sogar das Atmen.

Als er sah, wie sich die Tür endlich öffnete, atmete er hörbar aus. Mit einem Blick den Baum hinauf zu Darci wünschte er sich, er könnte mit ihr zusammen einen Triumphschrei ausstoßen. Aber das ging natürlich nicht. Er wandte sich stattdessen wieder Adam zu und sah, wie dieser im Haus verschwand.

»Ich kann ihn nicht sehen!«, hörte Taylor plötzlich Darcis angsterfüllte Stimme von oben. Was ging in dem Haus vor sich?

Taylor wollte sie beruhigen, aber er konnte es nicht. Er wollte ihr sagen, alles wird gut, aber er konnte es nicht. Er hatte im Lauf der Jahre so viel Horror und Entsetzen gesehen, wie man es keinem Menschen für ein ganzes Leben zumuten sollte, und deshalb wusste er besser als jeder andere, was passieren *konnte*.

Das Einzige, was sie nun tun konnten, war warten. Wer war in dem Haus? Lag darin jemand auf der Lauer, um über Adam herzufallen? Mit ihrem ersten Versuch, ihn gefangen zu setzen, war die Hexe vor vielen Jahren gescheitert, doch Taylor bezweifelte, dass sie sich ein zweite Chance entgehen lassen würde. Nein, noch einmal konnte Adam ihr bestimmt nicht entkommen.

Taylor musste sich sehr anstrengen, um ruhig zu bleiben und einfach abzuwarten. Die Zeit verging; er wusste nicht, ob es Minuten oder Stunden waren. Er starrte auf das Haus, bis ihm die Augen schmerzten. Und von Darci oben im Baum kam absolut nichts.

Plötzlich reckte er den Kopf hoch. Irgendetwas stimmte nicht. Er wusste es. Irgendetwas war schief gelaufen. Adam brauchte einfach zu lange. Aber es war auch noch etwas anderes falsch – Taylor kam nicht darauf, was es war, doch er konnte es *spüren*.

Er schaute wieder durch das Fernglas und betrachtete das Haus und das Grundstück ganz genau. Nichts. Es war nichts Falsches oder Besorgniserregendes zu entdecken.

»Was ist los?«, fragte Darci leise. Sie spürte die rasch wachsende Angst ihres Vaters.

Taylor legte einen Finger auf den Mund und bedeutete ihr, still zu sein. Er konnte nichts sehen, aber seine Nackenhaare standen ihm zu Berge. Leise schritt er die Anhöhe hinunter auf das Haus zu. Für ihn waren die Strahlen unsichtbar, und wenn Darci sah, dass er einem zu nahe kam, konnte sie ihn nicht mit ihren Gedanken warnen, wie sie es für Adam getan hatte. Sie konnte ihm höchstens zurufen, aber das hätte höchstwahrscheinlich für einen Aufruhr gesorgt, und dieses Risiko wäre einfach zu groß gewesen. So lange Adam im Haus war, durften sie nichts riskieren.

»Da!«, sagte Taylor laut, als er es bemerkte. Es war so dunkel, dass er zunächst nichts gesehen hatte. Jawohl, die Hexe hatte sie erwartet! Und jawohl, sie hatte gewusst, was sie vorhatten. Denn jetzt senkten sich langsam, sehr langsam Eisenstäbe über die Fenster und Türen. Sie bewegten sich fast unmerklich, damit sie einem Beobachter nicht auffielen und er Alarm schlug. Die Frau musste gewusst haben, dass jemand die Szene beobachten und sich auf diese roten Lichtstrahlen und die nicht verschlossene Haustür konzentrieren würde.

»Darci!«, rief Taylor, so laut er sich traute. »Die Fenster! Schau auf die Fenster!«

Doch genau in diesem Augenblick fuhr ein Windstoß durch die Bäume, und Tausende von Blättern segelten zur Erde.

»Was?«, fragte Darci. Sie hatte Taylor vor lauter Wind nicht verstanden.

»Die Fenster!«, wiederholte er. »Schau dir die Fenster an! Du musst Adam herausholen, sofort!«

Nun hatte Darci ihren Vater endlich verstanden, und nun sah auch sie, dass die Eisenstäbe schon bis zur Hälfte heruntergefahren waren. Sie bewegten sich tatsächlich so langsam, dass man es gar nicht registrierte. Deshalb hatte sie nichts bemerkt! *Raus! Raus! Raus! Raus!*, rief sie Adam mit aller Kraft zu, doch als sie im Haus keine Bewegung sah, setzte sie sich auf.

In ihrer Panik hatte sie jedoch vergessen, dass sie sich in einer Baumkrone befand und gleich über ihr der nächste Ast war. Sie schlug sich so heftig den Kopf an, dass sich vor ihren Augen alles drehte. Im nächsten Moment fiel sie auf den Ast zurück, auf dem sie saß, und klatschte mit der Wange gegen die raue Rinde.

»Oh Gott!«, murmelte Taylor, der von unten alles beobachtete. Denk nach!, sagte er zu sich. Jetzt kam es auf ihn an, was konnte er also tun? Die Eisenstäbe waren nun schon so tief unten, dass Adam in wenigen Augenblicken das Haus nicht mehr würde verlassen können. Wenn Taylor über den Rasen rennen und vor einem der Fenster etwas Starkes unter die Stäbe schieben konnte, wenn er …

Im nächsten Augenblick rannte Taylor den Hang hinunter, und er dankte Gott, dass sie sich entschlossen hatten, seinen Landrover zu nehmen statt Adams billigen Mietwagen. Der Landrover war ein seltsames Fahrzeug – ein Zugpferd im Vergleich zu den meisten heutigen Autos, die wie Rennpferde waren. Er war langsam und träge; ihn auf einer Schnellstraße zu fahren war fast unerträglich. Er war groß und klobig und so schwer wie ein Lastwagen. Sein Allradantrieb machte ihn sogar mit Servolenkung schwer zu fahren, und an einer Ampel kam ein Kind mit seinem Dreirad wahrscheinlich schneller weg.

Aber das Tolle an einem Landrover war, dass er wirklich jeden Berg hinaufkam. Taylor war mit ihm in den Bergwäldern von Virginia, North Carolina und Kentucky unterwegs gewesen – es gab nichts, wo dieser Wagen nicht durchkam. Er bezwang die größten Steigungen, er kletterte über Felsen, durchquerte ausgetrocknete Wasserläufe und watete durch ziemlich tiefes Wasser. Er konnte sogar über Baumstämme klettern, die quer über eine steile Bergtrasse gefallen waren. So lange der Landrover auch nur ein Rad am Boden hatte, kam er voran.

Aber was Taylor nun vor allem brauchte, war das Gewicht seines Wagens. Er war ein schweres, ein sehr schweres Fahrzeug, mit einem Motor, der lief und lief, was auch immer geschehen mochte.

Noch im Rennen griff Taylor in die Tasche nach den Schlüsseln seines roten Landrovers, dann sprang er auf den Sitz, startete und legte den ersten Gang ein. Er hatte in fünfzehn Jahren drei Landrover gehabt, und auch wenn er mit ihnen Berge hinaufgefahren war, hatte er nie, nie den niedrigsten Gang benutzt, den, von dem der Autoverkäufer sagte, er würde ihn vielleicht einmal »in wirklich schwierigem Gelände« brauchen.

»Wie wär's mit einem wirklich schwierigen Haus?«, sagte er laut, als er auf das Gaspedal trat. Ein Landrover machte nie einen Satz, ebenso wenig wie ein Elefantenbulle. Ein Wagen, der so viel Kraft hatte, brauchte das nicht.

Die Zufahrt zu dem Haus war ungefähr eine Viertelmeile die Straße hinunter; den Haupteingang hatten sie gemieden, und Taylor hatte auch jetzt nicht vor, die Zufahrt zu benutzen. Er schaltete die Scheinwerfer und dazu noch die Warnblinkanlage ein und fuhr den Hügel hinauf, der zwischen ihm und dem Haus lag, in dem Adam langsam, aber sicher zum Gefangenen wurde.

Mühelos kletterte der Landrover den Hang hinauf. Taylor wusste, wenn er in dieses Haus mit dem Wagen ein Loch hineinreißen wollte – eines, vor dem sich kein Eisengitter befand –, dann musste er die Wand mit aller Wucht rammen, die er aufbieten konnte. Als er über die Kuppe des Hügels kam, rollte der Landrover kurz auf zwei Rädern, und dann knallten die beiden anderen so heftig auf den Boden auf, dass Taylor vom Sitz hochgeschleudert wurde. Aber zum Glück blieben seine Beine unter dem Steuer, sodass er sich nicht den Kopf an der Decke anschlug.

Sobald Taylor die Anhöhe hinunterpreschte, bereitete er sich auf das Geheul von Alarmsirenen vor, die ausgelöst würden, wenn er durch die Laserstrahlen fuhr. Aber es war nichts zu hören. Entweder waren die Strahlen nur ein fauler Zauber, oder aber Adam hatte sie beim Betreten des Hauses irgendwie vom Alarmsystem abgekoppelt.

Doch über derlei Dinge konnte Taylor jetzt nicht nachdenken – er näherte sich rasch dem Haus und musste versuchen, sich irgendwie auf den Aufprall vorzubereiten. Er konnte nicht unmittelbar davor aus dem Wagen springen, das wusste er. Denn wenn er den Fuß vom Gaspedal nahm, würde der Wagen stehen bleiben, anstatt ein Loch in die Mauer zu reißen, durch das Adam entkommen konnte. Im Licht der Scheinwerfer konnte er sehen, dass die Eisenstäbe jetzt nur mehr Zentimeter von den Fenstersimsen entfernt waren. Adam war gefangen!

Der große Wagen krachte in das Haus, durchschlug die Mauer und kam erst an der Treppe auf der gegenüberliegenden Seite des Zimmers zum Stehen. Taylor versuchte noch, den Kopf hochzuhalten, doch er knallte damit gegen das Steuerrad und war sofort bewusstlos.

Adam stand oben an der Treppe, als der Landrover dagegenkrachte. Über seiner rechten Schulter lag der an Händen und Füßen gefesselte Körper der jungen Frau, die wahrscheinlich seine Schwester war. Über der linken hing ein Lederbeutel, der einen alten, ramponierten, ganz gewöhnlich aussehenden Spiegel enthielt.

Durch die heftige Erschütterung, die entstand, als der Wagen die Hauswand durchbrach und die Treppe rammte, wurde Adam zu Boden geschleudert. Er versuchte zwar alles, um die Frau bei seinem Sturz nicht zu gefährden, aber als er zu Boden ging, hörte er dennoch ein lautes Stöhnen.

Adam wusste nicht, was los war. Er hatte gehört, wie Darci ihm verzweifelt zugerufen hatte, er solle das Haus verlassen, aber in diesem Augenblick konnte er das nicht, denn er war noch nicht mit dem Fesseln der Frau fertig.

Zuvor, als er den Türknauf gedreht und bemerkt hatte, dass das Haus nicht abgesperrt war, hatte es ihm regelrecht den Atem verschlagen. Er war sich so sicher gewesen, dass irgendwelche Alarmsirenen losheulen würden, dass im ersten Moment sogar die Stille ohrenbetäubend wirkte. Als er dann das Haus betrat, hielt er die Luft an, seine Nerven waren zum Zerreißen gespannt, und er hatte die Pistole im Anschlag, die er unter seinem Sweatshirt versteckt gehabt hatte.

Aber er sah niemand, hörte niemand. Einen Augenblick lang blieb er reglos im Flur stehen und lauschte, dann warf er einen Blick in das Zimmer rechts von ihm. Er hielt nach möglichen Angreifern Ausschau, aber er konnte seine Neugier nicht zügeln. Wie lebte ein derart übles, böses Weib?

Adam war in einem Haus voller Antiquitäten aufgewachsen, das fast an ein Museum erinnerte, aber es war trotzdem sein Zuhause gewesen. Doch dass dieses Haus kein Zuhause war, merkte er sofort. Die Wohnzimmermöbel wirkten wie Ausstellungsstücke, die lieblos und ohne einen Gedanken an Behaglichkeit aufgestellt waren. Der Raum machte einfach nicht den Eindruck, als würde er bewohnt; er enthielt keine persönlichen Dinge, auf dem Kaminsims stand kein Foto, an keiner Wand hing ein Bild.

Adam konnte nicht anders, als beim Anblick dieses Zimmers zu erschaudern. Es hatte etwas Unheimliches an sich, obwohl nichts darin war, was in irgendeiner Weise bedrohlich gewirkt hätte.

Die Pistole noch immer im Anschlag, ging er weiter ins Esszimmer. Auch hier dasselbe: nichts Persönliches, nichts, was den Eindruck erweckte, jemals von einem Menschen benutzt worden zu sein. War dieses Haus nur eine Fassade, sollte es nur einen Anschein erwecken? Wohnte die Frau woanders, in einem von Mauern und Toren geschützten Haus? War dieses hier nur ein Köder, der Darci anlocken sollte?

Einen Augenblick lang spürte Adam Panik in sich aufsteigen. Er hatte Darci allein gelassen, nur mit Taylor als Schutz. Bei diesem Gedanken steigerte sich seine Panik noch. Was wusste er schon über diesen Mann? Dass er viele Bücher über Okkultismus geschrieben hatte. Vielleicht wusste er deshalb so viel über dieses Thema, weil er selbst ein Okkultist war. Vielleicht würde er …

Adam musste einige Male tief durchatmen, um sich zu beruhigen, damit er die Aufgabe, die er sich gestellt hatte, angehen konnte. Und so viel er auch von dem Spiegel gesprochen hatte, war sein vordringliches Ziel doch, die Frau dort oben zu holen und dieses Haus dann so schnell wie möglich wieder zu verlassen.

Im hinteren Teil des Hauses war eine Küche, in der Adam im Vorbeigehen ein paar Schränke öffnete. Leer. Aber wenn dieses Haus tatsächlich nur eine Fassade war, wenn es gar nicht bewohnt wurde, warum hatte Darci dann gesagt, es sei »voll schlimmer Dinge«?

Leise – seine Schuhe machten auf dem harten Holzboden kein Geräusch – schlich Adam die Treppe hinauf. Die Frau war ganz oben. Erwarteten ihn die Fallen erst dort? Verbarg sich das Böse, das Darci gespürt hatte, dort oben?

Am oberen Treppenabsatz angekommen, blieb er stehen. Vom Flur gingen vier Türen ab, sie waren alle geschlossen. Sollte er sie einfach ignorieren und die nächste Treppe hinaufgehen? Würde eine Armee aus ihnen hervorbrechen, sobald er weiter nach oben ging?

Langsam, lautlos, schlich er den Flur entlang bis zur ersten Tür und öffnete sie so weit, dass sie fast an der Wand anschlug. Es war ein Schlafzimmer, wieder ein unpersönlicher Ort, der wie der Ausstellungsraum eines Möbelgeschäfts wirkte. Nur dass die Vorhänge nicht zu den Fenstern passten und auch niemand versucht hatte, sie passend zu machen. Die Kommode war viel zu groß für dieses Zimmer. Und auch hier: nicht einmal eine Haarbürste oder sonst ein persönlicher Gegenstand.

Das nächste Zimmer war ein Bad mit weißen Fliesen und weißen Handtüchern, die aussahen, als seien sie noch nie benutzt worden. Es folgte ein weiteres Schlafzimmer, doch dieses war ein wenig anders. Es enthielt zwar auch nichts Persönliches, ebenso wenig wie das Badezimmer daneben, aber es vermittelte den Eindruck, dass es schon benutzt worden war. Die einfache Tagesdecke auf dem Bett war aus weißer Baumwolle und offenbar schon mehrfach gewaschen worden. Die Möbel waren nachgemachte Antiquitäten, was man schon auf den ersten Blick daran sah, dass sie viel zu sehr glänzten. Adam sah sich nur kurz in dem Zimmer um und ging dann weiter.

Die nächste Tür führte in einen Raum, bei dessen Anblick sich ihm der Magen umdrehte. Darin stand ein Bettgestell aus Eisen, das aussah wie ein Kinderbett. An den Wänden ein Schreibtisch und ein paar Bücherregale. Eigentlich hätte es ein ganz normales Zimmer sein können – wären da nicht die Wände gewesen. An die eine am Kopfende des Betts war ein Bild des Turms aus den Tarotkarten gemalt – die Figur, die man Adam in die Brust eingebrannt hatte, die Figur, die man erhielt, wenn man die Muttermale auf Darcis linker Hand miteinander verband.

An den beiden gegenüberliegenden Wänden hingen, in bestimmten Mustern angeordnet, wie Adam es in Europa gesehen hatte, Waffen; offenbar hatte man hier versucht, Sammlungen in alten Burgen zu imitieren.

Was Adam jedoch wirklich krank machte, war seine innere Gewissheit, dass es sich bei diesem Raum um ein Kinderzimmer handelte. Und er hatte keinen Zweifel, dass es das Zimmer war, in dem seine Schwester aufgewachsen war.

Er warf noch einen raschen Blick in das angrenzende, steril wirkende Badezimmer und ging dann möglichst schnell wieder hinaus. Seine Gedanken jagten sich, sein Hirn war übervoll von all den Dingen, die er soeben gesehen hatte, und von den Fragen, die Taylor ihm gestellt hatte. Konnte es sein, dass seine Schwester mit der Frau, die über all dieses Böse regierte, gemeinsame Sache machte?

Einerseits hegte Adam den starken Wunsch, seine Schwester von diesem Ort wegzuholen, aber andererseits wusste er, dass er nicht einfach blindlings vertrauen konnte. Zuerst brauchte er einen Beweis ihrer Loyalität. Er konnte nicht ...

Als er den Fuß auf die erste Stufe der Treppe nach oben setzte, hielt er plötzlich inne. Irgendetwas spukte in seinem Hinterkopf herum – was war das? Er schloss einen Moment die Augen und ließ die Bilder dessen, was er soeben gesehen hatte, an sich vorüberziehen. Was hatte er gesehen, aber nicht wirklich bemerkt? Irgendetwas stimmte nicht; irgendetwas war deplatziert. Aber wo? Was war am falschen Ort?

Er kam zunächst nicht darauf, aber als er den Fuß auf die nächste Stufe setzte, wusste er es auf einmal. Alles in diesem Haus, mit Ausnahme der Waffen an den Wänden, war neu und unpersönlich. Es gab hier nicht eine echte Antiquität oder sonst etwas Altes. Vieles war künstlich auf alt getrimmt worden im Versuch, die Dinge wie Antiquitäten aussehen zu lassen, aber Adam wusste, dass das alles nicht echt war.

Mit einer Ausnahme, dachte er, und dann machte er kehrt und rannte fast – zurück zu dem zweiten Schlafzimmer mit der weißen Tagesdecke. An der Wand gegenüber der Tür hingen drei kleine Bilder mit Redouté Rosen, wie sie die Raumausstatter so sehr liebten. Aber als Adam im Türrahmen stehen blieb und sie betrachtete, wusste er plötzlich, dass der Rahmen von einem dieser Bilder nicht nachgemacht, sondern echt war. Keine künstliche Alterungsmethode schaffte es, Holz so aussehen zu lassen.

Mit einem Satz sprang Adam über das Bett und nahm das Bild von der Wand. Und sobald er es in der Hand hielt, wusste er, dass er Recht hatte: Es war eine Antiquität, fünfzehntes Jahrhundert vielleicht, schätzte er. Mit leicht zitternden Händen drehte er es um und betastete die Rückseite. Dabei fiel das Glas heraus und zusammen mit dem Rosendruck in seine Hand.

Als er den Rahmen wieder umdrehte, bemerkte er, dass er einen Spiegel in der Hand hielt – und als er in ihn hineinschaute, sah er nichts.

Er hatte keine Zeit, sich selbst für seine Klugheit ein Kompliment zu machen; er steckte den Spiegel rasch in sein Sweatshirt, wickelte den Bund seiner Hose fest darum und hastete dann die Treppe hinauf.

Oben gab es nur eine Tür, und er wusste, dass *sie* dahinter auf ihn wartete. Mit einer Waffe?, fragte er sich. Würde er von einem Gewehrschuss niedergestreckt, sobald er die Tür öffnete? Oder vom Pfeil einer Armbrust?

Er stieß sie auf, sprang sofort zur Seite und wartete. Aber aus dem Raum kam kein Laut. Vorsichtig lugte er am Türrahmen vorbei.

Sie saß in einem Sessel, das Gesicht der Tür zugewandt, und sie sah aus, als hätte sie auf ihn gewartet. Es war einer dieser geflochtenen Rattansessel mit hoher, runder Lehne, die ein wenig an einen Thron erinnerten.

Er hätte sie überall erkannt. Mit ihren grünen Augen und dem Grübchen im Kinn gab sie sich sofort als ein Mitglied seiner Familie zu erkennen. Ihr Haar war nach hinten gebunden und hing ihr über eine Schulter und die Brust bis auf den Schoß. Er fragte sich, ob es jemals geschnitten worden war.

Einen Augenblick lang lehnte er sich an die Wand zurück. Doch jetzt war keine Zeit für Sentimentalitäten. Diese Frau mochte mit ihm blutsverwandt sein, aber sie war auf eine Art und Weise erzogen worden, über die er noch nicht einmal nachdenken mochte. Das konnte nicht spurlos an ihr vorübergegangen sein.

Mit der Pistole im Anschlag betrat Adam das Zimmer, ohne die Frau aus den Augen zu lassen.

Ihr hübsches Gesicht zeigte kaum eine Gefühlsregung. Sie blickte ihn nur an, als wüsste sie, was in ihm vorging. Nein, dachte Adam, sie schaut mich an, als wüsste sie, was ich tun werde. Als sie ihm stumm ihre Hände entgegenstreckte, die Handgelenke aneinander gelegt, überfiel ihn für einen Moment ein unheimliches Gefühl. Es stimmt, dachte er. Alles, was man ihm gesagt hatte, stimmte: Sie war entführt worden, damit sie aus einem Zauberspiegel lesen konnte, und in diesem Spiegel hatte sie die Zukunft gesehen. Sie wusste besser als er selbst, was er als Nächstes tun würde.

Er vergeudete nicht noch mehr Zeit damit, zu überlegen, was sie wusste und woher. Über der Lehne des Sessels hingen mehrere Halstücher aus Seide; Adam steckte die Pistole in die Hosentasche und fesselte mit den Tüchern die Hände und Füße der Frau. Sie sagte kein Wort, doch das erleichterte ihn.

Aber gerade als er ihre Füße zusammenband, hörte er in seinem Kopf Darcis Alarmschrei. *Raus! Raus! Sofort!* Was hat sie gespürt?, fragte er sich. Oder gesehen? Spürte sie etwa eine Gefahr, die von dieser Frau ausging?

Rasch band Adam auch noch ein Tuch über ihren Mund; er konnte nicht riskieren, dass sie vielleicht jemand warnte, der ihm auflauerte.

Erst als er sie gefesselt und geknebelt hatte, fielen ihm der kleine Schreibtisch an der Wand und der Stuhl davor auf. Auf dem Schreibtisch lag ein kleiner, gerahmter Spiegel. Und dieser Rahmen war aus Gold – es war echtes Gold, das sah er sofort – und verziert mit ungeschliffenen Diamanten, Rubinen und Smaragden. Er wusste, dass dieser Rahmen viele hunderttausend Dollar wert war, wenn nicht sogar noch mehr.

Eigentlich wollte Adam gar kein so buntes und auffälliges Beutestück, doch er wusste, dass es extra für ihn dort hingelegt worden war. Aber von wem? Wenn es diese Frau gewesen war, seine Schwester, hatte sie es getan in der Absicht, ihn hereinzulegen? Wenn ja, dann tat er nur gut daran, ihr nicht zu trauen.

Er warf ihr ein kleines Lächeln zu, ein Lächeln, von dem er hoffte, es würde sie auf den Gedanken bringen, er glaube, soeben den richtigen Spiegel gefunden zu haben. Er blickte hinein. Aber er sah nichts.

»Was beweist, dass ich keine Jungfrau bin«, sagte er laut. Dann hörte er ein Geräusch von der Frau. Ich muss verrückt sein, dachte er, denn es hatte fast wie ein Lachen geklungen. Kann nicht sein, dachte er weiter. Über meine Witze lacht doch sonst nie jemand.

Aber er konnte jetzt nicht herumtrödeln. Er sah einen Lederbeutel, der an einem Haken an der Wand hing, und dachte sofort, dass dieser Beutel eigens dafür da war, damit er den Spiegel darin verstauen konnte. Das tat er und steckte auch noch verstohlen, ohne dass die Frau es merkte, den anderen Spiegel hinein. Dann hängte er sich den Beutel über eine Schulter und legte die Frau über die andere, was nicht gerade einfach war, denn sie war fast so groß wie er selbst.

Er hatte gerade den oberen Absatz der Treppe ins Erdgeschoss erreicht, als plötzlich die Hölle losbrach – ein großes, rotes Auto krachte durch die Hauswand.

Als der Wagen die Treppe rammte, wurde Adam durch die heftige Erschütterung zu Boden geschleudert. Er half der Frau auf, nahm den Lederbeutel rasch wieder an sich und schaute dann nach unten, wo er Taylors Kopf auf dem Steuer des Wagens liegen sah. Eine solche Aktion von Darcis Vater konnte nur bedeuten, dass die Zeit ausgelaufen war. Die

Treppe war ruiniert, man konnte sie nicht mehr benutzen. Aber er konnte auch nicht länger zögern. Mit einem großen Satz sprang er auf das Dach des Landrovers und half dann der Frau. Sie starrte mit einem verzweifelten Blick auf ihn, als wollte sie unbedingt etwas sagen. Aber Adam wollte jetzt nichts hören. Versuchte sie, ihm klar zu machen, dass es ihm noch Leid tun würde, sie mitgenommen zu haben? Oder wollte sie ihm für ihre Rettung danken? Im Augenblick hatte er einfach keine Zeit, das festzustellen.

Er glitt vom Dach des Wagens, öffnete die Tür und schob Taylor grob auf den Beifahrersitz hinüber. Auch für Nettigkeiten war jetzt keine Zeit.

Was ist denn eigentlich los?, fragte er sich. Eine Seitenwand des Hauses war zerstört, und es waren noch immer keine Alarmsirenen zu hören! Außerdem gab es in seinem Kopf keine Darci mehr, die ihm zuschrie, das Haus zu verlassen. Keine Darci, die ihm sagte, was er tun musste, um herauszukommen. Wo war sie?

Adam zog die Frau vom Dach herunter, legte sie quer über den Rücksitz und setzte sich dann hinter das Steuer. Bitte beweg dich, betete er. Der Motor lief noch, also hatte er vielleicht eine Chance. Er legte den Rückwärtsgang ein, gab Gas – der Wagen fuhr an. »Danke!«, flüsterte er, die Augen zum Himmel gerichtet, und stieß dann über Schutt und Mauerwerk zurück und durch das Loch in der Mauer aus dem Haus hinaus, so schnell es ging. Vorne scharrte etwas an den Reifen, da war wohl leider etwas kaputt gegangen, und aus der Motorhaube stieg ein wenig Rauch auf, aber der Landrover bewegte sich.

Oben auf dem Hügel angekommen, sprang Adam aus dem Wagen. Jetzt musste er nicht mehr leise sein, und so rief er sofort den Baum hinauf: »Darci!«

Hier, kam eine schwache Erwiderung. *Ich bin –* »Iiiiii!«, schrie sie plötzlich im Fallen. Adams Ruf hatte sie wachgerüttelt, aber dadurch hatte sie das Gleichgewicht verloren.

Er fing sie auf, aber die Wucht ihres Falls war so stark, dass er heftig auf die Erde aufschlug.

»Adam – Liebling!«, jammerte Darci. Sie umfasste sein Gesicht mit beiden Händen und küsste ihn. »Hast du dir wehgetan?«

»Nein«, brachte er heraus. »Aber wir müssen hier weg. Kannst du in den Wagen steigen?« Er war noch immer benommen von der Wucht ihres Aufpralls, doch das wollte er sie nicht wissen lassen. Aber als er aufstand und durchatmete, dachte er, dass er sich womöglich ein paar Rippen gebrochen hatte.

»Du bist verletzt«, sagte sie.

Adam sah, wie sie sich zur Seite beugte. Sie versuchte ebenfalls zu verbergen, dass sie verletzt war. »Kannst du in den Wagen steigen?«, wiederholte er. »Wir müssen von hier weg, und zwar schnell.«

»Ja, natürlich.«

»Steig hinten ein«, sagte Adam und hielt sich die Seite, als er die Tür für sie öffnete. »Und sei vorsichtig. *Sie* ist da drin.«

Im ersten Moment glaubte Darci, er meinte den Boss, die Hexe, doch dann schaute sie in den Wagen und sah die gefesselte und geknebelte Frau auf der Rückbank liegen. Sie wusste gleich, dass von dieser Person nichts Böses ausging. Ohne lange zu überlegen, hob sie vorsichtig den Kopf der Frau hoch und legte ihn auf ihren Schoß. Darci erkannte sofort, wenn etwas Böses in ihrer Nähe war, und diese Frau war nicht böse.

Adam klemmte sich so schnell er konnte hinter das Steuer. Taylor hatte das Bewusstsein wiedererlangt und setzte sich auf. »Wohin fährst du?«, fragte er mit heiserer Stimme.

»So weit weg von hier, wie ich kann«, antwortete Adam. »Ich habe, was ich wollte, und deshalb mache ich mich aus dem Staub.«

»Sie wird sich rächen«, sagte Taylor leise. »Lass mich hier raus.«

»Was?!«, fragte Adam. Der Wagen war stark beschädigt und würde nicht mehr lange durchhalten; sie mussten also so schnell wie möglich vorwärts kommen.

»Sie wird sich an jemand rächen wollen, also lass mich raus, sofort!«, sagte Taylor, dieses Mal mit Nachdruck. Aber schon diese Anstrengung war zu viel für ihn; er lehnte sich mit einem Stöhnen zurück und schloss die Augen.

»Ich bringe uns alle von hier weg«, erklärte Adam gefasst.

»Sie weiß jetzt, wer Darci ist«, stöhnte Taylor. Seine Stimme war kaum mehr als ein Flüstern, aber er klang sehr drängend. »Darci wird nie mehr sicher sein. Wohin sie auch geht, diese Frau wird ihr nachstellen.«

»Und, willst *du* sie etwa davon abhalten?«, fragte Adam. »Wie willst du denn das machen? Du weißt noch nicht mal, wie sie aussieht! Und verletzt bist du außerdem!«

»Aber ich weiß es«, kam jetzt eine Stimme vom Rücksitz, die weder Adam noch Taylor je gehört hatten.

»Du hast ihr den Knebel abgenommen?!«, rief Adam und blickte Darci entsetzt im Rückspiegel an.

»Er hat ihr wehgetan!«, entgegnete Darci trotzig.

»Wir wissen nichts über sie. Sie könnte …«

»Aber du weißt doch alles über mich, nicht wahr, Bruder?«, unterbrach ihn die Frau. Sie richtete sich mit Darcis Hilfe auf und blickte im Rückspiegel auf Adam. »Ich kann euch helfen«, fuhr sie fort. »Ich kann euch helfen, sie unschädlich zu machen, aber ich kann es nicht allein. Es ist jetzt fast Morgengrauen. Wir müssen uns ausruhen. Können wir das irgendwo tun? Heute Nacht ist es so weit. Wenn wir ihr heute Nacht nicht das Handwerk legen, wird sich ihre Kraft verdoppeln.«

Sie redete etwas seltsam, sprach jedes Wort sorgfältig aus, als hätte sie durch Lesen sprechen gelernt und nicht dadurch, dass sie andere Menschen gehört hatte.

»Weshalb?«, fragte Taylor und drehte sich zu ihr um. Doch seine Schmerzen waren zu stark; er konnte sich ihr nicht so weit zuwenden, dass er ihr Gesicht sah. »Weshalb? Was hat sie geplant?«

»Sie hat von eurem Kommen gewusst. Sie hat etwas davon gesehen. Ich habe es alles gesehen, aber ich habe sie angelogen, das tue ich oft. Aber sie hat jetzt andere, die aus dem Spiegel lesen können, von denen sie sich bestätigen lässt, was ich daraus lese. Ihr habt nicht den richtigen Spiegel. Sie hat ihn. Sie hält Kinder gefangen, die sie heute Nacht opfern will. Ich muss sie daran hindern.«

»Wir helfen dir!«, sagte Taylor, doch dann musste er sich wieder zurücklehnen und Atem schöpfen.

»Ja, wir helfen dir«, sagte auch Darci leise.

»Oh, verdammt noch mal!«, schimpfte Adam.

»Nicht fluchen«, sagten die Frau und Darci zur selben Zeit. Die beiden blickten sich an und mussten trotz der schwierigen Situation etwas lächeln.

Auch Taylor musste schmunzeln, doch Adam blieb ernst. Wäre er allein gewesen, dann hätte er sich sofort bereit erklärt, wieder zurückzufahren und die böse Frau dingfest zu machen, aber jetzt hatte er Darci. Und eine Schwester, dachte er mit einem Blick in den Rückspiegel. Und, dachte er weiter mit einem Blick auf Taylor, der offenbar heftige Schmerzen hatte, mit Darcis Vater hatte er jetzt eine Familie. Eine eigene Familie, nicht eine, in der er ein Außenseiter war, ein Eindringling.

Und nun, wo er alles hatte, was er sich sein Leben lang wünschte, musste er das Risiko eingehen, dies alles in einer Nacht wieder zu verlieren.

16

»Ich schätze, etwas, das sicherer ist als das hier, werden wir so schnell nicht finden«, meinte Adam resigniert und steuerte den stark beschädigten Landrover auf den Parkplatz eines billigen Motels. Er stellte ihn am Rand der Kiesfläche unter einem Baum ab, wo der Wagen weder von der Straße aus zu sehen war noch für Motelgäste, die den Parkplatz benutzten. Dann weckte er den Besitzer des Motels auf und bezahlte bar für ein Zimmer mit zwei Doppelbetten.

Währenddessen überlegte er bereits, wie er Darci am besten dazu überreden konnte, an der Aktion am Abend nicht teilzunehmen. Adam wusste, er würde in die Tunnels – oder wo immer »es« stattfinden würde – hineingehen; das hatte er schon entschieden, als die Kinder erwähnt worden waren. Aber er wollte nicht, dass Darci mitmachte. So lange er noch atmen konnte, wollte er tun, was er konnte, um zu verhindern, dass noch ein Kind zu Schaden kam, aber er wollte nicht, dass Darci oder Taylor oder auch diese neue Person, seine Schwester, daran beteiligt waren.

Was seine Schwester anbelangte, so musste er jedes Mal, wenn er sie ansah, an den Turm denken, der über dem Bett gemalt gewesen war. Und wenn man sich ihre Erziehung vorstellte, dann konnte diese Frau nach allem, was ihm bekannt war, ebenso böse sein wie die Hexe, bei der sie aufgewachsen war. Gut, sie hatte zugegeben, dass der Spiegel, den er vor ihren Augen eingesteckt hatte, nicht der richtige war; aber trotzdem brachte Adam es nicht fertig, ihr den anderen Spiegel zu zeigen, den er gefunden hatte. Er hatte bereits festgestellt, dass er darin keine Bilder sehen konnte. Vielleicht konnte es Darci, vielleicht auch nicht. Um das herauszufinden, musste er ihn ihr zeigen – aber im Moment konnte er das nicht heimlich tun. Jedenfalls noch nicht. Vielleicht würde sich heute Abend, wenn sie ausgeruht waren, eine Möglichkeit ergeben.

Als Adam mit dem Zimmerschlüssel zum Wagen zurückkam, waren die anderen bereits ausgestiegen und erwarteten ihn. Er musterte sie im Lichterschein des Motels. Taylor sah wirklich schlecht aus. Auf seiner Stirn war ein riesiger Bluterguss, der immer dunkler wurde, und den einen Arm hielt er irgendwie komisch. Darci hatte rote Augen, und sie wirkte ein wenig verstört, desorientiert.

Neben ihr stand die Frau, die – dessen war sich Adam inzwischen sicher – seine Schwester war. Er musste einräumen, dass sie, so wie sie mit gefesselten Händen dastand, irgendwie heroisch wirkte. Sie war außerordentlich groß, und bei dem ganzen Tumult hatte sich ihr dickes, schwarzes Haar gelöst und fiel ihr nun in großen Wellen über ihre weiße, am Hals zusammengeraffte Bluse und bis über die zarte Taille. Sie trug einen langen Baumwollrock und an den nackten Füßen Sandalen.

Im Moment blickte sie ihn so trotzig und herausfordernd an, dass Adam dachte, mit einer Frau wie ihr würde er es lieber nicht aufnehmen müssen. Und auch wenn das, was sie bislang gesagt hatte, richtig gewesen war, und auch wenn sie seine Schwester war, und auch wenn sie sich von ihm widerstandslos hatte mitnehmen lassen – er traute ihr noch immer nicht über den Weg.

Adam öffnete die Tür zu ihrem Zimmer und ließ die anderen hinein, doch als die Frau an ihm vorbeiging, musste er es ihr einfach sagen: »Ich vertraue dir nicht.«

»Dann bist du ein Dummkopf«, erwiderte sie mit hoch erhobenem Kopf.

»Ich denke, wir sollten versuchen zu schlafen«, erklärte Adam, sobald alle im Zimmer waren und er die Tür geschlossen hatte. Er warf einen Blick auf die beiden Betten. Unter anderen Umständen wäre es sinnvoll gewesen, die beiden Frauen in einem Bett schlafen zu lassen. Aber er wollte Darci auf keinen Fall in die Nähe dieser fast einen Meter achtzig großen Frau lassen.

Darci drehte sich abrupt zu ihm um. »Adam!«, sagte sie ärgerlich, »du bist ein Trottel.«

»Da muss ich allerdings zustimmen«, erklärte Taylor und setzte sich auf einen der beiden Stühle im Raum. »Ich denke, deine Schwester hat in ihrem Leben genug mitgemacht; und jetzt tust du auch noch so, als sei sie eine Aussätzige. Also wirklich! Sieh sie dir doch an!«, meinte er und wandte sich der Frau zu. Sie stand an der Tür, groß und schön, und sie wirkte wie eine Königin, trotz ihrer altmodischen Kleidung und ihrer gefesselten Hände. Sie stand da wie die romantische Heldin aus einer Geschichte, in der es um Clans und Fehden und Ehre ging.

»Sie erinnert mich an jemanden«, sagte Taylor mit einer seltsamen Stimme, sodass Darci sich zu ihm umdrehte. Schon seit er sie zum ersten Mal gesehen hatte, konnte er den Blick nicht mehr von dieser stolzen, statuenhaften Frau abwenden.

»Mich auch«, sagte Adam, »aber ich komme nicht darauf, an wen.«

»Eine Königin«, erklärte Darci mit einem warmen Lächeln. »Sie sieht aus wie eine Königin.«

Auf diese Bemerkung hin lächelte die Frau kurz Darci zu, ohne jedoch den Kopf zu senken – und dann blickte sie sofort wieder mit unverminderter Arroganz auf ihren Bruder.

»Boadicea«, sagte Adam. «Die Kriegerkönigin. Daran erinnert sie mich.«

Jetzt verschwand der hochmütige Ausdruck aus ihrem Gesicht, und sie lächelte wieder; dann begann sie sogar richtig zu lachen – so sehr, dass sie sich schließlich auf eines der Betten setzen musste.

»Da lacht jemand über einen Scherz von dir«, sagte Darci verwundert zu Adam. »Also, wenn du noch irgendeinen Zweifel hattest, dass sie mit dir verwandt ist – hier hast du den Beweis.«

Adam konnte nicht anders, er musste sich über das Lachen seiner Schwester einfach freuen, doch einen Scherz konnte er in dem, was er gesagt hatte, absolut nicht erkennen. Boadicea war eine keltische Königin gewesen, die im ersten Jahrhundert die Briten in den Kampf gegen die Römer geführt hatte – aber was bitte war daran so amüsant?

Schließlich drehte sich die Frau zu ihm um. »Ich heiße Boadicea«, sagte sie.

»Was für ein passender Name!«, meinte Taylor sofort, ohne den Blick von ihr abzuwenden.

In diesem Augenblick entspannte sich Darci. Adam mochte ja unvernünftig sein, was seine Schwester anbelangte, aber wenn sie über seine humorlosen Scherze lachen konnte, dann würde er seine Einstellung sicher bald ändern. »Hat noch jemand außer mir Hunger?«, fragte sie in die Runde.

Von den Männern kam keine Antwort. Adam starrte sinnend auf Boadicea, als wollte er die Tiefen ihrer Seele ergründen. Und Taylor starrte sie an, als hätte er sich in sie verliebt.

Boadiceas Aufmerksamkeit galt jedoch Darci. Irgendwie war es, als würde sie die Männer als unwichtig betrachten. »Meinst du, wir könnten so etwas kaufen, was ihr Junkfood nennt? Ich hätte ein großes Verlangen, so etwas einmal zu probieren.«

»Damit bin ich groß geworden«, erwiderte Darci fröhlich. »Gleich gegenüber ist ein Laden, und ...«

»Ich gehe«, sagte Taylor. »Ich bringe Ihnen, was Sie wollen.«

»Nein, ich gehe«, schritt Adam ein. »Ich glaube, das zu tun, ist meine Aufgabe.«

Darci blickte die Männer überrascht an. Es war fast, als würden sie darum kämpfen, wer dieser außerordentlich schönen Frau etwas zu essen besorgen durfte. Sie schnitt eine Grimasse und wandte sich Boadicea zu. »Hast du schon mal den Ausdruck gehört, ›Männer sind Schleimer‹?«

»Schlimmer«, antwortete Boadicea. »*Sie* sagt, sie sind nutzlos.«

Darüber mussten die beiden Frauen erst einmal gemeinsam lachen.

Adam weigerte sich, den Grund für ihr Gelächter zu kommentieren. »Es ist vier Uhr früh«, gab er zu bedenken. »Ich bin dafür, dass wir alle ein wenig schlafen. Später können wir dann Pläne machen über … über das, was wir heute Nacht tun wollen. Und was das Essen anbelangt, werden wir wohl warten müssen, bis der Laden öffnet. Zum Schlafen, denke ich …« Er verstummte. Wenn diese Frau seine Schwester war und keine Feindin, dann konnte sie wohl ein Bett mit Darci teilen.

Aber die Wahrheit war, dass Adam Darci in seinen Armen halten wollte. Er wusste nur nicht, wie er sich diesen Wunsch erfüllen konnte, ohne es deutlich zu sagen.

Taylor stand auf. Er wusste, was in Adam vorging, und er wusste auch, dass es für diplomatische Umschweife zu spät war. »Ich denke, dass Boadicea eine Unbekannte ist und dass wir ihr deshalb nicht vertrauen sollten.« Er betrachtete sie aus dem Augenwinkel und sah, dass sie ärgerlich wurde. »Deshalb denke ich, ein Mann sollte zwischen ihr und der Tür schlafen.«

»Er?«, fragte Boadicea höhnisch und deutete mit ihren gefesselten Händen auf Adam.

»Nein!«, erwiderte Adam. »Ich sollte …« Er konnte sich um alles in der Welt keinen Grund ausdenken, weshalb er neben Darci schlafen sollte. Schließlich wäre es doch sinnvoll, wenn Vater und Tochter in einem und Bruder und Schwester im anderen Bett schliefen!

»Ihr beide würdet gar nicht zusammen in ein Bett passen«, sagte Darci zu Adam. »Schau sie dir doch an. Sie ist so groß wie du. Ihr würdet die ganze Nacht lang über die Seiten des Betts raushängen.«

Im ersten Augenblick blickten die anderen drei Darci verdutzt an. Die Betten waren ziemlich groß. Aber dann schmunzelten sie alle verständnisvoll.

»Ja«, stimmte Adam zu. »Das ist eine perfekte Lösung. Okay, wer geht zuerst ins Badezimmer?«

»Ich!«, rief Darci und rannte.

Eng an Adam gekuschelt, wachte Darci nach einem erholsamen Schlaf auf. Anfangs war sie noch zu müde und desorientiert, um seine gedämpften Schreie zu verstehen. Vor Stunden, als sie mit Adam zu Bett gegangen war, war sie sicher gewesen, dass sie vor Ekstase sterben würde. Niemals würde sie einschlafen können, hatte sie gedacht.

»Wenn wir sehr, sehr leise wären«, hatte sie ihm ins Ohr geflüstert, als sie in seine Arme schlüpfte, »dann könnten wir uns jetzt sofort lieben.«

»Ich verspreche dir, Darci T. Monroe«, hatte Adam ebenso leise erwidert, »wenn wir das alles lebendig überstehen, dann schwöre ich bei allem, was mir heilig ist, dass du fünf Minuten, nachdem du mir erzählt hast, was ich von diesem Spiegel wissen will, keine Jungfrau mehr bist! Hey! Und du wirst mir jetzt nicht gleich wieder ohnmächtig, ja?«

»Vielleicht«, meinte sie. »Würde ich dadurch mehr Küsse kriegen?«

»Wenn ich dich küsse, kann ich keinen klaren Gedanken mehr fassen. Schon dich im Arm zu haben, macht mich –« er lächelte – »verrückt. Und hör das auf! Wackeln verboten!«

Sie bewegte sich nicht mehr, presste sich jedoch fest an ihn. Er hatte ihr noch nie gesagt, dass er sie liebte, aber ihrem Gefühl nach war es vielleicht doch so. Ehrlich gesagt hatte sie sein Interesse an ihr vielleicht schon von Anfang an gespürt. Er hatte sie immer angesehen, als würde er sie für einzigartig halten.

»Willst du deine Uhr abnehmen?«, flüsterte er. Sie hatte noch immer ihren Gymnastikeinteiler an und trug noch immer die schöne goldene Uhr, die er ihr geschenkt hatte.

»Nein«, antwortete sie. »Ich werde sie jeden Tag meines restlichen Lebens tragen. Ich lasse mich mit ihr beerdigen.«

»Bis dahin habe ich dir ein Dutzend Uhren gekauft, und dieses arme Ding wird dich nicht mehr interessieren.«

Darci musste tief durchatmen, bevor sie darauf antworten konnte. Sie wusste, was er mit dieser Anspielung meinte, doch sie wagte das Wort kaum zu denken: Heirat. Sie wollte an diesen Traum glauben – aber sie wollte auch ehrlich zu ihm sein. Sie seufzte noch einmal. »Unter anderen Umständen magst du mich ja vielleicht gar nicht. Jetzt brauchst du mich, um aus einem Spiegel zu lesen, deshalb bin ich wichtig für dich. Aber ich bin in sehr unglücklichen Verhältnissen groß geworden, und ich habe einiges an mir, was deine Meinung ändern könnte. Ich bin ...«

Sie konnte nicht weiterreden, weil Adam sie küsste. Nicht innig, wie zuvor, denn unter den gegebenen Umständen hätte er sich womöglich nicht mehr bremsen können. Aber es reichte, um sie vom Beenden ihres Satzes abzubringen. »So etwas möchte ich nie mehr von dir hören«, flüsterte er. »Ich mochte dich schon lange, bevor ich wusste, dass du mit deinen Gedanken Menschen herumkommandieren kannst. Und was deine Herkunft angeht – vergiss nicht, dass ich viel von der Welt gesehen und viele Menschen getroffen habe. Vertrau mir, Darci: Du bist absolut einzigartig, egal, woher du kommst.«

»Ist das gut oder schlecht?«, fragte sie ernst.

»Das ist gut. Übrigens, meinst du, du kannst mir einen Zauber beibringen, mit dem man jemanden festhalten kann? Du hast so etwas doch in deinem Studium gelernt, Nebenfach Hexerei, oder?«

Darci lächelte müde. »Ich habe nicht Hexerei studiert. Sondern Poesie.«

»Was, du verdorbenes, gemeines, verlogenes ...«, sagte er in Anspielung auf ihre früheren Worte, doch er hatte das Gefühl, dass sie schon eingeschlafen war. Er küsste sie auf ihr Haar und schloss ebenfalls die Augen.

Aber Darci schlief nicht. Sie war sich nicht sicher, aber vielleicht wollte er ja nur warten, bis sie schlief, um dann allein in die Tunnels zu gehen. Sie traute ihm zu, dass er sie alle hier einschloss und ohne eine Transportmöglichkeit zurückließ. Schließlich war er sein Leben lang ein Einzelgänger gewesen. Doch dass er versuchte, alle allein zu retten, konnte sie nicht riskieren. Deshalb hatte sie sich noch enger an ihn geschmiegt und ihre Innere Überzeugung angewandt, um ihn müde und schläfrig zu machen.

Aber nun, Stunden später, hatte er sie aufgeweckt, denn er schlug heftig um sich und stöhnte.

»Was hat er denn?«, fragte Taylor und lehnte sich über das Bett. »Kannst du ihn nicht beruhigen?«

»Nein«, erwiderte Darci stirnrunzelnd. »Ich habe es versucht, aber er ist wie in einer Trance, ich kann ihn nicht erreichen.«

»Adam«, sagte Taylor und versuchte, ihn aufzuwecken. Er sah, dass Darci sich konzentrierte, dass sie versuchte, Adam mit ihren Gedanken zu erreichen – er wusste allerdings nicht, ob sie versuchte, ihn zu besänftigen, damit er ruhig weiterschlief, oder ob sie ihn aufwecken wollte. Im anderen Bett lag Boadicea und tat trotz der Unruhe im Raum keinen Muckser.

Plötzlich schlug Adam mit der Faust in die Luft und traf dabei fast Taylor ins Gesicht.

»Weck ihn auf!«, befahl Taylor seiner Tochter. »Das muss ja schrecklich sein, was er da durchmacht.«

Darci hatte ihre Kraft ihr Leben lang nur immer sehr oberflächlich benutzt. Den illegalen Schnapsbrenner zu bewegen, sich einen Hund zu kaufen, hatte keine wirklich große Konzentration erfordert. Adam in der tiefen Trance zu erreichen, in der er sich ganz offenbar befand, war da schon beträchtlich schwieriger. Ihr Kopf tat noch immer weh von ihrem Schreckerlebnis auf dem Baum – nicht, dass sie das irgendjemand erzählt hätte! –, und das Anwenden der Inneren Überzeugung ließ die Schmerzen noch schlimmer werden. Doch sie erstickte sie, indem sie ganz nach innen ging und sich konzentrierte, bis der Raum um sie herum zu verschwinden schien. Sie war nicht mehr in ihrem Körper, sondern nur mehr Energie, ihre geistige Energie, mit der sie überall sein konnte, wo sie wollte, und tun konnte, was zu tun war. Sie fand Adams geistige Energie und drang in sie ein, so gut sie konnte. Obwohl ihre Kopfschmerzen durch diese große Anstrengung noch stärker wurden, versuchte sie, nicht nachzulassen aus Angst, Adam könnte ihre Schmerzen spüren, sondern konzentrierte sich darauf, seinen gequälten Geist zu trösten. Sie dachte an ein goldenes Licht, das sich über seinen Körper ausbreitete und ihn beruhigte.

»Darci!«, sagte ihr Vater. »Darci! Komm wieder zurück!«

Langsam öffnete sie die Augen und blickte ihren Vater an, der sie an den Schultern gefasst hatte und schüttelte. Als er sah, dass sie die Augen wieder offen hatte, schloss er sie fest in seine Arme. »Ich dachte schon fast, ich hätte dich verloren. Darci, du hast ausgesehen, als wärst du tot! Ich konnte deinen Puls nicht mehr fühlen. Und es hat ausgesehen, als ob du nicht einmal mehr atmen würdest.«

Darci drehte sich langsam, weil ihr Nacken schmerzte, um und blickte zu Adam. Er schlief jetzt ruhig, doch sie spürte, dass sein Schlaf sehr leicht war.

»Geht es dir gut?«, fragte Taylor sie mit besorgter Miene. »Ich habe noch nie einen Menschen in so in einer tiefen Trance gesehen wie dich eben. Ich glaube, wenn ein Zug über dich gefahren wäre, hättest du auch nichts gemerkt.«

»Es geht schon«, sagte Darci. Sie versuchte, seine Besorgnis zu zerstreuen. »Aber ich muss zur Toilette.«

»Nur zu«, erwiderte Taylor und schlug die Bettdecke zurück, damit sie aufstehen konnte.

Sobald Darci einen Fuß auf den Boden setzte, musste sie ihre ganze Kraft und Konzentration zusammennehmen, um nicht hinzufallen. Doch sie wollte die Sorge ihres Vaters nicht noch vergrößern. Der Bluterguss an seiner Stirn war ganz dunkel geworden, und er legte den linken Arm eng an den Körper an. »Wirklich, es geht schon«, wiederholte sie. »Ich muss nur ...« Sie machte eine Geste Richtung Badezimmer, damit er zur Seite trat.

Bis sie langsam die Badezimmertür geschlossen hatte, musste sich Darci noch zusammennehmen, doch sobald sie allein war, ging sie auf die Knie und übergab sich in die Toilettenschüssel. Als alles draußen war, musste sie noch einige Male würgen. Dabei hatte sie jedes Mal das Gefühl, dass sich ihr Magen vollkommen zusammenzog, und es tat entsetzlich weh.

Danach spülte sie sich lange den Mund aus und versuchte, den üblen Geruch ihres Erbrochenen irgendwie aus dem Raum zu vertreiben. Die anderen sollten nicht wissen, dass sie sich übergeben hatte. Und auch nicht, wie heftig sie sich auf dem Baum den Kopf angeschlagen hatte. Im Wagen war Darci still neben Boadicea gesessen und froh gewesen, dass Adam wegen seiner Schwester nicht so sehr auf sie achtete. Deshalb hatte er nicht mitbekommen, dass sie mit Papiertaschentüchern, die sie im Fonds des Wagens gefunden hatte, Blut von ihrer Kopfwunde abtupfte. Und im Motel war sie als Erste ins Badezimmer gegangen, um sich Blut aus den Haaren und von der Kopfhaut zu waschen. Aber jetzt, Stunden später, blutete die Wunde noch immer und verursachte ihr heftige Schmerzen.

Doch sie wollte sich nicht von einer Wunde davon abhalten lassen, heute Nacht dabei zu sein, ebenso wenig, wie sich ihr Vater von seinem schmerzenden Arm aufhalten ließ. Und auch wenn Adam so tat, als würde ihm nichts fehlen – Darci wusste, dass bei ihm einige Rippen verletzt waren. Nur Boadicea schien wirklich unverletzt zu sein.

Als sie ins Zimmer zurückkam, saß Adam aufrecht im Bett. »Tut mir Leid, dass ich mich so aufgeführt habe«, entschuldigte er sich. Sie bemerkte, dass er versuchte, unbeschwert zu klingen.

Im anderen Bett lag Boadicea still mit offenen Augen. Darci hatte das Gefühl, dass sie offenbar daran gewöhnt war, still zu sein und zu lauschen.

»Ich möchte, dass du uns erzählst, was dir als Kind zugestoßen ist«, sagte Taylor zu Adam. »Ich möchte, dass du uns erzählst, wie du zu diesem Brandzeichen auf deiner Brust gekommen bist. Ich denke, wir verdienen es alle, wenigstens das zu wissen.« Sein Blick bei diesen Worten schloss auch Boadicea mit ein, und als Darci sah, wie diese nickte, fragte sie sich, was im Lauf der Nacht zwischen den beiden vorgegangen war. Hatte ihr Vater Boadicea etwas über sich erzählt? Oder über Darci? Oder Adam?

Was immer zwischen ihnen abgelaufen war, Darci hatte das Gefühl, dass zwischen dieser wunderschönen Frau und ihrem Vater eine Verbindung entstanden war. Sie wollte ihn fragen, was sie da spürte, doch ihr Vater hatte Recht: Jetzt brauchten sie erst einmal eine andere Art von Information. Es würde ihnen allen helfen, ihnen vielleicht sogar Mut machen, wenn Adam erzählte, was ihm in seiner Kindheit widerfahren war.

Zunächst protestierte er, doch nach einem einzigen Blick in Taylors Augen gab er nach. Dennoch brauchte er noch einen Augenblick, bis er mit seiner Geschichte beginnen konnte, denn er hatte sie noch nie jemand ganz erzählt.

»Als ich drei Jahre alt war«, begann Adam mit schwacher, zitternder und emotionsgeladener Stimme, »sagte man mir, meine Eltern seien bei einem Flugzeugabsturz ums Leben gekommen. Deshalb schickte man mich nach Colorado, wo ich zusammen mit vielen lärmenden Verwandten aus der Familie Taggert in einem großen Haus wohnen musste.« Er atmete tief durch. »Aber in Wirklichkeit wurde ich im Alter von drei Jahren entführt, und deshalb sind meine Eltern gestorben.«

An dieser Stelle musste Adam eine Pause machen. Darci kämpfte mit sich; am liebsten hätte sie ihm gesagt, wie schwer es für ihn sein musste, sein Leben lang eine solch schwere Schuld mit sich herumzutragen. Doch sie wollte ihn nicht unterbrechen, sondern versuchen, ihn mit ihren Gedanken zu trösten, ihm zu sagen, dass er hier sicher und unter Menschen war, die ihn liebten.

»Bis heute weiß niemand, was wirklich passierte«, fuhr Adam fort. »Ich war immer ein unabhängiges Kind gewesen, und ich spielte gerne Verstecken, und als mir meine Mutter einmal in New York Kleider kaufte, versteckte ich mich vor ihr. Später erzählte sie der Polizei, sie habe gesehen, dass ein Schuh von mir unter einem Kleiderständer herauslugte, und deshalb habe sie gedacht, mit mir sei alles in Ordnung. Sie konnte sehen, wo ich war, und deshalb kaufte sie ruhig weiter ein. Als sie dann nach ungefähr zehn Minuten das Geschäft verlassen wollte, ging sie auf Zehenspitzen zu dem Kleiderständer, schob die Kleider zur Seite und rief ›Buh!‹ Und da sah sie, dass nur mein Schuh da war.«

Darci konnte sich das panische Entsetzen, das seine Mutter befallen haben musste, gut vorstellen. Sie ergriff Adams Hand und hielt sie fest.

»Nachdem ungefähr eine Stunde lang das gesamte Geschäft durchsucht worden war, wurde die Polizei verständigt, und dann das FBI. Aber es vergingen mehrere Tage, und nichts geschah. Es gab keine Lösegeldforderung, nichts. Die Entführer stellten keinerlei Kontakt her.

Nach drei Tagen des Wartens verließen meine Eltern heimlich ihre Wohnung und verschwanden. Bis heute weiß niemand, weshalb. Hatten sie eine Nachricht erhalten? Wenn ja, von wem?«

Darci und Taylor warteten stumm darauf, dass Adam weitererzählte. Sie spürten beide die vielen leidvollen Jahre, in denen Adam sich ständig verzweifelt gefragt hatte, was mit seinen Eltern geschehen war und weshalb.

»Nach dem Verschwinden meiner Eltern wurden sämtliche Polizisten befragt. Eine Beamtin sagte aus, sie erinnere sich, dass meine Eltern in ihr Schlafzimmer gegangen seien und für einige Minuten die Tür geschlossen hätten. Als sie wieder herauskamen, sagte die Beamtin, hätten sie beide grimmig dreingeschaut, so als hätten sie etwas beschlossen. Aber damals habe sie sich darüber weiter keine Gedanken gemacht; erst später habe sie sich wieder an die Blicke meiner Eltern erinnert.

Ein paar Stunden nachdem meine Eltern in ihrem Schlafzimmer allein gewesen waren, sagte mein Vater zu einem der Männer vom FBI, er habe schon vor Jahren das Rauchen aufgegeben, aber jetzt brauche er unbedingt eine Zigarette; er wolle in den Laden an der Ecke gehen und sich eine Packung kaufen. Der FBI-Beamte bot ihm eine seiner Zigaretten an, doch mein Vater meinte, das sei nicht seine Marke. Später sagte der Mann aus, mein Vater sei wohl sehr nervös gewesen, aber das sei unter den gegebenen Umständen ja nicht ungewöhnlich.

Niemand weiß, wann meine Mutter entwischte. Minuten nachdem mein Vater die Wohnung verlassen hatte, klingelte das Telefon, und alle sprangen auf – es hätte ja der Entführer sein können. Aber als meine Mutter nach dem vierten Klingelzeichen noch immer nicht abgehoben hatte, stellten sie fest, dass sie gar nicht in der Wohnung war. Man suchte nach ihr, doch sie war weder auf einem Flur noch im Lift, im Treppenhaus oder sonst irgendwo. Und als sie nach meinem Vater suchten, war auch er nicht mehr auffindbar.

Später versuchte das FBI, die Geschehnisse zu rekonstruieren. Meine Eltern waren im Schlafzimmer, und mein Vater stieg über die Feuerleiter in die Wohnung meines Cousins ein; von dort rief er ein Hubschraubertaxi an, das er manchmal geschäftlich beauftragte. Als der Helikopter kam, verließ mein Vater die Wohnung – angeblich, um Zigaretten zu holen. Das FBI meinte, er sei wohl stattdessen mit dem Lift zum Dach hinaufgefahren und habe mit dem Telefon im Lift in seiner Wohnung angerufen. Sobald das Telefon klingelte, seien die FBI-Beamten darauf zugelaufen, und in dieser Sekunde sei meine Mutter aus der Wohnung geschlichen und die Treppe zum Dach hinaufgerannt. Bis das FBI ihr Verschwinden bemerkte, war sie mit meinem Vater schon oben in dem Hubschrauber.

Festzustellen, dass der Helikopter im Norden des Staates New York auf einem kleinen Flugplatz landete, war relativ einfach. Dort hatte mein Vater ein kleines Privatflugzeug stehen. Der Hubschrauberpilot, der ja keine Ahnung hatte, dass irgendetwas nicht stimmte, winkte meinen Eltern noch zum Abschied zu, als mein Vater auf die Startbahn rollte und abhob.«

Adam schloss für einen Moment die Augen. »Meine Eltern wurden nie mehr gesehen.«

»Und was war mit dir?«, fragte Darci. »Wie bist du dem Entführer entkommen?«

»Ich weiß nicht«, antwortete Adam. »Drei Tage nach dem Verschwinden meiner Eltern rief eine Frau in Hartford, Connecticut, die Polizei an. Sie war sehr aufgeregt und sagte, sie habe einen kleinen Jungen gefunden, der hinter ihrem Haus im Wald umherirrte.«

»Dich«, sagte Darci und drückte mitfühlend seine Hand.

»Ja. Mich. Ich war nackt und über und über voller Zecken, und später hatte ich hohes Fieber – wahrscheinlich von einer Borreliose.«

Darci und Taylor beobachteten ihn schweigend und warteten darauf, dass er fortfuhr.

»Von der Zeit, in der ich entführt war, weiß ich gar nichts. Ich weiß, es heißt, Kinder erinnern sich in der Regel nur an wenige Dinge vor ihrem dritten Geburtstag, ich aber schon. Tatsächlich erinnere ich mich an so vieles über meine Eltern und unser gemeinsames Leben, dass mir der Psychotherapeut, den ich viele Jahre später aufsuchte, nicht glaubte. Er rief sogar meinen Cousin an, um sich bestätigen zu lassen, was ich ihm erzählte.«

»Aber du hast dich richtig erinnert«, sagte Taylor leise.

»Jedes Wort stimmte. Ich weiß noch ...« Adam hielt inne und seufzte tief. »Sagen wir einfach, wenn meine Eltern jetzt zur Tür hereinkämen, würde ich sie sofort erkennen.«

»Was fand das FBI heraus, als sie deinem Verschwinden nachgingen?«, fragte Taylor.

»Nichts. Sie glauben, meine Eltern erhielten irgendwie eine Nachricht mit einem Hinweis auf meinen Verbleib. Wahrscheinlich so etwas wie ›Wenn ihr den Bullen Bescheid sagt, ist das Kind tot‹ oder so. Sie können nur spekulieren, denn sie wissen nichts. Sie können nicht einmal herausfinden, wie meinen Eltern eine geheime Nachricht übermittelt wurde.«

»Wohin flogen deine Eltern, nachdem sie in das Flugzeug gestiegen waren?«, fragte Taylor.

»Niemand hat auch nur eine Ahnung. Das FBI meint, das Flugzeug sei über Wasser abgestürzt. Kein Mensch hat etwas gesehen, und es wurde auch nie etwas gefunden, noch nicht einmal das kleinste Flugzeugteil.«

»Und was geschah mit dir? Du warst doch noch so klein«, wollte Darci wissen. Sie drückte mitfühlend seine Hand an ihre Wange.

»Ich war ... fix und fertig«, fuhr Adam fort. »Ich war unterkühlt, halb verhungert, dehydriert und hatte hohes Fieber, als sie mich fanden. Und ich hatte eine eiternde Wunde an der Brust, die sich entzündet hatte. Hunderte von Menschen hatten nach mir und meinen Eltern gesucht, bis ich gefunden wurde.« Sein Blick wanderte zu Taylor. »Die Entführung hatte das FBI noch vor den Medien geheim halten können, aber als meine Eltern verschwanden, brach die Hölle los.«

»Nach ihrem Verschwinden schickte man dich also zu Verwandten«, sagte Taylor mit Abscheu in der Stimme. »Ich nehme an, dass deine Familie entschied, es sei besser für deinen Seelenfrieden, wenn sie dir nichts erzählten.«

»Ja. Ich bin sicher, dass sie es gut meinten. Sie dachten, ich sei jung genug, um alles vergessen zu können, vor allem, wenn ich nicht weiter an einem Ort lebte, der mich an meine Eltern erinnerte. Und sie glaubten, ich sei zu jung, um eine eigenen Meinung darüber zu haben, wo ich leben wollte.«

»Aber du hattest eine, nicht wahr? Schon mit drei hattest du eine eigene Meinung«, sagte Darci begeistert.

»Oh ja. Ich weiß noch, dass ich weinte und sagte, ich wolle mit einem Schiff nach meinen Eltern suchen.«

Ich auch, sagte Darci in Gedanken zu ihm und drückte fest seine Hand. *Ich wollte immer nach meiner Mutter suchen. Meiner wirklichen Mutter. Nach der, die mich wahnsinnig liebte.* Als Darci bemerkte, wie ihr Vater sie neugierig musterte, als frage er sich, welche Gedanken sie Adam schickte, räusperte sie sich und ließ Adams Hand los. »Dann kamst du also nach Colorado, richtig?«

»Ja. Dort wohnte ich mit meinen Cousins, den Taggerts, in einem riesigen Haus aus der Zeit um 1890. Ein wunderschönes Haus.«

»Aber du bist dort untergegangen«, bemerkte Taylor.

»Ich fühlte mich sehr verloren«, bestätigte Adam. »Die Familie hatte acht Kinder, die alle nichts von Kummer wussten. Ihre Mutter, meine Cousine Sarah, versuchte, mich in die Familie einzubinden, aber es gelang ihr nicht. Nein – das ist nicht fair. Ich wollte nicht zulassen, dass ich ein Teil der Familie wurde. Ich weiß, die meisten Menschen meinen, dass Einzelkinder einsam sind, aber ich war es nicht.« Er grinste ein wenig schief. »Ich liebte es, die Aufmerksamkeit meiner Eltern voll und ganz für mich zu haben.«

Darci blieb ernst. Sie wusste, was es bedeutete, einsam zu sein, als Kind wie als Erwachsene. »Und was ist dann mit dir passiert?«, fragte sie. »Ich meine dort, in Colorado?«

»Nichts. Ich bin einfach aufgewachsen. Meine Cousins begriffen rasch, dass ich gern allein war. Ich war nicht so wie sie. Ich war kein Mannschaftsspieler. Wenn ich zu viele Menschen um mich habe, werde ich ... na ja, nervös. Und wenn ich nicht genug Platz habe ...«

Adam brauchte einen Augenblick, bis er wieder ruhiger wurde. »Jedenfalls, mit zwölf Jahren bekam ich Alpträume. Sie waren … ziemlich schlimm. Ich schrie oft so laut, dass ich das ganze Haus aufweckte, und wenn Sarah – ich konnte nie ›Mutter‹ zu ihr sagen –, wenn Sarah versuchte, mich in den Arm zu nehmen, wehrte ich mich und schlug wie wild um mich. Einmal hatte sie einen Bluterguss von hier bis hier«, sagte er und fuhr sich am Kiefer entlang. »Danach kamen nur noch die Männer, wenn ich zu schreien anfing. Und als die Alpträume nicht aufhörten, schickten sie mich zum Psychiater.«

»Konnte er dir helfen?«, wollte Taylor wissen.

»Nicht wirklich. Er versuchte, mich zu hypnotisieren, aber es hat nicht geklappt. Allerdings hat er meine Verwandten bewogen, mir die Wahrheit über meine Entführung zu sagen und das Wenige, was sie über das Verschwinden meiner Eltern wussten. Aber dadurch ging es mir dann noch schlechter. Schließlich wären sie nicht gestorben, wenn ich nicht gewesen wäre.«

Taylor wollte Adam von diesen Gedanken abbringen; er konnte Adams Schmerz in seiner Stimme hören. »Und wie ging es beim Psychiater weiter?«

»Nach einem Jahr vergeblicher Versuche gab er auf. Er konnte nichts aus mir herausbekommen, weil ich mich an nichts erinnern konnte – und kann –, was während meiner Entführung mit mir geschah. Und die Alpträume hörten so plötzlich auf, wie sie gekommen waren.«

»Du bist also zu deiner Familie zurückgegangen und hast ein ganz normales Leben geführt«, meinte Taylor und grinste über seinen Scherz.

»Na ja, nicht ganz. Ich habe nie mit jemand darüber gesprochen – zumindest bis jetzt –, aber als die Alpträume aufhörten, verfolgten mich Erinnerungen an meine Eltern. Ich konnte mich an jeden Augenblick erinnern, den ich mit ihnen verbracht hatte.« Adam schloss für einen Moment die

Augen und Darci merkte, dass er gegen die Tränen ankämpfte. »Und ich *vermisste* sie. Ich vermisse das Lachen meiner Mutter und wie sie mich ...«

Er seufzte schwer. »Jedenfalls, ich vermisste sie, und ich ...«

»... wollte wissen, was mit ihnen geschehen war«, meinte Taylor.

»Nein, damals noch nicht. In jenen Jahren ... habe ich mich noch ganz in mich selbst zurückgezogen.«

»Du hast gemerkt, dass du anders warst als die anderen Menschen, und deshalb hast du dir eine eigene, innere Welt geschaffen«, sagte Darci leise. »Du wolltest die Welt um dich herum meiden.«

Adam betrachtete sie stumm. Sie weigerte sich, ihm ihre Gedanken zu senden, doch er wusste, was sie dachte: *So wie ich*. Adam verfügte nicht über eine Kraft, oder eine »Gabe«, wie Taylor Darcis Fähigkeit bezeichnete, doch das Grauen seiner frühen Jahre unterschied ihn von anderen ebenso, wie Darci anders war.

»Ja. Genau«, sagte er nach einer Pause. »Ich ging zur Schule wie meine Verwandten auch, aber während sie Ärzte oder Anwälte oder erfolgreiche Geschäftsleute wurden, studierte ich Geschichte. Ich wusste nicht, was ich mit einem solchen Abschluss anfangen würde, aber ich interessierte mich brennend für alte Kulturen. Als ich dann mit dem Studium fertig war, wusste ich nicht, was ich tun sollte. Dank der Beziehungen meiner Familie bekam ich ein paar Lehrangebote, aber eigentlich wollte ich nur ... ist es verständlich, wenn ich sage, dass ich einfach nur verschwinden wollte? Ich wollte vor mir selbst davonlaufen.«

»Ja, absolut«, bemerkte Darci, noch ehe Taylor etwas sagen konnte.

»Ich erbte Geld von meiner Familie, aber ich habe es nicht angerührt. Tatsächlich sagte ich ihnen nicht einmal, wo ich war oder wohin ich ging – das wusste ich ja meistens nicht einmal selbst. Ich nahm überall Jobs an, wo ich einen finden konnte. Vier Jahre lang war ich Matrose auf einem Trampfrachter. Ein paar Jahre arbeitete ich auf einer Ranch in Argentinien. Ich wanderte einfach um die ganze Welt, lebte hier und da, aber so richtig lebte ich eigentlich gar nicht. Eine Zeit lang dachte ich daran, Schriftsteller zu werden, aber das, was ich zu Papier brachte, schien an eine schwarze Stelle meiner Seele zu rühren, die ich mir nicht ansehen wollte, und deshalb verwarf ich diesen Gedanken wieder.«

»Und wie kam es, dass du mit dieser Suche anfingst? Mit der Suche nach dem Bösen, deinem Interesse an Hexenzirkeln und so weiter?«, wollte Taylor wissen.

»Eine meiner Cousinen von den Taggerts verbrühte mich mit einer Tasse Tee. Komisch, nicht wahr? Ich habe die ganze Welt bereist auf der Suche nach … ich weiß nicht genau, was ich suchte, aber ich weiß, dass ich es nicht gefunden habe. Und dann war ich wieder einmal zu Besuch in Colorado und mit einigen meiner Verwandten auf dem Tennisplatz. Sie lachten und unterhielten sich, aber ich saß nur da und schaute ihnen zu – ich war dort, aber nicht wirklich dabei. Wir hatten alle kalte Getränke, bis auf meine Cousine Lisa, die immer nur heißen Tee trank. Und als sie aufstand, um ihre Brüder bei einem Spiel anzufeuern, schüttete sie mir ihren Tee über die Brust, die linke Seite. Es war gar nicht weiter schlimm, aber Lisa machte ein großes Theater daraus; sie verlangte, dass ich mein Hemd ausziehe, um nachzusehen, ob ich verletzt war.«

Adam atmete tief. »Der Tee hatte mir deshalb nicht richtig wehgetan, weil ich an dieser Stelle dickes Narbengewebe hatte.«

»Von der ›eiternden Wunde‹«, bemerkte Taylor leise.

»Genau. Es war eine Narbe, die ich schon hatte, so lange ich mich erinnern konnte, und ich hatte mir nie große Gedanken darum gemacht. Meine Cousine Sarah meinte, ich sei vielleicht auf einem Felsen gestürzt oder so. Da ich mich an einen beträchtlichen Teil meines Lebens ohnehin nicht erinnern konnte, schien mir die Narbe nicht weiter von Bedeutung. Sie war hart, und manchmal, wenn ich den Arm über den Kopf bewegte, zog es ein bisschen, aber ich habe mich nie wirklich darum gekümmert.«

»Bis zu jenem Tag«, sagte Taylor.

»Richtig«, pflichtete Adam ihm bei. »An jenem Tag sagte eine meiner Cousinen – sie war ein Jahr jünger als ich und wusste nichts von meiner Entführung –, ich sollte diese hässliche Narbe doch von einem Schönheitschirurgen behandeln lassen. Darauf sagte ihr Bruder, der sechs Jahre älter ist als ich: ›Vielleicht sollte er mal nachsehen lassen, was darunter ist.‹«

»Das Brandzeichen«, sagte Darci. »Es war durch das Narbengewebe verdeckt gewesen.«

»Ja. Als mein Cousin das sagte, trug ihm seine Mutter sofort auf, ihr einen Pullover aus dem Haus zu holen, obwohl es an diesem Tag brütend heiß war.«

»Hast du deinen Cousin gefragt, was er damit meinte?«

»Nein. Die Miene seiner Mutter sagte mir, dass sie nicht über die Entführung und so weiter reden wollte. Sie hat mir immer irgendwie Leid getan, weil sie wirklich alles versuchte, mich zu einem Teil ihrer Familie zu machen, aber es gelang ihr nicht. Ich weiß, dass sie sich die Schuld gab dafür, dass ...«

»Dass du immer traurig warst?«, fragte Darci.

»Ja. Dass ich traurig war und immer das Gefühl hatte, nicht dazuzugehören.«

»Und was hast du dann gemacht?«, fragte Taylor.

»Am nächsten Tag flog ich nach New York und suchte einen plastischen Chirurgen auf. Ich sagte ihm, dass ich das Narbengewebe sorgfältig entfernt haben wollte, weil etwas darunter sei, das mich interessierte. Es war nicht nur ein Brandzeichen. Die Haut« – er klang, als spräche er nicht von sich, sondern von einer anderen Person – »war zuerst tief eingeschnitten worden, und an dem Brandeisen war ein schwarzer Farbstoff. Als das Narbengewebe entfernt wurde, konnte man die schwarze Zeichnung deutlich sehen.«

»Und da hast du gemerkt, dass an dieser Sache mehr dran war, als man dir erzählt hatte«, sagte Taylor. Er lehnte sich zurück und musterte Adam nachdenklich.

»Ja. Zuerst suchte ich auf dem ›normalen‹ Weg nach Informationen. Ich ging zu Privatdetektiven, und ich bekam sogar Einsicht in die Akten des FBI, aber da war nichts zu finden. Als ich schließlich alle diese Möglichkeiten ausgeschöpft hatte, ging ich zu einer Hellseherin. Aber sie sagte mir lediglich, meine Eltern seien tot und ihr Tod würde mit bösen Machenschaften in Zusammenhang stehen. Es ärgerte mich sehr, dass ich mir solch dummes Zeug anhören musste. Denn was mich interessierte, waren definitive Antworten – wer, wie und vor allen Dingen warum.

Warum wurden meine Eltern getötet, noch ehe ein Lösegeld gezahlt werden konnte? Sobald mein Vater wusste, dass ich vermisst war, begann er, Aktien zu verkaufen. Aber es wurde nichts gezahlt. Was geschah mit ihrem Flugzeug? Tausende von Fragen gingen mir durch den Kopf.

Aber die Parapsychologen, die ich aufsuchte, hatten keine Antworten für mich; ich fühlte mich danach frustrierter als vorher.

Ich hatte gerade den Entschluss gefasst, keinen dieser Leute mehr aufzusuchen, als mich jemand anrief und sagte, Helen Gabriel wolle mit mir sprechen. Ich hatte von dieser Frau noch nie etwas gehört, und deshalb bedeutete mir der Name nichts, aber diese Hellseherin wiederholte am Telefon, ich müsse Helen unbedingt anrufen. Soweit ich es verstand, war diese Helen Gabriel so etwas wie eine Hellseherin für Hellseher.«

»Also eine echte und nicht eine, die etwas vorgaukelt«, erklärte Taylor aufgrund seiner eigenen Erfahrungen.

»Genau«, pflichtete Adam ihm bei. »Es hatte den Anschein, als würde diese Frau keine normalen Klienten annehmen. Ich meine, man kann nicht einfach einen Termin bei ihr bekommen; man muss dafür eine Einladung haben.« Adam blickte zu Taylor. »Kennst du Leute wie sie?«

Taylor schmunzelte, als würde er überlegen, ob er sein Wissen preisgeben sollte oder nicht. »Es gibt zwölf Frauen …«, sagte er leise.

»Die die Welt mit ihren Gedanken verändern können«, warf Darci aufgeregt ein. »Avatara.«

Taylor lächelte seiner Tochter zu, und in diesem Lächeln lag so viel Liebe – und Stolz –, dass Darci vor Freude errötete. »Später, wenn wir diese Geschichte hinter uns haben, möchte ich, dass du mir von deiner erstaunlichen Ausbildung erzählst, die es dir ermöglicht hat, so etwas Außergewöhnliches zu wissen wie dies.«

Darci schaute voller Freude zu Adam, dessen Miene unverkennbar »Ich hab's dir doch gesagt« ausdrückte. Er hatte gemeint, ihr Vater würde bestimmt erkennen, dass sie eine gute Ausbildung genossen hatte.

»Und was hat Helen dir gesagt?«, fragte Taylor. So wie er den Namen aussprach, war sich Adam sicher, dass er von dieser Frau wusste.

»Am Anfang war ich von ihr enttäuscht, denn sie sagte mir, sie wisse nicht genau, was mit meiner Familie geschehen sei. Aber dann hat sie mich total verblüfft – sie behauptete nämlich, ein Mitglied meiner Familie sei noch am Leben.«

»Das hat dich bestimmt halb verrückt gemacht«, meinte Taylor.

»Ja, sicher. Am liebsten hätte ich gegen den, der meine Mutter oder meinen Vater gefangen hielt, einen Söldnerhaufen losgeschickt, aber ich wusste ja gar nicht, wo ich überhaupt zu suchen anfangen oder gegen wen ich vorgehen sollte. Und an diesem Punkt sagte mir Helen, es gebe für mich nur einen einzigen Weg, die Wahrheit über die Vergangenheit herauszufinden. Sie sagte, in Camwell, Connecticut sei eine Frau, die einen Zauberspiegel besitze. Als sie mir das erzählte, wäre ich beinahe aufgestanden und gegangen. Ich bin mein Leben lang Realist gewesen. Schon als Kind hasste ich diese Geschichten, in denen es um allen möglichen Zauber ging.«

»Das stimmt«, sagte Darci lächelnd, »über Märchen und so weiß er nichts.«

»Ich glaube, Helen las meine Gedanken, denn dann sagte sie, es gebe auch so etwas wie eine ganz reale Magie. Sie erzählte mir, dieser Spiegel habe einmal Nostradamus gehört. Ehrlich gesagt, konnte ich das, was sie alles vorbrachte, nicht glauben. Aber sie behauptete, wenn ich im Besitz dieses Spiegels sei, dann könne man darin sehen, was meiner Familie zugestoßen ist. Ich betone, dass sie immer ›Familie‹ sagte, nicht ›Eltern‹. Das ist mir allerdings erst später aufgefallen.«

»Und bei dem Spiegel kam Darci mit ins Spiel, nicht wahr?«, fragte Taylor.

Adam konnte Darci nicht direkt ansehen, denn er wollte nicht, dass sie hörte, was ihm Helen noch gesagt hatte. Als er schließlich weitererzählte, flüsterte er fast. »Sie sagte mir, ich könne den Spiegel stehlen, aber nur eine Jungfrau, die älter ist als zweiundzwanzig Jahre, könne die Bilder darin sehen. Ohne eine solche Jungfrau sei der Spiegel nicht mehr als ein Stück altes Glas. Deshalb riet sie mir, eine Annonce in die New York Times zu setzen, und sagte, damit würde ich die Jungfrau finden, die aus dem Spiegel lesen könne.«

»Du meinst, nicht eine einzige der Frauen, die sich bei dir vorstellten, war ...«, fragte Darci.

»Nicht eine Einzige«, erwiderte Adam und lächelte Darci zu, doch er wollte ihr nicht sagen, dass sie die »Unnormale« sei und nicht die anderen Frauen.

»Erstaunlich«, meinte sie.

»Nicht, dass ich mich darüber beschweren möchte, aber wieso hast du nie ... du weißt schon?«

Darci zuckte mit den Schultern. »Ich habe noch nie einen getroffen, bei dem ich in Versuchung gekommen wäre«, antwortete sie in aller Ehrlichkeit. Was sie nicht sagte, weder laut noch in Gedanken, war »bis ich dich kennen lernte«.

»Aber warum bist du dann mit Putnam verlobt und willst ihn heiraten?«, fragte Adam mehr verärgert, als er eigentlich zeigen wollte.

»Ach«, meinte Darci, »das ist rein geschäftlich.«

»Was ist das für ein Geschäft, das dich zum Verlobten eines ...«

»Wie hast du denn herausbekommen, dass du eine Schwester hast?«, unterbrach ihn Taylor. Adams Ärger passte ihm nicht, und er wollte auch nicht, dass sie von der Geschichte abschweiften. Später würden sie noch Zeit genug haben, um über Darcis Probleme in oder mit Putnam zu reden. Doch Adams Wissen konnte heute Abend eventuell weiterhelfen; deshalb war seine Geschichte jetzt einfach wichtiger.

Adam hörte nur ungern auf, Darci auszufragen. »Wie gesagt, anfangs merkte ich nicht, dass Helen immer von Familie sprach und nicht von Eltern. Aber eines Tages sagte sie ›die drei‹. Ich fragte, ob ich die dritte Person sei. Sie schaute mich überrascht an und antwortete, ›nein, deine Schwester‹. Zuerst dachte ich, sie ist verrückt geworden. Ich brauchte eine ganze Weile, bis ich aus ihr herausbrachte, dass das Kind, bloß weil es zur Zeit meiner Entführung noch nicht geboren war ... das bedeutete für sie nicht, dass es noch nicht auf der Welt war. Und es ärgert mich heute noch, dass niemand in meiner Familie mir sagte, dass meine Mutter schwanger war, als ich entführt wurde.«

Adam seufzte. »Und das bringt uns zum Heute.« In den letzten Minuten hatte er Darci nicht angeschaut aus Angst, das, was er erzählte, würde sie zornig machen. Er hatte sie angestellt unter dem Vorwand, er brauche eine persönliche Assistentin, aber stattdessen hatte er sie in eine Sache hineingezogen, bei der es um Mord ging. Er hatte sie wegen ihrer »Qualifikation Jungfräulichkeit« eingestellt.

Darci wusste, was er dachte, und auch, warum er sie nicht

anblickte. »Und mir haben die Leute vorgeworfen, ich würde lügen«, sagte sie halblaut, doch noch ehe Adam etwas erwidern konnte, fuhr sie fort: »Meinst du, der Laden ist jetzt schon offen? Bo und ich haben Hunger.«

Bei dieser Bemerkung setzte sich Boadicea im Bett auf und schaute Darci mit einer eigenartigen Miene an. »›Bo‹«, flüsterte sie. »Ist das, was man einen Spitznamen nennt?«

Sie hat noch weniger von der Welt gesehen als ich, sandte Darci verwundert an Adam.

»Ich glaube, dein Vater will ihr die Welt zeigen«, flüsterte Adam Darci ins Ohr und nickte zu Taylor hin, der sich besorgt über Boadicea beugte. Ihre Hände waren nicht mehr gefesselt, und sie blickte mit großen Augen zu Taylor auf, Augen, die zu sagen schienen, dass sie ihm überallhin folgen würde.

»Ich muss ihr über die Männer Bescheid sagen!«, meinte Darci entrüstet.

»Was weißt du denn schon von ihnen?«, fragte Adam. Es war seltsam, aber er fühlte sich plötzlich so leicht – ja sogar glücklich – wie seit Jahren nicht. Er hatte gerade seine schreckliche Lebensgeschichte erzählt, aber niemand bedauerte ihn. Niemand betrachtete ihn mit einem Blick, der besagte *armer, armer Adam. Armer, entführter, verwaister Adam. Wenn er als kleiner Junger nicht seiner Mutter weggelaufen wäre, wären seine Eltern heute noch am Leben.* Nein, stattdessen waren in diesem Zimmer drei Menschen mit Schicksalen, die nicht weniger unglücklich waren als seines.

Darci war von ihrer schönen Mutter verlassen und quasi von jedem erzogen worden, der sich ihrer annehmen wollte. Und sie hatte ihr ganzes Leben lang ihre ungewöhnliche Kraft verbergen müssen.

Adam wollte gar nicht daran denken, wie es für Taylor gewesen sein musste, zu erfahren, dass er unfruchtbar sei. Seine Mutter hatte ihm in den Kopf gesetzt, er müsse dafür sorgen, dass die »Gabe« in der Familie weitergegeben wurde, doch er war daran gescheitert und hatte sein ganzes Leben mit dem Versuch zugebracht, seinen angeblichen Bruch der Familientradition wieder gutzumachen.

Dann blickte Adam zu der Frau, die seine Schwester war. Er konnte sich nicht vorstellen, wie ihr Leben in Gefangenschaft gewesen war, er konnte es sich beim besten Willen nicht vorstellen.

Es war egoistisch von ihm, das räumte er ein, aber mit diesen Leuten zusammen zu sein, tat ihm gut. Bei ihnen war er nicht das schwarze Schaf. Er war einer von ihnen, er gehörte dazu.

»Hast du meine Frage verstanden?«, fragte er Darci. »Was weißt du denn von den Männern?«

Sie blickte ihn verdutzt an. Meinte er das ernst? Oder wollte er sie foppen? Bei Adam mit seinem unergründlichen Sinn für Humor war das nicht erkennbar.

»Hmmmm?«, fragte er noch einmal; dann ging er mit drohender Miene auf Darci los.

Sie wich instinktiv zurück.

»Ich weiß gar nichts ...« Im nächsten Augenblick kreischte sie auf, denn Adam hob sie hoch, warf sie auf das Bett und baute sich bedrohlich wie ein Ungeheuer über ihr auf, die Hände zu Klauen geformt.

Und dann begann er, sie zu kitzeln.

Darci wusste zuerst gar nicht, was eigentlich los war, denn sie war in ihrem ganzen Leben noch nie gekitzelt worden. Sie war ein ernstes Kind gewesen; nie hatte sich jemand bemüßigt gefühlt, ihr einmal ihren Ernst auszutreiben und sie zum Lachen zu bringen.

Doch genau das tat Adam jetzt – er hatte sie in kürzester Zeit so weit, dass sie vor Lachen brüllte und sich im Bett hin und her wälzte. »Na, was willst du meiner Schwester über die Männer erzählen?«, fragte er sie.

»Dass sie großartig und wunderbar sind!«, antwortete

Darci, zog dabei die Knie an die Brust und kreischte vor Vergnügen.

»Und nett und liebenswert?«, fragte Adam, während seine Hände über ihre Rippen glitten.

»Oh ja! Ja, ja, ja doch!«

»Na, dann ist es ja gut«, meinte Adam wieder ernst und ließ von ihr ab. »Ich denke, dieser Punkt wäre geklärt.«

Boadicea, die sich bisher etwas abseits gehalten hatte, stand nun am Fußende des Betts. Sie hatte die Szene mit der Faszination eines Völkerkundlers beobachtet, der Eingeborene in ihrer natürlichen Umgebung studiert. »Interessant«, sagte sie, als Adam aufhörte, Darci zu kitzeln. »Aber jetzt können wir vielleicht etwas zu essen besorgen«, fuhr sie dann fort und wandte sich zur Tür.

Ms Spock, dachte Darci und schickte ihren Gedanken an Adam, der daraufhin laut auflachte. Er zog sein Sweatshirt aus und streifte es Darci über ihren Gymnastikeinteiler. »Wenn du glaubst, du könntest so auf die Straße gehen, dann musst du erst noch mal nachdenken«, meinte er.

»Und was ist falsch an dem, was ich anhabe?«, fragte sie ihn beim Hinausgehen.

»Mit deinen Klamotten gar nichts«, antwortete Adam. »Aber was drin steckt, das gibt mir zu denken.«

»Ach, wirklich …?« Darci lächelte. »Wetten, dass du mich nicht erwischst!«, rief sie ihm zu und begann zu rennen. Adam blieb fast das Herz stehen, als sie quer über die verkehrsreiche Straße lief.

In dem kleinen Laden machten sie sich alle einen Spaß daraus, Boadicea zu beobachten, die über alles, was sie sah, ungläubig staunte. Und jeder von ihnen versuchte sich vorzustellen, wie es wäre, noch nie ein Geschäft gesehen zu haben. Jeder wollte ihr Fragen stellen, doch Boadicea wehrte alle Versuche ab. »Noch nicht«, meinte sie. »Jetzt ist noch nicht die Zeit, von mir zu sprechen.« Aber sie erkannten schon jetzt, dass diese Frau auf eine höchst eigenartige Weise größte

Unschuld und weises Erwachsensein in sich vereinte. Adam ärgerte sich über sie, Darci war fasziniert. Nur Taylor schien sie einfach zu nehmen, wie sie war, und verlangte nicht mehr von ihr, als sie zu geben bereit war.

Trotz ihrer Besorgnis und trotz allem, was sie heute Nacht erwarten würde – oder vielleicht eben deshalb –, waren sie glücklich und lachten viel zusammen. Und sie kauften und kauften, obwohl sie wussten, dass sie so viel nie essen konnten. Denn was immer heute Nacht auch geschehen mochte, an diesen Ort würden sie nicht mehr zurückkommen.

Aber weil sie so viel lachten und ganz mit sich selbst beschäftigt waren, sahen sie die alte Frau nicht, die aus dem hinteren Teil des Ladens kam und sie musterte. Und selbst wenn sie sie gesehen hätten, hätten sie sich nicht viele Gedanken gemacht. Nicht einmal Darci hätte das Böse in ihr gespürt, denn die Alte hatte schon vor langer Zeit gelernt, ihre Ausstrahlung abzublocken. Sie sah für fast jeden Menschen dieser Erde aus wie eine ganz gewöhnliche alte Frau. Niemand bemerkte es, als sie hinter einem Vorhang verschwand. Niemand sah, wie sie zum Telefon griff und eine Nummer wählte, die außer ihr nur noch drei Menschen auf dieser Welt kannten.

Und niemand hörte, wie sie sagte: »Sie sind hier.«

17

Sie breiteten das Essen auf dem Bett neben der Tür aus. Adam und Darci saßen eng beisammen auf dem Bett, die Beine untergeschlagen; Taylor hatte sich einen Stuhl an das Bett gestellt. Boadicea saß etwas abseits auf dem zweiten Stuhl. Aber nach einigen Minuten setzte sich Taylor ihr gegenüber, und die beiden aßen zusammen an einem Tischchen beim Fenster.

Während Darci aß und aß und zwischendurch Adam einen Bissen in den Mund schob, dachte sie, dass sie noch nie in ihrem Leben glücklicher gewesen war. Ab und zu warf Adam einen neckischen Blick auf sie, der auf wunderbare Dinge in der Zukunft hoffen ließ. Und Darci dachte immer wieder an letzte Nacht, als sie eng an ihn geschmiegt in seinen Armen gelegen hatte.

Nie in ihrem Leben hatte sie auch nur davon zu träumen gewagt, einen Mann wie ihn zu finden. Dieser Mann konnte und würde sie auf immer und ewig lieben, so wie sie es sich immer ersehnt hatte.

Jetzt, wo sie hier mit ihm zusammensaß, dachte sie an das Leben, das sie sich bei ihrer Ankunft in New York vorgestellt hatte. Obwohl sie Adam hatte weismachen wollen, sie sei glücklich, war sie das ganz und gar nicht gewesen. Die Leute in Putnam hatten zwar für Darcis Zukunft nicht schwarz gesehen – sie aber umso mehr.

Doch jetzt würde sich ihr Leben vielleicht radikal und für immer verändern – und das nur, weil sie sich auf eine Zeitungsannonce beworben hatte.

»Du schaust mich so sonderbar an«, meinte Adam. »Versuchst du herauszufinden, auf welcher Seite ich wirklich stehe?«

Wie immer bei seinen Versuchen in Sachen Humor konnte sie nicht lachen, sie blickte ihn nur unverwandt an. Studierte sein dunkles Haar und seine blauen Augen, betrachtete das Grübchen in seinem Kinn. Für sie war er ein schöner, ein wunderschöner Mann. Und seit sie ihn kannte, hatte sie schon mehr Spaß gehabt als ihr ganzes Leben davor. Er war großzügig und nett und ...

»Hey!«, sagte Adam leise. »Hör auf, mich so anzuschauen. Du bringst mich auf sehr unanständige Gedanken.« Er brach sich ein Stück Brot ab – sie hatte bereits gemerkt, dass er geschnittenes Brot hasste, und deshalb ein ungeschnittenes gekauft. »Ich habe mich gefragt, ob ich dich überreden könnte, ...« Adam zögerte.

»Noch vor heute Nacht Sex mit dir zu haben, damit ich nicht mehr Jungfrau bin und nicht mehr aus dem Spiegel lesen kann?«, fragte sie mit einem Hoffnungsschimmer im Blick.

Einen Augenblick lang schien Adam über dieses Angebot nachzudenken. »Selbst wenn du nicht mehr aus dem Spiegel lesen könntest – deine Kraft hättest du immer noch. Und immerhin warst du es, die im Spiegel gesehen wurde. Das heißt, sie glaubt, du wirst ihr Ende herbeiführen.«

»Du meinst also, wir könnten genauso gut warten, bis wir den richtigen Spiegel haben, bevor wir ...«

»Genau«, meinte Adam und blickte sie unter seinen Wimpern hervor an. »Außerdem lasse ich mir gern Zeit.«

»Das klingt ...« Darci unterbrach sich, weil sie glaubte, draußen ein Geräusch gehört zu haben. Sie drehte sich abrupt zu dem großen Fenster um, vor dem der Vorhang zugezogen war.

Als Boadicea Darcis Miene bemerkte, ließ sie ihr Essen fallen, sprang zum Fenster und schaute hinaus. »Da ist niemand«, sagte sie, doch sie blickte Darci dabei prüfend an.

»Vielleicht war es ein Auto«, meinte Darci leise.

»Weil wir gerade davon reden«, schaltete sich Taylor ein und wandte sich Adam zu. »Hast du eine Idee, wie wir heute

Abend nach Camwell kommen sollen? Ich glaube nicht, dass mein Landrover das schafft.«

Adam wollte nicht an heute Abend denken. Er wollte die beiden Frauen an einem sicheren Ort lassen. Er wollte ...

»Und sollen wir unbewaffnet da hineingehen?«, fragte Taylor weiter.

»Adam hat eine Pistole. Er hat sie einem Mann abgenommen, der versuchte, uns zu kidnappen«, sagte Darci. »Wo hast du das Ding hingetan?«

Im ersten Moment schwieg Adam. Er wusste, dass er Darci und Taylor trauen konnte, aber bei Boadicea war er unsicher. Gut, sie war seine Schwester, und ja, sie verhielt sich, als halte sie zu ihnen. Aber er hatte einfach keine Gewissheit, dass man dieser Frau vertrauen konnte. Sein Blick traf den ihren. Sie hätte den anderen sagen können, dass Adam das Zimmer, in dem sie gewesen war, mit einer Pistole im Anschlag betreten hatte, aber sie tat es nicht.

Und Adam sagte ihnen nicht, dass die Waffe jetzt auf dem Fenstersims hinter dem Vorhang lag, wo er sie leicht erreichen konnte.

»Du hast ein Messer?«, fragte Boadicea leise. »Es gehört ihr. Sie war zornig, dass du es genommen hast. Es hat eine magische Kraft.«

»Adam hat die Zeichen auf dem Griff abgepaust«, sagte Darci. Sie hatte an Boadiceas Vertrauenswürdigkeit offenbar keine Zweifel. »Und die Kopie hat er an eine Frau geschickt, aber sie hat nie geantwortet«, fuhr Darci fort; dann schaute sie zu Adam, der den Blick gesenkt hielt. »Was, du verdorbener, gemeiner, verlogener ...«, begann Darci. »Sie hat dir schon gesagt, was auf dem Griff steht, stimmt's? Aber du hast es mir verschwiegen!«

Adam setzte sich auf das andere Bett. Für ihn war es ungewohnt, alles offen zu legen, was man wusste, und deshalb fiel es ihm auch sehr schwer. Doch vor ihm saßen drei Personen, die ihn erwartungsvoll anstarrten. »Es ...«, begann er zögernd, »es ist ein Messer, das einst bei Opferritualen verwendet wurde. Ein Blutmesser. Darci«, sagte er und blickte sie fast flehentlich an, »ich möchte nicht, dass du heute Abend mitgehst.«

»Nur ich«, erwiderte sie tonlos. »Die anderen können mitgehen, nur ich nicht. Ist das richtig? Ist es das, was du vorhast?«

»Es ist nur für dich gefährlich, nur für dich allein«, erklärte Boadicea auf ihre feierlich ernste Art. »Wir werden vielleicht getötet, aber du würdest geopfert.«

Dieser Satz ließ die anderen erst einmal verstummen.

»Entschuldige meine Dummheit, aber was zum Teufel ist da der Unterschied?«, platzte Adam endlich heraus, und dann warf er Darci einen Blick zu, der ihr bedeutete, sie solle ihm gefälligst nicht verbieten zu fluchen.

Adams feindselige Reaktion ließ Boadicea sofort verstummen. Zudem setzte sie eine Miene auf, als wolle sie nie mehr ein Wort sagen.

»Die Dauer«, erklärte Taylor halblaut. »Ein rascher Tod ist etwas anderes als langsam zu krepieren.«

Adam stand auf. »Darci kommt nicht mit«, erklärte er kategorisch.

Komm zu mir, hörte Darci in ihrem Kopf. »Was?«, fragte sie Adam.

»Ich sagte, du kommst nicht mit – keine Diskussion. Außerdem habe ich mit dem Besitzer des Motels vereinbart, dass ich heute Nacht seinen Wagen benutzen darf. Damit kommen wir nach Camwell und wieder zurück, und ich denke, was wir tun müssen, das schaffen wir auch ohne Darci. Du«, fuhr er an seine Schwester gewandt fort, »findest du dich in den Tunnels zurecht? Das heißt, vorausgesetzt, sie plant, die Kinder dort ...«

»Ja«, antwortete Boadicea, »sie macht es in den Tunnels. Ich war noch nie dort, aber ich habe sie im Kopf.«

Mit jedem Gedanken, der ihm durch den Kopf ging, wurde Adam ärgerlicher – und sein Ärger richtete sich gegen Boadicea. »Hättest du sie denn nicht irgendwie aufhalten können? Du warst jahrelang mit ihr zusammen. Hättest du in dieser ganzen Zeit nicht wenigstens mal versuchen können zu fliehen? Hättest du nicht ...«

Er brach ab, weil Boadicea abrupt aufstand, ihren Rock hochzog und ein langes, wohl geformtes Bein zeigte. Aber es war voller Narben, einige waren ziemlich lang, andere rund und erhöht.

»Soll ich dir noch mehr zeigen?«, fragte sie Adam gefasst. »Vielleicht möchtest du dir meinen Rücken ansehen? Ich gab meine Fluchtversuche auf, als sie aufhörte, ihre Wut an mir auszulassen und sie dafür andere spüren ließ. Sie präsentierte mir einen Körperteil eines Kindes und erklärte mir, bei jedem Fluchtversuch würde sie mir einen weiteren vorlegen. Daraufhin fragte ich den Spiegel, ob ich jemals wieder von ihr loskommen würde, und damals sah ich dann zum ersten Mal euch drei. Ich habe sechs Jahre lang auf euch gewartet. Nur weil ich still gewartet habe, sind meinetwegen keine Kinder mehr getötet worden.«

Sie blickte Adam mit schief gelegtem Kopf an. »Habe ich also etwas falsch gemacht? Wenn du an meiner Stelle gewesen wärst, hättest du wieder versucht, wegzulaufen – wohl wissend, dass dann wer weiß wie viele Kinder deinetwegen gefoltert und ermordet würden? Sag es mir, deine Antwort interessiert mich.«

Sie wussten alle drei nicht, ob Boadicea nur sarkastisch war oder ob sie es ernst meinte. Aber wie auch immer – keiner von ihnen hatte auf diese schreckliche Frage eine Antwort parat.

»Es tut ihm Leid«, sagte Darci. »Er ist sehr schlecht gelaunt, und manchmal sagte er Sachen, die er gar nicht meint. Bitte verzeih ihm.«

Komm zu mir, hörte sie wieder in ihrem Kopf. *Lass sie allein und komm zu mir.* Darci legte die Hand an ihre Stirn, denn sie bemerkte, dass die Worte aus ihr selbst kamen und nicht von jemand im Zimmer.

»Dir geht es nicht gut«, stellte Boadicea mit einem Blick auf Darci fest.

»Nein, es ist nichts«, erwiderte sie. »Es geht mir gut. Ich habe mir nur gestern den Kopf angeschlagen, und das tut noch ein bisschen weh, das ist alles. Aber die Männer sind wirklich verletzt. Adam, wie geht es deinen Rippen? Und ... was ist mit deinem Arm, Dad?«

»Nichts«, antwortete Taylor und lächelte erfreut, weil sie ihn »Dad« genannt hatte.

Komm zu mir, oder ich werde sie töten.

Die Worte wurden mit jeder Silbe klarer – und jetzt wusste Darci, wer in ihrem Kopf zu ihr sprach. *Das ist eine Sache zwischen uns beiden, findest du nicht?*, antwortete sie in Gedanken; dann schaute sie forschend zu Adam, ob er ihre Gedanken gehört hatte. Doch er starrte noch immer auf seine Schwester und dachte über das nach, was sie ihnen gesagt hatte.

Ein Lachen schallte durch Darcis Kopf, so stark, dass ihre Schläfen hämmerten und sie blinzeln musste. *Allerdings*, sagte die Stimme. *Zwischen uns beiden. Und niemand sonst!* Und wieder das Lachen. *Also, wenn du sie nicht alle verlieren willst, dann komm zu mir!*

»Entschuldigt mich«, sagte Darci, »ich muss ...« Sie ging ins Badezimmer, setzte sich auf den Deckel der Toilette und schloss die Augen. Durch die Tür hindurch hörte sie Boadiceas flache Stimme. Anscheinend erzählte sie den beiden Männern etwas über ihr Leben in Gefangenschaft.

Darci saß still da und lauschte und wartete darauf, dass diese Person ihr sagte, was sie tun sollte. Sie wollte zu der Stimme in ihrem Kopf jedoch nichts mehr sagen, weil sie befürchtete, dass Adam es hören würde.

Darci hatte in dieser Sache keine Übung, doch sie schloss die Augen und versuchte, so gut sie konnte, zu lauschen.

Ja, das ist eine Sache zwischen uns beiden, sagte die Stimme. *Zwischen uns zwei Hexen.*

Nein, dachte Darci. Nein, nein, nein! Ich bin keine Hexe. Meine Kraft ist *gut*!

Obwohl sie ihre Gedanken nicht projizierte, wie sie es mit Adam zu tun gelernt hatte, war es, als könnte die Stimme hören, was sie dachte. Diese Person – diese Frau, denn es kam ihr mehr und mehr wie eine weibliche Stimme vor – konnte jeden von Darcis Gedanken hören.

Wenn du folgsam bist, wirst du sie retten. Soll ich dir zeigen, was ich gemacht habe?

»Nein!«, sagte Darci laut.

»Darci, Liebes, ist alles in Ordnung?«, rief Adam aus dem Zimmer.

»Ja«, antwortete sie. »Hättet ihr etwas dagegen, wenn ich mich ein Weilchen in die Wanne lege?«

»Aber nein«, meinte Adam gelassen. »Lass dir ruhig viel Zeit.«

Darci drehte beide Wasserhähne bis zum Anschlag auf, damit die anderen die Geräusche, die sie machte, nicht hören konnten. *Ich will nichts mit dir zu tun haben,* dachte sie. *Nichts.*

Aber ohne es zu wollen, hatte sie plötzlich eine Vision. Es war, als würde in ihrem Kopf ein Video ablaufen. Sie sah diese Frau von hinten, hoch gewachsen und schlank mit einer kunstvollen Kopfbedeckung und einem roten Kleid, offenbar aus Samt. Vor ihr stand ein großer Altar aus Stein, und darauf lag ein Kind, das von drei Männern mit Kapuzen festgehalten wurde.

Nein, nein, nein, dachte Darci und verdeckte das Gesicht mit den Händen. Sie hätte dieses Gesicht überall und in jedem Alter erkannt. Das Kind auf dem Altar war Adam im Alter von drei Jahren.

»Darci?«, Es war wieder Adams Stimme, und er klopfte leise an die Tür.

»Kann man sich hier nicht mal ungestört ausheulen!?«, fuhr sie ihn an.

»Ist ja gut«, sagte er leise, »aber wenn du mich brauchst, ich bin hier.«

Darcis Gedanken waren bei der Vision in ihrem Kopf. *Mach, dass es weggeht*, dachte sie. *Bitte, Gott, mach, dass es aufhört.* Bei einem Gruselfilm konnte man einfach die Augen zumachen, wenn man die grausamen Stellen nicht sehen wollte. Aber jetzt konnte sie nichts abblocken, denn alles spielte sich in ihrem Kopf ab. *Nein, bitte nicht!* Sie ging zu dem kleinen Fenster des Badezimmers und schaute hinaus, doch auch was sie draußen sah, konnte die Bilder vor ihrem inneren Auge nicht stoppen.

Die Frau nahm ein Messer zur Hand und brachte dem Kind tiefe Schnitte bei. Dann nahm sie ein glühend rotes Brandeisen aus dem Feuer, hielt es hoch und ... »Oh Gott!«, jammerte Darci und sank auf die Knie, das Gesicht in den Händen verborgen. Als das Eisen die zarte Haut des Kindes berührte, musste sich Darci ein Handtuch in den Mund stopfen, um nicht laut zu schreien. Es war, als wäre sie dabei. Sie konnte alles sehen. Sie konnte die Schreie des Kindes hören. Oh Gott. Sie roch das verbrannte Fleisch.

Dann verschwand das Bild des Raumes mit dem Altar plötzlich und an seine Stelle trat ein Mann. Sein Gesicht war voller Falten und fahl vor Kummer und Erschöpfung. Darci wusste sofort, dass sie Adams Vater sah. Sie beobachtete ihn, wie er aus einem kleinen Flugzeug stieg und sich umsah; dann drehte er sich um und half einer hübschen jungen Frau beim Aussteigen. Sie hielt dabei schützend eine Hand an ihren Bauch, wie es schwangere Frauen taten. Niemand schien bei ihnen zu sein, es war nur die Landebahn zu sehen und darum herum Wald. Aber Darci sah Schatten, die sich zwischen den Bäumen bewegten. Hilflos schaute sie zu, wie der Mann und die Frau auf die Bäume zugingen. Sie sah, wie der Mann von hinten überfallen wurde und seine Frau mit ansehen musste, wie ihm die Kehle durchgeschnitten wurde.

Aufhören, flehte Darci. *Bitte aufhören.*

Aber es war noch nicht vorbei. Noch eine Vision kam, dieses Mal von Adams Mutter, hochschwanger und an ein Bett gefesselt. Sie lag in den Wehen und schrie, aber nicht wegen der Wehen. Nein, sie brüllte, weil das Kind aus ihr herausgeschnitten wurde.

Darci sah alles – und sie spürte die Schmerzen der Frau. Sie spürte, wie die Frau mit dem Blut, das aus ihrem Körper strömte, ihr Leben aushauchte. Niemand versuchte, die Blutung zu stoppen.

»Meine Babys«, sagte die Frau wieder und wieder, während sie langsam verblutete. »Meine Babys!«

Soll ich dir noch mehr zeigen?, fragte die Stimme.

»Nein«, flüsterte Darci, »nein, bitte, nichts mehr.« Sie lag auf dem Boden, die Knie an die Brust hochgezogen, und ihr ganzer Körper bebte.

Das ist eine Sache zwischen uns beiden, sie haben nichts damit zu tun. Hast du mich verstanden?

Darci nickte. Sie umklammerte fest ihre Beine und spürte die Kälte der Fliesen unter ihr. Ihr war so kalt, dass sie wusste, ihr würde nie mehr warm werden.

Schläfere sie ein, sagte die Stimme. *Du schläferst sie ein, und dann gehst du. Du wirst zu mir gebracht. Hast du verstanden?*

Ja. Darci nickte. *Ja.*

Einige Momente lang herrschte eine selige Stille, und in Darcis Kopf war nur mehr die Erinnerung an das, was sie gesehen hatte. Sie war nicht mehr inmitten von etwas, das zu entsetzlich war, um es sich vorstellen zu können; sie war Teil von etwas, dem sie nicht Einhalt gebieten konnte.

Langsam stand Darci auf; ihr Körper war steif und eisig kalt. Sie ging zur Badewanne und drehte das Wasser ab. Dann ging sie, wieder sehr langsam, zum Waschbecken und betrachtete sich im Spiegel. Ihr Gesicht wies tiefe, blutige Schrammen auf; offenbar hatte sie sich im Verlauf ihrer Visionen selbst gekratzt. Jetzt brauchte sie in keinen Zauberspiegel mehr zu blicken, jetzt konnte sie Adam auch so sagen, was seinen Eltern zugestoßen war.

Aber sie wollte es ihm nicht sagen. Doch noch mehr wollte sie, dass ihm nicht dasselbe passierte.

Du kannst es, sagte sie sich. Vielleicht hatte ihr Vater Recht und sie hatte ihr ganzes Leben lang versucht zu unterdrücken, was sie mit ihrer »Gabe«, wie Taylor es nannte, alles bewirken konnte. Und vielleicht stimmte es ja auch, dass sie ihr Leben lang versucht hatte, so normal wie möglich zu sein. Aber andererseits war sie in der Lage gewesen, Adam und diesen bewaffneten Mann erstarren zu lassen. Ja, sie hatte die beiden effektiv bewegungsunfähig gemacht. Wenn sie das noch einmal tun konnte ... Wenn sie ihre wie immer geartete Kraft dazu nutzen konnte, diese schreckliche Frau lange genug festzuhalten, um ...

Wenn sie ehrlich war, dann wusste Darci nicht, was sie tun würde oder konnte, aber die Worte ihres Vaters ließen sie nicht los: »Du hast nicht gewusst, dass du das kannst, nicht wahr?«

»Dass ich Menschen mit meinen Gedanken töten kann?«, hatte sie zurückgefragt.

Konnte sie tatsächlich jemanden töten? Darci überlegte. Doch dann gingen ihr die Bilder wieder durch den Kopf, und sie wischte sich über das Gesicht, um sie zu vertreiben. Danach war ihre Hand blutig von den Kratzern, die sie sich beigebracht hatte.

Das Blut war an ihrer linken Hand, der mit den neun Muttermalen, die einen Turm bildeten, dieselbe Figur, die in

Adams Brust geschnitten und eingebrannt wurde, als er noch ein kleiner Junge war.

Ja, dachte sie. Sie konnte töten. Sie konnte töten, um den Mann zu retten, den sie lieben gelernt hatte.

Sie atmete ein paar Mal tief durch, um sich zu beruhigen, dann setzte sie sich auf den Toilettendeckel und schloss die Augen. Gib mir Kraft, Gott, betete sie. Führe mich, beschütze mich, und gib mir die Kraft, diesem Schrecken ein Ende zu setzen.

Sie sagte laut »Amen«, und dann lenkte sie ihre Gedanken darauf, die drei im Zimmer schläfrig zu machen. Das erforderte Zeit und Konzentration, denn sie waren alle drei nervös, hellwach und voller Adrenalin. Aber sie schaffte es. Sie spürte, wie sie sich langsam entspannten. Sie hörte ihre Bewegungen, wie sie sich an irgendwelche Möbel zurücklehnten und einschliefen.

Als auf der anderen Seite der Tür alles still war, hörte Darci draußen auf dem Schotter ein Auto vorfahren. Sie wusste, dass dieser Wagen auf sie wartete. Und sie wusste, dass sie den Lederbeutel mitnehmen musste, den Adam aus dem Haus der Frau mitgebracht hatte.

Lautlos verließ sie das Badezimmer, blieb einen Augenblick stehen und betrachtete die drei Schlafenden. Ihr Vater und Boadicea lagen eng umschlungen da, so wie sie erst vor kurzem mit Adam. Langsam ging sie zu ihm, blieb vor ihm stehen und blickte auf ihn hinunter. Zum ersten Mal, seit sie ihn kannte, hatte er keine senkrechte Falte zwischen den Augenbrauen; sonst hatte er diese sorgenvolle Miene immer gehabt, sogar wenn er lachte.

Aber nun war sie verschwunden, und sie wusste, das war, weil er endlich seine Geschichte mitgeteilt hatte.

Mit einem Lächeln beugte sie sich zu ihm, küsste ihn auf die Stirn und legte dann sanft für einen Moment ihre Lippen auf die seinen. »Was auch immer jetzt geschieht«, flüsterte sie ihm zu, »ich werde dich ewig lieben.«

Sie berührte sein Haar, wandte sich dann von ihm ab und ging zur Tür. Der Lederbeutel hing über einer Stuhllehne. Boadicea hatte gesagt, der Spiegel, den Adam mitgenommen hatte, sei nicht der richtige, nicht der Zauberspiegel, warum also sollte Darci ihn mitnehmen? Sie öffnete den Beutel und sah, dass er zwei Objekte enthielt, die beide aussahen wie Bilderrahmen. Der eine war golden und schön, der andere alt und ramponiert. Darci hatte keinen Zweifel, welcher der Zauberspiegel war.

Als sie aus dem Zimmer schlich, ging ihr noch ein ironischer Gedanke durch den Kopf: Sie hatten den Spiegel des Nostradamus schon die ganze Zeit mit sich herumgetragen.

18

Adam wachte auf – und taste als Erstes nach Darci. Die Augen noch geschlossen, dachte er daran, wie perfekt ihr Rücken und ihr kleiner Po an seinen Körper gepasst hatten. Lächelnd tastete er weiter. Vielleicht sollte er sie doch jetzt gleich lieben und diesen Spiegel und seine Botschaften einfach schnell vergessen ...

Bei dem Gedanken an den Spiegel öffnete er die Augen. Da es im Zimmer dunkel war und er nichts sehen konnte, wusste er im ersten Moment nicht, wo er sich befand. Aber langsam kam ihm dann alles wieder in den Sinn. Er suchte den Schalter beim Nachtkästchen, machte Licht und sah sich um. Im anderen Bett lagen Boadicea und Taylor eng aneinander gekuschelt.

Adam rieb sich die Augen; er fühlte sich so elend, als hätte er einen Kater. Anscheinend war Darci noch immer im Bad, in der Wanne. Weinte sie am Ende noch? Als sie gesagt hatte, sie würde heulen, hatte er zu ihr gehen wollen, doch Taylor hatte ihn aufgehalten. »Lass sie ein bisschen allein«, hatte er geflüstert und Adam von der Tür weggeführt.

Und das war das Letzte, woran Adam sich erinnerte. Jetzt blinzelte er im Versuch, wach zu werden, und schaute auf die Tür zum Badezimmer. Sie war angelehnt, und drinnen brannte Licht. Ist sie tatsächlich noch immer in der Wanne?, fragte er sich und grinste ein wenig über die Eitelkeit der Frauen. Dass man so lange in der Wanne ...

Er schaute auf die Uhr. Es war fast zwei Uhr nachmittags und ...

Im nächsten Moment setzte er sich ruckartig auf und rieb sich die Augen.

Es war nach acht Uhr abends!

Mit einem einzigen Satz war er beim Badezimmer und riss so heftig die Tür auf, dass sie laut an die Wand krachte. Das Bad war leer.

Der Schlag der Tür gegen die Wand weckte Boadicea und Taylor auf.

»Sie ist weg«, sagte Adam tonlos. »Darci ist weg.«

Taylor wurde kreidebleich. Alles, was er in seiner lebenslangen Beschäftigung mit dem Bösen gelernt und erfahren hatte, überflutete sein Hirn. Ihm war sofort klar, dass Darci sie alle eingeschläfert hatte. Aber weshalb?

»Wo ist dieser Beutel?«, fragte Boadicea und blickte auf die Stuhllehne, wo er gehangen hatte.

»Wen interessiert denn das jetzt …«, begann Adam, doch dann weiteten sich seine Augen vor Entsetzen. »Nein«, konnte er nur mehr flüstern.

»Was war darin?«, fragte Boadicea, und ihre Stimme wurde dabei lauter.

»Dafür haben wir jetzt keine Zeit!«, fuhr Adam sie an. »Wir müssen Darci finden, und du musst uns den Weg zeigen!«

»Du hast ihn gefunden, nicht wahr?«, fragte Boadicea unbeirrt weiter, und sie bekam große Augen. »Irgendwie hast du den richtigen Spiegel gefunden.«

Taylor legte eine Hand auf Boadiceas Arm, doch sie entzog sich ihm.

»Warum hast du ihn mir nicht gezeigt? Oder ihr? Eine von uns hätte sehen können …«

»Du?«, feixte Adam. »Und wie soll ich dir trauen? Ich habe dieses Zimmer gesehen. Woher weiß ich, was aus dir geworden ist?«

Boadicea blickte ihn aus lodernden Augen an. »Wenn du dieses Zimmer gesehen hast, dann weißt du auch, dass ich kämpfen musste, um zu überleben!«

»Aufhören!«, rief Taylor. »Hier geht es um Darci, um meine Tochter, und nicht um euch beide! Boadicea, wie finden wir sie?«

»Ich weiß nicht«, antwortete Boadicea und fasste sich wieder etwas. »Sie ist ein guter Mensch; vielleicht schützt sie das.

Ich weiß, dass nur Darci diese Frau aufhalten kann. Wenn sie das nicht tut, dann wird diese Frau noch mehr Macht gewinnen, als sie bereits hat. Sie hat im Lauf der Jahre viel gelernt und sich Kräfte angeeignet, von denen selbst ich nichts weiß. Und sie hat viele, viele Menschen in der Hand. Jetzt treibt sie ihr Unwesen noch im Verborgenen, aber wenn Darci ihr heute Nacht nicht Einhalt gebieten kann, dann weiß ich nicht, was geschehen wird.«

»Macht euch fertig!«, forderte Adam sie auf. »Wir haben keine Zeit mehr zum Reden!« Damit ließ er die beiden stehen und ging zur Rezeption, um den Schlüssel für den Wagen des Motelbesitzers zu holen. Auf dem Weg dorthin wählte er auf seinem Handy eine Nummer, die er auswendig wusste.

»Mike?«, meldete er sich. »Hier ist Adam, und, ja, ich bin noch in Camwell. Weißt du noch, dass ich dir sagte, ich würde vielleicht Hilfe brauchen? Jetzt ist es so weit. Komm bitte her, so bald wie möglich und mit so vielen Leuten wie möglich. Und noch etwas, Mike – bringt am besten ein ganzes Waffenlager mit!«

Er klappte das Handy wieder zu und betrat das Büro des Motels.

»Ich mag diesen Ort nicht«, sagte Boadicea und blickte auf die Erdwände, von denen sie umgeben waren. »Sie könnte ihn unter Wasser setzen oder hier unten einen Brand entfachen. Außerdem könnten sich ihre Spießgesellen hier überall verstecken. Sie ...«

»Hör auf!«, befahl Adam ihr über die Schulter. *Darci*, dachte er angestrengt, aber es kam keine Antwort. Warum hatten sie bloß nicht geübt, Gedanken hin und her zu senden anstatt nur von ihr zu ihm? Jetzt wollte er nach ihr rufen, ihren Namen herausschreien. Er wollte wissen, wo er sie finden konnte.

»Wohin?«, fragte er, als sie den großen Raum mit den Automaten erreicht hatten. Vor ein paar Tagen, mit Darci, hatte dieser Raum fast heimelig gewirkt, aber jetzt ...

»Sogar mir kommt dieser Ort unheimlich vor«, sagte Taylor. »Hat Darci nicht gesagt, dass ihr beiden schon einmal hier wart?«

»Doch«, antwortete Adam, »aber da war es hier ...« Was sollte er ihnen sagen? Dass sie hier ihren Spaß gehabt hatten? Dass sich Darci Schokoriegel in den Gymnastikanzug gesteckt hatte? Oder sollte er ihnen erzählen, wie sie sich auf einem Regal ganz klein zusammengerollt hatte?

»Wieso ist es jetzt anders?«, fragte er seine Schwester. Anfangs hatte er sich ihr gegenüber feindselig verhalten, weil er ihr nicht vertraute, doch allmählich erkannte er, dass Darci Recht gehabt hatte. Er hätte von Anfang an auf diese Frau, die so viel durchmachen musste, zählen sollen. Wenn er auf seine Schwester gebaut hätte, wenn er etwas von dem Spiegel gesagt hätte, den er unter einem billigen Druck versteckt gefunden hatte – vielleicht hätten sie darin gesehen, was mit Darci geschehen würde. Adam war gesagt worden, der Spiegel würde zeigen, was geschehen *könne*; es musste jedoch nicht unbedingt wie vorhergesagt eintreffen.

Vom Motel waren sie erst einmal zum Grove zurückgefahren. Adam sprang aus dem Wagen, noch bevor der Motor zum Stillstand kam; Taylor und Boadicea rannten hinter ihm her in ihren Hotelbungalow, doch er war leer. Als sie in dem Zimmer, das Darcis gewesen war, ein lautes Geräusch hörten, rannten sie dorthin – Adam hatte das Bett zur Seite geschoben und dann die Falltür geöffnet.

»Das war einmal ein Eiskeller, und hier floss ein Bach durch«, erklärte er. »Ich habe diesen Bungalow verlangt, weil ich einen Platz brauchte, wo ich etwas verstecken kann.« Er holte aus dem Dunkel unter der Falltür eine Anzahl Gewehre und Pistolen heraus.

»Was hast du vor?«, fragte Taylor etwas ängstlich. »Ich habe noch nie ...« Er blickte entgeistert auf die Waffen.

Boadicea hingegen fackelte nicht lange. Sie nahm sich eine Neun-Millimeter-Pistole samt Munition und lud sie gekonnt.

Die beiden Männer waren sprachlos. »Sie mag alles, womit man töten kann«, erklärte Boadicea. »Ich hatte als Kind kein Spielzeug.«

Adam musterte seine Schwester respektvoll. Zum ersten Mal dachte er, dass ihr Hass auf diese Frau womöglich größer war als seiner.

»Zeig ihm, wie man damit umgeht«, wies er sie mit einem Nicken auf Taylor an; dann ging er in sein Zimmer und zog einen schwarzen Jogginganzug aus Lycra an, der fast so aussah wie der von Darci. Als er zurückkam, warf er Boadicea einen ähnlichen Anzug zu. »Zieh den an, damit kannst du dich besser bewegen. Hast du auch etwas anderes zum Anziehen?«, fragte er Taylor, dessen Gepäck in einer Ecke des Zimmers aufgehäuft war.

»Ja«, hatte Taylor geantwortet. Zehn Minuten später hatten sie das Hotel schon wieder verlassen.

Und jetzt befanden sie sich in den Tunnels. Sie wagten nicht, Taschenlampen zu verwenden; stattdessen benutzten sie die Nachtsichtgeräte.

»Wohin?«, fragte Adam seine Schwester an den Eingängen der drei Tunnels, die von dem großen Raum abgingen.

»Dieser da«, sagte sie und ging voran in den kleinsten Tunnel. Adams Jogginganzug passte ihr wunderbar. Dazu trug sie einen breiten Ledergürtel mit Taschen voller Munition und drei Pistolen und in der Hand eine abgesägte Schrotflinte.

Adam war ebenso ausgestattet wie sie, aber in seinem Hemd hatte er dazu noch den Dolch versteckt, den er aus der vergitterten Nische mitgenommen hatte.

Sie waren noch nicht weit gegangen, als Adam anhielt. »Ich glaube, ich höre etwas«, sagte er. Sie lauschten alle drei, aber es war nichts zu hören. Es war auch nirgendwo ein Licht zu sehen, keine Bewegung zu registrieren, nichts.

Adam signalisierte ihnen weiterzugehen, doch schon nach ein paar Schritten erreichten sie eine Kreuzung, an der er wieder stehen blieb und lauschte.

Adam?, hörte er.

Im ersten Moment schossen ihm Tränen in die Augen. Sie lebte! Darcis Stimme war schwach und matt, aber sie war am Leben. *Hier! Hier!*, wollte er ihr zurufen, aber er konnte ihr keine Botschaft senden. Sie musste einfach darauf vertrauen, dass er in ihrer Nähe war, und sie *musste* weiterreden.

»Hörst du sie?«, fragte Taylor.

»Ja, ganz schwach«, flüsterte Adam, lehnte sich an die Wand zurück und lauschte mit aller Kraft. *Sprich, Darci, Liebes, sag etwas zu mir*, versuchte er ihr zu senden. *Sag mir, wo du bist.*

Adam? Bist du da?, hörte er, aber die Worte waren fast noch schwächer als zuvor.

»Hier lang«, sagte Adam. »Ich glaube, wir müssen hier weiter.«

Doch Boadicea legte ihm eine Hand auf den Arm. »Das ist nicht der richtige Weg. Irgendetwas stimmt nicht. Das ist nicht der Weg zu der Kammer, wo sie die Opferungen durchführt.«

»Keine Rede von Opferung!«, herrschte Adam sie an. »Ich habe Darcis Stimme gehört, und zwar von dort! Bist du auf meiner Seite oder nicht?«

Boadicea schien die Frage lange zu bedenken. »Ich möchte, dass ihre Schreckensherrschaft aufhört«, sagte sie schließlich. »Und das kann nur Darci schaffen.«

Adam, ich bin hier. Kannst du mich hören?

»Darci spricht zu mir«, flüsterte er und ging schneller.

Adam, komm zu mir. Ich habe Angst.

»Irgendetwas stimmt hier nicht«, wiederholte Boadicea hinter ihnen. »Irgendetwas ist absolut falsch.«

Adam blieb stehen – er traf eine Entscheidung, von der er wusste, dass sie sich auf mehrere Leben auswirken würde. Einerseits vertraute er dieser großen Frau nicht, aber andererseits versuchte er sich den Hass vorzustellen, den sie in sich tragen musste. »Führe uns«, brummte er, doch sein warnender Blick sagte ihr, was er tun würde, wenn sie log.

Boadicea zögerte nicht; sie führte die beiden Männer zielstrebig durch die Tunnels und schritt rasch voran, ohne sich auch nur einmal umzusehen, ob sie ihr folgten.

»Sie hat sich den Weg eingeprägt«, sagte Taylor zu Adam, als sie einen Augenblick stehen blieben, um auf Boadicea zu warten, die sich gerade vergewisserte, ob die Luft in einem der Korridore rein war. »Sie hat diese Flucht im Kopf jahrelang durchlebt. Ihr Glaube daran – und an uns – hat sie davon abgehalten, die Hoffnung aufzugeben.«

Boadicea bedeutete ihnen, ihr weiter zu folgen. Als sie nach einer Weile plötzlich vor einer dunklen Tür stehen blieb, hätte Adam sie fast von hinten angerempelt. »Das verstehe ich nicht«, flüsterte sie. »Das ist die Kammer. Hier sollte es stattfinden.«

»Sieht aus, als hätte sie gewusst, dass du sie angelogen hast«, meinte Adam, »und deshalb hat sie jetzt dich belogen.«

»Aber der Spiegel hat mir gezeigt, dass ...«, sagte sie, doch dann verstummte sie verwirrt.

»Hast du mir nicht gesagt, der Spiegel zeigt, was geschehen *könnte*, aber nicht unbedingt, was tatsächlich geschieht?«, fragte Taylor und holte ein Feuerzeug aus seiner Tasche. An der Wand hing ein Halter aus Messing mit einer Kerze. Er zündete sie an, hielt sie vor sich und schritt durch die Türöffnung, gefolgt von Boadicea und Adam. »Geht es nur mir so, oder findet ihr es auch seltsam, dass hier überhaupt niemand ist?«, fragte er. »Es sind ja nicht einmal Wachen zu sehen.«

»Sie hat etwas getan, was nicht vorhersehbar war«, sagte Boadicea und hielt sich dicht neben Taylor, der noch ein paar weitere Kerzen anzündete, sodass sie den Raum überblicken konnten, in den sie eingetreten waren. Die Wände waren mit hohen gemeißelten Steinplatten verkleidet. Taylor hielt eine Kerze hoch und betrachtete eine der Platten genau. »Da hat jemand ein Grabmal geplündert. Erstes Jahrhundert, würde ich sagen.«

»Ja. Viele Diebe und Räuber arbeiten für sie«, bestätigte Boadicea. Sie warf einen kurzen Blick auf den steinernen Altar in der Mitte des Raumes und wandte sich dann wieder der Tür zu. Der Spiegel hatte ihr gezeigt, wofür dieser Altar verwendet worden war. Sie wusste, woher die dunklen Flecken darauf stammten.

Taylor folgte ihr hinaus, doch Adam zögerte und starrte fasziniert auf den Altar. Er erinnerte sich daran, schon einmal einen solchen abscheulichen Steinhaufen gesehen zu haben. Er erinnerte sich ...

»Komm, Bruder«, sagte Boadicea leise und reichte ihm ihre Hand. Sie wusste nur zu gut, welcher Erinnerung Adam auf der Spur war; der Spiegel hatte ihr gezeigt, was man ihrem Bruder, als er noch ein Kind war, angetan hatte.

Draußen vor dem Raum blickten sie einander an. Die Frage *Was nun?* stand ihnen ins Gesicht geschrieben.

Boadicea wechselte ihre Flinte von einer Hand in die andere. »Wie finden wir heraus, wo Darci festgehalten wird?«, fragte Taylor. Seine Stimme zitterte etwas. »Kannst du sie hören?«, fragte er Adam.

»Nein«, presste dieser zwischen zusammengebissenen Zähnen hervor. »Sie schweigt.«

»Oder sie ist zum Schweigen gebracht worden«, sagte Boadicea, redete jedoch nicht weiter, weil Adam sie zornig anfunkelte.

»Wenn wir den Spiegel finden könnten«, meinte er, »könnte er uns zeigen, wo sie ist.«

Boadicea richtete sich auf. »Der Spiegel hätte keinen Nutzen mehr für uns.«

»Aber du könntest doch sehen ...«

»Nein«, entgegnete sie. »Ich könnte nichts sehen. Ich bin keine Jungfrau mehr.«

Adam starrte sie konsterniert an und drehte sich dann langsam zu Taylor um.

Taylor erwiderte seinen Blick mit schuldbewusster Miene. »Ich dachte, wenn wir den Spiegel fänden, könnte Darci auch daraus lesen. Ich ...«

Am liebsten hätte Adam die beiden geschlagen, aber dazu war jetzt keine Zeit. Und es hätte ohnehin nichts verändert. Er versuchte, sich mit einem tiefen Atemzug zu beruhigen. »Hast du nicht gesagt«, fragte er dann seine Schwester, »dass sie noch andere hat, die aus dem Spiegel lesen können, um dich zu kontrollieren? Vielleicht ist von denen jetzt einer bei dem Spiegel.«

Boadicea lächelte ihrem Bruder kurz zu; offenbar war sie froh, dass er daran gedacht hatte. »Es gibt einen Ort, an den sie geht, wenn sie allein sein will. Vielleicht hat sie noch keine Zeit gehabt, den Spiegel in ein anderes Versteck zu bringen. Kommt mit.« Sie machte kehrt und lief in den spärlich beleuchteten linken Gang hinein. Taylor und Adam folgten ihr.

Adam musste immer wieder daran denken, was ihm die beiden eben gesagt hatten. Wann war es passiert, dass Boadicea keine Jungfrau mehr war? Er hatte stundenlang geschlafen. Waren die beiden wach geblieben? Hatten sie gedacht, Darci sei die ganze Zeit über im Badezimmer gewesen? Aber vielleicht hatten sie, weil es im Zimmer so dunkel gewesen war, auch geglaubt, Darci liege im Bett und würde neben Adam schlafen.

Adam trat dicht hinter Taylor. »Wenn du sie irgendwohin mitnimmst, ohne sie zuerst zu heiraten, dann bringe ich dich um«, sagte er ruhig und zitierte damit, was Taylor zu ihm in Bezug auf Darci gesagt hatte.

Taylor blickte sich mit einem leichten Schmunzeln zu ihm um. Er dachte, Adam würde scherzen, doch dessen Miene war todernst. Taylor nickte und beeilte sich dann, wieder zu Boadicea aufzuschließen.

Sie führte die Männer zu einer kunstvoll geschnitzten Eichentür, die weder einen Griff noch ein Schloss hatte. Doch Boadicea berührte sie an drei Stellen – am linken Auge einer hässlichen kleinen Figur, an einem Blatt und in der Mitte eines geschnitzten Medaillons –, und schon öffnete sich das große Tor.

Boadicea trat in den Raum und schaute sich zielstrebig nach dem Spiegel um. Doch Taylor und Adam konnten nicht widerstehen – die Pistolen im Anschlag, sahen sie sich erst einmal den ganzen Raum an. Denn im Gegensatz zu den Zimmern in dem Haus, in dem sie Boadicea gefunden hatten, war er sehr aufwendig ausgestattet. Das reich verzierte Bett sah aus, als würde es eigentlich in ein Museum gehören. Die Tische waren geschnitzt und vergoldet, die Wände und die Decke mit schweren Brokat- und Seidenstoffen in den unterschiedlichsten Rottönen tapeziert.

Der Zauberspiegel thronte gut sichtbar auf einem Toilettentisch aus Mahagoni. Boadicea schaute hinein und wandte sich dann Adam zu. »Nichts«, flüsterte sie mit gequälter Stimme.

Adam wollte sich nicht vorstellen, welche Verbindung sie mit diesem Spiegel ein Leben lang gehabt haben musste. »Warum habt ihr beide auch nicht warten können!«, fauchte er, riss ihr den Spiegel aus der Hand und warf ihn auf das Bett. »*Wann* habt ihr denn eigentlich ...«

»Dir hat noch nie im Leben etwas gefehlt!«, unterbrach ihn Boadicea verärgert und trat auf ihn zu, als wolle sie ihn attackieren. »Du hast doch immer alles bekommen! Dir ist nie etwas genommen worden!«

»Was weißt du denn schon! Ich habe alles verloren. Du hast doch keine Ahnung, wie mein Leben war! Du weißt nichts von ...«

»Da ist sie«, sagte Taylor leise. Während die beiden stritten, hatte er in den Spiegel geschaut, über den er schon so viel gelesen hatte.

Adam schenkte seinen Worten keine Beachtung, doch Boadicea wandte sich zu Taylor um.

Er hielt den Spiegel hoch und blickte verwundert hinein. »Ich sehe sie«, flüsterte er. »Ich sehe ein Zimmer und Leute. Hier, schaut.« Er hielt den Spiegel hoch, aber als Adam und Boadicea hineinschauten, sahen sie nichts, nicht einmal ihr eigenes Bild.

»Was siehst du?«, fragte Boadicea. »Beschreibe es mir.«

»Das Zimmer ist dunkel; ich kann nicht viel erkennen. Aber da sind Leute, sie tragen alle schwarze Roben, und ihre Gesichter sind verdeckt. Aber Darci sehe ich nicht, und ich kann auch keinen Anführer ausmachen.« In seiner Stimme lag eine Art Ehrfurcht, und seine Augen waren riesengroß.

»Trägt irgendjemand von diesen Leuten Schmuck?«, fragte Boadicea.

»Was zum Teufel spielt denn das für eine Rolle?«, warf Adam ein, verstummte jedoch, als Boadicea eine Hand erhob.

»Ja. An einer Hand sehe ich einen Ehering. Es ist die Hand eines Mannes, eines älteren Mannes; es sind Altersflecken darauf. Und am Hals eines anderen Mannes sehe ich ein Muttermal.«

Er blickte verwundert zu Boadicea auf.

Sie drehte sich zu ihrem Bruder um. »Er sieht klarer, als ich es konnte. Bei mir war immer alles dunstig, ich konnte kaum Details erkennen. Aber er ist keine Jungfrau.«

»Das verstehe ich nicht«, meinte Taylor. »In meiner Familie haben doch nur die Frauen okkulte Kräfte. Von den Männern hatte das noch nie einer.«

Boadicea betrachtete ihn mit einem warmherzigen, zärtlichen Blick. »Vielleicht hat Gott in dein Herz geschaut und dir geschenkt, was du verdienst.«

»Wo ist Darci?«, fragte Adam ungeduldig.

Taylor blickte wieder in den Spiegel. »Ich weiß es nicht. Ich sehe sie nicht. Ich sehe nur Leute, die herumlaufen. Ich sehe die ganze Szene von hinten, was vorne passiert, das sehe ich nicht.«

»Frag den Spiegel«, sagte Boadicea. »Du musst ihn um das, was du sehen willst, bitten.«

»Wo ist Darci?«, fragte Taylor, doch plötzlich sagte er mit Panik in der Stimme: »Jetzt zeigt er mir gar nichts mehr!«

»Warte einfach ab«, meinte Boadicea geduldig, »und sei nicht enttäuscht. Dieses Ding hat seinen eigenen Willen. Es zeigt dir nur, was es dir zeigen will.«

Im nächsten Augenblick entspannte sich Taylor aber sichtlich. Er setzte sich auf das Bett und blickte wieder in den Spiegel.

»Ich sehe eine Frau. Sie trägt keine Robe, sondern ...«

»Was?!«, fuhr Adam voller Ungeduld dazwischen. »Wo ist sie? Wer ist es? Ist Darci bei ihr? Ist es die Hexe?«

»Ich ... ich kann Darci nicht sehen«, sagte Taylor und schaute angestrengt in den Spiegel. »Ich sehe nur diese Frau. Sie steht mit dem Rücken zu mir. Sie trägt einen kurzen, weißen Mantel und schwarze Leggings, und der Mantel hat eine Kapuze. Sie – warte! Sie schiebt die Kapuze zurück. Sie hat ...«

Taylor lehnte sich zurück und starrte auf den Spiegel, in seiner Miene das blanke Entsetzen. »Es ist ...«

»Wer?«, fragten Adam und Boadicea wie aus einem Mund.

Taylor atmete schwer. »Diese Frau hat lange, blonde Haare«, sagte er leise, »und ich habe sie erst einmal in meinem Leben gesehen.«

»Wer ist sie?«, fragte Boadicea.

»Darcis Mutter«, antwortete Taylor und blickte zu Adam.

Im ersten Augenblick konnte Adam nur verwirrt blinzeln. »Jerlene? Aber die ist doch in Putnam ...«

»Weshalb sollte die Mutter nicht kommen, wenn die Tochter sie braucht?«, meinte Boadicea, ohne auf die beiden entsetzten Männer einzugehen. »Was siehst du sonst noch? Ist da ein Altar?«

»Zeig mir den Ort, an dem sich diese Frau befindet«, befahl Taylor dem Spiegel und bekam große Augen, als die »Kamera« nach rückwärts fuhr und er sah, dass Jerlene Monroe vor etwas stand, das tatsächlich wie ein steinerner Altar aussah.

»Ja, da ist ein Altar aus Stein«, sagte er leise.

»Sind in den Stein Zeichen eingraviert?«, fragte Boadicea sofort.

»Ja. Sie ... sehen aus wie ...« Taylor blickte zu ihr auf. »Ich glaube, es sind ägyptische Hieroglyphen.«

»Ich weiß, wo sie sind«, sagte Boadicea und ging auf die Tür zu. »Kommt. Und nimm dieses Ding mit!«, befahl sie Taylor schon im Laufen.

Adam hastete hinter ihr her, Taylor steckte den Spiegel in seinen Rucksack und folgte ihnen. Aber als die Männer durch die Tür eilten, wurden sie beide hart am Kopf getroffen und gingen zu Boden.

Adam brummte der Schädel, als er zu sich kam. Er versuchte, eine Hand zu bewegen, aber es ging nicht. Dann bemerkte er, dass er mit beiden Händen an eine Wand gekettet war, und mit den Füßen ebenfalls. Er konnte sich nicht von der Stelle bewegen.

Er befand sich in einem kleinen unterirdischen Raum, gegenüber einer schweren Tür, die mit Eisenbeschlägen versehen war. Auf kleinen Regalbrettern und in Nischen an den Wänden waren Hunderte von weißen Kerzen aufgestellt. Vor ihm stand ein kleiner Eichentisch, und darauf lag der Dolch, den er aus dem Lagerraum mitgenommen hatte. Adam betrachtete die eisernen Fesseln an seinen Handgelenken. Wenn er eine Hand frei bekäme ...

»Guten Abend«, sagte eine Stimme. Er drehte sich zur anderen Seite. »Oder sollte ich ›guten Morgen‹ sagen? Oh, nein, es ist ja noch nicht Mitternacht, denn ich glaube, Ihre Kleine ist noch am Leben.«

Adam musste blinzeln, so stark war der Schmerz in seinem Kopf, und die ständig hochgereckten Arme bereiteten ihm Höllenqualen in den Rippen. Er blickte die Frau an, die vor ihm stand. Sie trug eine lange, dunkle, reich mit Goldfäden verzierte Robe, und diese Fäden glühte im Licht der vielen Kerzen, sodass er eine ganze Weile brauchte, bis er sie erkannte.

»Sally«, sagte er schließlich.

»Das ist einer meiner Namen – aber, richtig, ich war einmal Ihre Kellnerin.« Der Gedanke schien sie etwas zu amüsieren, doch sie wurde rasch wieder ernst. »Fast fünf Jahre lang habe ich diesen demütigenden Job gemacht und darauf gewartet, dass sie endlich kommt.« Das Wort *sie* spuckte sie aus, als würde ihr davon übel. »Ich habe sie schon in dem Augenblick erkannt, als sie zum ersten Mal zur Tür hereinkam. Ich habe ja schließlich einige Übung bekommen in der Zeit, in der ich nach ihr suchte, nicht wahr?«, sagte sie und lächelte hämisch.

Adam glaubte, den Wahnsinn in ihren Augen zu erkennen. Oder bildete er es sich nur ein? Waren alle bösen Menschen zwangsläufig Wahnsinnige? Diese Frau hatte über Jahre hinweg ein wachsendes Reich des Bösen beherrscht.

»Wo ist sie?«, fragte Adam.

»Sie wartet darauf, dass ihr Held sie errettet!« Wieder war aus ihren Worten unverblümte, hämische Freude herauszuhören.

Sie trat auf Adam zu. Er war mit dieser Frau allein im Raum. Wäre er frei gewesen, er hätte sie mit einer Hand vernichten können. Jetzt, als sie näher an ihn herantrat, sah er, dass sie älter war, als er gedacht hatte. Über ihren Lidern waren winzige Narben erkennbar. Seine Nachforschungen hatten ergeben, dass der Hexenzirkel von Camwell schon seit langer

Zeit existierte, und da es hieß, eine Frau würde ihm von Beginn an vorstehen, hatte er nach einer älteren Person gesucht. Doch diese Frau hatte sich die optimale Maskierung besorgt: ein Facelifting.

»Wo sind die anderen?«, fragte er.

»Für den Augenblick gut aufgehoben.« Sie trat noch etwas näher und strich ihm mit einem Stöckchen über die Rippen. An der Stelle, wo er verletzt war, drückte sie etwas.

Der Schmerz ließ Adam fast ohnmächtig werden, doch er zwang sich, bei Bewusstsein zu bleiben. »Wo sind sie?«, wiederholte er keuchend.

Die Frau, diese »Sally«, drehte sich um und ging weg. In der Mitte des Raumes stand ein schwerer Eichentisch; darauf legte sie das Stöckchen. Jetzt sah Adam, dass es aus Stahl und ebenso wie der Dolch mit Zeichen versehen war. Was für eine Art von bösem Zauber war das? Wozu hatte sie dieses Ding in der Vergangenheit benutzt?

»Hast du gewusst, dass ich deine Schwester aufgezogen habe wie meine eigene Tochter?«, fragte sie Adam. »Es hat ihr nie an etwas gefehlt. Sie hatte das Beste, was diese wertlose Welt zu bieten hat.«

»Bis auf ihre Freiheit«, erwiderte Adam und fluchte im selben Augenblick auf sich, weil er dumm genug gewesen war, ihr zu widersprechen.

»Stimmt«, meinte Sally und wandte sich ihm lächelnd wieder zu. »Die hatte sie nicht. Und auch keine Männer. Wusstest du, dass du und dieser andere die ersten Männer waren, die sie zu sehen bekam? Aber das spielt jetzt keine Rolle. Sie wird bestraft, das wusste sie ja von Anfang an. Sie weiß, dass sie sich mir nicht widersetzen darf.«

»Wie kannst du einer Frau wehtun, die wie eine Tochter für dich ist?«, fragte Adam in einem verzweifelten Versuch, sie irgendwie gefühlsmäßig zu erreichen. »Du musst sie doch sehr gern haben.«

Sally schien zu überlegen. »Nein, ich glaube nicht, dass es

so ist. Aber sie hat ja auch mich nie geliebt. Wenn ich dir sage, was ich alles tun musste, bloß damit sie lernte, sich zu benehmen ... Na ja, vielleicht warte ich und zeige es dir. Ja, ich werde dich sehen lassen, was ich mit deiner Schwester mache.«

Sie legte den Kopf schief, als würde sie lauschen. »Jetzt muss ich gehen. Es ist etwas eingetreten.«

»Darcis Mutter«, warf Adam rasch ein. Er wollte irgendwie Zeit gewinnen.

»Ja«, sagte Sally mit einem geringschätzigen Lächeln. »Sie behauptet, sie sei die Quelle von Darcis Kraft, aber sie will es erst beweisen, wenn ich ihre Tochter freilasse. Sie lügt natürlich, aber ich muss mich vergewissern. In zwei Stunden ist es Mitternacht, und ich muss mit dieser kleinen Hexe Schluss machen, die mit dir kam. Sie ...«

»Nein«, flüsterte Adam. »Hör zu, ich bin reich. Meine Familie ist sehr, sehr wohlhabend. Wir können dir alles zahlen, was du willst. Du wirst nie mehr arbeiten müssen. Du kannst in Luxus leben und ...

Er brach ab, denn Sally lachte ihn aus.

»Reich? Du hast doch keine Ahnung, was wirklicher und großer Reichtum ist! Ich könnte deine gesamte Familie mit dem Geld kaufen, was ich in der Brieftasche habe! Nein, Macht ist das, worum sich im Leben alles dreht. Wusstest du, dass ich ihre Macht nehmen und für mich behalten kann? Ich kann das! Wenn die Macht, über die sie verfügt, die Erde nicht verlässt, dann kann ich sie mir nehmen. Siehst du, darum geht es. Ich habe alle Bücher gelesen, die dieser Taylor Raeburne geschrieben hat. Hat er dir gesagt, dass die Macht, wenn die Kette unterbrochen wird – wenn es keinen direkten Nachkommen gibt –, an die Person geht, die sie sich nimmt? Das sagt zumindest die Überlieferung. Und ich hoffe sehr, dass es stimmt, und heute Nacht werde ich es herausfinden.«

Damit schritt sie aus dem Raum und schloss die schwere Eichentür hinter sich. Sobald sie gegangen war, brüllte Adam seinen Schmerz hinaus, dass fast die Decke davon eingestürzt wäre, und riss an den Ketten, bis seine Handgelenke und Knöchel bluteten.

Adam?, hörte er. Er versuchte, ruhiger zu werden, um Darcis Stimme in seinem Kopf hören zu können.

Adam, bist du hier? Wenn ich es nur wüsste. Lebst du überhaupt noch? Kannst du mir verzeihen, dass ich losgezogen bin, ohne dir Bescheid zu sagen?

»Ja, oh ja, Darci, Liebste«, sagte Adam. »Ich verzeihe dir alles, alles! Denk einfach nicht daran, verschwinde einfach nur, wo du auch bist!«

Hast du sie erkannt?, fragte ihn Darci. *Weißt du noch, wie ich dir sagte, dass sie mich an die Hexe in ›Hänsel und Gretel‹ erinnert?«*

»Ja«, flüsterte Adam, und Tränen rannen ihm über die Wangen.

Ich bin in einem Zimmer unter der Erde, und sie haben mir ein weißes Gewand angezogen. Ich sehe aus, als würde ich gleich nach Stonehenge zum Singen und Tanzen gehen.

Adam riss mit aller Kraft an seinen Ketten und lächelte trotz der Tränen, die nun ungehindert flossen. Späße, Darci konnte immer Späße machen.

Aber ich denke mal, ich bin deshalb ganz in Weiß, weil ich noch eine Jungfrau bin. Doch das bin ich nur meinem Körper nach. Ich kann bezeugen, dass ich es in Gedanken nicht mehr bin. Oh Adam, bist du da? Hörst du mich? Sie hat dich nicht umgebracht, nicht wahr?

»Nein, Liebes, ich bin hier, ich bin in deiner Nähe!«, rief er verzweifelt und rüttelte wie besessen an seinen fesselnden Ketten.

Ich werde nicht denken, dass dir etwas Schlimmes passiert ist. Du wirst jeden Augenblick in dieses Zimmer hier kommen und mich retten. Du wirst sein wie einer deiner mittel-

alterlichen Vorfahren und die holde Jungfrau erlösen, nicht wahr, mein Liebster?

Tränenüberströmt rüttelte Adam an seinen Fesseln, die ihm ins Fleisch schnitten. »Nein, nein, nein!«, war alles, was er herausbrachte.

Adam!, meldete sich Darci wieder zu Wort. *Ich kann sie hören. Sie kommen. Oh Gott, bleib bei mir. Adam, ich habe Angst! Ich möchte ... sie sind hier! Die Tür geht auf. Oh Adam, ich liebe dich! Ich liebe dich mit meinem ganzen Herzen! Ich werde dich immer lieben, immer und ewig. Was mir auch geschieht, ich werde dich immer lieben! Vergiss das nicht! Immer und ewig. Ich ...«*

»Neeeeiiiin!«, schrie Adam und riss an den Ketten, bis an seinen Gelenken keine Haut mehr war. Aber so sehr er sich auch anstrengte, er konnte sich nicht befreien.

Als Adam zu sich kam, hatte er die schlimmsten Kopfschmerzen seines Lebens. Angeschlagen und desorientiert fuhr er sich mit einer Hand über das Gesicht.

»Alles in Ordnung?«, fragte eine unbekannte Stimme.

Er musste sich anstrengen, um sich aufsetzen zu können. Seine Rippen schmerzten wie wahnsinnig, der Kopf fühlte sich an, als würde er sich spalten, seine Knöchel und Handgelenke waren aufgescheuert und blutverschmiert. »Ja«, stieß er hervor und blickte dann in die tiefblauen Augen eines Kindes. Eines großen Kindes. Nein, er blickte auf einen sehr großen, jungen Mann, der das sommersprossige Gesicht und die abstehenden, blonden Haare eines Lausbuben hatte, aber einen geradezu hünenhaften Körperbau. »Wer sind Sie?«, fragte Adam mit heiserer Stimme, eine Hand in den Nacken gelegt.

»Putnam«, sagte der junge Mann.

Adam bekam große Augen. »Sie ...«, setzte er an, doch dann wollte er sich auf den Kerl stürzen. Nach allem, was Darci ihm von Putnam – vom Vater, vom Sohn und von dem

Ort – erzählt hatte, hätte Adam alles, was Putnam war, am liebsten niedergemacht.

»Nun reiß dich doch zusammen, Alter«, sagte der Junge und legte einen Arm auf Adams Schulter. »Für eine Schlägerei bist du im Moment wirklich nicht fit genug.«

»Dir werd ich zeigen ...«, begann Adam und drückte sich von der Wand ab.

»Du solltest deine Kraft besser für andere Dinge aufheben«, hörte er jetzt seine Schwester sagen. Adam verrenkte sich etwas, um an Putnam vorbeisehen zu können. Auf der anderen Seite des Raumes saßen Boadicea und Taylor auf dem Boden.

Sie hatte natürlich Recht, das wusste Adam. Langsam richtete er sich an der Wand auf und prüfte dabei, wie gravierend seine Verletzungen waren. »Wo sind wir? Was ist passiert?«, fragte er und blickte um sich.

Sie befanden sich in einem großen, kreisrunden, unterirdischen Raum, der offenbar keinen Ausgang hatte. Ein paar Meter über ihren Köpfen wölbte sich eine Kuppel mit einem eisernen Gitter in der Mitte. Eine Einrichtung oder dergleichen gab es nicht. Boadicea und Taylor saßen da, und er hatte den Spiegel auf dem Schoß.

»Und was machen Sie hier?«, fragte Adam, den Blick wieder auf Putnam gerichtet.

»Jerlene wollte kommen und ihre Tochter retten, und da bin ich mitgefahren. Darci und ich werden nämlich heiraten.«

»Nur über meine Leiche«, kommentierte Adam trocken.

»Dem Spiegel zufolge wird sich aber genau das ereignen«, meinte Taylor etwas tonlos.

Adam fuhr sich mit der Hand über das Gesicht im Versuch, sich zu beruhigen.

»Ich war an eine Wand gekettet. Ich habe die Hexe gesehen. Und ich habe Darci gehört. Aber dann bin ich ohnmächtig geworden. Was ist danach passiert?«

»Sie haben dich durch dieses Loch geworfen«, erklärte Putnam und blickte nach oben. »Und ich habe dich aufgefangen. Ich bin mir nicht sicher, aber ich glaube, wir sollen hier bleiben, bis wir sterben.«

»Nette Idee«, meinte Adam und begutachtete seine Knöchel und Handgelenke. Zumindest konnte er noch stehen und gehen. »Und wie kommen wir hier heraus?«

»Wir stellen uns aufeinander und machen eine Leiter«, sagte Boadicea. »Ich glaube, Putnam kann unser Gewicht aushalten.«

»Klar kann ich das«, erwiderte Putnam grinsend, mit der Miene eines Zwölfjährigen.

Adam wandte sich Taylor zu, der fasziniert in den Spiegel starrte. »Wieso hast du nicht gesehen, dass wir in Gefangenschaft geraten würden? Und warum haben sie dir den Spiegel nicht abgenommen?«

Bevor er antworten konnte, erklärte Boadicea: »Weil er nicht die richtigen Fragen gestellt hat. Und ich glaube, sie weiß auch gar nicht, dass wir den Spiegel haben.«

»Was ist das für ein Ding?«, wollte Putnam wissen.

»Ein Spiegel, aus dem man die Zukunft lesen kann«, antwortete Adam.

»Cool! Kann der uns sagen, ob wir hier rauskommen?«

»Können wir ...«, begann Taylor, doch Boadicea fiel ihm ins Wort.

»Er kann deine Gedanken hören. Denk dir eine Frage aus, und er zeigt dir, was er dir zeigen möchte.« In ihrem Ton schwangen Verbitterung mit und die Erfahrung einer Frau, die mit dem Zauberspiegel sehr verbunden war.

»Ja, wir können entkommen«, sagte Taylor leise.

»Können wir Darci retten?«, fragte Adam.

Taylor schaute kurz in den Spiegel. »Nein«, erklärte er dann, »das können wir nicht. Die Hexe ist zu mächtig für uns. Das würde uns alle das Leben kosten.«

»Wo ist Darci?«, fragte Adam noch einmal sehr beunruhigt.

»Sie ist ...« Taylor schaute in den Spiegel. »Sie schläft. Sie ist ...« Er blickte zu Boadicea. »Jetzt ist sie auf dem Altar festgebunden. Vorher war er noch leer, aber jetzt ...« Er seufzte schwer. »Jetzt liegt Darci auf diesem steinernen Altar.«

»Und wo ist Jerlene?«, fragte Putnam. »Vielleicht kann sie Darci retten?«

»Wie könnte Jerlene sie retten, wenn wir es nicht können?«, hielt Adam dagegen.

»Sie wollte sich anstelle von Darci opfern lassen«, antwortete Putnam.

19

»Okay, jeder weiß, was er zu tun hat?«, fragte Adam, und die drei anderen nickten. »Und du glaubst, du kannst uns alle aushalten, Kleiner?«

»Klar, Alter«, antwortete Putnam stichelnd.

Adam ignorierte seinen Spott und wandte sich Taylor zu. »Und das Gitter da oben ist nicht verriegelt?«

»Nein«, erklärte Taylor mit einem Blick in den Spiegel. »In dieser Höhe ist das schlicht und einfach überflüssig.«

»Wir müssen langsam vorgehen«, sagte Boadicea. »Sein Arm ...« Sie sah Taylor an, und es war, als würde eine Woge von Gefühl zwischen den beiden hin und her gehen.

Taylor nickte mit einem leisen Lächeln. »Ja, langsam. Wir brauchen nicht noch mehr Verletzungen. Adam ist ...« Er verstummte, denn er wollte nicht sagen, wie schlimm Adam mit seinen blutverschmierten Hand- und Fußgelenken aussah. »Bist du so weit?«, fragte er stattdessen Putnam.

»Ja, klar«, erwiderte der junge Mann. Dann stellte er sich direkt unter das Gitter, machte mit den Händen eine Räuberleiter und blickte erwartungsvoll zu Adam.

Langsam kletterte Adam auf Putnams Schultern, vorsichtig darauf bedacht, sich nicht eine seiner gebrochenen Rippen in die Lunge zu stoßen. Die Stellen, an denen die Eisenfesseln ihm die Haut aufgescheuert hatten, schmerzten höllisch.

»Wie hast du eigentlich von der ganzen Geschichte erfahren?«, fragte Taylor Putnam, während er Adam beim Klettern half. Der junge Mann stand so fest und unerschütterlich da wie ein Fels.

»Darcis Tante Thelma rief an und prahlte damit, dass Darci schließlich und endlich gefragt hatte, wer ihr Vater ist. Thelma ist hässlich und wahnsinnig neidisch auf Jerlene. Ich schätze, Jerlene hat immer gewusst, wer Darcis Vater ist, denn sie hat in deinem Büro angerufen, und sie sagten, du wärst in Camwell, Connecticut – zum Arbeiten. Daraufhin ist sie zu mir gekommen, und dann sind wir die ganze Nacht bis hierher durchgefahren.«

Putnam hielt Taylor seine Hände hin. Er musste zuerst an ihm und dann an Adam hinaufklettern.

»Das verstehe ich nicht«, sagte Taylor. Er wollte reden, um sich von dem Schmerz in seinem Arm abzulenken, der zwar wahrscheinlich nicht gebrochen, aber stark verstaucht war. »Ich hatte den Eindruck, dass Darcis Mutter nicht wusste, wer der Vater ihres Kindes ist.«

»Das hat Thelma überall herumerzählt. Sie hasst ihre Schwester wirklich sehr. Aber auf dem Weg hierher hat mir Jerlene die Wahrheit erzählt. Sie hat damals einige Papiere aus deinem Auto geklaut, und daher wusste sie, wer du bist.«

»Aber warum hat sie dann keinen Kontakt mit mir aufgenommen, sobald sie wusste, dass sie schwanger ist?«, fragte Taylor.

Ganz ehrlich gesagt, hatte er keine Ahnung, was er getan hätte bei der Mitteilung, dass ein Mädchen, das er kaum kannte, ein Kind von ihm bekam. Aber wenigstens hätte er dann all die Jahre gewusst, dass er eine Tochter hatte.

Putnam zuckte ein wenig zusammen, als sich Adams Fuß in seine Schulter grub, doch auch das zusätzliche Gewicht durch Taylor brachte ihn nicht ins Wanken. »Jerlene wollte das Kind bekommen, warten, bis sie ihre Figur wiederhatte und dann mit einem süßen Kleinen bei dir aufkreuzen. Aber dann hast du geheiratet.« Putnam klang, als könne er überhaupt nicht verstehen, weshalb Jerlene je etwas von Taylor gewollt hatte.

»Also meinte Jerlene, sie würde ein paar Jährchen warten, bis die erste glückliche Zeit deiner Ehe vorbei ist, und dir dann Darci präsentieren. Aber mit vier Jahren war Darci schon ziemlich seltsam, und Jerlene hatte eines deiner Bücher gelesen und wusste deshalb, dass deine ganze Familie ein Haufen schräger Vögel ist. Nichts für ungut! Und deshalb wollte Jerlene nicht, dass du etwas von deiner Tochter weißt; sie wollte einfach, dass die Kleine normal aufwächst.«

»Normal!«, sagte Adam, während er Taylor auf seinen Schultern in Position brachte. »Darci wurde in der ganzen Verwandtschaft herumgereicht, während ihre Mutter einen Kerl nach dem anderen hatte. Was soll denn daran bitte normal sein?«

Putnam hätte gerne mit den Schultern gezuckt, doch es ging nicht. »Na ja. Hm. Einen Preis als gute Mutter gewinnt Jerlene sicher nicht. Sie braucht ihre ganze Zeit, um schön zu bleiben. Aber auf dem Gebiet ist sie wirklich super.«

»Sie ...«, begann Adam voller Zorn.

Taylor suchte auf Adams Schultern sein Gleichgewicht und schnitt ihm so das Wort ab. »Aber weshalb ist Jerlene dann jetzt gekommen?«, fragte er.

»Um ihre Tochter zu retten«, antwortete Putnam in einem Ton, der besagte, das hätte Taylor doch wissen müssen. »Bloß weil Jerlene nie mit einem seltsamen Kind wie Darci zusammen sein wollte, heißt das noch lange nicht, dass sie sie nicht liebt. Darci ist schließlich ihr eigen Fleisch und Blut. Außerdem dachte Jerlene, wenn du herausfindest, dass du eine Tochter hast, machst du sie zu einer Hexe wie deine anderen Verwandten auch. Als sie dann hörte, dass Darci hier ist, und du auch, und dass dieser ganze Ort voller Hexen ist, da war es nicht mehr sonderlich schwierig, zwei und zwei zusammenzuzählen.«

Putnam blickte auf Boadicea, die vor ihm stand und darauf wartete, auf die anderen zu klettern. »Und wer bist du eigentlich?«

»Diese Geschichte ist zu lang, um sie jetzt aufzutischen«, erklärte Adam. Bevor sie mit der menschlichen Leiter begannen, hatte Taylor den Spiegel befragt und herausgefunden, dass sie die Hexe nur mit Darcis Hilfe unschädlich machen konnten. Aber er hatte auch gesehen, dass Darci mit Drogen in einen Tiefschlaf versetzt worden war und deshalb ihre

Kraft nicht gebrauchen konnte. »Wie bekommen wir Darci wach?«, murmelte Adam, als er seiner Schwester half, an ihm und dann an Taylor hochzuklettern. Er versuchte, sich darauf zu konzentrieren, aber er wusste, dass viele Probleme auf sie warteten, sobald sie hier herauskamen.

»Aufputschmittel«, sagte Taylor. »Wenn wir Aufputschmittel hätten, könnten wir sie wach kriegen.«

»Du meinst so was wie Schlankheitspillen?«, fragte Putnam mit angestrengter Stimme von dem großen Gewicht, das er zu tragen hatte. »Jerlenes Tasche ... voll davon«, fuhr er fort. »Auseinander brechen, Darci in Mund stecken.«

»Aber es könnte zu einer Reaktion mit dem kommen, was sie ihr gegeben haben, damit sie schläft«, gab Adam zu bedenken. Er musste jetzt Taylor und Boadicea tragen.

»Hast du ... bessere Idee?«, fragte Putnam, doch im nächsten Augenblick erreichte Boadicea das Gitter, schob es zur Seite und richtete sich auf.

Sobald sie von der kühlen Nachtluft umgeben war, sah Boadicea ungefähr ein Dutzend Männer, die geduckt über die Felder liefen. Sie wusste sofort, dies waren die Leute, die Adam bestellt hatte. Sie hatte diese Männer schon vor langer Zeit im Spiegel gesehen, und so riskierte sie es, das eine Wort zu rufen, von dem sie wusste, dass sie darauf reagieren würden: »Montgomery!«

20

Ein Jahr später

Adam betrachtete seine neugeborene Tochter und sann darüber nach, was die Zukunft wohl für sie bereithalten würde. Sie hatte eine Mutter mit einer Gabe, die noch nicht vollständig erforscht war. Ihr Großvater, der die Fähigkeit besaß, die Zukunft in einem Zauberspiegel zu sehen, sagte, man könne erst dann wissen, wie viel ein Kind in seiner Familie geerbt habe, wenn es erwachsen war. Deshalb hätte Adam jetzt nur zu gerne gewusst, ob seine Tochter über eine ebenso machtvolle Gabe verfügte wie ihre Mutter oder ob …

Er legte das Baby sanft in die Wiege zurück und ging zum zweiten Kinderbettchen. Auch seine Schwester und Taylor hatten ein Mädchen bekommen, und er fragte sich, was dieses Kind wohl an Fähigkeiten geerbt hatte.

Als Taylor erfuhr, dass seine Frau schwanger war, hatte er es zunächst nicht glauben können. Geduldig hatte er den Arzt über seine Verletzung aufgeklärt. »Die Samenleiter sind verschlossen«, hatte er ihm mitgeteilt, doch darauf hatte der Arzt lediglich schmunzelnd erwidert: »Das war beim Abfluss meiner Spüle in der Küche auch mal so, aber durchgesickert ist trotzdem noch etwas.«

Nun, als Adam auf die beiden Babys in ihren Wiegen blickte, musste er an jene Nacht vor einem Jahr zurückdenken.

Es war sein Cousin Michael Taggert gewesen, der das Seil hinunterließ und Taylor, Adam und Putnam aus der Todeszelle – so wurde der runde Raum bezeichnet, wie sie später in Erfahrung gebracht hatten – befreite. Michael hatte seiner Bitte entsprochen und war mit einer Gruppe schwer bewaffneter Männer nach Camwell gekommen. Doch es fiel nicht ein Schuss, denn als sie eintrafen, war schon alles vorbei.

Durch Taylors Beschreibungen wusste Boadicea genau, wo Darci gefangen gehalten wurde, und machte sich eilends auf den Weg dorthin, noch bevor die anderen die tiefe Zelle verlassen hatten. Michael hatte zwei ihrer Cousins losgeschickt, ihr zu folgen; er selbst blieb, um den anderen zu helfen.

Sobald Adam oben angelangt war, eilte er hinter seiner Schwester her und holte sie ein, als sie die Kammer erreichte. Mit vereinten Kräften brachen sie die riesigen, mit Stahl verkleideten Türen am Ende des Gangs auf.

Michael hatte noch versucht, Adam den Blick in den Raum zu verwehren, weil er wegen der absoluten Stille glaubte, es sei niemand mehr am Leben. Aber Adam hatte sich losgerissen und war langsam hineingegangen – Darci hatte diesen Raum allein betreten, und dasselbe würde auch er tun.

Auf der linken Seite war eine Trennwand, ein altertümliches, mit Zeichen und Symbolen geschmücktes Ding, das einen Flur abgrenzte. Eine Hand an dieser scheußlichen Wand – obwohl er es hasste, die Einkerbungen der Zeichen zu fühlen –, wartete er ab, bis sich seine Augen an das trübe Licht gewöhnt hatten.

Unweit der Tür stand ein etwa anderthalb Meter hoher, zwei Quadratmeter großer Käfig, und darin waren ungefähr ein Dutzend Kleinkinder – die größten sicher nicht mehr als vier Jahre alt.

Adam starrte auf den Käfig und begriff nicht recht, weshalb diese Kinder hier waren. Im ersten Augenblick glaubte er, sie seien tot, denn sie lagen übereinander, und ihre Arme und Beine bildeten ein wirres Durcheinander.

Doch dann bewegte sich eines der Kinder, und nun merkte Adam, dass sie schliefen. Er war sich sofort sicher, dass Darci sie mit der Kraft ihrer Gedanken eingeschläfert hatte.

Mit einigen weiteren Schritten hatte er den Käfig passiert, und als er um die Trennwand herumging, sah er drei Personen auf dem Boden liegen, zwei Männer und eine Frau, alle mit langen, dunklen Roben bekleidet. Und alle drei hatten unterhalb der Nase einen Blutstropfen – genau so, wie es bei ihm an dem Tag gewesen war, als Darci mit ihrer Kraft beinahe seinen Kopf zum Explodieren gebracht hätte.

Links von ihm stand ein Altar aus Stein – und als Adam ihn betrachtete, erinnerte er sich daran, was ihm vor so langer Zeit angetan worden war. Er erinnerte sich an den Altar, die Frau, und das Messer – und an das glühend heiße Brandeisen, das auf ihn zukam …

Bevor er weiterging, musste er einen Moment stehen bleiben, um diesen grässlichen Eindruck verarbeiten zu können.

An der Seite des Altars sah er den Kopf einer Frau, das geschwärzte Haar über den Steinboden ausgebreitet. Das Gesicht war abgewandt, aber Adam wusste, wer sie war: Sally, die Kellnerin, die so lange darauf gewartet hatte, dass er ihr Darci brachte.

Nach dem nächsten Schritt sah er etwa zwei Drittel ihres Körpers und einen Teil ihres Gesichts. Bis auf ein Tröpfchen Blut an einem Nasenloch konnte er an ihr keine Verletzung entdecken, doch sie war leblos.

Beim nächsten Schritt begann sein Herz zu rasen. Wo war Darci? War sie am Leben? Die tote Frau zu seinen Füßen umklammerte den Dolch, den er entwendet hatte. Adam erkannte, dass er es gewesen war, der ihr die Waffe wiedergebracht hatte.

Nun war er nur noch einen Schritt von ihrer ausgebreiteten Robe entfernt. Noch ein Schritt, und er würde sehen, was sich hinter dem Altar befand …

Adam stieg über die Tote. Hinter dem Altar lag Darcis blasser Körper. Er kniete nieder, hob sie vorsichtig auf und drückte sie sachte an sich. Er wusste nicht, ob sie lebte oder tot war.

Es war Taylor, der Darcis Arm ergriff und ihren Puls fühlte. »Ich glaube, sie lebt noch«, murmelte er, »aber wir müssen sie sofort in ein Krankenhaus schaffen.«

Michael bot an, Darci zu tragen, da Adam kaum dazu in der Lage schien, doch der wollte sie nicht loslassen. An der Tür stand Putnam, der sie verliebt betrachtete. Noch vor kurzem hätte Adam den jungen Mann für all das, was er Darci angetan hatte, am liebsten zum Mond geschossen, doch nun sah er die Liebe in seinen Augen. Und er sah, dass Putnam wusste, dass er die Frau, die er liebte, verloren hatte.

Als sich Putnam abwandte, fragte Adam ihn: »Wo willst du denn hin?«

»Jerlene suchen«, antwortete er.

Adam war einen Augenblick unschlüssig. Er wollte Darci nicht zurücklassen, aber er wusste, dass er Putnam und Jerlene sehr viel zu verdanken hatte.

Widerstrebend legte er Darci seinem Cousin in die Arme, nahm sich ein Gewehr und folgte Putnam. Als er hinter sich jemanden hörte, drehte er sich um, bereit zu schießen, aber es waren Taylor und Boadicea, beide mit einem Gewehr über der Schulter.

Adam wollte sie bitten, bei Darci zu bleiben, doch dann überlegte er noch einmal. Boadicea kannte die Tunnels besser als jeder andere. Deshalb bedeutete er Putnam, sie vorangehen zu lassen, und dann liefen sie alle vier gebückt los.

Um sie herum herrschte wegen des Todes der Hexe ein totales Chaos, denn deren Anhänger flohen und rannten um ihr Leben – doch die Zeit, die vielen Räume in den Tunnels zu plündern, nahmen sie sich trotzdem.

Nach einer Stunde ergebnislosen Suchens lehnte sich Putnam müde an eine Wand. In seinen Augen standen Tränen. »Sie ist tot«, murmelte er. »Ich weiß, dass sie tot ist. Was bin ich bloß für ein Kerl, dass ich nicht mal meine eigenen Leuten beschützen kann!?«

»Das sind doch nicht deine ...«, setzte Adam an, hielt jedoch entmutigt inne, als er Putnams Miene bemerkte. Taylor stellte sich unter eine Fackel und holte den Spiegel aus seinem Rucksack. Er schaute hinein, doch wie Boadicea es gesagt hatte, wollte der Spiegel trotz mehrfachen Fragens nicht preisgeben, wo sie Jerlene finden konnten.

»Warum sagt Darci, dass sie dir sieben Millionen Dollar schuldet?«, wandte sich Adam leise an Putnam.

»Ach«, erwiderte er nur und richtete den Blick auf den Boden. Überall um sie herum waren Spuren der Massenflucht zu sehen. An einer Wand stand ein halb geöffneter Karton mit Papptassen, an einer anderen ein kaputter Tisch. »Ich habe ihr gesagt, wenn sie mich heiratet, dann erlasse ich in Putnam sämtliche Schulden.« Er blickte Adam in die Augen. »Du weißt schon, Hypotheken, Kredite für Autos und so.«

Adam blickte den jungen Mann aus zusammengekniffenen Augen an. »Aber das wirst du so und so tun, auch wenn Darci dich nicht heiratet, nicht wahr?«

»Ja, klar«, antwortete er. »Aber so wie Darci gibt es nicht noch eine. Ich finde nie ...«

»Oh!«, rief Taylor überrascht und schaute von dem Spiegel auf. »Das stimmt nicht. Du wirst ziemlich bald heiraten, und ich ...« Sein Blick wanderte zu Adam. »Da die Kirche in diesem Bild voll von Leuten ist, die wie deine Verwandten aussehen, vermute ich, dass Putnam jemand aus deiner Familie heiratet.«

Adam verzog das Gesicht, und Putnam musste grinsen. »Darf ich Dad zu dir sagen?«, fragte er Adam.

»Tu's, und du wirst nicht mehr lange leben«, meinte Adam. »Und jetzt weiter, los!«

Eine Stunde später fanden sie Jerlene. Sie war in der Tat unglaublich schön – aber sie war so sehr mit Drogen vollgepumpt, dass der Arzt später sagte, es sei ein kleines Wunder, dass sie noch lebte.

»Das kommt von all diesen Schlankheitspillen«, meinte Putnam kopfschüttelnd. »Ihr Körper ist so an Drogen gewöhnt, dass er alles abwehren kann.«

Als sich Jerlene erholt hatte, erzählte sie, sie habe die Hexe so lange mit Reden hingehalten, bis sie die Schlankheitspillen in ihren Jackentaschen eine nach der anderen aufgebrochen und etwa einen Teelöffel von dem darin enthaltenen Pulver gesammelt hatte. Dann habe sie vorgetäuscht, einen Zauberspruch über ihre Tochter zu sprechen, und dabei Darci das Pulver in den Mund geschoben. Das Aufputschmittel hatte sie so weit wieder belebt, dass sie in der Lage war, ihre Kraft gegen die Hexe und deren Anhänger einzusetzen. Es waren vier gewesen, aber mit der Hilfe ihrer Inneren Überzeugung, dieser großen, wunderbaren Gottesgabe, konnte Darci sie besiegen. An den Toten wurden später Autopsien durchgeführt – sie waren alle durch starke Gehirnblutungen umgekommen.

Adam, Darci, Taylor und Boadicea hatten lange gebraucht, um sich von dem, was sie durchgemacht hatten, zu erholen. Darci hatte fast eine Woche lang in einer Art Koma gelegen. Der Arzt erklärte fassungslos: »Sie werden es nicht glauben, aber sie schläft. Ist sie tatsächlich so erschöpft?«

»Ja, offensichtlich«, erwiderte Adam und blickte auf Darci, die in ihrem Krankenhausbett friedlich schlummerte. Er hatte ihr Zimmer mit gelben Rosen geschmückt und war in all den Tagen, die sie schlief, nicht von ihrer Seite gewichen. Bei den wenigen Malen, als er gesehen hatte, wie sie ihre Kraft einsetzte, war sie immer völlig erschöpft; umso weniger konnte er sich vorstellen, welche Anstrengung es sie gekostet haben musste, damit vier Menschen zu töten.

Während des Wartens darauf, dass sie aufwachte, hatte er Darcis Haare, die er seit damals, als er sie mit dem Dolch abgeschnitten hatte, heimlich aufbewahrte, in ein kleines goldenes Medaillon gelegt, das er immer bei sich trug.

Als sie das erste Mal aufwachte, lächelte sie ihn an und versuchte, sich aufzusetzen, doch die Anstrengung war noch zu groß, und so schlief sie gleich darauf wieder ein. Am nächsten Morgen dann schien die Sonne durch die Fenster des hübschen Klinikzimmers, das sie auf Adams Betreiben hin bekommen hatte, und als sie die Augen öffnete, sah sie sich im

Kreise von Adam, Taylor, Boadicea, Putnam und ihrer Mutter.

Sie blickte Jerlene an und umklammerte fest Adams Hand.

»Schon gut«, beruhigte er sie. »Sie ist gekommen, um dir zu helfen.«

Darci wandte sich mit ungläubiger Miene Adam zu.

»Seltsames Kind«, murmelte Jerlene und ging hinaus.

Eine Stunde darauf bat Putnam Adam, mit ihm auf den Flur hinauszugehen, wo er ihm mitteilte, dass Jerlene nach Hause fahren wolle.

»Was hat sie denn vor?«, fragte Adam.

Putnam sah ihn verwirrt an. »Sie will nach Hause fahren«, wiederholte er.

»Nein, ich meine, gibt es irgendetwas, das sie gerne hätte? Etwas, das ich ihr geben könnte?«

Putnam lächelte. »Ganz unter uns – ich glaube, Jerlene wäre gern ein Filmstar.«

»Na, ich sehe mal, was ich da tun kann«, meinte Adam schmunzelnd. »Und du, was möchtest du?«

»Nein, nein, ich habe Geld genug. Jede Menge. Ich wollte ...« Er verstummte und blickte auf die Tür zu Darcis Zimmer. »Er sagte ... ich meine, Darcis Vater sagte, dass ...« Putnam blickte zu Boden.

»Dass er im Spiegel sah, dass du eine meiner Verwandten heiratest?«, fragte Adam lächelnd. »Meinst du, du würdest es ein paar Wochen lang bei meinem Cousin in Colorado aushalten? Und ich garantiere dir, dass sie sämtliche Montgomerys und Taggerts einladen, damit du sie alle kennen lernst. In dem Haufen sollte ein feiner Kerl wie du doch eine finden.«

»Glaubst du?«, fragte Putnam, und seine Miene hellte sich auf. »Die Mädchen zu Hause wollen mich alle nur, weil ich ein Putnam bin. Darci war die Einzige, die mich nicht haben wollte.«

»Darci ist einmalig«, sagte Adam leise, dann reichte er Putnam die Hand. »Vielen Dank für alles, was du getan hast.

Ohne dich wären viele Leute jetzt nicht mehr am Leben.« Er senkte die Stimme. »Darci und mich eingeschlossen.«

Putnam schüttelte Adams Hand, aber er schaute weg, denn sein Gesicht war schamrot.

»Komm in einer Stunde wieder, bis dahin habe ich alles vorbereitet«, sagte Adam. »Und warum nimmst du Jerlene nicht mit nach Colorado? Hey! Vielleicht solltest du vorher noch mit ihr zum Shoppen nach New York fahren.«

»Ich dachte, du wolltest mir danken. Aber jetzt willst du mich mit einer Frau zum Einkaufen schicken?«

Adam lachte. »Tut mir Leid. In Colorado gibt es schließlich auch Geschäfte. Ich sehe zu, dass sie dort einkaufen kann.«

Lächelnd wandte sich Putnam zum Gehen.

»Warte noch einen Augenblick!«, rief Adam. »Wie heißt du eigentlich mit Vornamen?«

»Hab ich keinen«, antwortete Putnam über die Schulter. »Mein Vater meinte, warum sich die Mühe machen. Seinen hat nie jemand benutzt, deshalb hat er mir erst gar keinen gegeben.«

»Wofür steht das T in Darcis Namen?«

Putnam grinste. »Taylor. Anscheinend hat Jerlene sie nach ihrem Vater benannt.«

Der junge Mann bog um die Ecke. Adam lehnte sich an die Wand zurück. Wieder ein Geheimnis, das Darci vor ihm gehütet hatte. Als sie ihren Vater auf dem Bildschirm des Computers sah, hatte sie ihm nicht gesagt, dass ihr zweiter Vorname Taylor war.

Die Tür zum Kinderzimmer wurde geöffnet. Adam drehte sich um. Es war Darci. Nicht einmal in der Schwangerschaft hatte sie viel zugenommen. Ihr Bauch war enorm gewachsen, aber sie hatte nirgendwo Fett angesetzt.

Vor einem Jahr, sobald Darci sich genug erholt hatte, waren sie nach Colorado geflogen. Sie brauchte einen Ort, wo sie in aller Ruhe ausspannen konnte, und Boadicea wollte ihre Familie kennen lernen.

Aber nach den ersten Tagen voller Hektik und Chaos, als sämtliche Montgomerys und Taggerts aus der ganzen Welt angereist waren, um ihre so lange vermisste Verwandte zu sehen, hielt Boadicea es nicht mehr aus. Sie hatte ihr ganzes Leben in Einsamkeit verbracht und konnte den Lärm und die Ausgelassenheit ihrer Familie nicht ertragen. Eines Nachmittags hatten sie und Taylor sich unauffällig aus dem Staub gemacht und geheiratet; dann waren sie nach Virginia zurückgeflogen, um in seinem Haus zu wohnen.

»Ich wollte, das könnten wir auch tun«, sagte Darci zu Adam.

»Was?«, fragte er. »Nach Virginia fliegen?«

»Nein. In aller Ruhe heiraten und uns dann in ein eigenes Haus zurückziehen.«

»In aller Ruhe heiraten?«, fragte er lächelnd und zog sie zu sich. »Hast du nicht gesagt, du wolltest die größte Hochzeit haben, die Amerika je gesehen hat?«

»Ja, bis diese Frau ...«

»Die Heiratsplanerin?«

»Ja, die. Sie fragte mich, ob ich blaue oder rosa Tauben aus der Hochzeitstorte auffliegen lassen möchte. Adam, ich will gar keines dieser widerlichen Geschöpfe bei meiner Hochzeit. Ich will nur ...«

»Was willst du denn?«

»Unsere Familie. Du, ich, deine Schwester, mein Vater, und ...« Sie blickte zu Boden.

Adam schob ihr eine Hand unter das Kinn. »Und deine Mutter?«

»Ja«, antwortete Darci. »Glaubst du, sie hat Zeit, jetzt, wo du ihr eine Rolle in diesem Film mit Russell Crowe beschafft hast?«

»Sie war schon einmal da, als du sie gebraucht hast, also wird sie auch da sein, wenn du sie dieses Mal brauchst.«

»Ja«, meinte Darci und schob Adams Hand von ihrem Oberschenkel. »Benimm dich!«

Adam zog die Hand zurück. »Was ist aus dem Mädchen geworden, das mir bei jeder Gelegenheit wilden Sex angeboten hat?«

»Das war, bevor du dich in mich verliebt hast«, erklärte Darci lächelnd. »Ich wollte mit dir ins Bett gehen und so wild und leidenschaftlich sein, dass du dich in mich verliebst. Aber jetzt bist du ja schon in mich verliebt, also muss ich mich nicht mehr mit Sex vor der Ehe beschmutzen.«

»Beschmutzen?«, fragte Adam verblüfft. »Dir ist schon klar, dass wir uns im einundzwanzigsten Jahrhundert befinden, ja?« Lachend schüttelte er den Kopf. »Also, was versuchst du, mir zu sagen? Ich kann schon fast deine Gedanken lesen.«

»Wo werden wir wohnen? Ich meine, wir haben beide keinen Job, also könnten wir überall wohnen, wo wir wollen.«

»Und wo möchtest du wohnen?«

Sie sah ihn aus winzigen Augen an.

»Oh nein, das wirst du nicht tun«, sagte er, dann hob er sie hoch und warf sie über seine Schulter. »Hör gefälligst mit deiner Inneren Überzeugung auf! Wo möchtest du wohnen?«

Als Darci nicht antwortete, setzte er sie ab und blickte ihr tief in die Augen. Dieses Mal waren sie weit geöffnet. Sie stellte ihm eine stumme Frage, doch die Stille hielt nicht lange an. Als sie antwortete, redete sie mit ihrer Stimme und ihren Gedanken – und es war so laut, dass sich Adam die Ohren zuhalten musste. »Virginia!«, brüllte sie.

»Okay, okay«, erwiderte Adam. »Dein Vater, meine Schwester. Botschaft verstanden.«

»Danke«, sagte sie, sprang hoch, schlang die Beine um seine Hüften und die Arme um seinen Hals.

Und so kam es, dass sie nach Virginia zogen. Adam kaufte ein großes, altes Anwesen aus der Kolonialzeit, und zwei Wochen nach ihrer Hochzeit fragte ihn Darci, ob ihr Vater und Boadicea bei ihnen mit einziehen dürften. Zuerst hatte Adam diese Idee nicht zugesagt. Er war von vielen Menschen umgeben aufgewachsen und schätzte Ruhe jetzt umso mehr. Doch die vier hatten so vieles zusammen erlebt, dass es ihnen schwer fiel, voneinander getrennt zu sein.

Sobald sie alle in dem großen, alten Haus lebten, begann Adam, seine Schwester in die Welt einzuführen. Taylor und Darci gingen daran, miteinander herauszufinden, wie Darci die Kraft ihrer Inneren Überzeugung verwenden konnte.

Eine Woche vor ihrem ersten Hochzeitstag brachte Darci ihre erste Tochter zur Welt. An diesem Tag teilte Adam ihr mit, dass sein Cousin das Grove Hotel in Camwell gekauft hatte und gerade dabei war, mit Bulldozern die Tunnels zu zerstören.

Adam erzählte seiner Frau jedoch nicht, was man in den unterirdischen Räumen gefunden hatte. Als Darci fast eine Woche lang im Bett blieb, weil sie jeden Morgen erbrechen musste, fuhren Taylor und Boadicea – die während ihrer gesamten Schwangerschaft nicht einen Tag krank war – nach Connecticut und begutachteten alles, was die Arbeiter gefunden hatten. Einige der Gegenstände vergruben sie mit Gebeten und einem Ritual, andere zerstörten sie, aber ein paar brachten sie in Taylors neuem Landrover mit nach Virginia zurück. Den Großteil davon schafften sie in ein verstecktes Gewölbe der alten Villa aus der Kolonialzeit. Doch den Spiegel von Nostradamus verwahrte Taylor in seinem Schlafzimmer und befragte ihn täglich. Zusammen mit seiner Tochter versuchte er, schlimme Dinge, die er darin sah, zu verändern oder zu verhindern.

Jetzt blickte Adam lächelnd zu seiner Frau hinab. »Glücklich?«, fragte er sie.

»Absolut.« Sie stellte sich auf die Zehenspitzen und küsste ihn.

»Und du bedauerst nichts?«

»Gar nichts«, antwortete sie. Dann nahm sie seine Hand und ging mit ihm zur Wiege ihrer Tochter.

Epilog

Drei Jahre später

Die beiden kleinen Mädchen, Hallie Montgomery und Isabella Raeburne, waren an allem interessiert und ständig auf den Beinen. Zwei Kinderfrauen waren angestellt worden, um sich um sie zu kümmern, doch auch ihnen liefen die Kinder immer wieder davon.

»Wo seid ihr denn?«, rief eine der frustrierten Kinderfrauen und suchte hinter Stühlen und Türen. »Na wartet, wenn ich euch erwische, dann gibt's aber was!« Doch sie wusste, dass diese Drohung fruchtlos war, denn die beiden Kleinen verstanden es perfekt, ihren Ärger mit einem einzigen Blick in ihre Augen zum Schmelzen zu bringen. An diesem Nachmittag hatten sie bereits in einer Aktion von nur zehn Minuten sechs Becher Joghurt aus dem Kühlschrank geholt, aufgemacht und in den Behälter mit dem Mehl geleert. Als sie in diese Melange dann auch noch ein paar Hundekuchen hineinwarfen, waren die beiden jungen Irish Setter hinterher gesprungen und hatten das klebrige Gemisch anschließend in der ganzen Küche verteilt.

Die Kinderfrau sah dieses Chaos und wurde so wütend, dass sie beschloss, auf der Stelle zu kündigen. Aber sobald die beiden Kleinen aus großen Augen zu ihr aufblickten, hatte sie ihnen auch schon verziehen. Am Ende hatte sie sogar noch darauf verzichtet, dass die beiden ihr beim Saubermachen halfen. Stattdessen hatte sie sie gewaschen und ihnen dabei ihre Lieblingslieder vorgesungen; und während sie die gesamte Küche putzte, gab sie ihnen auch noch Milch und Kekse.

Aber jetzt wusste sie, dass es ihr reichte. Sie liebte diese beiden Kinder unendlich, aber sie war es einfach überdrüssig, ständig nach ihnen suchen und immer wieder Schmutz und

Unordnung beseitigen zu müssen. Sie hatte die Nase gestrichen voll ...

Die Frau unterbrach ihre Gedanken, denn nun hatte sie die beiden Mädchen gefunden. Sie saßen auf dem Teppichboden in ihrem Zimmer und spielten mit einem Ball.

Ohne ein Wort wich sie rückwärts aus dem Raum, bis sie an die Wand im Flur stieß, und dann begann sie zu rennen. Man hatte ihr zwar aufgetragen, die Eltern nur in dringenden Fällen zu stören, doch nun zögerte sie nicht. Ohne anzuklopfen, riss sie die Tür zum Büro auf.

»Sie müssen sofort kommen!«, rief sie atemlos. »Ihre beiden Töchter spielen mit dem Ball!«

»Ich glaube kaum, dass das ein Grund ist, um uns zu stören«, meinte Taylor. »Wir ...«

Boadicea blickte zu Darci, und im nächsten Moment liefen die beiden zur Tür. Adam und Taylor folgten ihnen.

Tatsächlich spielten ihre beiden Kleinen im Kinderzimmer mit einem Ball: Ein leuchtend roter Ball flog zwischen ihnen hin und her durch die Luft.

Ungewöhnlich daran war lediglich, dass die Kinder ihre Hände nicht benutzten. Sie ließen den Ball mit der Kraft ihrer Gedanken hin und her fliegen.

»Na, sieh mal einer an«, meinte Darci.

ENDE